白頭山觀參記

최남선 한국학 총서 2

백두산근참기

최남선 지음

임선빈 옮김

景仁文化社

• 목 차 •

그래도 인간 세계로 ─────────

일러두기

본 총서는 각 단행본의 특징에 맞추어 구성되었으나, 총서 전체의 일관성을 위해 다음 사항은 통일하였다.

1. 한문 원문은 모두 번역하여 실었다. 이 경우 번역문만 싣고 그 출전을 제시하였다. 단, 의미 전달상 필요한 경우는 원문을 남겨 두었다.

2. 저자의 원주와 옮긴이의 주를 구분하였다. 저자 원주는 본문 중에 ( ) 와 ※로 표시하였고, 옮긴이 주석은 각주로 두었다.

3. ( )는 저자 원주, 한자 병기, 서력 병기에 한정했다. [ ]는 한자와 한글 음이 일치하지 않는 경우와 한자 조어를 풀면서 원래의 한자를 두어야 할 경우에 사용했다.

4. 맞춤법과 띄어쓰기는 『표준국어대사전』의 「한글맞춤법」에 따랐다. 다만 시문(詩文)의 경우는 운율과 시각적 효과를 고려하여 예외를 두었다.

5. 외래어 표기는 『표준국어대사전』의 「외래어표기법」에 따랐다. 「외래어 표기법」의 기본 원칙은 현지음을 따른다는 것으로, 이에 의거하였다.

   1) 지명: 역사 지명은 우리 한자음으로, 현재 지명은 현지음에 따르는 것을 원칙으로 하였다.

   2) 인명: 중국은 신해혁명을 기준으로 이전의 인명은 우리 한자음으로, 이후의 것은 현지음으로 표기하였고, 일본은 시대에 관계없이 모두 현지음으로 바꾸는 것을 원칙으로 하였다.

6. 원래의 글은 간지 · 왕력 · 연호가 병기되고 여기에 일본 · 중국의 왕력 · 연호가 부기되었으나, 현재 우리에게 익숙한 시간 정보 규준에 따라 서력을 병기하되 우리나라 왕력과 연호 중심으로 표기하였다. 다만, 문맥상 필요한 경우에는 해당 국가의 왕력과 연호를 그대로 두었다.

7. 이 책에 수록된 사진은 모두 새로 작업하여 실은 것들로, 장득진 선생이 사진 작업 일체를 담당하였다.

이 작은 책을 시방은 하늘에 계신 어머님께 드립니다. 나의 어머님께 대한 말로 할 수 없는 깊은 마음과, 어머님의 나에 대한 말하지 않으시는 지극한 정을 연락하기에는 백두산이 가장 적당한 계기라고 생각합니다.

백두천왕(白頭天王)이 나에게 임하시매, 우리 어머님의 몸으로부터 하셨음을 믿는 나는 우리 어머님을 거쳐서 천왕을 사모하는 지극한 정성을 폄이 극히 당연하다고 믿습니다.

천지(天池)에 올라가서 백두산 어머니의 성스러운 모습을 처음 뵈옵던 날은 우리 육신 어머님의 소상(小祥)날이었습니다. 그리하여 가장 느꺼운 마음으로 심령·육신 두 어머님의 귀합(歸合)하여 온전히 하나가 되신 얼굴을 천지의 수면에서 펼쳐 뵙게 된 것은 나의 영원한 기억일 것입니다.

책머리에

백두산은 한마디로 개괄하면 동방 원리의 화유(化囿)입니다. 동
방 민물(民物)의 가장 커다란 기댈 대상이요, 동방 문화의 가장 긴
요한 핵심이요, 동방 의식의 가장 높은 근원입니다. 동방에 있어서
일체의 중추가 되는 기관이 되어 만반(萬般)을 잘 되도록 주선하여
운화하고, 일체의 심장이 되어 만반을 조건 없이 베풀어 퍼져 통하
게 하고, 일체의 생명분(生命分)이 되어 만반을 되살려 윤택하게 하
고 왕성히 새롭게 한 자가 백두산입니다. 기왕에 그러한 것처럼 현
재에도 또 장래에도 영원히 헤아리기 어려울 공덕의 소유자가 그
이입니다.

백두산은 천산(天山) 성악(聖岳)으로 신앙의 대상이었습니다. 제
도(帝都) 신읍(神邑)으로 역사의 출발점이었습니다. 영원(靈源) 화병
(化柄)으로 문화의 일체 종자였습니다. 동방 대중 생명의 원적(原籍)
이었으며 화복(禍福)의 사명이었으며 활동의 주축이었습니다.

그리하여 대진(大震) 일역(一域)의 삼세 변상(三世變相)은 백두산을
만다라로 하여 일체가 구현되었으며, 백두산을 깨끗하고 맑은 유
리로 하여 일체가 밝게 비추어졌으며, 백두산을 부채고리로 하여
일체가 모이고 또 모였습니다. 동방의 신화(神化)에 다만 이것이 비

기(秘機)이며, 동방의 보고(寶庫)에 다만 이것이 열쇠와 자물쇠이며, 동방의 묘문(妙門)에 다만 이것이 현관입니다.

상하 오천 년에 신시(神市)로, 단군으로, 부여로, 숙신으로, 고구려로, 말갈로, 발해로, 금으로, 여진으로, 만주로, 백두산의 신령스러운 태에서 잉태되어 길러진 천제자(天帝子)의 왕조만도 이미 열 손가락이 넘습니다.

지중해와 태평양의 사이에서 발칸 산으로, 곤륜산으로, 천산(天山)으로, 부르칸 산으로, 음산(陰山)으로, 태산(泰山)으로, 태백산(太伯山)으로, 부아악(負兒嶽)으로, 벤다케(晃嶽)로, 보로군다케(幌郡嶽)로, 히코 산(英彦山)으로, 후지 산(富士山)까지, 백두산의 빛나는 덮개에 감싸여 보호된 불함문화권(不咸文化圈)의 연장이 또한 수만 리에 뻗쳐 있습니다. 동방의 바람과 구름 치고 그 기류의 움직이는 근원이 백두산에서 피어나지 아니한 것 없습니다. 동방의 조화치고 그 법상(法相)의 연기(緣起)가 백두산에서 비롯하지 아니한 것이 없습니다.

백두산은 동방 민방(民邦)에 대하여 이때까지 부지런히 힘써 공적을 쌓아온 계감부(計勘簿)이며, 시방 당장 마음을 단단히 먹고 일을 처리하는 영사막(映寫幕)이며, 언제까지고 운수를 열고 명을 널리 펼치는 수시탑(垂示塔)이며, 그 몹시 오래된 행로상의 오직 하나뿐인 지팡이입니다.

세상에 성적(聖的) 존재란 것도 퍽 많습니다만 백두산 이상의 그것은 없으며, 세상에 신비하다는 것도 적지 아니하지만 백두산 같은 그것은 없을 것입니다. 말하자면 다른 것들은 신비스러운 신비요, 신비하게 한 신비요, 신비의 신비지만, 오직 백두산은 신비랄 것 아니면서 신비며, 신비랄 수 없는 신비며, 신비될 리 없는 신비입니다. 명백한 사실대로의 신비입니다. 돌이켜 말하면, 참으로 신비랄 것이 있다 할진대, 오직 백두산이 그것이라 할 것입니다.

백두산은 읽고 읽어도 다할 날이 없고, 알고 알아도 끝날 날이 없는 신으로부터의 대계시(大啓示) 그것이요, 동방 사람의 산 경전입니다. 실상 그대로 온전히 나타나 있는 우리의 윤리학이며, 과거란 문자로 기록된 예언서입니다.

푸고 퍼도 마르지 않는 생명의 원천이란 우리의 백두산을 두고 일컫는 이름일까 합니다. 그런데 씹는 대로 자미(滋味)가 나고, 먹는 만큼 자양이 되고, 그에게 친근한 만큼 실행의 대용(大勇)도 얻고, 표상화하는 영능(靈能)도 나오고, 신비 세계에의 참가 기회도 늚을 깨닫는 것이 백두산입니다.

백두산은 실로 쪼아서 다듬지 않은 미(美)의 큰 바다이며, 건축을 기다리지 않은 영(靈)의 화표(華表)입니다. 생을 그의 밑에 내려주고 정신을 그 아래에서 담금질하여 권면할 수 있음은 과연 얼마나 큰 우리의 은총이며 특권이며 행복이라 하겠습니까.

그런데 밝아야만 할 백두산의 사정처럼 어둠에 싸인 것이 없고, 날카로워야 할 백두산의 의식처럼 무딤에 빠진 것이 없고, 깊어야 할 백두산의 감수(感受)처럼 옅은 것이 없고, 부지런해야 할 백두산의 향용(享用)처럼 게으른 것이 없습니다. 고인(古人)만한 예찬의 정성이 없으며, 타인만한 탐구의 열정이 없으며, 필요한 만큼 그 대능(大能)을 활용해 볼 욕심도 없고, 본디부터 갖추고 있는 만큼 그 비기(秘機)를 열어 드러내 볼 성의도 없이, 한껏 마음을 먹지 않고 무관심한 체함이 시방 우리의 백두산 푸대접의 실상입니다.

이리됨에는 어떠한 핑계와 얼마만한 사정이 있다 할지라도, 이 무식과 이 무심은 어떻게든지 용서될 수 없는 일입니다. 척연(惕然)히 두려워하고 맹연(猛然)히 살펴서, 국토적 역사적 불충의(不忠義)와 정신상 생활상 불친절로서 면하지 아니하면 아니 될 것입니다.

백두산 하나를 주체하지 못하고 백두산 하나도 대접할 줄 모른다 함은 무엇이라고 하여도 그 임자의 자랑일 수 없습니다. 이에 백두산 의식을 솔직하게 털어놓을 필요가 있으며, 백두산 실정을 피력할 필요가 있으며, 백두산 지견(知見)을 열어 인도할 필요가 있습니다.

불초(不肖)[1]의 이에 대한 느낌과 걱정은 저절로 대수롭지 않고 예사로움에 지내기 헤아릴 수 없이 많은 것이 있어, 어떻게 하여 크게는 조선인에게 백두산 의식의 하나의 전환기를 만들고, 작게는 사사로이 여러 해 학문을 연구하는 바의 실험하여 증거를 밝힐 기회를 얻지 못할까 하여 이를 기다리고 이를 노린 것이 하루 이틀의 일이 아니었습니다.

더구나 만반의 감개를 국토 예찬에 맡긴 요즈막에는, 그 가장 높고 가장 근본이 되실 백두산을 우러러 뵙지 못함이 무엇보다도 큰 죄를 저질러서 몹시 어그러지는 일이라는 마음의 꾸짖음을 받게 되어 잠을 자며 꿈을 꾸는 것이 이를 위하여 편안치 못하기를 여러 해가 하루 같아 왔습니다.

그러나 거친 변방이요 깊은 산이라, 홑몸으로 편하게 도달하기를 생각할 수 없는 채로 미죽미죽 지내더니, 작년 여름에 조선교육회의 백두산과 압록강 일대 박물 탐사단(博物探査團) 파견을 듣고, 이도 기회라고 생각하여 드디어 순례의 선지식(善知識)인 석전 노사(石顚老師)를 전같이 모시고 수행하며, 그네와 함께 성산(聖山)의 근참(覲參)을 결행하기로 하였습니다.

여정은 겨우 3주간이었습니다. 이 동안에 장백(長白)의 일만 척 정상을 다다르며 압록(鴨綠)의 이천 리 유역을 내리는 것이매, 주도면밀하게 관찰하고 고험(考驗)할 수 없음은 물론입니다. 또 좌우를 돌아볼 겨를 없이 힘차게 나아가면서 한데에서 지내기를 군대와

---

1 아버지를 닮지 않았다는 뜻으로, 못나고 어리석은 사람을 이르는 말이다. 여기서는 저자가 자신을 겸양하여 지칭하는 말로 쓰이고 있다.

행동을 함께 하기 때문에, 생각을 깊이하고 문장을 다듬는 것은 본디 하려고 마음먹을 수 없는 일이었습니다.

그러나 백두산 있어 온 뒤로 아직 문적(文籍)다운 것이 하나도 없고, 또 변변치 아니한 문자라도 백두산 의식을 깨우쳐 주는 하나의 자극이 되지 말란 법도 없을까 하여, 혹 군마(軍馬)의 티끌을 뒤집어쓰고 혹 노영(露營)의 겨를을 훔쳐서 행중(行中)에서 실지로 겪은 일과 길 위에서의 만감(漫感)을 약간 기록하여, 우편 닿는 대로 『동아일보』로 보내었습니다.

몸이 웅대한 풍물(風物)에 둘려서 생각을 아득한 고사(古史)에 달리면서 삼복(三伏)에 손을 불고, 한 구절 한 구절 적어 나가던 일이 나에게는 영원히 즐거운 기억이지만, 단편적인 생각 보잘 것 없는 서투른 글이 성의를 다하지 못하고 감회를 다하지 못하고 요령을 다하지 못한 일을 생각하면, 부끄럼과 두려움이 아울러 깊을 따름이요, 다시 이것을 남의 눈에 걸 용기가 없기도 합니다.

더구나 가슴속에 몸 안에 쌓인 기로 인한 덩어리가 생겨서 아픈 병이 크고 단단하고, 가슴 속에 쌓인 피가 수레처럼 구르고 제멋대로 행동하는 것이 있고 높이 뛰어오르는 것이 있는 채, 생각은 더욱 제멋대로 놀려고 하고, 말은 더욱 무성하게 뻗으려 하고, 글은 더욱 흩어져 어지러우려 하고, 뜻은 더욱 어려워 명료하지 못하려 한 것입니다그려.

남을 향하여 보아 주소서 할 제법 한 것은 물론 아닙니다. 그러나 남은 혹 번용(煩冗)[2]으로 보고 만연(曼衍)으로 보고, 또 혹 과대(夸大)라 하고 격앙이라 할 곳이 없지 않을 이것도, 도리어 나는 큰 절제를 더한 것이요, 큰 부족을 느끼는 것으로 실상 좀 더 푸념하고 좀 더 잔사설 못한 것을 섭섭해 하는 것입니다.

---

2 번거롭고 어수선한 것을 이른다.

간결하고 정리된 요점을 얻는다 함은 원래 재주가 미치지 못하는 바요, 덜 퍽지게나 하여 속이 좀 시원하자고 하건만, 이에는 내 생각의 출처가 옅으며, 내 어휘가 모자람을 원망스럽게 생각하기도 하는 것입니다. 아무리 해도 이것이 백두산의 전거적(典據的) 기록일 것 아니요, 또 누가 쓴대도 백두산의 사실적 표현은 바랄 수 있는 것 밖일 것이니까 아직 이런대로나마 거듭 인쇄 식자공을 수고로이 하는 것이며, 지저분하고 졸렬하지만 백두산의 이름으로 드러나게 됨을 또한 영광으로 생각하려 합니다.

이 속에 혹시 백두산의 시공이사(時空理事) 사이 어느 한 모라도 건드려진 것이 있다 하면, 이는 진실로 생각 밖의 커다란 소득입니다. 시상(詩想)으로써 사실(史實)을 만지작거리려 한 지극한 마음을 짐작까지 하여 주시는 이가 있다 하면 이는 다시 분수에 넘치는 큰 영광임이 물론입니다.

어허 백두산! 그것은 본디부터 사람의 심수(心手)에 그려지고 형용되고 발명되어질 것이 아닐는지도 모릅니다. 이것이 백두산이 우리에게 있어서 영원히 변하지 않는 노력과 몹시 오랜 치성(致誠)의 대상이요, 길고 길어도 밑바닥이 보이지 아니하는 샘물일 소이(所以)인지도 모릅니다.

그러나 아무렇게나 이러고 저러고 해보고 싶음이 우리의 지극한 충정이니, 이 변변치 못한 글월도 요하건대 이 속마음이 한번 밖으로 나타난 결과일 따름입니다. 이 뒤에라도 기회 있는 대로 힘자라는 대로 백두산을 파기도 하고 굽기도 하고 소리 높여 읊조리고 노래도 할 것입니다. 백두산의 사실적(事實的) 서술에는 고금을 주워 모아 따로 『백두산지(白頭山志)』를 편집한 것이 있습니다.

이 기회로 『동아일보』와 단원 여러분과 특히 막영(幕營)과 취사를 함께 하여 여러 가지로 신세 진 제4반원 여러분과 백두산과 압록강 연로의 민관(民官) 여러분께서 베풀어주신 공사(公私) 후의(厚

意)를 충심으로 감사합니다.

정묘(1927) 1월 22일
영하 17도 7의 매우 심한 추위도 그날 백두산정보다는
여름 같다는 생각을 하면서 외풍 썰렁한 일람각(一覽閣)에서

백 두 산 근 참 기

평생의 꿈,
백두산 가는 길

1. 광명은 동방으로부터

열흘에 걸친 장마가 겨우 걷히고 오래 피신하였던 태양이 다시 위용을 드러냈건만, 찌는 듯한 무더위가 오히려 사람을 열쇄(熱殺)[1] 뇌쇄(惱殺)[2]치 아니하면 그치지 아니하려 하는 7월 24일이었다.

밤이 들어도 완화되지 아니하는 답답한 열의 압력이 암만 하여도 심상치 아니하여, 서투른 무당이 궂은 일을 맞추는 것처럼, 상하이 방면으로부터 동진하는 저기압이 무서운 호우를 가지고 온다 하던 측후소의 예보가 반갑지 아니한 이 일에만 어쩌다 한번 맞힐 듯도 하다. 차창으로부터 으스름한 달빛 아래에서도 살펴지는 한강의 탁류를 보고 비야 올지라도 저놈의 광포(狂暴)나 없었으면 하는 기원을 하지 않을 수 없었다.

여름휴가로 귀성하는 학생, 원산의 해수욕장과 삼방(三防)의 약수로 서늘하고 시원한 맛을 따라가는 이, 경부선 불통으로 여러 날 막혀서 지체되었던 남쪽으로 가는 여행객이 한꺼번에 한군데로 모여드는 상황 등으로 인하여 차안 좌석의 붐빔은 비할 데가 없고,

---

1 한창 더울 때에 그 더위를 초월하여 덥다고 할 것이 없는 데까지 이르는 것을 말한다.
2 애가 타도록 몹시 괴로워함. 또는 그렇게 괴롭히는 것을 말한다.

용산에서 청량리에서 계속 차량의 연결을 늘이건만 차는 겨우 한 량을 더 달면 승객은 이미 두세 량이나 잡을 만큼 들이덤볐다.

워낙 찌는 날을 사람의 운김이 한층 더 불을 지피고, 중국인 노동자 떼의 지저귀는 소리와 어린애들의 울음소리가 그 위에 또 기름을 부어서, 좀 서늘할까 했던 야간 여행도 에누리 없는 커다란 화로 그것이었다. 다만 이 길이 백두산 걸음이어니 하는 생각을 하고는 한 줄기의 시원한 맥이 마음속에 뛰놂을 느껴 적이 스스로 위로할 뿐이었다.

한양 오백 년의 찌든 산하와 궁예 천년의 묵은 자취의 감흥은 벌써 법석과 더위의 아가리로 쏙 들어가 버리고, 잠이나 좀 들었으면 하는 생각만이 마음에 간절하였다. 그러나 얌치없는 북새는 한 도막의 잠을 주기에도 결코 활소하지 않고, 겨우 명상의 길목을 얻어서 비로소 이것저것을 다 잊어버리는 기회를 얻었다.

백두산을 가다니! 손바닥만한 조선 반도가 도무지 백두산 하나가 하늘을 뚫고 우뚝 솟는 통에 생겨난 주름살이요 터진 금인 것들이어늘, 이제 따로 간다는 백두산이 어디란 말인가! 부루퉁이거니 골짜구니거니 조선의 어느 흙 한 덩이가 백두산이라는 몸의 한 부분이 아니며, 궁둥이를 붙임이나 발자국을 옮김이나 조선 안에서 꿈쩍함이 어느 것이 백두산 중에서 오비작거림이 아니기에, 이제 이 길을 특별히 백두산으로 간다고 하는 생각도 났다.

사람이 공기를 모르고 고기가 물을 잊어버리는 셈으로 온통 그 속에 들어 있을수록 그런 줄을 모르는 것이 대개 상례이거니와, 조선인의 백두산에 대한 의식도 실로 이러한 종류라 할 것이다.

언제 아무 데서고 이마를 스치는 것은 백두산의 바람이요, 목을 축이는 것은 백두산의 샘이요, 갈고 심고 거두고 다듬는 것은 백두산의 흙이요, 한 집의 기둥뿌리와 한 동네의 수구막이를 붙박은 것은 백두산의 한 기슭이니, 손오공의 근두운이 돋우고 뛰어도 관음 보살의 움켜쥔 손아귀 밖으로 탈출하지 못한 것처럼, 아무리 난다 긴다 하늘이 낮다 하여도, 조선인의 세력이나 지위가 높아서 드날리거나 높이 뛰어오름은 밤낮 해야 백두산의 이모 저모에서 올지 갈지를 한바탕 함에 지나지 못하는 것이다.

이렇게 떠나려 해도 떠날 수 없고, 떼려 해도 떨어지지 아니할 사정에 있는 것이 우리들의 백두산에 대한 관계이다. 따로 가지 아니해도 앉은 거리가 곧 백두산이요, 등지고 달아나려 해도 밤낮 따라다니는 것이 온통 백두산이니, 진실되고 거짓 없이 매우 간절하게 말하면 백두산과 우리는 본디 한 덩이요 결코 두 조각이 아닌데, 가는 것 오는 것은 무엇이며 찾는 이 받는 이는 누구라 하랴. 억지로 말을 만든다 하면, 이번 이 길은 백두산의 아랫골로부터 그 윗등성이를 올라감이라고나 할 것이란 생각도 하였다.

어느 틈엔지 잠도 들었다. 깨어 보매 검불랑(劍拂浪) 마루턱도 벌써 넘은 지 오래되었고, 동을 트고 나오는 아침의 빛이 오봉산(五峰山) 꼭지를 어둠으로부터 해방하기 시작하였다. 들이 높으며 하늘은 더욱 낮고 구름은 더욱 겸손하다. 기차 바퀴가 구르는 대로 퍼져 나가는 샐빛[3]이 어느덧 높고 화려하고 굳세고 넓은 반가운 신세계를 우리의 눈앞에 펼쳐 놓았다.

광명이 또 한번 동방으로부터 왔다. 떠오르는 태양에 채색된 숭엄한 고원은 쌀쌀한 대로 훗훗한 봄이요 꽃 없는 채로 찬란한 봄동산인데, 그리로 향하여 마구 달려드는 기차는 극락의 관문이나 뻐기려 들어가는 것처럼, 기세도 좋고 운의(韻意)도 좋으며, 대수롭지 아니한 궤도도 공연히 신비와 희망으로의 길을 안내하는 표지와 같기도 하다.

---

3 날이 샐 무렵의 빛을 가리킨다.

2. 백겁이 지나도
남아 있을 흙인 합란 평야

자고 있던 사람의 가슴을 단번에 시원하게 해 주는 안변(安邊)의 평야와 언제든지 팔짱을 벌리고 나서서 반가이 맞이해 주는 듯한 갈마(葛麻)의 반도는, 밤에 가는 이 차가 원산 가까이에서 누리는 하나의 특권이라 할 만큼 누구에게든지 쾌감을 주는 것이다.

더구나 아침 안개가 반쯤 걷히고 밥 짓는 연기가 새로 얽혀 가는 군데군데의 마을은 살아 뛰는 것을 모두 붙잡다가 그림 속으로 집어넣어 얼마나 사람의 신경을 차분히 가라앉힐 수 있을 만큼 조용하게 하는지 모르겠다.

'삐삐' 하는 기적소리와 '덜걱뚝딱' 하는 분주한 화륜선만 없었더라면 원산의 아침이 얼마나 아름다운 국토이었을까 생각하면서 탁류가 뽑히지 아니한 적전천(赤田川)을 건넜다. 대체로 보아서 삼방 이쪽에는 서울 저쪽 같은 강우가 없는 모양이요, 어느 곳은 아직 모내기도 못한 데가 있는 형편이었다.

함경선은 이번에 처음 타는데, 더욱 흰 모래밭 푸른 소나무 밖으로 한눈에 바라볼 수 없을 정도로 아득하게 멀고 넓어서 끝이 없는 푸른 바다의 큰 파도를 끼고 나가는 풍광의 아름다움은 굽이굽이 새로운 감흥을 자아냄이 있다. 왼쪽으로 두류산(頭流山)을 헤치고 오른쪽으로 송전만(松田灣)을 물리치면서, 명랑한 기운이 사방에 그득한 일 국면을 내닫는 것은 영흥(永興)이다. 산은 가멸고 화려하며 들은 크고 넓어 이 태조의 용흥지(龍興地) 됨에 모자람이 없음을 깨닫게 한다.

정평(定平) 땅의 경계로 들어가면서 멀리 오는 빚쟁이를 알아본 사람처럼 사방의 산들이 꽁무니를 슬금슬금 빼기에, 이것은 무슨 조짐인고 하였더니, 알고 보니 강경(江景)·극성(棘城)과 함께 반도 3대 평원의 하나가 되는 합란 대야(哈蘭大野)가 열리려 하는 준비였다.

도련포의 장성(長城)을 비롯하여 여기저기 흩어져 있는 허다한 성채의 유지(遺趾)가 설명하는 것처럼, 이 근방은 오랜 동안 국인(國人)과 야인(野人)이 각축 갈등하던 곳으로 백겁이 지나도 남아 있을 흙이니, 안변일세 정평일세 하는 변경의 요새 같은 지명에서도 징험할 수 있는 것처럼, 고구려가 엎어진 이후로는 고려 후기까지도 그 이른바 동북계(東北界)란 것이 대개 정평·함흥의 사이에서 들락날락하던 것이다.

그런데 한번 시원하게 여기 전개된 함흥의 평야는 실로 양 민족 갈등과 양 병마(兵馬) 치축(馳逐)의 교충(交衝) 중심이던 곳이니, 고려 일대의 위업으로 일컫는 시중 윤관(尹瓘)의 여진 정복, 9성 축조도 최근의 연구에 의하면 그 북진선이 함흥으로부터 홍원(洪原)·신여(新興) 일대에 그친다 하는 것이다.

함흥의 이 큰 들은 실상 이러한 큰 풍운을 엎치락뒤치락하기 위하여 조화(造化)가 베푸신 무대였다. 만세교(萬歲橋)를 웃녘으로 보고 성천강(城川江)을 건너가면, 반룡산(盤龍山)을 등에 지고 합란 평야의 배꼽처럼 가장 유력한 한 점을 대국(大局)의 한 가운데 찍어 놓은 것이 함흥부(咸興府)이었다.

동부여가 옮겨와 살던 땅도 되고, 고구려가 피난하던 땅도 되고,

옥저 천 년, 여진 칠백 년의 근거지도 되어, 반도 동북의 역사적 중축(中軸)이 된 것은 다른 말 할 것도 없이 그 특이한 형승(形勝)의 자연스런 값이라 할 것임은 힐끗 보는 눈에도 얼른 깨쳐지는 일이었다. 이만큼 웅대한 배치에 그만큼 중첩한 파란이 없었더라면, 함흥은 하마 역사적 불우를 한탄할 뻔하였을 것이다.

천불산(千佛山) · 백운산(白雲山)이며, 역내에 별처럼 흩어져 있는 고성(古城) 잔루(殘壘) 등 마음을 끄는 경물(景物)이 실로 한둘이 아니언만, 정해진 날짜가 있는 등산(登山)이 이미 하루의 너그러움도 허락하지 아니하니, 연속해서 자꾸[1] 차창으로부터 이 커다란 들판을 도맡아 다스리는 듯한 백운산의 위용을 쳐다보고 여러 번 묵례를 드림으로써, 채무 기한 연장의 사정을 하였다.

---

1 원문은 '연방'이다. 이후에도 연방은 '연속해서 자꾸'로 풀었음을 밝힌다.

3. 산은 웅장하고 바다는 고운 함경 연선

함경선은 성천강(城川江)을 끼고 운전면(雲田面)을 비스듬히 동남으로 달려 바로 남쪽 언덕 쪽으로 나아가니, 이태조의 잠저이던 본궁(本宮)을 선로의 왼쪽에서 볼 수 있다. 푸른 소나무와 푸른 버드나무가 우거진 그 속에는 오백 년의 비바람을 혼자 가늠하는 태조가 심은 소나무도 있을 것이요, 그 정전(正殿) 속에는 원나라 도적 나하추를 단단히 혼내던 활과 화살, 금나라 도적 삼선·삼개를 꼼짝 빠지게 하던 고건(櫜鞬)[1]도 옛날 그대로 보존되었으련만, 당년의 영특하고 용감함을 이야기함이 분명할수록 차라리 보지 않고 지냄을 다행으로 알려 한다.

경주의 봉황대 비슷하게 생긴 형제 양 섬이 온자스러이 해상에 벌려 있는데, 심장 모양의 작은 반도가 그리로 내밀고 거울 같은 바닥과 쪽 같은 물이, 가까이는 호수를 이루고 멀리는 바다를 연한 서호진(西湖津)은 진실로 남부럽지 아니한 바다에 접해 있는 경승지라 하겠다.

해안에는 청송이 겹겹이 병장(屏障)을 두르고, 그 앞에는 풀솜 바

---

1 활과 화살을 꽂아 넣어 등에 지도록 만든 물건으로, 동개라고도 한다.

함흥 본궁 정전(『조선고적도보』)
함흥은 조선 왕조를 세운 태조 이성계가 세력을 키운 본거지였다. 함흥 본궁은 이성계의 잠 저였다.

닥 같은 백사지(白沙地)조차 온전한 피륙 흰 누인 명주처럼 펼쳐져 있는데, 사이사이 천막을 치고, 함흥에서 온 남녀노소가 떼를 지어 그리로 향함은 일요일을 이용하는 무슨 놀이가 거기에서 벌어진 모양이다. 아닌 게 아니라 과연[2] 반룡의 산과 합란의 들과 이 서호 의 바다는 각가지로 함흥의 생활을 윤택하게 하는 데 영원한 의의 를 가질 것이겠다.

함경도를 들어서면서 길가의 집들이 초가지붕일망정 대개 남방 보다는 드높고 넓은 맛이 있고, 지붕과 추녀를 기와집처럼 쳐들어 서 보기에 생기 있음이 심히 든든하며, 특히 서호 일대에 간잔지런 히[3] 배치된 이런 집의 무더기는 시골집 그대로 훌륭한 별장의 모습 을 보이고 있다.

서호의 왼쪽 끝에 작은 언덕 3~4개가 바다로 쑥 들어가 있고, 그 북면이 바닷물에 무질려서 깎아지른 천길 절벽에 서슬이 바로 푸

---

2 원문은 '미상불'이다. 이후에도 미상불은 '아닌 게 아니라 과연'으로 풀었음 을 밝힌다.
3 매우 가지런한 상태를 뜻하는 부사어이다.

름도 보임직한 하나의 광경이었다. 서호로부터는 선로가 산을 피하여 힘써 해안을 끼고 북진하는데, 그대로 다투어 바다로 와서 담그는 산과 산들의 꼬리를 비킬 수 없어서 작고 큰 터널이 고대 고대 연속하여 있다.

뚫고 나가면 반가운 바다 빛이요, 긴 물가 굽은 물굽이가 각각 제 생김새를 발보이매, 마치 활동사진에 가끔 자막이 끼이는 것처럼 터널로 드나듦이 조금도 괴롭지 아니하다. 삼방의 총총들이 터널은 계곡의 여러 모양으로, 서호 이쪽의 그것은 바다 포구의 각각의 경치로, 각각 기묘한 변화의 풍취를 배불리 맛보게 하는 이 지방 철도의 한 쌍 특수한 장면이라 할 것이다.

활 모양의 긴 모래섬을 당긴 여호(呂湖)에서는 뒤에 순릉(純陵)[4]의 울창한 숲을 돌아다보고, 톱날 같은 곡포(曲浦)[5]가 깊다랗게 휘어들어온 퇴호(退潮)에서는 여진 방어의 고성을 더듬어 보고, 먼 포구의 돌아오는 범선을 좌우로 불러 오게 하는 운룡(雲龍)에서는 괴이한 암석의 무더기로 이루어진 문(門) 바위의 기이한 경치에 눈을 크게 떴다.

이리하는 중에 남경북완(南梗北頑)[6] 아무 놈이라도 덤벼라 하여 오랑캐가 오자 오랑캐를 죽이고 왜구가 이르자 왜구를 섬멸하던 시중 이성계가 공을 세워 이름을 떨친 무대인 함흥 대야(咸興大野)를 다 지나고, 여진의 옛 비석[古碑]이 있어서 유명한 달단동(韃靼洞)을 더듬는 동안에, 학산(鶴山)의 밑과 전진(箭津)의 가에서 홍원(洪原)이라는 대읍(大邑)을 만났다.

바다의 이로움 이외에도 누에고치·소·콩 등의 산지로 경제적

---

4 태조 이성계의 할머니 경순 왕후(敬順王后)의 능으로, 함경남도 함흥군 서호 면에 있다.
5 꼬불꼬불한 갯벌을 뜻한다.
6 남쪽의 사나운 일본과 북쪽의 완악(頑惡)한 야인을 아울러 이르던 말이다.

사정이 윤택한 까닭이겠지만, 서울로부터 귀성하는 유학생의 떼도 많이 내리고, 번지르르한 읍내의 형편이 얼핏 지나가는 손에게도 든든한 느낌을 주는 곳이었다.

홍원쯤에서부터는 산천의 거대하고 성대한 맛이 갈수록 증대하여 아닌 게 아니라 과연 함관령(咸關嶺) 북쪽의 값이 있으며, 신포(新浦)·경포(景浦)의 아름다운 미목(眉目)으로 아양을 부린 경치도 그런 채 넓고 끝이 없는 뜻을 띠어 눈에 부딪치는 풍물이 가히 친하기는 하되, 가히 업신여길 수는 없음을 깨닫겠다.

드부룩한 마양도(馬養島)는 외양부터 물산이 풍부하고 인구가 많아 보이며, 아늑한 양화(陽化)는 거의 천에 가까운 민가가 이미 생업의 좋음을 설명하는 것이어니와, 포서(浦溆) 일대의 즐비한 생선 가게의 비린내가 그대로 주민의 향내임은 두말할 필요도 없는 일이다.

좌로 육상(陸上)에 있는 용연(龍淵)·금호(琴湖)의 한 쌍 맑은 거울을 돌아다 보고, 우로 해중(海中)에 있는 괘도(掛島)·작암(鵲岩)의 3점 다른 모양을 손가락으로 가리키면서, 기차가 이쪽 함경선 아직까지의 종점인 속후(俗厚)로 도착한다. 역을 나서매 자동차 십여 대가 양 편에 정렬하여 손님을 부름이 바쁘고, 또 잠시 동안에 그것이 다 가득 싣는 번성함을 보임에는 놀라지 않을 수 없었다. 이렇게 북청(北靑)으로 실어다가, 한 끝은 도로 자동차로 혜산진(惠山鎭)으로 실어 나르고, 한 끝은 단천(端川)의 함경선 제2구로 연락시키는 것이었다.

4. 동북 15고을의 요충지

하천황(下天皇) 저쪽으로 발해의 고성(故城)이란 것을 쳐다보고, 자동차는 문성천(文城川)·남대천(南大川)을 가로질러서 바로 쏜살같이 북청으로 달려든다. 왼편에 보이는 산에는 장진(長津)·하천(賀天)·천봉(天鳳) 등 이름난 큰 산이 있으련만, 지도에도 표시가 분명치 아니하니 어느 것이 그것인지 모르겠다. 철로의 연장 공사가 한참 바쁨은 오는 11월 내로 신북청(新北靑)까지를 준공하려 함이라 한다.

장항리(獐項里)를 지나면 동덕산(東德山) 아래에 노덕서원(老德書院)을 손가락으로 가리킬 수 있으니, 백사(白沙) 이항복(李恒福)을 주로 하고, 관계된 몇 명을 제사 지내는 곳이다. 철령 높은 고개에 쉬어 넘는 구름을 붙들고 고신(孤臣)이 원루(寃淚)를 비 삼아 가져다가 임 계신 구중궁궐에 뿌려 주기를 희원하던 저 제사터 그 사람의 고충을 생각하니,[1] 조용히 흐르는 눈물이 그렁거림을 금할 수 없다.

---

1 이항복이 광해군 5년(1613)에 일어난 인목 대비의 폐모론에 반대하다가 삭탈 관직되어 북청으로 유배되었을 때, 철령을 넘으면서 지은 시조이다. 이항복은 광해군 10년(1618)에 그곳에서 병사하였다.

그가 여기 와서 죽고 여기 있어 혈식(血食)[2]함이 반드시 그의 본디부터 마음속에 품고 있는 뜻이 아니라 못한다 할지라도, 늙은 그를 몰아다가 기어이 천리 먼 구석에서 죽게 한 뒤에 마는 그 심사가 너무도 인정에 가깝지 아니치 아니할까. 어허, 오백 년 역사의 하나의 특색이라고도 할 은인을 구박하는 늘 있는 일도 늙으신 이항복을 북청으로 유배를 보냄에 이르러서는 특히 일단의 슬픈 정을 재촉함이 없지 아니하다.

예로부터 이름 있던 남대교는 신작로에서도 꽤 장관임을 잃지 않는데, 이를 건너서 5리면 동북 15고을의 요충이라 하던 북청읍을 당도한다. 남문은 헐어서 돌로 만든 무지개다리만 남고, '관남대원문(關南大轅門)'이라고 현판한 장화루(壯化樓)는 지붕이 반이나 벗겨져, 당년 남병사(南兵使)의 위풍을 생각하여 볼 것은 변변히 남은 것이 없을망정, 부드럽고 아름다움과 연약하고 고움이 많이 남쪽의 맛을 머금은 삼각산을 집어삼킴직한 어여쁜 생김새는 시방도 의연함이 탐탐하다 하겠다. 더욱 2천이 넘는 비교적 많은 인가는 삶의 이치가 고금 없음을 무엇보다도 잘 증명하는 것으로 사람의 마음을 든든하게 함이 크다.

행장을 여관집에 던지기 무섭게 시가 구경을 나섰다. 함경도라 할 함경도 군읍(郡邑)의 구경은 이것이 처음이기 때문이다. 가옥은 목재가 흔한 탓도 있겠지만, 대체로 남쪽보다 크고 번듯한 데다가 초가가 적으므로 비교적 부유하고 윤택한 기운이 돈다. 이것은 촌으로 나가도 마찬가지일 뿐만 아니라, 번듯한 기와집 또 기와집만의 덩어리는 도리어 고을 밖에 있는 마을에 더 많음을 뒤에 알았다.

지붕은 많이 벚나무 껍질로 잇고 벚나무 껍질이 귀하면 그저 판

---

2 피 묻은 산짐승을 잡아 제사를 지낸 데서 유래하여 나라의 의식으로 제사 지내는 것을 뜻하게 되었다.

목으로 엇매겨 덮고는 그 위에 뭉우리돌을 귀맞추어 깔았는데, 이 것을 '봇돌'이라 하니, '봇'은 화피(樺皮: 곧 벗)의 이곳 방언이요, '봇 돌'은 '봇'을 누르는 돌이라는 의미이었다. 어떠한 데서는 '봇돌'을 혹 '동조앗돌'이라고 일컫는다고도 한다.

집의 내부는 대개 일자로 넓적하게 짓고 부엌을 중심으로 하여 간가(間架)를 차렸으되, 부엌 바닥을 '바당'이라 하고 부뚜막을 '벅 게'라 하고 부뚜막이 널따랗게 그대로 살림방·안방이 되어서, 세 간과 금침을 그 위에 놓고 주부의 음식에 관한 예절과 잠자는 처소 의 일이 다 여기에서 행해진다.

여기를 '정주'라 하고, 정주에 연접한 방을 '고방'이라 하고, 또 그 다음을 '웃방'이라 하며, 부엌 건너에는 흔히 소와 말의 외양간 이 있고, 만일 거기에 방을 만들었을 때에는 외양간은 그 방에서 직각으로 꺾어서 설치하되, 물론 부엌의 한쪽에 대어 짓는 것이었 다. 우마와 마주 보면서 밥도 먹고 칸을 함께 하여 잠도 자서, 아닌 게 아니라 과연 가축을 완전히 가족화한 것이 일종의 정다움을 느 끼게 함이 있다.

부엌은 물론 끔찍이 깨끗하게 다스리고, 부뚜막에는 솥이 느런 히 걸렸는데, 솥 모양이 남쪽과 달라서 솥 어귀가 주발 아가리처럼 민틋하게 벌어졌으며, 부뚜막 한 옆에는 서울 쇠화로 같고 어마어 마하게 큰 물두무가 삼발이 위에 놓여 있어 물독의 소임을 보는데, 대개 기름을 발라 닦아서 광이 번쩍번쩍한다.

물 긷는 그릇은 이름은 동이로되 모양은 서울과 같지 아니하여, 부리가 갸름하고 배가 불룩하고 키가 앙바틈하고 좌우에 손잡이를 단 바탕의 모양이니, 아낙네가 이것으로써 물을 떠서 고개로 이고 나르는 모습은 마치 유대인의 풍속도 안에서 보는 그것과 같고, 그 릇을 만든 모양이 그지없이 예스럽고 아담하여, 깊은 운치가 물방 울과 함께 뚝뚝 떨어지는 듯하다.

거리에 앉아서 목판의 물건을 파는 이는 다 부인네들이다. 과실 종류, 두부 등속 외에 도라지를 불려 찢어서 산같이 쌓아 놓고 팖이 눈에 뜨인다. 자두 비슷하고 좀 잔 것을 팔기로 무엇이냐 한즉 "붕늬라 하오. 앞에서는 농리라 합닌다." 하는데, 대개 오얏의 이곳 방언이었다. 가끔 '갈비집'이라고 붙인 음식집이 있음은, 서울의 전골집처럼 갈비를 쟁여놓고 파는 곳이다. 1인분이 넉 대로 20전을 받는다 한다.

관청 자리를 돌아다니며 보니 고을의 지위 분수로는 심히 비좁고 누추들 하였었고, 아닌 게 아니라 과연 병영(兵營)은 배포가 좀 크나 대개 퇴락하여 보잘 것 없이 되었다. 관남대원문(關南大轅門)이란 것은 이 병영의 정문 바깥 현판이니, 굵은 획을 빽빽이 그어서 '轅(원)' 자 같은 것은 좀 분간이 어렵기도 한데, 여기에 대하여 재미있는 하나의 일화가 있다.

일본의 수비대가 와서 있을 때인데, 병합 후에 '韓(한)' 자를 꺼리는 병이 그자에게도 들려서 대원문(大轅門)을 대한문(大韓門)으로 오인하고 "안 되겠소 말이오."를 부르면서 급급히 철거하였더니, 마침 폭질(暴疾)[3]이 들리니 그 귀신이 준 재앙이라 하여 도로 내다 걸고 말았다는 것이다.

---

3 갑작스럽게 앓는 급병을 뜻한다.

5. 여러 번 꺾인 50리의 후치 대령

26일. 아침 8시 반에 자동차로 풍산(豊山)을 향하였다. 길은 영덕산(靈德山) 기슭로 하여 남대천의 상류를 끼고 북으로 북으로 올라가는데, 길가에는 논도 많고 물색(物色)이 다 부유하고 윤택한 기운을 띠어서 매우 드문 살기 좋은 생활지임을 알겠다. 근년에 수리조합이 되어 논이 퍽 늘었다 한다.

웅장하고 큼직한 산의 가상이를 끊어 길을 내고, 길 만드느라고 쌓은 돌 둑 밑에는 대천(大川)이 기운차게 흘러서, 산과 길과 물이 셋붙이 개피떡처럼 붙들고 놓지 아니하는 속으로 두메의 대로가 탄탄하게 끊임없이 이어져, 마치 단성원(丹城院) 목덜미로부터 산청(山淸)·덕산(德山)을 향하여 지리산 기슭을 더듬어 들어가는 산속으로 통한 좁은 길을 다시 지나가는 듯하다. 이러한 길이 40~50리를 이어 끊임이 없으니, 대개 대덕산의 서쪽 잔록(殘麓)을 껴안고 더듬더듬 돌아감이었다.

시골집은 대개 기와집이 많은데, 집의 제도가 판에 박은 듯 열이면 열이 다 같아서, 넓적한 몸채에 뒤편 한 귀에 달개 하나를 나지막하게 달아낸 것이니, 달개는 흔히 외양간이요 혹 '수간'이라 하여 광으로도 쓰고 혹 객실인 곳도 있다.

굴뚝은 여러 길 되는 통나무의 속을 태워 뚫어서 길고 곧게 만든 것을 몸채에서 좀 떨어뜨려 꽂았는데, 그 값이 촌에서는 50전 내지 1원이요 읍내에서는 4~5원이나 한다고 한다. 들창과 미닫이는 퍽 드물고, 대개는 짝문을 칸마다 한 가운데에 박았으며, 집 밖에 울타리나 담을 설치하지 않는 것도 이 지방의 특별한 풍속이다.

길에 다니는 이는 열이면 아홉 반이나 부인이며, 머리에 짐을 커다만하게 이고 꽃 같은 색시도 줄달음질을 치며, 집채 같은 큰 소를 어린 계집애가 곧잘 몰아간다. 이 지방에서 아낙네를 '치마띤'이라고 부르는 방언이 있는데, 우리가 보기에는 이 지방 아낙네의 띤 것이 다만 치마뿐 아니라 생산 작업의 모든 필요한 것을 온통 몰아서 띠어 가진 듯하고, 사나이는 반이나 그 치마 꼬리에 싸여 지내는 것이 아닌가 하는 생각도 들었다.

장흥리(獐興里)·삼기(三岐)·인동리(仁洞里)는 다 길가에 있는 상점 거리이니, 집이 우선 굵기도 하고 시장의 상황이 자못 질번질번하여[1] 두메의 주막거리로 볼 수 없다. 북으로부터 각목(角木)·판목(板木)·통목(桶木) 등 목촌(木村) 수운(輸運)의 우차 마차가 길 위에 끊어지지 않아 자못 적막하지 아니하다.

군데군데 냇물의 흐름을 사이로 내려다보는 기와의 촌락들은 다른 시골 같으면 산중의 절을 건너다보는 것 같다. 이락봉(耳洛峰) 마주보는 쪽에 있는 성문내(城門內)라는 동네는 특히 큰집이 비늘처럼 차례로 잇닿아 있는 중에 용문재(龍門齋)라고 액자를 건 하나의 커다란 집은 이름만으로도 마을 안의 글방임을 알겠다.

북청에서 백 리를 달려와서 뾰족하면서 빼어나고 웅장한 남산(南山)이란 한 봉우리를 접어들면 직동(直洞; 곧은골)이란 꽤 큰 하나의 시가가 나서고, 여기서부터 유명한 후치령로(厚峙嶺路)로 들어서

1 겉으로 보기에 살림이 모자람이 없이 넉넉하고 윤택하다는 뜻이다.

게 된다.

여기서 버쩍 달구어진 기관(汽罐)을 훨씬 식혀 가지고, 상직동(上直洞)으로 하여 구불구불한 대판로(大坂路)를 새겨 올라가는데, 원체 높고도 험하여 몹시 가파른 경사를 휘임휘임 둘러낸 길이라, 뺑뺑 돌아서 상직동을 도로 와 보게 됨이 몇 번인지, 고도는 오르겠지만 진도는 도무지 붙지 아니하며, 지도를 펴서 보매 학질 앓는 이의 체온을 검사하는 표와 같이 길이 굽은 선의 표시가 버릇없는 '之' 자의 연쇄를 이루었다.

이렇게 거의 50리를 더위잡아 오르는데, 한 굽이를 오르는 족족 산세(山勢)는 웅장하고 큼을 더하고, 산용(山容)은 넓고 두터움을 늘구어, 북국 산악의 특색이 자못 마음에 스며오는 듯하며, 지리산으로 말하면 벽소령(碧霄嶺) 넘이를 여기 비하겠는데, 험하기는 후자가 더할 듯하되, 웅장하기는 전자가 오히려 넘칠 듯하다.

옛길로는 10리 남짓한 것을 5배나 늘여 놓았으니 그 준험을 짐작할 것인데, 자동차가 속력을 다하되 오히려 2시간 이상을 허비한다. 그러므로 자동차를 신작로로 보내고 옛길을 따라 걸어 올라가는 편이 더 빠르다 한다. 보행하는 이 중에는 물론 새 길을 말미암는 이가 없으며, 차와 마차가 이리로 다니는데 고개 아래로부터 고개 위까지 대개 하루 일정을 삼는다. 이르기를, 고개 아래로부터 올라가는 이와 고개 위에서 내려오는 이가 종일 마주보고 이야기하면서 오르락내리락 한다고 한다.

까맣게 놓은 옛길로부터 수십 필씩 소를 몰아 가지고 거꾸러지는 듯이 달려 내려오고, 낮은 데를 만나면 소들이 저절로 물을 찾아 가서 목을 축임은 그림으로도 웅대하고 기묘한 명작이어서, 자동차 위에서 단순히 오락가락하고 앉아 있는 우리의 눈을 기껍게 함이 크다.

중턱쯤 되는 '명당(明堂)덕이'를 지나서 다시 얼마 만에야 간신히 마루턱에를 오르니 4,415척이라 쓴 표목이 서 있고, 채화(彩畵)한 신선상(仙像)을 봉안하고 국사당(國師堂)이라고 일컫는 하나의 사우(祠宇)가 고개 위에 자리를 잡고 앉아 있는데, 지나다니는 마차를 부리는 사람들의 숭앙이 대단하다. 편안히 오르내리게 하여 나를 먹고 살도록 하여 주시는 국사(國師)님이시기 때문에, 이 앞으로 오면 고개가 절로 숙여지고 고마움의 물결이 가슴에 철철 넘치게 되느니라 한다. 서늘한 바람이 이마를 스쳐갈 때에 후유 하는 한숨이 저절로 목구멍으로부터 넘어 나온다.

후치령은 오름뿐이요 내려감은 거의 없다 할 만큼 마루턱에 올라서서는 민민히 약간 내려가는 듯하다가, 그만저만 둔다. 고개 이쪽은 풍산(豊山)인데, 풍산의 구간을 가르는 경계는 사방으로부터 다 이렇게 올라오게 되는 약 4,000척의 높은 지대이다. 이르기를, "하늘로부터 내려오면 첫 동네"라는 곳이니, 남방으로 말하면 지리산의 운봉에 비할 곳이다. 옛날 산 전체가 금양(禁養) 구역에 속하여 수목이 울창하고 빽빽하였을 적에는 퍽 우람하고 무서웠었으나, 화전(火田) 기타의 관계로 나무를 많이 없앤 시방은 웅대한 기운이 몸을 에워쌀 뿐이다.

이렇게 고원 지대이므로 기후 같은 것이 하계(下界)와는 판이하다. 봄에 아랫녘에서는 백화(百花)가 만발한 것을 보고 올라와도 이 위에서는 눈도 녹을 생각을 아니하며, 가을에 웃녘에서 단풍이 우거진 것을 보고 내려가도 저 아래에서는 나뭇잎이 아직 싱싱하다 한다.

또 여름이 극히 짧아서 베옷 입을 더위는 초복부터 말복까지 수십 일간에 지나지 못하고, 그도 낮뿐이요 아침저녁으로는 매우 서늘하여진다는데, 아닌 게 아니라 과연 아직까지 베옷 입은 이가 그리 흔치 아니하고, 우리는 양목(洋木) 옷도 도리어 엷은 듯하다. 서리도 일 년 중에 대개 두 달 동안쯤만 오지 아니하고, 5월까지도 무서리가 내린다 한다.

풍산군이 설치된 지 이제 십수 년에 불과하고, 아직까지는 고산 식물의 채집장으로 박물학자들 사이에 약간 알려져 있을 뿐이거니와, 언제든지 한번은 고원 생활자와 피서객의 유수한 주목할 땅이 될 줄 안다. 모기라는 것은 얻어 보려 해도 없는 형편이다.

기후가 이러하므로 농작물이란 것이 거의 보잘 것이 없으며, 논은 고지대에는 물론 있지도 않거니와, 약간 저지대에도 일찍 여무는 종자로써 시험하는 중에 있다. 밭에 푸르게 보이는 것은 대개 귀리이니, 이것과 감자가 이곳 대부분 인민의 주식이며, 다른 데는 벌써 익은 보리가 여기서는 시방 겨우 패는 중에 있다.

무슨 생산이든지 보잘 것이 없되, 다만 소를 치는 것이 매우 성하여 군내에서 20만 두 이상을 기르고, 한 집에 두 마리 반이나 할당되어 이것의 수출이 군민의 돈 구경하는 최고 기회요, 목재와 말에게 사료로 주는 귀리(연간 액수 약 1만 원)를 약간 수출하는 것이 재물을 늘리는 큰 보조 사업이 되는 형편이라 하니, 주민의 생활이 얼마나 몹시 가난하고 구차한 줄을 생각할 것이다.

군민이 1만 호(약 7만 구)인데 대부분은 산간벽지에 흩어져 살아 두 집만 모이면 한 동리라고 일컫는 형편이요, 골을 격하여 사는 민가가 건너다보고 이야기는 하되 서로 찾으려 하면 골 건너가는 동안이 10리 이상 되기는 다반사라 한다. 이러한 민가에는 1인 1년의 생활비가 연간 액수 5원이면 족하지만 그것이 없어서 기근에 우는 이가 적지 아니하다 함에는 십수 원씩 내고 하루 여행에 자동차 타고 다니는 것이 죄송하고 또 죄송하다.

예전에는 화전이나 마음대로 하므로 그래도 이럭저럭 견디어 나가던 것이러니, 근래에 와서 이를 엄하게 금한 뒤에는 그 참상이 더욱 중대하였다 한다. 또 법보다 목구멍이 무서운 고로 징역을 휴양으로 알고 법을 범하면서 화전을 개간하는 민가가 무수하다고 한다. 놀면서 쌀밥에 고기 찌개 해 먹고 생활고·생활난을 흥얼거리는 사람들에게 한번 보이고 싶은 일이다.

고원의 강풍이 이마를 스치는 가운데 자동차를 몰아서 바로 풍산읍을 향하는데, 사방 산의 모양이 반지르르하다 할 만큼 곱게 생겨서, 만지면 보들보들할 듯함이 의외의 감을 준다. 파발(把撥)이라는 꽤 큰 주막거리를 지나서 황수원강(黃水院江)과 대원봉(大圓峰: 두룬봉 혹 두리봉) 사이에 벌어진 '배상개덕이'를 가운데를 타서 나간다.

이곳은 자양(滋養) 음료로 근래에 와짝 저명하게 된 들쭉의 산지로 유수한 곳이니, 사방 10리의 큰 '덕이'에 그득히 난 것이 들쭉의 숲이다. 들쭉이란 익으면 심정색(心頹色)에 약간 신맛을 띤 일종의 산에서 나는 과실이며, '덕이'란 것은 이 지방에서 고원의 평지를 일컫는 말이니, 저 지리산에서 '평전(平田)'이라 함과 같은 것이다.

들쭉이 한참 익을 때에는 '배상개덕이'의 나그네가 이것을 즐겨 먹느라고 길을 잊어 버리게 된다고 한다. 들쭉의 사이사이에는 고산성(高山性) 백합 기타의 어여쁜 꽃이 보는 이 없어도 억울해 하지 않는 고운 빛을 스스로 자랑하며, 낙엽송의 숲이 군데군데 있어 땅딸이 나무들 틈에서 키는 내가 크니라 하고 있음을 본다.

기괴하고 매우 가파르게 생긴 낭떠러지가 징강(澄江)을 눌러 서고, 나무로 높은 난간까지 베푼 서양식의 꽤 큰 하나의 다리를 건너면, 황수원(黃水院)의 큰 상점 거리가 되니, 황수강은 동북으로 갑산을 거쳐 혜산진 밑에서 압록강 상류로 합하는 허천강(虛川江)의 상류요, 황수원은 예전에 삼수·갑산으로 통하는 중요한 역참의 하나이던 곳이다.

여기서 1,366m의 허화령(虛火嶺)을 넘어서 지경천(地境川)을 끼고 20리 남짓을 직접 달리다가 호암교(虎岩橋)에서 서북으로 꺾여서 5리 남짓하여 근래 신설된 풍산읍으로 들어가니, 때는 정확히 오후

2시 반이었다. 북청에서 여기까지 옛날의 곧은길로는 180리요, 새로 난 우회 도로로는 250리를 계산하니, 대개 북청 혜산진 사이의 중턱이 된다.

　[유정(柳亭)이라는 신단림(神壇林)을 마주보는 풍일여관(豊一旅館) 등불 아래에서]

6. 조선에서 가장 높은 고을인 풍산

  풍산(豊山)은 지난 계축년 행정 구역 대변통시(大變通時)[1]에 다른 곳에서는 대개 폐합(廢合)을 행할 때에, 오직 함경남도에서 양군(兩郡)을 증설하는 가운데 새로 생긴 하나의 군이다. 함흥·북청·단천으로부터 그 일부를 떼어 받아 성립된 것이로되, 면적의 크기가 충북 한 도에 비등하고 5부에 나누어진 면(面) 중에서는 다른 곳의 대여섯 군에 필적하는 곳도 있어, 조선에서 강계(江界)를 제외하고 제2위를 차지하는 큰 군이다.

  군청의 소재지인 이인면(里仁面)은 해발 3,700여 척을 헤아려, 고을 관아의 해발 높이로 조선에서 수위를 차지한 곳이다. 시방 군 터는 본디 황폐해진 역토(驛土)요, 그 옆에 신풍리(新豊里)란 하나의 촌락이 있었는데, 신풍의 풍(豊)을 취하여 풍산(豊山)이라는 군명을 지은 것이라 한다.

  읍내에 공립 보통학교와 예수교회와 천도교당이 있어 교화 시설도 비교적 열렸다 하겠으나, 학령 아동의 취학들이 아직 시원치 못하다 함은, 경제 사정에도 말미암는 일이겠지만 군민들이 일단 마

---

1 1913년에 실시된 행정 구역 통폐합 조치를 가리킨다.

음과 기운을 가다듬어 힘쓸 필요가 있지 않을까 생각하였다.

군청에도 오래 전부터 잘 아는 사이인 안배식(安培植) 군이 있고, 『조선일보』의 분국을 맡아 보는 이근후(李根厚) 군은 처음 만났음에도 오랜 벗과 같아서 여러 가지로 설명과 주선에 힘써 주며, 기타 양교(兩敎)의 수뇌와 관민 여러분의 위문함이 모두 이르러, 환영회를 연다 강연회를 꾸민다 함이 무비[2] 나의 이번 행색을 번듯하게 하여 주는 지극한 정성인 양하여 못내 감사하였다. 환영회에서 특히 감격한 것은 여러 가지 모양의 과자가 다 이 땅 우리들이 만들어낸 것이라 하는데, 품종과 풍미가 다 족히 칭찬할 만함이 있는 것이다.

만나 뵈는 여러분에게 힘써 각 방면의 민속을 물어서 여러 가지 귀중한 소득이 있는 중, 원시 신앙을 자세히 생각하고 조사함에 큰 도움이 될 것도 적지 아니하였다. 이 근처에서는 무당을 '북술'이라 하여 그는 다 남자임과, 어찌 가다가 여자 무당이 있되 그것은 '호섭이(호시어미)'라고 부름과, 무당은 세습으로 하나의 특수 부락의 직업에 속하였음과 남녀 무(巫)를 함께 일컬을 때에는 '무당호섭이'라고 일컬음 등을 안 것도 기억할 일이었다.

특히 주의할 만한 가치가 있는 것은 그 제사 방면의 일이었다. 제사는 이 지방 사람들이 매우 숭상하는 것이다. 일반적으로는 '예신'을 지낸다 하여 '예신당'이라는 땅을 깎고 나무를 심은 일정한 제사 터에서 설행(設行)하는데, 대개 정월과 7월 초하루에 두 번 제사를 드리고, 정성 쓰는 곳에서는 그 외에 3월과 9월 초하루에도 그리하여 모두 네 차례를 지낸다.

정월과 7월에는 소선(素膳)과 육미(肉味)를 함께 사용하고, 3월과 9월에는 떡·밥·과일·채소 등 소식(素食)만을 향용(享用)하며, 육

---

2 그러지 않은 것 없이 모두라는 의미이다.

제(肉祭)를 지낼 때에도 새벽 일찍이 소제(素祭)를 먼저 행한 뒤에 육물(肉物)을 드린다 한다. 제물은 마을 안에서 민호가 각기 상을 차려 올리는데, 차린 음식의 풍성함에 따라서 상차례의 서차(序次)를 정하므로 앞자리에 경쟁이 붙어서 아무쪼록 잘 차려 남의 눈에 뜨이려는 통에 폐단이 또한 적지 아니하다 한다. 제사 의식은 마을의 장로가 먼저 나서서 술잔 드리기를 마치면, 모인 무리들이 그 뒤를 이어서 절하고 빕는다고 한다.

이 공적인 제향(祭享)인 '예신' 외에 개인으로 '예신당'에 제사 드림을 산제(山祭)라 하여 질병 기타의 사고 있을 때는 물론이요, 정성 있는 이는 평상시에라도 매달 이 산제를 드리는데, '예신'이나 '산제'의 고축(告祝)에는 대상을 산로대령지신(山路大靈之神), 약하여 산령지신(山靈之神)이라고 일컫는다 한다. 제사를 '산제(山祭)'라 하고 제신(祭神)을 '산령(山靈)'이라고 범칭함이 재미있다.

풍산의 북으로 갑산(甲山) 지경만 들어서도 제사 치성이 더욱 갸륵하여 제사 의식이 한층 자세하게 갖추어졌음을 본다. 거기에서는 대제(大祭)를 3단으로 나누어, 제일(祭日)이 되면 일찍이 정반(精飯)으로써 '백산제(白山祭)'란 것을 앞서 거행하고, 그 다음에 잡식(雜食)으로써 '거리귀신'을 치르고, 그 뒤에 소 돼지의 제물로써 '천제(天祭)'란 것을 행하여, 의식을 비로소 마치는 법이라 한다.

이것이 아마 고례(古禮)를 완전하게 이어받은 것일 듯하며, 그 먼저 설행하는 것이 백산제임을 주의할지니, 이 백산이 백두산 그것을 이름이 아님은 이 근처에 백두산을 백산이라고 약칭하는 버릇이 없음과, 백산제는 백두산이 보이지도 만나지도 아니한 데서도 경건하게 닦는 것임으로써 알 것이다. 돌이켜서 신으로 섬기는 그 지방의 하나의 산을 '백(白)'이라 하여 여기다가 최고의 경의를 표함인 줄을 깨달을 것이다.

함경남도의 지도를 펴 놓고 보매, 백두산으로부터 내려오면서 이른바 개마고원의 산의 무리 중에 좀 높고 큰 것에는 거의 다 백산의 이름이 붙고 풍산 경내에만 서쪽으로 치우치는 큰 줄기의 산 중에 같은 이름의 백산이 세 곳이나 연이어 나옴도 물론 이러한 내력에 말미암음을 알 것이다. '백(白)'의 본어(本語)인 '붉'이 고어에 최고신을 의미하는 말임을 아는 이는 백산의 이름이 무더기로 있고, 또 최고 제향(祭享)을 백산제(白山祭)라 함이 이유 있음을 얼른 깨달을 것이다.

이 부근 일대에서는 봄새 곡식의 씨앗을 뿌릴 때에 이미 밭두둑의 한 모퉁이를 따로 구획하여 '상산제(上山祭) 지낼 곡식'이라고 정하여 두며, 이것은 언제든지 잘 여문다 하는 신앙이 있다. 상산제란 것은 일 년의 농사일을 다 마치면 10월 1일에 가서 이에 대한 은혜에 보답하는 향사(享祀)를 이름이니, 일명 태백제(太白祭)라고 일컫기도 하며, 상산제의 대상은 '태백성인(太白聖人)' 혹 '태백신(太白神)'으로 일컫는다.

제사 지낼 때에는 그 이름을 들추면서 오곡의 풍년과 한 집안의 편안함을 기리고 축하하며, 태백성인은 상벌이 빠르다 하여 행여 부정할까 행여 불비(不備)할까 하여, 부정한 일을 멀리하고 심신을 깨끗이 함과 경건하고 엄숙함이 다른 것과 썩 동뜨게 다르다. 상산제의 제물은 밥이고 떡이고 반드시 최고의 품질을 쓰며, 집에 오는 이에게는 으레 음복을 끼치는데, 받아먹는 이도 공경히 받아먹을 뿐이지, 이 음식에 대하여 이렇다 저렇다 아무렇다는 말을 못하는 법례라 한다.

여기서 우리나라에도 밭에 재계하는 풍속이 있음을 알고, '시월 상달'의 민속적 의의에 대한 확증을 얻고, '상달'의 '상'이 상산제(上山祭)의 '상(上)'과 함께 제사 관계의 하나의 고어임을 짐작하겠다. 아까 산제의 '산(山)'과 이 상산제의 '산(山)과 상(上)'이 실상은 다 고어의 음사(音寫), 혹은 소리와 의미를 둘 다 제시한 번역 글자요, 글자의 뜻에만 얽매일 것 아님은 물론이다(예신에 대하여 혹 厲神을 맞추어 보는 이도 있으나, 이도 반드시 그렇다고 믿지만은 못할 것이다).

위에 든 두 사실과 칭위(稱謂)는 우리의 '붉'도(道) 신학상에 퍽 큰 실증을 짓게 되는 것으로, 이 발견이 오래도록 기억될 것이다. 이 가까운 땅에서는 삼복의 복날마다 반드시 밭가에 제사를 설행하는 풍속이 있음을 여기 부기하여 두자.

갑산·단천 등지에서는 집마다 '제석(帝釋)동의'를 모시고 공경히 섬기는데, 그에게의 제사도 가을에 설행함이 예라 한다. 이 제석(帝釋)이 서울 이쪽의 '제석(帝釋)'과 함께 단군 천왕(壇君天王)의 불교적 전변(轉變)임은 여기에서 갖춰 밝힐 것도 없는 일이어니와, 그 대향(大享)을 가을에 함이 새로운 주의를 끄는 점이다.

여기서 북으로 들어가면 아이들 이름에 '국사동'이니 '산천(山川)바위'니 하는 것이 많은데, 전자는 '국사신'께, 후자는 '산천신(山川神)'에게 빌어 나왔음을 표한 것이라 하니, 그네의 산악적 신앙 생활의 물이 어떻게 두루 차츰차츰 물들었음을 볼 만한 하나의 자료이다. 이 일대 지방의 무축(巫祝)의 대상신(對象神)에 절정귀(絶頂鬼)·원귀(寃鬼)와 함께 산귀(山鬼) 혹은 산령(山靈)이라 하는 호해(虎害) 입은 원귀라는 일종이 있어, 다른 것에는 그저 '굿'이라 일컫는 중에 산귀(山鬼)란 것에 대한 그것은 유별히 '영산(靈山)'이라 함과 같음은 또한 아닌 게 아니라 과연 산악 지방적이라 할 것이다.

산령(山靈)이니 영산(靈山)이니 하는 것은 우리의 생각에는 호랑이에게 제사 지내던 고풍(古風)이 차차 변하여, 범에 물려 죽은 귀신이란 것으로 화한 것일까 한다. 이 모든 귀중한 사실을 일러 주신 여러분에게 깊이 감사치 아니하면 아니 되겠다.

27일. 아침은 어찌 선선한지, 두꺼운 무명 적삼이 오히려 부족하며, 건너편 서수동(西水洞) 산봉우리의 꼭대기로부터 대덕산(大德山) 정상까지의 오락가락하는 검정 구름이 더욱 몸에 으스스한 기운을 일으킨다. 마침 장날이라 하기로 낮부터 장 구경을 나갔다.

장을 보는 사람의 3분지 2 이상이 아낙네들이며, 북포(北布) 짜는 '베실톨이' 밖에는 이렇다 할 특산물을 볼 수 없다. 다만 장의 반 이상을 차지한 음식물 가운데 감자로 만든 엿과 국수와 조과와 귀리로 만든 소주와 감주와 절편과 버무리 등은 진하게 지방색을 나타낸 것으로 눈에 뜨인다. 고지대에서 나는 하나의 명물인 임산(林産)·모물(毛物)을 볼 수 없음은 지나는 손으로 퍽 섭섭한 일이었다.

어저께 '배상개덕이'에서는 아직 파래서 침만 삼키고 먹지 못하던 명물 들쭉이 장에 나왔기로, 반가와서 5전 어치만 달라 하였더니, 어떻게 많은지 들고 가기가 불편하기로, 물건은 3전 어치만 달래 가지고 와서, 이곳 풍속으로 그것을 쥐어짜서 사탕을 타서 먹으니 달콤쌉쌀한 것이 포도물도 아니요 딸기물도 아니며, 일종 맑고 시원한 풍미를 가져서 청량제로도 손가락으로 셀 수 있는 몇몇 중에 들 만큼 두드러진 것임을 깨달았다.

장에서 곡식 흥정하는 이 가운데, 중단에 두건을 쓰고 하얀 굴건을 얹어 쓰고서 이것저것 주선하는 이가 있는데 퍽 서투르게 보였다. 한옆에 있는 우시장에는 100필 가까운 소가 나와서 그 성황이 자못 볼만하였다.

저녁때에는 보통학교에서 열리는 백두산 탐검대(白頭山探檢隊)와 고지대 박물 강습회원(高地帶博物講習會員)의 환영회에 참석했다. 귀리와 감자 등 토산물로만 만든 식품이건만 노란 귀리 소주와 발간 들쭉 음료를 합하여 탁상이 질번질번하고, 입안에 맛깔스러움이 어떠한 향연에도 내리지 아니하며, 더욱 귀리 절편의 매끄럽고 맛남에는 입맛이 저절로 다시어짐을 누를 수 없었다.

저녁에는 야소교당(耶蘇敎堂)에서 열리는 강연회에 가서 '조선심(朝鮮心)'이란 제목으로 함경도 중심의 조선 정신의 전개상을 간략히 설명하였다. 강습회에 와서 모인 각처 교원들이 참석한 관계도 있겠지만 벽지에서는 의외의 성황이었다.

　[강연으로부터 돌아와 간신히 눈을 좀 붙이고 혜산진으로 들어가려는 많은 자동차가 벌써부터 출발 준비를 하느라고 폭발하는 소리를 울리는 옆에서, 28일 새벽]

7. 하늘까지 닿은 응덕령

28일. 밤새 오던 비가 어느덧 그치고 새벽 들면서 고원 특유의 맑은 맛을 띤 달빛이 여관의 창마다 비칠 때에, 안심의 물결이 각인(各人)의 침상(枕上)에 넘치었다. 오늘은 여기저기에서 모인 각 계통의 백두산 답사객이 청강(聽講), 채집 등 다른 볼일을 다 마치고 비로소 단체적 행동을 시작하여 산에 오르는 지점인 혜산진으로 향하는 날이다.

이 일행을 나르기 위하여 각처로부터 징집된 자동차는 행여 중도에 고장이 있을까 하여, 밝기 전부터 야단스러운 바퀴소리 폭음을 내면서 기관 수리와 정비에 골몰하고, 단원들도 일찍부터 일어나서 제반 준비에 허루치 아니하려 하여, 탐검(探檢)의 짙은 기분이 새벽의 풍산을 몇 겹으로 에둘렀다.

우리 일행도 여기에서 그 중에 참가하기로 하였다. 오전 8시에는 1부터 10까지의 질서기를 게양한 자동차가 이미 일자의 긴 대열을 풍산 들판에 형성하니, 종남관(終南館) 시절의 병부사(兵府使) 행차에서도 보지 못하던 성대한 위용이다.

관민 여러분들의 열심스러운 조전(祖餞)[1]을 받으면서, 길게 부는 하나의 사이렌 소리를 군호로 하여 차마다 7인 혹 6인을 실은 자동차가 용감하고 굳센 첫길을 트니, 대덕산(大德山)도 우리를 위하여 얼굴을 가리던 구름의 깊은 휘장을 걷는 듯, 미풍루(美風樓)도 우리를 위하여 추녀의 긴 활개를 두르는 듯, 보내는 이 가는 이의 이마 눈썹 언저리에 넘쳐흐르는 것이 한가지로 호탕하고 시원시원함과 쾌활이었다.

자동차는 기쁨의 자국을 힘 있게 지상에 남기면서 응덕령(鷹德嶺)아, 네가 다 무엇이냐고 바로 달려들어 단번에 집어 젖히려 한다. 삼각 귀면(鬼面)을 봉박은 홍살문이 동구를 가로막은 곧은 마을을 빠지면 길이 이미 응덕령의 우회로로 든다. 길고 느리게 두른 커브라, 후치령처럼 숨이 턱에 닿지 아니하되, 긴 소매에 잘 추는 춤처럼, 이리로 번쩍 이 고비를, 저리로 얼른 저 휘임을 하나하나 더위잡아 오르는 시원한 맛과 냄새가 춘향이 집 가는 방자의 걸음을 크게 한 것 같다 하겠다.

그윽한 계곡이 배를 보이는 듯 덜미를 내어놓고, 팔을 벌리는 듯 꼬리를 내어젓는 가운데 특수한 색채·형태·정미(情味)를 가져, 낱낱이 그윽한 난초가 골짜기에 있는 고상한 운치를 지닌 많고 많은 고산 식물이 말할 수 없는 깊고 맑은 정을 자아낸다. 그 이름을 알리려 하지도 않고, 고운 양자와 꽃다운 냄새와 일정한 시기 없는 번화한 봄빛이 다 남 위해서보다 제 자신의 것으로 누리는 철인적(哲人的) 고산의 풀과 꽃을 대하니, 번뇌의 스러짐이 엷은 연기와 같다.

내가 요 임금이라 하여도 저 소부(巢父)[2]의 앞에서는 고개가 저절로 숙여지고, 내가 알렉산더라 해도 저 디오게네스 앞에서는 어안

---

1 멀리 가는 사람을 전송하는 것을 이른다.
2 중국 고대의 고사(高士)로, 속세를 떠나서 산의 나무 위에서 살았기 때문에 생긴 이름이다. 요 임금이 그에게 나라를 맡기고자 하였으나 이를 거절하였다 한다.

이 저절로 벙벙해지고, 황금과 미인과 상패(賞牌)의 생각이며, 법률과 윤리와 시(詩)의 생각이 다 어디론지 뺑소니를 친다.

목단왕(牧丹王)이요 국화일사(菊花逸士)라는 화편(花篇)의 가운데 고산 식물의 어느 분을 가리어 화중철인(花中哲人)의 한 자리를 드릴까 함이 한참은 차 위에서 한번 일어나더니, 돌이켜 생각하매 철인의 철인 되는 대접을 옳게 함에는 쓰지도 않을 명성과 평판의 그물을 그에게 씌우려 함이 실상 옳지 아니함을 깨닫고 그만두었다. 그중에도 나무가 좀 크기도 하고 잎새도 매우 무성하고, 산호로 만든 구슬 잔 것 같은 발간 열음[3]이 다닥다닥 뭉텅이져서 달린 '닭의 밥'이라 하는 일종은 보는 이에게 어떻게 새 정신을 내게 하는지, 무심히 보다가는 가끔 깜짝깜짝 놀랄 지경이었다.

궁(弓)자 지(之)자로 틀어 올라가는 커브는 이따금 우리의 일대(一隊)를 일렬 행진하는 채로 양렬(兩列) 삼렬(三列)로 줄지어 죽 늘어서게 하여, 상단의 커브에서 하단의 반대 방향으로 달려가는 후행(後行)의 자동차를 봄이, 마치 활동사진의 활극 중 장면과 같다.

이것이 천야만야[4]한 낭떠러지 깊은 골짜기를 사이로 바람이 질주하고 번개가 끌어당기는 것처럼 나타날 때에는 다시 수십백 층의 통쾌미를 더하여 와서 오백 겁(劫) 묵은 체증이 어찌할 겨를도 없이 급하게 사라져 내려감을 느낀다. 세상에 이렇게 웅대한 산악을 실제 무대로 하여 이렇게 뛰어나고 웅장한 사실을 실제 연출한 키네마가 어디 있을까 할 때에, 내가 또한 소설보다 기이한 사실의 주인공임에 한 번 웃었다.

올라간다, 올라간다. 높아진다, 높아진다. 하늘이 한 뼘씩쯤 가까워질 때에 내다보는 안계(眼界)는 몇 세계씩을 더해 온다. 대수롭지

---

3 함경도 방언으로 열매를 이른다.
4 높이나 깊이가 천길이나 만길이나 되는 듯한 모양을 이른다.

아니해도 대장부의 체격을 가진 저 허다한 뾰족뾰족하게 솟은 산봉우리, 깊은 줄 모르게 방전(磅磚)이 이상한 저 깊고 큰 골짜기, 군데군데 내닫는 이 방면 산악이 갖고 있는 하나의 특색인 '덕이', 이 웅장하고 훌륭함과 거칠고 커다람을 무대로 하여 윤곽에는 이깔나무(낙엽송)의 기치(旗幟) 창검(槍劒)을 삼엄하게 둘러 꽂고 그 안에는 진정한 의미의 천향국색(天香國色)[5]을 발보이는 무수한 붉은 꽃 자줏빛 향기로 하여금 「여민락(與民樂)」[6]에 「춘앵전(春鶯囀)」[7]에 갖은 잔재미를 꾸며 놓으신 조화(造化)의 색다른 하나의 배포(排舖).

그런데 이 모든 것이 다 시방 나를 위하여 벌써부터 준비하셨던 향응인가 하면 "하느님, 고맙습니다."도 아니 나올 수 없으며, 백두산 할머니 찾아가는 덕인가 하면 "백두산, 고맙습니다." 하는 칭송도 아니 부르짖을 수 없다. 감격에 눌려서 표고 5,082척의 표목이 서 있는 고개 위를 오르매, 우뚝한 산령각이 4~5 가게 집에 호위되어 있었다. "고맙습니다."의 사례를 그 앞에 드리고 눈을 앞으로 돌렸다.

응덕령이 높고 깊은 줄은 이쪽에서보다 저쪽을 내려다보고 더욱 많이 느끼겠다. 깊게도 들어오고 어수선하게도 겹드려 있는 계곡이어니와, 내려갈 길을 구부려 보니 높이도 과연 엄청나구나. 시방까지 오른 것은 실상 후치령에서 풍산으로 내려온 정도의 폭에 해당하는 것이지만, 여기서 앞으로 내려가는 것은 북청 쪽에서 후치

---

5 고상한 향기와 제일가는 색깔이라는 뜻으로, 모란을 달리 이르는 말이기도 하고 절세미인을 이르기도 한다.

6 조선 세종 때 창제된 봉래의(鳳來儀)에 포함되었던 아악곡(雅樂曲)으로 임금의 거둥이나 진연(進宴) 때에 연주되었다.

7 조선 순조 때 창작된 향악 정재(鄕樂呈才)의 하나이다. 순조 때 세자 대리 익종이 어느 화창한 봄날 아침 버드나무 가지 사이를 날아다니며 지저귀는 꾀꼬리 소리에 감동하여 이를 무용화한 것으로, 지금까지도 전승되고 있는 춤이다.

령을 올라온 폭 만큼을 품앗이하는 것인즉, 이제부터가 도리어 정작 가는 길이다.

짙고 옅은 다양한 구름이 여기저기 한 동안씩 서려 있는 것은, 신선의 옥으로 만든 문을 엄호함인 듯, 골에서 골로 달려가는 바람은 금빛 나는 신선, 즉 부처를 불러서 맞아들이는 선녀의 차사(差使)인 듯, 덤부렁듬쑥한[8] 저 밀림의 속에는 어떠한 비밀이 들어 있는지도 모르겠다.

천 번 꺾이고 만 번 돌아가는 길이 이 틈을 타서 나고, 화초로 휘장 친 그 속으로 우리의 자동차가 스르르스르르 내려간다. 자동차도 숭고한 광경에 어리었는지, 올라올 때의 게걸게걸하던 소리는 조금도 내지 않고, 행여 바퀴에 소리가 있을 세라 가만히 살짝 내려가니, 들레어도 한가하던 산길이 한가를 지나 한껏 고요하다.

이 고개에만 와도 풍물이 또 좀 틀리는 것은, 첫째 집에 반드시 목책(木柵)을 두름이니, 긴 나무 횃대 서넛을 가로로 하고 기다란 판자를 세로로 하여, 돗자리 짜듯 엇매겨 얽어 세움이 통례이었다. 생각건대 산은 높고 골은 깊으매 맹수를 방호하기 위함인 것 같다. 또 고개 너머에서부터는 생활 수준이 떨어져서 집의 모양 기타가 점점 못해지고, 지붕 같은 것도 다른 데처럼 목석을 쓰지 못하여, 대개 귀리 짚으로 이었다.

그중에도 한 가지 특색은 집마다 부엌 위의 지붕에 커다란 구멍을 뚫어 하늘로 통하였음이니, 까닭을 들은즉, 이 근처는 추위가 지독한 겨울이면 영하 37~38도의 기온이라, 솥에 끓이는 증기가 나오자 고대 동결하므로 그것을 얼기 전에 밖으로 내어 보내기 위해 만든 것이요, 또 원체 추워서 밤에도 군불을 두어 번씩 넣어야 하는데, 으레 가마에 물을 붓고 장작을 지펴 증기도 또한 엄청나게

---

8 수풀이 우거지고 깊숙한 모양을 이른다.

나오므로, 그것을 주체하는 설비를 매우 고려치 아니할 수 없는 까닭이라 한다. "과연 추운 곳이로군." 하였다.

또 가면서 가면서 귀틀집 — 큰 나무를 통으로 '井'자로 귀 맞추어 얹고 그 틈서리만 흙으로 메워서 짓는 집이 많아짐을 주의할지니, 나무가 흔하거나 짓기 쉬움으로만 이 집을 짓는 것 아니라, 이렇게 짓고 밤낮으로 수없이 불을 때지 아니하고는 도저히 한기를 견디어낼 수 없기 때문이라 한다. 겨울에 밖으로 나오면, 숨이 고대 안개가 되어 앞을 못 보게 되는 고장이라 하니 추위의 정도를 짐작할 것이다.

옛날에는 손톱으로 물을 튀기고 부귀를 편안히 누리던 이가, 이렇게 생긴 삼수·갑산으로 귀양 오던 일을 생각하고, 그네에게 대하여 지나간 일을 돌이켜 생각해 보아도 큰 동정이 더럭더럭 나는 것은, 그때쯤 금양(禁養) 관계로 도끼를 들이지 아니하는 천고 밀림이 하늘의 해를 보지 못하게 하는 높이와 길이 양쪽으로 끝이 없는 큰 고갯길과 겨울에는 불더미에 들어앉아도 윗바람에 손을 불지 않으면 안 되는 이 지방이 그네들에게 얼마나 고통이었을까 하는 것은 거의 상상 이상이었다. 삼수·갑산이 그네에게 "서울에서 멀고도 살기 어려운 곳" 대접을 받음이 아닌 게 아니라 과연 까닭이 있는 일이다.

그러나 다만 높기만 하고 깊기만 하고 쓸쓸한 것은 아니다. 여기 사는 이에게도 또한 낙이 있었다. 아는 듯 모르게 어느 골짜기에 불이나 놓아서 몇 뙈기 화전에 봄새 종자나 한번 뿌려 두면, 김맬 수고, 거름하는 애씀 없이 때 되기만 기다려 귀리고 감자고, 평지의 옥토란 곳보다도 몇 곱의 수확이 있게 되어, 밥과 술과 떡과 엿과 배 불릴 갖은 것이 다 그리로부터 나온다.

겨울 봄 추운 동안에는 도회지 같으면 전각(殿閣)의 기둥과 들보로 쓰려 할 나무를 그대로 찍어다가 쟁여 놓고 아무 기탄할 것 없이 끊일 사이 없이 지피고서, 낮이면 줄남생이 같은 아이 새끼들 재롱이나 보고, 밤이면 노동으로 말미암아 피부 근육이 다 잘 발달되고 안면의 윤곽이 한껏 정제하여 어지간하면 한 사람 한 사람이 미인의 사촌쯤은 되는 '치마띤이'의 연적 같은 젖퉁이나 주무르면서 "인생이 살면 한백년 살더란 말이냐."를 한잔 흥에 흥얼거림이 물론 그네에게 있어서는 스스로 즐거움이 있는 땅의 경계 아님이 아니다.

시방 와서는 섣불리 화전을 개간하다가는 사법(司法)의 채찍이 달려들고, 또 옛날 같이 조세를 거두는 벼슬아치가 문 앞에 이르지 아니하고 "국왕의 법령을 나는 모릅네." 하는 크게 속박 받지 않고 마음대로 사는 즐거움은 없어졌다 하여도, 참빗 같은 시방 경찰의 시야 밖에 오히려 다소의 여유를 발견하지 못하는 것도 아니니, 물론 그네 인생의 가치가 요새라도 전혀 몰각된 줄로 생각함은 한계(旱計)[9]라 할 것이다.

또 여기는 시도 있다. 천지를 온통으로 닫아 막는 여름의 푸르른 녹음과 산과 들과 촌과 집과 식구와 몸과, 거기 실은 생활 현상의 모든 것을 고대로 홈빡 깊이깊이 파묻은 겨울의 빙설은, 그 속에 얼마나 많은 문자가 아닌 워즈워드와 운율이 없는 비에른손을 담고 있는지 모른다.

깊은 골짜기의 숨은 향기를 구석구석 배달하려는 듯한, 그야말로 과연 하늘로부터 불어 내려오는 고원의 바람은 주야로 그네에게 천제가 사는 천상 신선이 사는 선경의 무슨 소문을 속살거려 주는 것이며, 고개 위에 검은 구름이 잠기는 듯하면 갠 하늘에 천상의 홍수를 받아 내리고 버드나무 방죽 회화나무 제방 이르는 곳마다 돌을 만나면 세찬 여울이 지고 비탈을 당하면 물살이 센 여울이

---

9 풀이로는 '가문 계산'이란 뜻인데, 정확한 유래와 의미는 알 수 없다.

되면서 신비의 낙은 나 혼자 찬송하리라는 듯, 하늘에 사는 신령의 악보를 길게 연주하며 거두지 아니하는 문 앞의 긴 내는 그네에게 어떻게 큰 음률 세계의 향수(享受)가 되는가.

누가 그의 순박하게 말더듬는 것을 보고 이 소식을 해석하지 못하고 이 음악의 뜻을 누리지 못한다 하느뇨. 그의 입술에서 고치실 뽑히듯 연달아 나오는 흥얼거림이 어느 것 하나 이 외계의 자극을 받음과 내용을 충분히 음미하여 도달함과 도를 깨달아 실상의 세계에 들어간 표현이 아닌 것이랴. 진정한 의미의 시인은 오직 그네일지도 모르며 그네의 입으로부터 떨어지고 코에서 새어 나오는 것이야말로 진실로 사람의 힘을 가하지 아니하고 천연으로 이루어진 걸작의 오묘하고 신령스러운 운율일지도 모를 것이다.

나사(螺絲) 같은 등성이 길로부터 새빨간 저고리를 입고 8~9세 어린애가 쌍쌍이 검푸른 소 누런 소를 몰고 내려오는 광경이라든지, 나무때기로 염발(斂髮)은 하였을 법하되, 까마말쑥한 눈동자에 깊은 신비를 샘솟듯 한 촌부(村婦)가 작은 솥에 고치를 삶아 놓고 희게 살찐 넓적다리를 부끄럼 없이 드러내 놓고 이것을 정치기(整治器)로 하여 운명의 신의 실꾸리를 푸는 듯, 새로 난 고치를 올올이 푸는 것이라든지, 시방 잠시 지나는 우리의 눈에 건성드뭇이[10] 들어오는 것만에도 기막힌 그 살아 있는 시편이 얼마임을 모른다.

여기도 봄에는 종달새도 뜨고, 여름에는 뻐꾹새도 울고, 달과 꽃과 구름은 고원인 만큼 깊은 골짜기인 만큼 다른 어느 곳보다 가장 시적인 그것으로 존재하는 것을 생각하면, 시국(詩國)으로의 그 가치를 누구나 업수이 여기랴.

한 줄기 시내에 수없는 물방아가 흐르르 하는 소리와 함께 팔뚝을 번쩍번쩍 드는 광경만 하여도 나는 그 원시적 무르녹은 정조(情

---

10 비교적 많은 수효의 것이 듬성듬성 흩어져 있는 모양을 이른다.

調)와 새롭고 아름다운 향토색에 마음과 눈이 함께 황홀해짐을 금치 못하였다. 누가 인생의 낙이 대리석의 집에만 있고, 자동차의 위에만 있고, 오색 양주(洋酒)에만 있다고 하느냐. 누가 시의 생명과 가치와 향용(享用)을 썩은 글자와 낡은 운율의 가장이에만 있는 줄 아느냐.

8. 허천강 건너 갑산 지나

산골 아이들이 달려 나와서 "에그, 오늘은 집이 많이 떠간다." 하는 말을 여러 번 들으면서 우리의 자동차대는 어느덧 관평리(館坪里)에서 평지를 얻고, 태이교(態耳橋)를 건너서 연평(困坪; 늪평)이라는 큰 상점거리에 들렀다. 겨울에는 웅덕령 넘어 오는 이를 위하여 거리에 화톳불을 질러 놓고 일반 행인을 녹여 보내는 곳이라 한다.

경관의 주재소가 있어 나와서 위문하는데, 가만히 본즉, 옆에 참호를 파서 방어 진지를 삼는 동시에 속으로 터널을 내어, 여차하면 지하로 탈출할 길을 마련하였으니, 여기만 하여도 국경이 가까워서 무장단 침입의 예기치 못한 일을 방비해 놓은 것이라 한다.

1,186m의 호린령(呼麟嶺) 커브를 자동차가 어빽저빽 2열, 3열씩을 지어서 넘어서니, 갑산의 경계가 되는 구역에 이르고, 고암(鼓岩)이라는 기이하고 웅장한 석봉을 돌아서 상리(上里)라는 큰 마을을 지나니, 서린(瑞麟)이라는 사립 학교 있음과 이백 리 이쪽에 오래간만에 다시 논을 봄이 다 그지없이 반가웠다.

그러나 이 부근 일대는 산남면(山南面)이라 하여, 갑산 안에서 생활 정도가 가장 낮은 곳이라 한다. 어쩐지 가옥의 만든 모양이 다른 데보다 좀 못하기도 하나, 그래도 앞녘의 시골 마을에 있는 집보다는 훨씬 번듯번듯하였다. 촌마다 양 지주(支柱)에 버티어 하나의 장대가 서고 긴 줄이 그리로부터 늘어졌음은 두레박의 다림이었다.

석우리(石隅里) 지나서 태이강이 나오고, 포치리(浦淄里) 지나서 황수원강을 합하여 압록강 상류 지역의 하나의 큰 지류인 허천강(虛川江)을 당도하니, 이따금 깎아지른 절벽과 굽은 언덕을 지녀 경치가 자못 흥미가 없지 아니하며, 이 부근은 지난 며칠 동안에 강우가 많았던 듯 수량이 꽤 부프다.

장평리(長坪里)에서 쇠밧줄 붙들고 배를 운항하는 나룻배로 강을 건너는데, 자동차 한 대에 갔다가 돌아오는데 20분씩이나 걸려 2시간 이상 정체되는 통에 석벽 웅장하고 험한 상류 방면을 마음대로 한참 구경하며 걸을 수 있음이 또한 의외의 소득이었다.

또 가게 어르신과 더불어 만담을 하다가, 허천강은 이 근처에서 '용(龍)갈이'로 유명한 곳이니, 3월쯤 해빙될 머리에 여러 자 두께로 굳게 얼었던 얼음이 하룻밤 동안에 산산조각으로 갈라져, 일부는 양쪽 언덕으로 올라 쌓이고 한편으로는 흐르는 얼음이 되어 내려감을 용이 갈고 씨 뿌림을 행함이라 하는 것이요, 이날 밤에는 부근 소의 혼을 빼어다가 쓰므로, 이튿날은 소들이 기운이 없다고 믿는다 함을 들었다. 풍산읍에서 여기가 120리요, 갑산은 10리도 못되고 혜산진까지는 또한 120리라 한다.

작은 언덕 하나를 넘어 허천강 가로 매우 많은 논이 있는 것을 신기하게 보면서, 강 건너 좌편의 동짓덕이라는 절벽을 끼고 진북루(鎭北樓)라고 현판을 건 남문으로 하여 갑산읍으로 들어가니, 여기도 민관(民官) 다수가 나와 맞이하는 사람들이 있고, 보통학교에서 환영회가 있어 매우 정답고 친절함이 대단하다. 고을의 동쪽 약 70리에 있는 유명한 갑산 구리 광산에서는 광석과 구리로 만든 서진(書鎭)을 보내와 신물(贐物)[1]을 삼았다.

삼수·갑산이라 하면 제비나 오는 곳으로 생각하도록 깊고 멀게 아는 데요, 두메니 마니 가보는 이가 따로 있는 줄 알도록 별세계 보듯 하던 곳이어늘, 무섭게 알던 여기를 이렇게 발바닥에 흙 한 점 아니 묻히고 오게 되니 생각하면 놀라운 일이었다. 백덕산(白德山)이 어디더냐, 수강루(受降樓)는 어이한고 하고 반이나 무너진 성루(城壘)를 애연히 생각하면서 앞길을 재촉하였다.

진동천(鎭東川)을 건너 왜성(倭城) 같이 생긴 하나의 '덕'을 앞으로 바라보면서 북으로 달리는데, 허천강이 멀고 가까이 모시고 따라와 떨어질 줄을 모르다가, 교항리(橋項里)에 이르러서야 비로소 애틋하게 나뉘어 간다. 그 대신 대동천(大洞川; 큰골내)을 갈아잡고 1,700여m의 백조봉(白鳥峰; 왼쪽)과 1,500m 가까운 백마산(白馬山; 오른쪽)의 두틈으로 하여 함정포리(舍井浦里)에 당도한다.

혜산진에서 70리인데 5~6년래로 세 번이나 무장단의 습격을 당하여 적지 않은 희생을 내었으므로, 방어 방법이 더욱 엄밀하여 주재소에는 한 길 반쯤 되는 토석(土石) 합축(合築)의 성벽을 두르고 돌아가면서 총안(銃眼)을 박았다. 경찰 행정에 종사하는 관리들이 사는 가옥도 그 속에 지었는데, 그것도 견고한 이중벽으로 에워싸고 살아 총알이 뚫고 들어오지를 못하게 하고, 또 한편에는 의례히 피난하기 위한 터널을 만드는 등 퍽 애를 썼다. 재직(在直)한 한 경부(警部)[2]가 큰소리치기를 "이만하면 안전하고 설사 이 벽 안으로 침입을 한다 할지라도 부대 속의 쥐 같이 될 것이오."한다.

함정포(舍井浦)를 지나서는 길이 곧 대덕산(大德山) 건너쪽으로 일대 커브를 기어오르니, 저 먼저 삼수 땅의 안간령이요, 이것을 내려서면 운룡강(雲龍江)이 나오고, 이것을 건너서면 다시 차차 오름길

---

1 먼 길을 가는 사람에게 선사하는 물건을 이른다.
2 일본 경찰 직제에서 경시(警視) 아래 있는 직위이다. 우리나라의 경위에 해당한다.

이 된다. 늦으막하게 기다란 커브를 휘우듬히 돌아 올라가면, 웅대한 기분이 그득히 서려 있는 큰 '덕'이 나서고, 그 정상에 다다르면 수년 전까지도 백두산 망제각(望祭閣)이 있던 마상령(馬上嶺)이다. 구름에 싸인 백두산이 잠시 아래 옷자락을 보여 주심에 크게 감격하여 우선 잠시 공경스러운 예를 드렸다.

차를 고개의 맨 꼭대기에 잠시 세워 놓고 한 번 사방을 둘러보매, 국경의 산하가 한눈에 다 보여 까닭 없는 호기(豪氣)가 아랫배로부터 솟아올라서 한마리 말을 타고 적을 격파할 듯한 생각이 부쩍 난다. 어허 여기가 무슨 자취요 어허 여기가 어찌된 지역이지 하는 감회도 바꾸어 차기로 생각하고 있는 마음을 요란스럽게 한다. 반쯤 흐린 구름 틈으로 새어나오는 석양의 엷은 빛이 이 일대의 산하에 어떻게 많은 황량한 빛을 더하고, 이것이 어떻게 많은 나그네의 마음이 상하는 거리가 되었는지는 바쁜 이 자리에 갖춰 적을 겨를 없음을 섭섭히 알 수밖에 없다.

그러나 모른 체 못할 것은 저쪽 언덕 만주 산야의 평평하고 거침에 비하여, 이쪽 언덕 조선 산천의 웅장하고 험준함이요, 더욱 삼수 저쪽 개마고원 이어진 산의 하늘을 덮은 먹구름과 저녁때의 햇빛이 서로 뒤섞여서 얼크러짐으로 인하는 구름 모양들이 갑자기 나타났다 없어지는 기이함과 괴이함이다.

문득 한줄기 흑막(黑幕)이 천리를 가로 지르더니, 문득 하늘 바깥의 여러 봉우리들이 드문드문 뾰족한 산꼭대기만을 뾰족이 드러낸다. 한편으로는 자줏빛 전광이 번쩍하고 빛나는데 여러 용들이 금빛 비늘을 번득이고, 한편으로는 검은 바다가 멀고 아득한데 많은 물결이 은빛 닻을 발보인다. 문득 한줄기 금빛이 지상으로 곧게 드리운 것은 숨기다 못한 햇빛이 작은 틈을 찾아 분출함이요, 문득 만점 수정 구슬이 공중에 흩어져 나는 것은 지니다 못한 빗발이 작은 틈을 타서 한 방울씩 똑똑 떨어지는 것이었다.

혜산진(『일본지리풍속대계』)
혜산진은 압록강 최상류로 국방상 요충지이며 신의주로 가는 뗏목의 기점이기도 하다.
최남선이 혜산진에 이르렀을 때, 민가가 천여 호 이상이었을 만큼 번창해 있었다. 뗏목 산업
이 활발했기 때문이다.

　　여기 기이한 광경이 있으면 저기는 장엄한 광경이 있고, 여기 신
선의 모습이 나타나면 저기는 귀신의 형체가 나타나서 변화를 혜
아리지 못함이요, 시작과 끝도 사정을 헤아리지도 못할 커다란 환
상의 바다가 벌어졌다. 다른 것이 아니라 곧 구름 모양의 백과대사
전이며, 다른 것이 아니라 곧 광선의 천상에서 이루어진 대전람회
이다. 이것을 보면서 울고 싶고 웃고 싶고, 활개를 벌려 춤추고 싶
고, 아가리가 찢어지도록 소리 지르고 싶은 모든 심회는 바쁜 앞길
을 놓고 여기서 잔소리 말기로 하자.

　　산마루 고개로부터 조금 내려서면 강변에 하나의 취락이 있어
갑산읍의 세 배나 되어 보이니, 강은 압록이요 취락은 곧 혜산진이
라 한다. 곧게 달려 15~16분에 첨사(僉使) 옛 성의 서측으로 하여
고금(古今) 언제나 국경의 중요한 땅인 혜산진으로 다다랐다. 길가
에는 구경 나온 민중이 담을 이루고, 학교 생도까지 정렬하였음에
는 애오라지 놀라지 않을 수 없었다.

　　도착 즉시로 수비대 진영에 가서 반합에 밥을 짓고 요리하는 법,

군대에서 쓰는 장막 사용 등의 야영하기 위한 필요 방법을 배우고, 인하여 일기정(一旗亭)에서 성대한 환영회를 받았다. 그러나 이것저것이 공연히 심사를 도와서 밤에는 늦도록 압록강의 물줄기를 눈으로 어루만지면서 가슴 속의 억울함을 조금이라도 펼까 하였다.

혜산진이 첨사 시절에도 100호에 미치지 못하던 작은 강촌(江村)이었는데 시방 천여 호의 큰 고을을 이루고, 수비영(守備營)에 자혜의원(慈惠醫院)에 영림창분사(營林廠分司)에 드높이 솟은 여러 집채들이 즐비하게 됨이 놀랍다면 놀라운 발전이다. 그러나 일본인 거주자 백여 호 가운데 영업자란 것의 거의 대부분이 요리업자 매춘업자임은 아무리 뗏목일의 중심지라도 좀 심한 현상이었다.

9. 괘궁정 아래로 혜산진 출발

29일. 타네, 신네 하는 세간(世間)의 잔재주를 다 버리고, 다만 두 짝 건강한 다리만을 힘입어, 길이 지나 길에게 지나를 판정할 날이 왔다. 아직은 그렇지 않지만, 장차 수백 리 사람이 없는 산속으로 일주일 노숙을 지낼 길이매, 혹시나 미비한 여러 도구가 없나 하여 행장을 엄밀히 검사한 후, 아침 8시 정각을 기하여 소학교의 집합장으로 모였다.

등산대에 구경꾼에, 사람에 말에, 골목으로부터 뿌듯하여 말을 타고 있는 헌병까지, 우왕좌왕하는 것이 큰일이나 난 듯하고, 더욱 말의 우는 소리와 말머리 방울 소리와 말꾼들의 말 부리는 소리가 아침 공기에 생생하고 새로운 파동을 주어, 그렇지 않아도 벌떡거리는 신경이 여러 단계의 생기 있고 힘차며 시원스러움(活潑)을 보태어 온다.

구름처럼 모여 있는 사람과 산같이 쌓여 있는 짐 — 이 짐을 나르는 고용인과 품팔이 말, 언뜻 보아도 큰 행차임을 앙탈[1]치 못하겠다. 식료(食料)만 하여도 쌀은 물론이요, 어육 · 두부 · 김치 · 장아찌

---

1 생떼를 쓰고 고집을 부리거나 불평을 늘어놓는 것을 이른다.

· 국 끓일 무, 파와 간장과 기름, 사탕에 조미료 등 세세한 것까지를 어느 것은 어느 날의 조식(朝食) · 주식(晝食) · 석식(夕食)이라고 쪽지를 붙여, 낱낱이 궤짝에 구별해 넣고, 대야 · 양철통 · 식도 · 병마개빼기 등까지 생활상 필수품이란 것은 모두 한 패마다 한 벌씩 준비한다.

이 외에 야영할 천막이라, 용왕담(龍王潭)에 띄울 함석배라 이것저것 하여 과연 병참(兵站) 한판이 쩍지게 벌여졌으니, 기구가 장하다면 장하다 하려니와, 서생(書生) 등의 등산으로는 분수에 지나친 편이라 하겠다.

한 옆에서는 피말[2] 어르는 수말, 말짐 치는 사람, 인부를 감시하며 독촉하고 격려하는 왜패장(倭牌長)의 호통까지 이만큼 떠들면 땅 하나야 꺼뜨리지 못하겠느냐 하는데, 한옆에서는 단원에 대한 인솔자의 주의 사항 지시가 이루어진다.

독사에 물리지 말도록, 함정에 빠지지 말도록, 하는 등 으레 하는 이야기 외에, 땅이 국경 지대에 속하여 마적의 염려도 없지 아니하니, 아무쪼록 무리에서 뒤 떨어져 외동고지로 놀지 않게 하라 함은, 아닌 게 아니라 과연 백두(白頭) 등산에서나 들을 말이었다. 어저께 수비 대장의 알리는 말 중에도 이 점에 대하여 언급하고, 최근까지의 정보에 의하면 이러니저러니 하다 운운하는 것이 다 국경 특수한 기분으로 재미있는 일이었다.

총 단원 60명에 기일에 맞추어 이르지 못하거나 건강이 안 좋은 두 사람을 제외한 58명이 대부분은 교직에 있는 이로 박물(博物) 채집을 주된 목표로 하는 이들이다. 또 신문 기자 · 화가 · 사진사와 활동사진 촬영반 내지 실업가를 패찬 이들이 거기 섞였고, 특히 5세 소아와 10세 여아 한 쌍이 끼었음은 특별히 두드러지게 눈에 뜨

---

2 다 자란 암말을 이른다. 북한에서는 지금도 '피말'이라고 한다.

이는 것이었다.

단원은 5반으로 나뉘어 12명씩 한 반을 만들고, 반에 장이 있어 단장과의 연락을 취하게 하고, 반마다 높은 기를 세워 뒤를 따라 좇기에 편케 하고, 대원은 가벼운 장비 간편한 신발에 각반(脚絆)[3]을 졸라매고, 배낭과 물병 등을 주렁주렁 메었으니, 모든 것이 실로 군대 같은 기분을 풍긴다.

인마(人馬)를 정돈하여 가지런히 하고 나서 다시 수비대영(守備隊營)으로 이르러 군대와 함께 기념 촬영을 하니, 대개 행군이라는 명목으로 대위가 인솔하는 병사 40명이 보호하며 따라가도록 했기 때문이다.

이럭저럭 9시나 되어 썩 큰 몸집이 구름에 닿는 듯한 우리 순사 1인과 작은 몸이 땅에 기는 듯한 일본 순사 1인을 선도로 세우고, 군대와 치중(輜重)[4]이 앞을 서고, 단원이 차례대로 각기 반기(班旗)를 높이 게양한 아래에서 반 소속의 고용인, 짐 싣은 말을 거느려 뒤에 잇댄다.

또 그 뒤에는 이번을 기회로 하여 혜산진 체육회란 명목으로 희망자를 망라한 20여 명 1대가 따르고, 또 개인으로 어쨌든지 따라서는 이 6~7을 합하여 근 200의 사람과 근 50의 말이 어깨에 바람을 내면서 나서매, 하나의 큰 원정, 하나의 큰 탐험을 떠나는 듯도 하여 아닌 게 아니라 과연 의기충천의 기개가 없지도 아니하였다.

영사(營舍)의 앞으로부터 죽 늘어선 군중의 틈을 삐기면서 괘궁정(掛弓亭) 낭떠러지 밑으로 하여 걸음걸이를 맞추어 가지런하고 질서 있게 행진하는데, 많은 카메라가 여기저기에서 셔터를 누르

---

3 걸을 때에 아랫도리를 가든하게 하려고 발목에서부터 무릎 아래까지 감거나 돌려 싸거나 하는 띠를 이른다.
4 말이나 수레 따위에 실은 짐 또는 군대의 여러 가지 군수 물품을 이른다. 탄약·식량·장막·피복 따위 물건을 통틀어 이른다.

고, 활동사진이 또한 이 광경을 렌즈에 거두며, 학교 생도들은 군중의 맨 나중에 정렬하여 반기(班旗) 지날 제마다 만세를 뒤집어씌운다. 만세의 소용도 여러 가지인 모양으로 등산 축복으로도 쓰이는 것이 우습다.

하늘은 이 일행을 무엇으로 신물(贐物)하실꼬 하여 생각하신 결과인지 아닌지, 아침부터 안개 같은 가는 비를 촉촉이 뿌려 길을 축이시므로, 인마가 이렇게 섞이어 걷되 뒤에서도 먼지를 뒤집어쓰지 않게 됨이 퍽 고맙다.

10. 압록강 밖의 이국 정취

 길은 압록강을 끼고 북으로 뚫렸으니, 압록강이라 하여도 상류인 여기쯤에서는 떼나 흘렸지 작은 배도 다니지 못하는 개천의 좀 큰 것에 지나지 못하며, 국경이라 하니까 끔찍하지 않은 것은 아니지만, 그 소임은 물가 곳곳에서 귀리나 좁쌀 찧는 물레방아를 돌려 줌에 지나지 못하였다.

 오른쪽으로 커다란 석벽이 강에 임하여 험하게 우뚝 솟은 것을 끼고, 왼쪽으로는 즐비한 지붕이 허울로는 번지르르한 건너편에 있는 언덕의 장백현(長白縣)을 건너다보고, 총검에 군대 깃발에 곤충 채집망에 다른 모양의 외관을 뽐내는 일자(一字) 긴 뱀과 같은 긴 진열이 기쁜 웃음 희롱하는 농담으로 온 주위를 쾌활하게 하면서 성큼성큼 행진하니, 이만하면 아무 데서도 한 구경임을 잃지 아니하겠는데, 더욱 이러한 벽지에서야 어찌 굶주린 안목을 한번 살찌울 큰 기회가 아니랴.

 지나는 곳마다 남자 여자 늙은이 어린이가 식구대로 나와서 어안이 벙벙하여 재미있게 구경들을 한다. 머리 빗던 치마 띤 이는 이 구경 놓칠세라 하여, 한 손으론 헤친 머리를 거머잡고 한 손에는 얼레빗을 쥔 채로 나와 보고 있는 모습이 우스우며, 건너편에 있는 언덕 중국 촌락에서는 무슨 일이 생겼나 하고 왕 어르신이나 시에씨 부인이 둘째 딸 셋째 아들을 안네 끄으네 하고 올려다보는 데, 입을 헤하고 벌린 것이야 어찌되었든지, 손들을 이마에 얹은 것은 옛 뜻으로 우리를 환영하는 모습 같지 아니함도 아니다.

압록강은 실개천 하나이다. 평양 사람의 팔매면 건너가고도 남을 수 있는 가까운 거리이다. 이것이 경계라 하여 표면으로는 서로 국경을 침범하거나 몰래 들어갈 수 없고, 또 사실 아닌 게 아니라 과연 사람의 일로는 옷 입은 빛, 집 지은 꼴, 밭 다스린 모양이 둘이 서로 온통 딴판이다.

산천으로 말하여도 저편의 그것은 그네 낯가죽이 느즈러진 것처럼 지질펀펀하여 긴장한 맛을 잃었음이 심한데, 이쪽의 그것은 우리 광대뼈가 돌출한 것처럼 울퉁불퉁하여 융기성(隆起性)을 발휘하기에 바빴으며, 따라서 저네는 땅이면 흙인데 우리에게는 돌이 흙 노릇을 하며, 따라서 농사를 지어서 생기는 이익의 크고 작음과 민생의 이로운 일과 병폐가 되는 일이 몹시 서로 틀리지 아니치 못하니, 그 아니 당연할 듯 이상한 일인가?

압록강이 분명한 국경 노릇을 하기는 실로 200년 이짝의 일이다. 그것이 나라 남쪽의 작은 강이던 고조선 · 고구려 시절의 일은 그만두고, 원 · 명의 사이에라도 명호상(名號上) · 문적상(文籍上)으로는 압록강 이쪽이라고 다 꼭 조선의 판도이던 것 아니지만, 대개 텅 빈 들판에 사람이 없음에 버리지 아니하였으면, 섞여 있는 곳으로 사이가 없음에 맡겼던 것이다.

시방도 간도(間島)에서는 그렇지 아니한 것 아니지만, 근대적 명료함으로 이렇게 구별 뚜렷하게 경계를 나누어 놓으니 조금도 어숭그러하거나 엇비슷하거나 텁적지근한 구석이 없이, 모든 풍물이 딴 것이지 섞지 못할 것을 앙탈할 수 없으니, 생각하면 감개도 한 일이다. 더구나 우리 민족의 진역(震域)에 있는 요람지로, 어떠한 의

미로는 도저히 남의 손에 버려두지 못할 저 땅이거니 하면, 하염없는 눈물이 핑그르르 돌기도 한다.

생각으로는 아무래도 남의 땅이라고 할 수 없건만, 어느 모로 보아도 우리 땅은 아니다. 더욱 아무리 변방의 땅, 서울에서 멀리 떨어진 지방, 농가, 어호(漁戶)라도 지붕 이하 모든 집의 간가(間架)가 반듯반듯하여 자못 규범이 되는 틀이 있고, 밭을 볼지라도 두둑이나 이랑과 밭 사이의 길이나 경계가 정연히 조리가 있어 그 정성스럽게 마음을 씀이 부지런함을 보겠다. 돌이켜 우리네 그것의 규모와 절제 없음을 보고는, 압록 개천 밖에 남의 것 된 탓이 아닌 게 아니라 과연 이 일단에도 드러나지 않았을까 하고 부질없는 한숨을 지었다.

뭉투룩한 장백현 뒷 산기슭 높다란 곳에 웅숭그린 하나의 사당이 숲 사이에 앉아 있고, 우뚝한 5층 전탑(磚塔)이 하늘을 건드리려함은, 아닌 게 아니라 과연 남화(南畵) 그대로 사실적이다. 이곳으로부터 시작하여 올라가면서 물이 후미지고 풀이 길 넘는 곳마다 푸른 옷 입은 호인(胡人)이 채찍 하나를 지휘물(指揮物)로 하여 여러 필의 말과 소를 방목하되, 채찍 끝에서 절제가 마음대로 됨은 또한 글에서 오래 낯이 익은 광경이다.

가보면 지저분하고 냄새 날 것이로되, 멀리서 바라봄에는 하찮은 것도 구경거리요, 거기다가 타국 정취라 할 것이 곁들이매, 작은 자극을 받아 크게 흔들림이 그대로 큰 감흥 아닌 것이 없다. 의례히 성채(城砦)를 두른 위연리(渭淵里) 주재소에서 처음으로 잠깐 쉬기로 하다.

화전(樺田; 봇밭)이니 천수(泉水; 샘물)니 하는 10리 내외의 참(站)마다에는 다 순사 주재소가 있되, 그 축조가 강 언덕일수록 더욱 견고하여 완연히 하나의 작은 성첩과 같으니, 문명이니 발달이니 하는 것이 많은 고물(古物)의 생명을 빼앗는 중에 성곽이 또한 그 하나이다. 그리하여 잊지 못할 역사를 가졌거니, 축조 당시에는 어떠한 고심과 노력이 그 한 덩어리 돌, 한 움큼 흙에 피칠 땀칠을 한 것이어니, 성이란 것은 모조리 훼철되지 아니치 못하는 이 판에, 홀로 국경의 경청(警廳)만은 고대의 폐물(廢物)을 새삼스러이 부활시켰음이 다만 우스울 뿐만 아니라, 어느 편으로는 요즈음 경찰 그것의 좋은 표상인 모습 같기도 하여 그 의미의 심장함을 깨닫게 함이 있다. 더욱 그것이 윤관(尹瓘)의 9성이라든지 김종서(金宗瑞)의 6진처럼 머무르며 막는 대상이 이민족인 여진인 것이 아니라, 실상 조선 땅에서 조선인을 방어함이 목적임에는 말할 수 없는 느꺼움이 없을 수 없었다.

이쯤에서부터는 압록강의 명물인 유벌(流筏; 뗏목)의 내려오는 것이 점점 번거롭게 눈에 뜨인다. 빳빳이 기다랗고 헌칠민틋한 특색 있는 이른바 압록강 재목의 넓이 십 수개와 길이 5~6단씩 연결한 것을 한 대에, 삿대 잡은 이 하나, 치 놀리는 이 하나 두 사람씩 타고, 하상(河床)의 험한 압록강의 물곬을 찾아서 나가는데, 원체 급류에 큰 비 지난 여세를 겸하여 발가숭이의 떼가 프로펠러는 우습다 할 만큼 살같이 빠르게 쑥쑥 내려가고 홱홱 지나가는 것이 과연 시원하다.

벌목꾼의 떼 흘려 가는 것이 선수의 스케이트나 스키 그것 같이 얼이어 보일 때에, 구경의 흥미는 여러 단계의 깊음을 더한다. 사뿐히 가라앉는가 하면 부쩍 용솟음하고, 빙그르르 도는가 하면 홱 꼬리를 쳐서, 여러 가지 스포츠 기분이 가득 차서 넘치는 것이 유벌(流筏)이라 하고 싶다. 스위스로 하여금 알프스의 스키 경기를 자랑케 하라, 영국으로 하여금 템즈의 보트 경조(競漕)를 자랑케 두어라, 조선 우리랑은 압록강의 떼타기 재주를 자랑하여 보세 하는 생각이 난다.

돈 받고 구경시키는 것도 아니요, 남의 칭찬받기를 구하는 것도

함경남도 혜산진 철포언의 뗏목
벌목꾼의 뗏목이 흘러가는 것을 유벌(流筏)이라고 하는데, 최남선은 템즈 강의 보트 경기, 알프스의 스키 경기처럼 스포츠 기분이 가득 넘친다고 표현했다.

아닌, 흘리는 그것이 그대로 목적 전체인 이 떼타기야 말로, 진실로 무엇보다 이상의 스포츠 도(道)의 최고 현양이 아니겠느냐는 생각도 난다. 하나를 보내기 전에 또 하나가 뒤를 대어 내려와서 꼬리가 꼬리를 물었음이 옛날이야기의 쥐와 같다. 양쪽 언덕의 물절구 소리는 경(經)이 되고, 중류의 뗏목의 경치는 위(緯)가 되어, 하마 쓸쓸하고 호젓할 뻔한 이때의 압록강이 문득 문채(文彩) 좋은 한 폭의 그림을 이루었다.

화전으로부터 천수 지나기까지의 사이 강류(江流)에 절벽처럼 험준하게 솟은 안벽(岸壁)이 이따금 기이한 석봉으로 궤괴(詭怪)를 발보이는데, 손바닥으로 하늘을 가리키는 듯한 한 떼는 삼선봉(三仙峰) 같기도 하고 오랑조랑한 물형(物形)이 열을 지어 선 것은 만상대(萬相臺)와 같기도 하다. 좀 칭찬해 말하자면 일자로 펴서 보는 만물초(萬物肖)라고도 하겠으며, 다만 그 본질이 안산암(安山岩)이기 때문에 절리(節理)가 날카롭거나 곧지 못하고 색깔의 맵시가 산뜻하거나 아름답지 못함이 큰 흠이 아닐 수 없다.

건너편에 있는 언덕의 19도구(道溝)니 22도구니 하는 곳 모든 산언덕에는 나무가 이미 다 베어져 풀과 보리의 푸르름이 억지로 그 씻은 것 같이 깨끗함을 흥가림하였을 뿐인데, 가끔 산등성이 위로부터 강물을 향하여 일직선의 붉은 오목한 길이 뚫려 있음은 다른 것이 아니라 곧 벌채한 재목을 강으로 내리 굴리던 길의 흔적이었다.

건너편에 있는 언덕인 재천수(在川水) 뒤의 적벽(赤壁) 한 산등성이를 짊어지고 압록강의 한 지류인 가림천(佳林川)을 끼고서 길이 동으로 꺾이는데, 가림천은 물소리, 돌 모습과 산 모양, 숲의 그림자가 자못 곱고 아리땁다 할 결국을 지어서 눈이 번쩍 뜨임이 있고, 골이 깊어 갈수록 이 맛도 짙어져서, 북국다운 거센 기운이 여기만 없는 듯도 하다. 거칠고 아주 쓸쓸한 국경만 보아 오던 눈이라, 좀 에누리하여 보이기도 한 것이겠지만, 걸음걸음 가멸고 화려한 기운이 사람에게로 달려듦을 앙탈할 수 없으니, 이 근처에 이 골짜기 있음은 진실로 천금도 싸다고 할 것이었다.

조그만 언덕에를 올라서매, 한 채의 건물 작은 사당이 길가에 있기로, 데미다 본즉, 제단의 위에는 한 뼘만 하고 홀쭉한 물에 깎인 돌 한 개를 정면에 안치하고, 그 옆과 아래에는 자질구레한 돌들을 모시고 호위한 것처럼 많이 벌여 놓고, 그 앞에는 너부죽한 하나의 돌을 상(床)으로 하여 산과(山果)를 가지에 붙어 있는 그대로 공헌하고, 신령을 상징하는 신체(神體)의 머리 위에는 줄을 가로 건너질러 메고 거기 옷 동정과 헝겊을 주렁주렁 잡아매었다.

재미있는 것은 그 신체(神體)요, 더욱 그 형상의 생식기 그대로임이었다. 말을 들으매 북관(北關)의 신당에는 대개 이러한 석신체(石神體)를 봉안하였다 하니, 이는 다른 많은 지방에 있는 입석(立石)·서석(瑞石) 등과 비교하여, 우리 원시 신앙의 공통된 일면을 고찰하는 경우에 매우 요긴한 재료이다.

편의상 여기 부기해 두거니와, 우선 북관 문화의 중심인 함흥 지방만 가지고 볼지라도, 함흥에서 홍원(洪原)으로 나가는 함관령 너머 황마름이라는 곳에는 돌무더기의 위에 두 길이나 되는 우뚝뾰족한 돌 하나를 얹은 것이 남방에서와 같음을 보고, 또 함흥에서 퇴조(退潮)[1] 가는 길에는 자연석 우뚝한 것이 사람으로 흡사하게 생긴 것을 풍속에 미륵이라 하는 것이 있고, 또 천서(天瑞)에는 세 발에 얹혀 있는 고인돌이 있으니 저 북청 입석리의 한 쌍의 입석 기타를 합하여 옥저(沃沮)가 또한 거석 문화의 범위 안에 있음을 생각하여 헤아릴 것이다. 대개 북관 모든 신당에 있는 석신체는 이러한 거석 문화의 한 잔해로 볼 것일까 한다.

동부(洞府)의 맛이 흡사 송광사 들어가는 어귀와 같음을 괴상하게 알면서 보천교(普天橋)를 건너 한 5리쯤이나 들어가매, 재목 작업의 요지인 보천보(普天堡; 보타이)를 만난다. 산중으로는 제법 한 시가(市街)요, 사방의 산이 아늑하게 둘러막히고, 더욱 북에 높은 장령(長嶺)이 병풍을 이루어 사나운 북풍을 방지하는 힘이 커서 사람 살기에 거침새 없이 편안한 곳이며, 경소(警所)에 병사(兵舍)에 영림보호구(營林保護區)에 반듯반듯한 집도 이것저것 적지 아니함이 도무지 재목 속으로부터 나온 것이었다.

그런데 약간의 조선인 부락은 실로 뱃속은 고사하고, 남의 입에서 씹히는 배에서 혹시 떨어지는 물방울을 좀 얻어 빠는 것이었다. 1년에 적어도 3만 사이 이상의 재목이 여기에서 나가고, 민호(民戶) 수가 18에 일본 상호(商戶)가 2요, 그 대부분은 재목 노동자의 주머니를 노리는 주막 국수가게이었다.

오후 4시 도착, 보성학교(普成學校) 숙사. 처음으로 군대의 반합(飯

---

1 이 원고가 쓰여지던 1926년 당시 이 지역은 함흥군 퇴조면 퇴조리로 편제되어 있었다.

盒)으로 서투른 자취를 하느라고 한참 법석을 떨고, 선 밥과 간 맞지 아니하는 것일망정 우리 손으로 만든 것인 탓에 그대로 맛난 듯이 먹는 것이 우스웠다. 금일 노정 50리.

[명천·성진 등지로 나가서 어망(漁網)의 부목(浮木)에 쓰이는 벚나무 껍질을 일정한 길이와 넓이로 피륙같이 작필(作疋)하여 벅국까지 쌓아 놓은 보타이 여관의 납촉(蠟燭) 아래에서]

11. 보천보에서 보태리까지

　30일. 보천보만 하여도 기온이 아랫녘과 매우 다르다는 것은 지난 저녁에도 뜨뜻한 방이 좋음으로써 짐작하였던 것이어니와, 새벽에 깨니 몸이 으스스하고 창을 여니 찬바람이 뼈에 스밀 듯함에는 놀라지 않을 수 없었다. 오늘이 중복이거니 하면 아무리 산중의 이른 새벽이지만 문을 꼭꼭 닫고 앉아서 겹옷을 부둥켜 입음이 좀 겸연쩍고 부끄러웠다. 그러나 물에 손을 담가서 뼈가 아림을 생각하면, 겹옷은커녕 솜옷도 입지 못할 것 없을 듯하다 하겠다.

　8시 지나서 편성한 대오를 정돈하여 가지런히 해 가지고 떠나는데, 날씨가 맑고 명랑한 하늘에 기(旗)가 떼로 펄럭이고 말이 무리져서 우니, 총 그림자 칼날의 번쩍거리는 빛이 아니라도 일대 행진이 아니랄 길 없으며, 이로부터 시냇물의 세력이 빠르고 흐르는 소리가 우렁차니 행색이 더욱 씩씩해짐을 깨닫겠다.

　여러 날 오면서 마적의 소문이 빈번하다 하여, 여기서부터는 보호병(保護兵)을 두 패로 나누어 일행의 맨 앞과 맨 뒤에 배치하매, 사정에 서투른 나그네의 마음이 부질없이 일종의 긴장감을 가지게 된다.

　그러나 구름 그림자에 봉우리는 높음을 더하고, 버러지 소리에

보천보 거리

양강도 보천군 남서부에 있는 읍이다. 여기서 백두산까지는 108km이다. 최남선 여행 당시 보천보는 벌채의 집하지였다. 일 년에 3만 사이 이상의 목재가 보천보에서 나갔다 한다.

골은 그윽함을 더하고, 맑은 풍취 그윽한 정취가 또 그대로 깊음을 더하여, 아무 것이고 웅장하여 막힘이 없는 자연의 용광로 중에 들어서는 현재의 몸 바로 그대로 부처가 되는 묘를 저절로 얻으매, 군대도 그대로 선정(禪淨)의 경행(經行)[1]이요, 채집을 하기 위한 상자도 그대로 시의 원고를 넣어두는 주머니일 수밖에 없었다.

바닥 땅에 버들 숲이 짙어지고, 높은 말랑에 이깔나무 사이가 배어 갈수록 깊은 산속의 맛은 1도 1도씩 높아가는 데, 한참만큼씩 한 번 들리는 꾀꼬리 소리가 고요하던 산골짜기를 가끔 들레게 하는 유일한 반역 운동이었다. 꾀꼬리로 보아서 시방이 다른 곳의 5월쯤 되는 푼수이었다.

웅장한 산이 앞을 가려 이제는 막히는가 하던 골이 짓궂은 냇물의 흐름 때문에 다시 한 경계씩을 열어 오기를 무릇 몇 번이던지,

---

1 경명행수(經明行修)의 준말이다. 좌선을 할 때에 피로를 풀고 졸음을 쫓기 위하여 일정한 곳을 천천히 거니는 것을 말한다.

남국다운 가멸차고 화려함에 북국다운 웅장하고 막힘 없음을 겸하여 침박절려(沈博絶麗)[2] 그것이 이깔 잎잎으로부터 드는 듯한 청림동(青林洞)에를 들어섰다.

5천 척 가까운 '푸루'봉의 높은 봉우리도 원체 연해 거듭된 봉만(峰巒) 중에서는 높음을 남에게 알릴 길 없고, 나무를 베고 베어내도 죽 떠먹은 자리 같음에서 겨우 그 덩어리의 큼과 숲의 깊음을 짐작케 할 뿐이다. 영림창(營林廠)의 작업장이 여기 있어 벌채가 연중 끊이지 아니하는데, 조선인 중에도 관북인의 키처럼 끌밋하게[3] 쭉 뽑힌 좋은 재목이 하늘 밑에까지 쟁여 있음을 보매, 재목에 값이 있다 함이 거짓말 같고, 크나큰 곳간에 꽉꽉 들어찬 떼 매는 칡끈 더미만 보아도 아가리가 아니 벌어질 수 없었다.

이런 작업장을 보통 '처소'라 하여 무릇 10개 소가 있는데, 푸루봉은 그 중에서 큰 편이 아니라 한다. 곱게 길러서 얌전히 바쳤거니 하면, 우리의 인덕(仁德) 갸륵함을 새삼스레 감탄치 않을 수 없다. 한참만큼씩 내의 흐름을 가로막아 제언(堤堰)을 만들고, 가운데만 두어 간통쯤 트고, 거기에 비스듬한 활도(滑道)[4]를 걸친 것이 있음은, 물을 모아서 수량을 많게 하였다가 갑문(閘門)을 열어서 그 수량과 수력으로 큰 떼를 흘리는 데 쓰는 것이라 한다.

홀로 풍경미로만 하여도 청림동의 그것은 성중(城中) 유수의 한 곳일 것을 생각하고서 좀 평평하고 넓은 곳으로 빠져 나오니, 통남동(通南洞)이라 하여 마을의 모습과 경작지의 빛이 꽤 부유하고 윤택한 기운을 띤 곳이다.

수정병(水晶屛)을 공중에 높다랗게 친 듯한 석벽으로 생긴 하나

백두산근참기

---

2 깊고 넓고 막힘없고 아름다움. 이는 양웅(揚雄)의 「답유흠서(答劉歆書)」에 '沈博絶麗之文'이라는 표현으로 등장한다.
3 흰칠하고 시원스럽게 잘생겼다는 뜻이다.
4 미끄럼틀을 말한다.

의 높은 봉우리가 앞에 내다보이는 것은 장군봉이라 하는데, 이쪽 산악의 으레 그러한 모습대로 험한 산의 무시무시하게 궂은 기운을 벗지 못한 섭섭함은 있으나, 일광을 바로 받아 밝고 환한 기운이 한쪽 면에 굼실거리는 장군봉은 또한 쉽지 아니한 이름난 산봉우리임을 앙탈할 수 없었다. 언뜻 보고 중향성(衆香城) 하나가 어째 저기 환영처럼 나타났는가를 의심하기도 하였다.

통남동으로부터 길이 민틋이 오르기 시작하고, 이깔과 봇과 버들의 삼합림(三合林)이 좌우에 빽빽하여, 이른바 백두산대(白頭山帶)의 식물경(植物景)이 갖고 있는 세 가지 특색이 한곳에 병존하여 생존 경쟁을 노골적으로 실제 연출하는 재미있는 국면을 싫도록 구경하게 된다. 한참은 두 가지만 섞여 있기도 하고, 한참은 세 가지가 어우러져 있기도 하고, 한참은 번갈아 한 가지씩 독산림을 배포해 있기도 하여, 단순한 듯한 가운데 많은 변화를 보임이 있다.

올라가는 언덕이나 골짜기 건너로 뻗쳐 올라간 산등성이나 멀리 보이는 장군봉이나 가까이 보이는 곽사봉(郭沙峰)이나 다 함께 결과로는 높았으되, 높느라고 벌떡 일어서거나 얼른 빼어나는 일이 없고, 슬그머니 흐리멍덩하게 아무 기척도 없이 남모르는 동안에 한참 가다가 보면 얼마만큼 입장이 높았고, 한참 가다가 보면 얼마만큼 시야가 넓어지다가, 나중에는 까맣게 쳐다보고 오던 고지가 어느새 내 발꿈치 아래에 눌리고, 돌아다보면 처음 떠나던 곳은 아득히 백천길 아래로 굽어보이고, 조그만 개울창으로 알던 골짜기가 이렁저렁 천야만야한 낭떠러지를 이루는 이 근처 땅 생김새의 일대 특색이 이 길 수십 리 동안에 가장 선명히 발휘된다. 이렇게 하여 일단의 정점을 다하는 곳에 한 국면의 고원이 나서고, 한 무리의 촌락이 들어 있는 것이 보태리(寶泰里)이었다. 아래위 동네로 나뉜 가운데, 학교도 있고 순사 주재소의 성궐(城闕)도 있어 산중의 가장 중요한 부분인 곳이다. 떠난 지 40리인 이곳에서 점심을 먹기로 하였다.

어디 보다도 못하지 아니한 승경(勝景)으로서 어디 만큼도 드러나지 못한 장군봉과 보태동은, 또 아무만도 못하지 아니한 덕업(德業)으로 아무 만큼도 남에게 들리지 아니한 하나의 인물을 자기네의 품속에 감추었으니, 시방은 고인이 된 삼암(三巖) 김유(金裕)가 그이이다.

보태리가 천고의 거친 골짜기로 사람 사는 땅이 되기 시작한 것은 시방으로부터 겨우 50~60년 전의 일에 속한다. 이 개척은 또한 남방에서 살다 살 수 없이 된 끝에, 임자 없는 화전 뙈기나 붙여 보려고 사내는 이끌고 부인은 붙어 다니고, 덤벼드는 패퇴자(敗退者)의 손에 말미암음이 다른 모든 산골짜기의 예에서와 같았었다. 그런데 삼암이란 이는 단순히 생활 압박만의 완화를 찾는 밖에, 다소의 이상 실현을 꿈꾸었음이 애초부터의 한 마리 학(鶴)과 같은 특점이었다.

귀리밥 감자술을 먹는 고장에서라도 정의(正義)와 평강(平康)의 세계를 만들지 못하랴 하는 것이 김삼암(金三巖)의 신념이요 또 희원(希願)이었으니, 얼른 말하면 그의 보태리 개척에는 푸리에(Fourier)의 '팔랑즈(phalange)'적 이상이 품겨 있었다.

1호 2호 늘어가는 이사해 오는 사람이 어느덧 수십을 헤아리게 되고, 학교에 들어갈 나이가 된 어린 아이도 적지 않아지매, 그는 먼저 서당을 만들어 이네들을 교도하기에 힘썼는데, 두메 마을에서의 권위는 항상 학문과 지식을 붙어 따르게 하는 것처럼 선생님이라는 지위는 그의 품격과 도량·재능과 어울려서, 어느덧 삼암으로 하여금 마을 안의 최고 장로(長老)가 되게 하였다.

크게는 마을 전체의 내정(內政) 외교(外交)로부터, 작게는 일가 간의 티격태격에 이르기까지, 그 일을 다스려 처리하는 조화를 그에게 신뢰하고 의지하고 우러러보아, 조금도 낭패가 없음은, 삼암의 명성과 인망으로 하여금 더욱 높고 더욱 굳어지는 느낌이 있게 하였다.

한번은 이 근처의 명물이요, 거민(居民)의 최대 위협인 마적당이 50~60명 한 무리로 안쓰러운 이 보태리를 내습하였다. 거민의 공포는 형언할 길 없고, 닭과 개조차 꼬리를 감추고 숨는 형편이었다. 도적 무리는 닭·소·돈·곡식을 아울러 도저히 부담하지 못할 액수의 징발을 명하고, 3일 내로 명과 같이 하지 아니하면 집에 불을 지르고 사람 죽이기를 마음대로 하리라고 협박하였다.

촌민들은 오늘이 죽는 날이로다 하고 온전하게 몸이나 지키겠다 하여 몰래 바삐 달아나 숨기나 하려 할 때에 삼암이 나섰다. 모처럼 이만큼 모양을 갖춘 한 마을이 싱겁게 헤어져 흩어짐을 참으랴 하고 내가 한 몸으로 상대할 것이니 결과를 보라 하여 우선 어루만져 위로한 후에, 바로 도적의 괴수를 찾아가 호랑이 수염을 뽑으려 하였다.

적괴(賊魁)는 높이 호상(胡床)에 걸터앉아 "내놓으라고 요구한 것을 응하는 외에 부질없는 무슨 잔말을 하러 왔느냐?"는 호령이 땅방울 같되, 삼암은 의기가 그대로 당당하여 "밥은 먹어보고 말은 들어볼 것 아니냐?" 하면서 세차게 흐르는 강과 같은 말로 반론하기도 하고 회유하기도 하기를,

"『수호전』 이래로 여러분의 숭상하는 바는 의기가 아니냐, 그런데 그대들의 의가 어찌하여 이 빈궁한 사람의 집을 향하여 눈멀고 귀먹은 체를 하느냐, 우리가 약간의 가축과 물건을 내어놓기는 아까운 것 아니로되, 두려운 것은 이로 인하여 당당한 그대들이 마침내 좀도둑의 기롱을 면치 못할 것이요, 또 내가 다소의 수감(水鑑)[5]

---

5 물과 거울로, 물이나 거울에 물체가 그대로 비침과 같이 공평한 입장에서 사물을 판단한다는 뜻이다.

이 있어 그대의 풍골(風骨)을 살피건대, 교룡(蛟龍)이 오래 못 안에 있을 것이 아닐 성부르거늘 어찌하여 자중하지 아니하는가, 더욱이 땅은 나라의 경계가 스스로 구별되고 생리(生理)가 각각 다르거늘, 이제 일시의 작은 이익을 위하여 양국의 다툼을 초래하게 되면 이것이 어찌 그대들이 참을 수 있을 바랴."

하여, 너그러운 태도로 정대한 이치와 의리를 설명하였다. 적(賊)이 처음에는 그의 의기에 감동하고 뒤에는 그의 논지에 굴복하여, 즉석에서 감화되어 심취하는 뜻을 표하고, 만일 대인이 아니었다면 행여나 어찌하면 대도(大道)를 그릇쳤으리라 하여 뉘우치고 허물을 고쳐 새롭게 옮겨갈 결심을 보이고, 그동안 한꺼번에 떠들어서 어수선함이 있는 것을 갑절로 빽빽하게 배상한 후에 그 길로 돌아가서 도당(徒黨)을 해산하고 조가(朝家)에 귀순하여 벼슬을 살았다. 이후로부터 수십 년간 변경의 생활이 도적 경계함을 모르게 되었으며, 적괴(賊魁)는 여러 번 직위가 올라 뒤에 북경(北京)의 현관(顯官)이 되었는데, 그 귀순하던 경로를 조정에 널리 알려 포상의 뜻으로 공훈의 칼을 삼암에게 선사하여 온 것이 시방 그의 집에 보존되어 있다 한다. 그의 방도를 세우는 수완은 이 한 가지 일로써 짐작할 것이다.

그가 식민(殖民)·교민(敎民)·안민(安民) 여러 방면으로 유도 시설한 여러 아름다운 공적은 이루 번거롭게 서술할 수 없거니와, 그의 사회 통제적 견식이 범상치 아니한 예로 따로 기록치 아니치 못할 또 하나의 일이 있다.

그는 생각하되, 인생에 있어서 가장 커다란 일은 신앙이요, 궁벽진 산속 깊숙하고 험한 두메에서 헐벗고 때 묻지 않고 외롭고 고단한 생활을 영위하는 자에게 있어서 더욱 그러하다. 그러나 신앙은 인생과 민속의 연원이자 추축(樞軸)인 만큼 정대(正大)하고 적절치 아니하면 아니되는 것이요, 그런데 정대 적절한 신앙이란 것은 국조(國祖)와 국토의 최고신을 숭앙하여 몸소 계승하는 것에 지나지 않을 것인데, 다행히 우리 마을 사람들은 황조(皇祖)의 신령스러운 근원이요 진토(震土)의 신성한 뿌리인 백두산을 가까이에서 모셨으니, 우리 신앙의 주체는 마땅히 백두성산(白頭聖山)을 찬탄하고 우러름에 둘 것이라 하여, 백두산을 주로 하고 그 내맥(來脈)으로 근지(近地)의 주산(主山)이 된 포태산과 또 그 내맥으로 한 동네의 진산(鎭山)이 된 장군봉을 곁에서 모시는 교문(敎門)과 그 제전(祭典)을 설립하고, 삼령산의 돌 조각을 하나씩 모셔다가 제단을 만들고, 삼산계(三山稧)라는 기금 관리 및 제의 집행 기관을 만들어 이 대전(大典)을 영구히 교체하지 않을 토대를 마련하였다.

이 신념은 방재 거민의 사이에 건전한 발달을 이루어가고, 또 그 제전(祭典)도 가장 엄격 경건한 한 동리의 공사(公事)를 이루었다. 삼암공(三岩公)이 행한 일에는 공사 양방으로 전할 만한 것이 많다. 그가 처음 삼산계를 만들어 돈을 모으고 사람을 모을 때에 관으로부터 좌도(左道)라고 의심을 사 갑산으로 압송되었다가, 독특한 변명으로 단지 혐의만 벗을 뿐 아니라 도리어 거액의 관의 보조금을 얻어서 사업 약진의 기틀을 마련하였음 이하로 과연 깊은 감흥으로 읽게 하는 구절이 그 일생의 어느 페이지에고 다 있다.

그러나 그를 찬차(纂次)[6]하여 윤기를 내는 것은 따로 그 사람이 있을 것이요, 설사 없을지라도 그가 자제를 위하여 만든 일신학교(日新學校)와 부형을 위하여 꾸민 구로회(九老會)가 있기까지, 그의 아름다운 기림과 굳센 힘은 물려서 갈림이 없을 것이요, 또 그렇지 아니하여도 보태동의 모래와 장군봉의 돌이 있기까지 그의 생명과 혼백은 미묘한 운율을 오래도록 그 위에 아뢰일 것이다. 땅은 사람으로 나타난다 하거니와, 누가 베들레헴을 작은 고을이라 하랴.

---

6 모아서 차례를 정한다는 뜻으로, 편집 즉 책을 내는 것을 말한다.

[이 이름 없는 향토의 한 위인을 알게 됨이 이번 행차의 하나의 발견임을 느끼면서, 서늘한 기운이 솔솔 솟는 보태리 작은 샘가에서]

12. 백두산 아래의 최초 인간 세계

동리 곁의 산골짜기에서 흐르는 시냇물이 거민(居民)의 음료도 되고 씻고 목욕하는 못도 됨은 어디에서든지 마찬가지의 일이요, 한편으로 크게 물레방아와 작게 디딜방아의 동력이 됨도 보통 흔히 있는 일이다. 그러나 이것이 반드시 방아의 동력이 되고, 또 그렇지 아니하면 아니 되는 것이 이러한 산 두메와 같을 곳은 없다.

다른 데서야 물방아가 없어도 발방아로 견디며 발방아가 없어도 손절구로 견디어, 있으면 편하되 없어도 낭패는 아닌 것이지만, 이러한 두메 마을로 말하면 식량이 연맥(燕麥: 귀리) 아니면 마령서(馬鈴薯: 감자)인데, 날마다 구하여 쓰는 다량의 이것을 대끼고 으깸은 도저히 인력으로 당할 바 아니다. 또 하인이나 머슴을 모르는 이곳에서는 남의 힘을 빌릴 수도 없으니, 천생 물방아가 아니고는 이를 변제할 수가 없는 것이다.

그러므로 웬만한 물방아를 걸 만한 계류(溪流)의 흐름이 산협에 있어서 부락 생성의 요건을 짓다시피 하며, 물방아 걸기에 편하고 또 많은 물방아를 촘촘히 걸기에 좋도록 생긴 계류를 가짐은 그 임자 되는 동리의 큰 행복이 되는 것이다.

보태동이 본디는 어째서 보(寶)요 태(泰)라고 하였든지, 동(洞)의 곁에 수량도 많고 흐르는 기세도 씩씩하고 또 굽이도는 곳과 단층이 많아서, 무엇보다 물방아의 사정을 보아서 생겼다 할 상품(上品)의 천류(川流)를 가진 것은, 아닌 게 아니라 과연 남에게 자랑할 만한 하나의 지극한 보배요, 동시에 민생의 안태(安泰)에 대한 무엇보다 큰 보장이라고도 하리니, 보태(寶泰)의 뜻이 또한 여기에도 부합함이 없지 않다 할 것이다.

이 하늘이 준 혜택을 부질없지 않게 하려는 듯이, 올라가면서 아닌 게 아니라 과연 방아도 많이 걸리었다. 나무 흔한 고장이라 어마어마한 대부동 참나무를 허리통이 날씬날씬하게 깎아서 만든 것이 수조(水槽)에 7분(七分)만 고이면 재빠른 공이가 이미 고개를 쳐드는데, 잘 가르친 기예마(技藝馬)가 빳빳이 물고 넘어서는 것처럼 공이머리가 거의 직립하여 하늘을 가리키는 것이 이곳 물방아의 특색이다.

쏴 하고 물이 담기기 무섭게 부썩하고 공이가 일어서며, 덜컥 하고 공이가 내려지기 무섭게 좌르르 하고 물이 쏟아지는 것이, 5보에 하나인가 하면 10보에는 셋이요, 여기는 기러기의 행렬처럼 늘어섰나 하면 저기는 매화 꽃잎처럼 고개를 모으고 있어, 물방아 공이의 오르내리는 것이 한참 석양이 질 무렵 빨래터의 빨래방망이가 배로 바쁨과 같다.

이 보태천을 끼고 동구를 벗어나면 곧 오름길이 되어, 한 3리 동안이나 숨이 턱에 닿게 되고, 물줄기가 차차 가늘어 지다가 마침내 어느 바위틈에서 나오는 작은 샘이 되는 곳에서, 거의 그 등성마루에를 올라서게 된다. 시험하여 이 샘을 한 줌 움켜 마시면, 얼마나 차고 시원하고 또 일종 이상한 향기로운 맛을 가졌는지, 감로(甘露)란 것이 이 밖에 또 있으랴 하는 생각이 난다.

올라설 때에는 산말랑이인가 하였더니, 다다라 보니 또한 '덕'이었다. 밀림을 뚫고 나가는데, 가고가도 그 턱이요 다할 줄을 모르고, 5리가 10리 되고 10리가 20리 되어도 끝날 생각을 아니하더니, 다시 5리나 나아가매 앞에 한 분지가 나서면서 비로소 내림길이 된다.

줄창 빽빽 툭툭한 숲으로만 나가다가는 산불에 불타서 없어진 초림(焦林)을 만남도 단조로움을 깨뜨려 주므로 고맙고, 어쩌다가 요망스러운 다람쥐가 한 마리 두 마리씩 나무에서 나무로 건너감을 봄은 무슨 희한한 경물이나 구경한 것 같아서 침침하던 눈이 번쩍 뜨이는 듯하다. 합하여 30리나 되는 이 긴 '덕'은 이름을 '공장덕'이라 한다고 한다. 곤장 맞게도 지리한 고갯길이라 하면 점잖지 못하다고 꾸지람 하실 분이 있을걸.

곤장덕(昆長德)이라 하니까 생각나는 일이 있다. 숙종 임진년(1712)에 청주(淸主; 강희제)가 오라총관(烏喇總管) 목극등(穆克登) 등을 보내서 백두산에 정계비를 세울 때의 이야기이다. 우리나라에서는 박권(朴權)이라는 이가 접반사(接伴使)가 되어, 함경 감사 이선부(李善溥)란 이와 더불어 동행하여 살펴서 분별하기로 하였는데, 삼수의 연연(蓮堧)에서 저쪽 사람과 회동하여 구가진·허천강·혜산진·오시천·백덕·일천의 노선을 취하여 백두산으로 들어갔었다.

처음 출발할 때에 박(朴)·이(李) 양 특파(特派)가 자기네도 산에 오르기를 청한즉 목극등이 핀잔을 주되, "우리가 보니 조선의 재상이란 꼼짝만 하면 여교(輿轎)를 타야 하는데, 연로한 터에 험지를 만나면 걸어갈 수 있겠느냐? 중도에서 엎어지고 넘어져 반드시 대사를 그릇치리라." 하여 허락지 아니하였다. 두 사람은 원체 해롭지 않다고 했는지 아니했는지는 모르지만, 여하간 곤장덕 밑에까지 와서 목극등과 작별하고, 군관·역관들만 보내어 감계(勘界)에 참여케 하였다 한다(洪世泰,「白頭山記」참조).

국경을 조사하여 정하는 것이 얼마나 큰 일이거늘, 조정에서는 이러한 연로 무능한 이를 보내었고, 또 명을 받은 양 차사로 말하여도 당연히 동행하여 똑똑히 밝힐 것은 똑똑히 밝히고 항쟁할 것은 항쟁할 것이어늘, 어설프게 동행을 청한다 함은 무엇이며, 그래서 못한다 하니 옳다구나 하고 그만둔다 함은 무엇인지, 생각하면 기막힌 처사들이시다.

그러하니 목극등으로 하여금 저 하고 싶은 대로 아무 데에나 경계를 설정하게 되어, 조종(祖宗)의 강토가 "싸우지도 아니하고 스스로 축소되는" 억울함을 당하고, 한편 모호한 처사 때문에 어지러이 착란한 수백 년의 국제적 현안을 끼쳐 놓은 것이 이·박 두 사람의 이 땅 돌아오는 수레에서 말미암지 않는다 할 수 없음을 생각하면, 곤장덕이 실상 잊어버릴 수 없는 한 나라의 수치를 기념할 만한 땅임을 알 것이다.

그럴싸하게 어느 한쪽의 적수를 쫓아 버리고 이제는 홀가분하다고 닫는 말에 채찍질까지 하여 양양(揚揚)[1]히 올라가던 목극등 저 늙은 오랑캐의 얼굴이 눈앞에 어렴풋할수록 어림없는 양 차사(差使)의 괘씸스러운 생각이 묶어 치밀어, 아닌 게 아니라 과연 곤장이 있으면 나중에 시행하는 것일지라도 그네들에게 몇 대 안길 생각이 난다.

곤장덕은 거의 이깔나무의 밀림으로 처음부터 끝까지 계속하여, 빽빽한 곳에서는 일광을 보지 못할 지경이요, 금강산을 볼 때에 내수점(內水岾)의 임로(林路)를 텁텁하다 하였더니, 여기를 이르매 태산(泰山)을 보고 언덕과 개밋둑의 작음을 비로소 아는 듯한 생각이 난다.

온도 같은 것도 밖에서보다는 매우 달라서 한나절 보태리에서 31도이던 것이 오후 3시쯤의 숲 사이(林間)에서 이미 9도를 감하여 22도를 보이며 저녁때가 될수록 찬 기운이 살에 스밈을 깨닫게 함

---

1 뜻한 바를 이룬 만족한 빛을 얼굴과 행동에 나타나는 모습이다.

이 있다. 길가의 샘물을 떠서 마시매, 이가 시리고 손이 저려 물 그대로 얼음인 느낌이 있으며, 그릇에 성에가 하얗게 슨다.

고개를 다 내려오매 한 채의 집으로 된 신당이 있어 또한 '국사대대왕지위(國師大大王之位)'의 위패와 함께 작은 돌 십수 개가 봉안되어 있으며, 그 곳으로부터 좀 나아가니 '남포태산 등산 입구, 해발 8,034척'의 표목이 남으로 갈려 나간 오경(烏逕) 가에 꽂혀있다. 아리땁게 붉은 쇠채꽃과 야단스럽게 허연 구리대가 하마 으스스하고 쓸쓸할 뻔한 협곡을 겨우 생기 있게 만드는데, 새빨가니 다닥다닥한 '닭의 밥' 열음은 "내가 있거늘 어디를 쓸쓸히 알려오."하고 고함질러 어르는 듯하다.

'닭의 밥'은 오미자의 좀 작은 듯한 것으로, 보기에 아닌 게 아니라 과연 예쁘고 소담스러운 좋은 열음이지만 눈비음[2]뿐이지 먹는 소용은 못됨이 몹시 아깝기도 하되, 먹지를 못하기에 망정이지, 한때 입소견이라도 되는 것 같으면 한 개인들 이때까지 남았으리요 하는 생각을 하면, 그 생생한 빛에 나그네의 가쁨을 잊어버리는 우리에게는 못 먹는 것이 어찌 고마운 일인지 모른다 할 것이었다.

감자 짐 지고 가는 이의 뒤를 따라서 해동갑[3]하여 포태산리를 다다르니, 혜산진에서 130리요 백두산 가는 길에 인가(人家) 있는 마지막 지점으로, "백두산 아래 첫 동리"라 하는 곳이다. 큰 산 깊은 골짜기에 천류(川流)를 끼고 모옥(茅屋)이 흩어져 있어 원시 촌락의 재현 그것을 생각하게 하는 곳이다. 민호는 6~7에 불과하되, 순사성(巡查城)의 규모와 제도는 여전히 굉장하고 훌륭함을 마음껏 하였다.

그보다도 더 놀라운 것은 이 작은 산촌에 오히려 학교 부럽지 아

---

2 남의 눈에 들게 겉만 꾸미는 일을 가리킨다.
3 일을 하거나 길을 갈 때 해가 질 때까지 계속한다는 뜻이다.

니한 커다란 글방이 있음인데, 매우 맑고 깨끗한 교사(校舍)가 8분(八分)이나 공역(工役)을 마치었다. 이 덕에(그 마룻바닥을 빌어서) 서울서 떠날 때에는 여기서부터는 노숙할 줄 알았던 것이 의외로 하루를 더 지붕 밑에서 비와 이슬을 가릴 수가 있게 되었다. 거민에 경리(警吏)에 환영과 관대가 모두 지극하고, 밤에는 자위단이 모두 나와 일행의 숙소를 철야 수호까지 함에는 도리어 송구스러워 몸을 움츠리기도 하였다.

포태산리는 사람이 백두산 흙을 파먹는 최극한(最極限)인 만큼 그 개척은 가장 근간의 일이다. 말하자면 보태동에서도 안주할 땅을 얻지 못한 유이민이 다시 죽음이 최상의 길이라는 결심으로써 이 구석의 무성하게 난 가시덤불의 황무지를 헤치는 통에 생긴 것으로, 그 역사에는 30년 이상의 사실이 없다.

우람스러운 포태산이 덜미를 눌러 있어, 좀 갑갑하다면 아니 그렇다 할 길도 없지만, 남계(南溪) 북계(北溪)의 두 골 물을 어울러 받아서 수리(水利)가 크게 좋음은 이 두메 마을의 발달을 매우 재빠르게 하여 금시금시에 수천 호의 취락을 이루게 하였다. 내가 따뜻하게 입고 배부르게 먹을 것은 있으되, 남에게 어지럽게 빼앗길 것은 없는 덕에 아무 데도 안온한 꿈이 이 동리 거민의 베갯머리에서 떠나 본 적이 없었다. 황제의 권력(帝力)이 무엇인 줄을 모르는 그네에게 이포(吏逋)[4]의 필요가 있을 리 없었다. 아무 것 모르고 또 아무 것 없이 곧잘 살고 지내던 곳이었다.

그러나 세기적 불안의 물결은 이 한 마을만을 자기네의 권외에 버려두지 아니하였다. 화난(禍難)의 벌통이 헌병 파견소란 이름으로 들어와서, 이 원시적 동민에게 쏘고 무는 온갖 공포의 체험을

---

4 아전의 포흠(逋欠)을 말한다. 포흠은 관가의 물건을 빌려서 없이 하거나 숨기고서 돌려주지 않는 것. 국가의 조세를 납부하지 않는 것, 혹은 이러한 미납으로 인한 결손액을 말한다.

주기 시작하고, 그 문패가 순사 주재소라고 바뀌면서부터 액신(厄神)의 발동은 더욱 기승을 부렸다.

이것이 들어온 뒤로부터 생긴 여러 가지 화난 가운데 가장 현저한 것은 국경 밖으로부터 침입하는 무장단과 주재소원과의 충돌로 인하여 심하게 뒤흔들리는 불안의 크고 작은 물결이었다. 백두산이 속까지 그네의 사벨을 붙일 줄 아느냐 하는 듯한 ○○단의 강습(强襲)이 뻔하게 이루어져, 주재소원의 피살이 한두 차례 한두 명에 그치지 아니하는데, 이때마다 독 틈에 끼인 탕관인 동민의 난처한 사정은 무엇에 비길 수 없음이 있었다.

이는 연강(沿江) 일대 어느 곳이 그렇지 아니한 것 아니로되, 외따르고 깊은 협촌인 만큼 그 성가시고 까다로움이 포태산리에 있어서 더욱 심하였다. 시방부터 5년 전 임술년(1922) 7월 28일 오전 0시에 수십 명 일단이 교묘히 침입하여, 세찬 싸움 끝에 순사 부장 이하 수명을 죽이고 물러간 이후로는, 아직 두번째의 거사(再擧)가 없으므로 한참 소강(小康)을 얻는 터이나, 위치가 위치이므로 안심하고 지내지는 못한다 한다.

이처럼 양방 교전의 요충지에 해당한 그 처지는 작은 포태리로 하여금 이따금 큰 사변의 주인공이 되게 하였다. 아직까지도 세인의 이목에서 사라지지 아니하였으려니와, 한참 중국 일본 간의 거북한 쟁의가 되어 허다한 곡절을 지내고 적지 않은 희생을 낸 유명한 장강호(長江虎) 마적단 사건도 실상 이 포태산리에서 생긴 하나의 이야깃거리이다.

건너편에 있는 언덕으로부터 ○○단의 침입은 거의 편안할 날이 없고, 수천 리 국경에 이루 방어선을 베풀 수도 없고, 그렇다고 주권 관계가 있으니 마음대로 중국 경계 안에 출병하여 무장단의 본거를 뒤집어 엎어 격파하는 수도 없어 쩔쩔매고 두통을 앓던 끝에, 국경 수비군의 한 두령이 몇 달이나 잠을 자지 아니하고 궁리를 하였었던지, 자기랍시고 장담으로 하나의 묘계를 안출하였다.

무엇이냐 하면 마적에게 상당한 편의를 주는 대신 그 보상으로 ○○단 관계의 중국 내 조선인 촌락을 폭력으로 빼앗고, 또 그 관계 인물을 어떻게 해 버리자 함이었다. 상당한 방면에 협정이 성립되니, 얼른 그 적수될 자를 고르는데, 불러서 맞아들임에 응(膺)하게 된 자가 유명한 마적 두목 장강호이었다.

양자 밀약의 결과로 그 해(구 정월 삼일)에 장강호의 무리 450명이 포태산리의 등 너머인 철장동(鐵杖洞)에 와서 머물러 주둔하게 되고, 자재와 양식·기계는 혜산진으로부터 떳떳하게 공급받아서 반영구적 군사가 주둔하는 군영의 준비가 조금도 부족할 것이 없게 되었다.

이렇게 큰 나무의 기슭을 얻은 장강호의 의기는 거의 장백(長白) 일대를 무인지경으로 보고, 만일 내 명대로 좇지 아니하면 압록강 2천리 연안의 군읍 생취(生聚)를 일거에 다 죽여 없애겠다고 의기 양양하여 호언하기까지 하였다. 이렇게 여기서 설을 쇠고 해가 바뀌는 첫머리에 제일착(第一着)으로 그 거칠고 사나운 위세를 건너편 대직동(大直洞)을 향하여 발휘하였다.

등 뒤에 믿는 것까지 있고 더구나 뒷일을 염려하고 꺼릴 것이 없으니, 그 잔인성은 과연 염치없이 다닥드리는 모든 것의 위에 발보였다. 그 가장 참혹한 희생을 지은 자가 누구일 것은 따로 들어 말할 것까지도 없는 일이다. 그러나 싸고 싼 향내도 나는데, 드러내놓고 한 일을 중국 관헌이라고 모를 리 없어, 일본 당사자에게 엄중한 항의가 오기 시작하여 사태가 갈수록 중대하게 되었다.

명백한 증거를 가지고 오는 바에 줄곧 잡아떼지만도 못하여, 이듬해 2월에 마침내 양국 연합으로 장강호 토벌을 행하도록 국면이 전환할 수밖에 없이 되었다. 청해다가 놓고 몽둥이찜을 함이 사람은 못할 노릇이지만, 국교상 난관을 벗을 필요는 약자에 대한 이러한 의리까지를 돌아볼 여지가 없게 하였다. 수삼 일 전에 기약하여 장강호에게 이 형세를 알려주어 미리 탈주케 하고 형식적인 토벌을 행하는데, 산같이 쌓여있던 애꿎은 양식·재물만 초토의 액을 당하게 되었다.

이 문제가 이것만으로 해결되지 아니하고, 매우 곤란하고 어려운 처지에 빠진 이쪽 책임자가 나중에는 길주로 도망하여 몸을 피한 장강호단의 70여 명을 안동현(安東縣)으로 잡아서 묶어 보낸다, 주모자라 하는 소장(少將)이 파면을 당한다 등 추한 장막까지를 겉으로 드러낸 것은 기억이 아직 새로우나, 여기 번거롭게 말을 꺼내지 말기로 하자. 다만 그해 7월의 일이 여기에 대한 하나의 보복이었을 듯한 한 가지 사실만을 주의해 두자.

이러한 통에 민호가 떠나고 흩어져 겨우 7호가 다시 모이고, 그 나머지는 아직 뚫어진 창과 낡은 담벼락만을 남겨두고 있다 한다. 여기까지 와서 사나운 체 부리는 못살 운명의 짓궂음에 슬픈 눈물이 솟는다.

백 두 산 근 참 기

고난을 주시는 길

13. 평지라고 할 40리 허항령

31일. 밤중부터 시작한 비가 아침에 이르러 더욱 심해지고, 산 전면을 잠근 물안개가 갈수록 더욱 짙어져서 얼른 개기를 바랄 수 없으매, 수백 인마가 불시에 우장들을 차리느라고 한참 법석을 떨고 9시나 하여 출발하였다. 혹은 천막포, 혹은 담요, 닥치는 대로 뒤집어쓰고 나서매, 갖가지 모양의 기괴함이 마치 온갖 귀신이 낮에 다니는 그림을 펼친 듯하다.

길은 동리의 등 뒤로부터 별안간 가파른 비탈이 되어 버들과 단풍이 겨끔내기로 우거진 사이로 하여 한참 동안을 절벅절벅 올라갔다. 이제는 오름길이 시작인가 하고 얼마만큼 겁을 집어삼켰더니, 1리 좀 남짓하여서는 다시 평탄한 길이 되어 가고 가도 줄곧 그턱인데, 실상은 이것이 이미 허항령(虛項嶺) 마루턱에를 올라 선 것이라 한다.

허항령이라 하면 백두산 정맥(正脈)의 주요한 고지이다. 『산경(山經)』 같은 책에서 상상하던 바는 높기가 하늘을 찌를 듯하고, 올라가자면 하루 이틀 해라도 지우리라고 하던 곳인데, 벌써 마루턱에를 올라섰다 함이 정말이라도 거짓말 같다.

허항령부터는 지리학상에 이른바 만주 대지(臺地)에 드는 것이

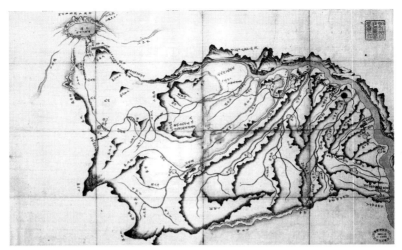

「북관장파지도」
백두산의 험준한 산세가 잘 드러나 있다. 보태리에서 허항령으로 넘어가면서, 백두산 가는 길은 백두 천제가 주시는 고난의 길이었다.

요, 동시에 도끼를 들이지 않는다 할 만한 밀림 지대의 시초이다. 땅은 높아지지 아니하여도 숲은 걸음걸음 배어져서, 이따금 일광도 뚫고 들어오지 못하는 데가 있고, 사람으로 치면 양복점 광고 그림 한쪽의 인물에 비할 만한 헌칠민틋한 낙엽송림의 신비 숭엄한 숲의 모습을 나타낸 곳이 여기저기 내닫는다.

또 바다 한가운데의 섬을 이루고 있는 땅처럼 여러 가지 신나무의 우거진 숲이 침엽수 바다의 가운데에 떠 있되, 혹 제주도 분수되는 곳도 있고 혹 울릉도 분수 되는 곳도 있고 혹 강화도 분수되는 곳도 있어, 엄청나게 큰 따로 떨어진 경계를 이루어 가지고 있음이 신신하다. 엷은 초록·연한 초록·깊은 초록·짙은 초록의 우쭐거리는 나뭇잎 색깔이 주위 일체를 녹색화(綠色化) 희색화(喜色化)하고, 지나는 사람의 얼굴은 새롭게 다시, 뼛속 마음속까지를 비취옥 이상으로 파랗게 물들여 준다.

금강산에서 영원동·백탑동·태상동·영랑동 내지 이허대·옥류동 개울바닥의 단풍나무 숲을 뚫고 나갈 때마다 일광에 기세 얻은 엽록소가 엑스광선 이상의 투사력 있음을 곰곰 감탄하고, 이렇게 물든 푸른빛이 물든 채 빠지지 아니하면 지옥변상(地獄變相)[1]에 나오는 청귀졸(靑鬼卒) 같아서 그 노릇을 어찌할꼬 하여 우습게 아는 듯 실상 걱정해 보았더니, 허항령의 신나무는 그 본질이나 환경이 다 북국적인 또 고원적인 여러 단계의 깊고 두터운 맛을 머금은 만큼, 그 얼굴 위에 비추이고 살가죽 아래로 침투하는 분수가 거의 위압적으로 덮어 누름을 느끼게 한다. 이렇게 활엽수의 무성한 나무 그늘 속으로 나아갈 때마다 한참씩 취해 오르는 남국 정조는 새로운 황홀한 들을 눈앞에 펼쳐 보여 준다.

원체 숲이 배고 볏발이 엷고 게다가 땅이 무르고 그 위에 비까지 오니, 숲속의 새로 난 좁은 길의 질척거림이 여간 거북살스럽지 아니하다. 얕은 물풍덩이조차 여기저기 있고, 그런 데마다 기다란 이깔나무를 떼같이 매어서 교량 비슷하게 길이로 깔았는데, 성한 곳은 좋지만 썩고 부서진 데도 적지 아니하여, 활개춤을 추고 건너가면서도 자칫하면 흙 두루마기를 할 곳이 겅성드뭇하며, 이러한 다리를 무릇 78곳이나 지나서야 비로소 이 밀림을 벗어나니, 그 지리함을 생각할 것이다.

그나 그뿐인가, 그 중간에는 자라다 못하여 저절로 거꾸러진 대부동 나무가 사람의 사폐를 조금도 관계하는 일 없이 어슷비슷 길을 가로질러 막았다. 낮은 것은 뛰어넘고 높은 것은 기어나가려니와, 엉거주춤하게 공중걸이로 드러누워서 이러지도 저러지도 못하게 하는 놈도 그 수가 없어, 이것저것 하여 길 가기 거북하기가 다른 아무 데보다 못할 것 없고, 오르는 수고 대신 타고 넘으며 건너 뛰는 수고도 꽤 수월치 아니하다.

---

1 지옥에서 고통 받는 중생의 모습을 그린 불화로, 착한 일을 권하고 악한 일을 징계하기 위한 그림이다.

그러나 등산이란 말뿐이요 줄창 평지로만 나감이 생각하면 싱겁고, 더구나 15리쯤이나 될 듯한 곳에 가서는 오르기는 고사하고 얼마쯤 분지가 되어 도로 내려가기까지 함에는, 언제 모아서 오르게 되어 사람을 못 견디게 굴려고 이리하나 하여 은근히 겁도 난다. 20리나 왔음직하여 비교적 조강한 곳을 만나니, 말의 짐바리를 풀어 점심을 먹는다. 활발한 군호 나팔의 음파가 빽빽한 나무 틈으로 아로새겨 나가는 것이 눈에 보이는 듯하고, 이 파동이 밀려가는 곳은 그만큼 우리의 정복권에 들어온 듯하여, 우스운 일종의 쾌감이 솟아난다.

밀림의 오전은 또 그대로 밀림의 오후로 계속되어, 가고 가고 다시 가고 가는 것이 숲 숲 또 숲 숲일 따름이다. 가다가 양치식물의 숲일망정 이깔나무만에 보던 눈의 염증을 완화해 주는 것이 있고, 가다가 뻐꾸기의 울음소리일망정 솔바람만에 들던 귀의 단조로움을 타파해 주는 것이 있기에 망정이지, 이 몇 가지라도 없었던들 적막 그것의 터널과 같은 이 길게 뻗쳐 있는 숲이 거의 모든 사람의 숨구멍을 막히게 하였을 것이요, 모르면 몰라도 그렇게만 오래 가다가는 밀림 바로 그 당사자까지도 심심에 못 이기고 선하품에 지쳐 넘어질 것이다.

그러나 이와 같은 길고 깊고 빽빽한 삼림이 단순한 하나의 나무 숲으로만 볼 수 없는 한 가지 일이 있음을 우리는 간과치 못할 것이다. 무엇이냐 하면 얼마만큼씩 동안을 두고 숲 사이 상응의 현란한 대장식을 시설한 하나의 전당 — 숲 사이의 벌어진 땅이 내닫는 것이다.

보지 못한 이에게 형상을 비유해 드릴 수가 없지만, 대강 말하건대 비바람 천년을 기승스럽게 정복한 뛰어나게 빼어난 큰 나무들이 아래서는 뿌리로 손을 잡고, 위에서는 가지로 어깨를 걸어 신비한 숭고함과 존엄함을 그 중간에 그득히 포용하였는데, 명주실보

허항령에서 본 백두산(김창성 작)

허항령은 백두산 밀림 지대가 시작되는 곳이자, 지리학적으로는 만주 대지
에 연결되는 곳이다.

다 곱게 뽑힌 연청색 소나무 겨우살이가 굵고 가는 형형의 타래와 크고 작은 색색의 매듭과, 길고 짧은 종종의 솔을 갖추어서 나무나무와 가지가지에 없는 듯 질서도 있고, 앉은 듯 안배도 되어서, 잘 생기고 보기 좋게 주렁주렁 늘어지고 축축 드리워 있는 현혹적인 광경은, 실로 전에 어디에서도 보지 못하고 언제라도 상상해 보지 못한 이 땅 독특한 미관(美觀) 장관(壯觀) 대관(大觀)이다.

이것으로 예이츠(William Butler Yeats)의 시를 수고로이 할 것 같으면, 꿈의 발자국과 같은 그 형상으로 나타남이 어떻게 사람의 신경을 간질이며, 이것을 포(Edgar Allan Poe)의 글재주를 빈다 하면, 쓸모없는 돌에서도 영혼을 찾아내는 그 묘사가 얼마나 남의 마음을 바르게 떨게 할는지, 우리의 무딘 붓끝은 어떻더라는 이야기를 하려 함이 이미 지극한 분수에 지나침을 느낄 뿐인 구경이다.

크리스마스 트리의 커다란 우거진 숲으로 볼 듯, 인타라망(恩陀羅網)의 홀지현전(忽地現前)으로도 볼 듯, 에덴의 장식이 이랬을까? 룸비니의 광화(光華)가 이랬을까? 청초한 대로 풍염하고 분명한 대로 황홀한 그리로부터 오는 느낌은, 억지로 이름을 붙이자면 성취(聖醉)라고나 일컬을 일종의 심상(心象)이었다.

도대체 조화의 이 장식은 누구를 위해서 베푼 것이며, 언제 무엇에 쓰려고 준비해 놓은 것일까? 다만 한 가지 짐작할 수 있는 일은, 이 특별히 뛰어난 의장(意匠)으로 생긴 뛰어난 엄숙한 장식은 하느님께서도 또 하느님 나라에 있어서라도 특별히 끔찍하고 소중하고 또 어마어마한 큰 일정한 의식의 식장으로 준비하셨을 일이요, 그렇지 아니하면 그러한 성대한 의식 커다란 의식에 쓰인 유적일 것이다.

쓰신 터인가? 쓰실 터인가? 또 두고 쓰시는 자리인가? 과거에나 장래에나 이러한 향연에 나오는 경수옥액(瓊羞玉液)과 이러한 무대에 나서는 천령선아(天伶仙娥)가 어떠한 품류(品類)일지, 삼생(三生)의 넋을 일순에 녹이는 그 상상에 다리 아픔 목마름이 잠시 씻은 듯해짐이 퍽이나 혼자 우스웠다.

휘면서도 꺾이지 아니한 넘어진 백화목(白樺木)이 5보에 작은 것 하나, 10보에 큰 것 하나, 연속해서 자꾸 아담한 풍치 있는 홍예문을 틀었음도 어쩐지 심상치 아니함을 느끼게 한다. 이것을 하나씩 뚫고 나가면, 없을 듯한 길이 여전히 앞으로 우리의 발을 끌어간다.

아득하게 끝없이 멀어서 눈을 가리는 것이 없는 이 밀림, 그놈이 그놈 같은 이깔나무 밖에는 바윗돌 하나 멧부리 하나 목표 삼을 것 없는 나무만의 세계인 이 밀림, 한 발짝만 삐끗하면 어떠한 위험한 곳에서 헤매게 될지 모를 듯한 이 구원한 밀림에서, 실오라기만한 이 한 줄기 길이 짊어진 사명과 지니고 있는 가치는 실로 한없이 큰 것이요 비할 데 없이 큰 것이다.

이것이 곧 만인 생명의 동아줄이요 몹시 오래된 지극히 긴 시간으로부터 온 것으로 사람으로 하여금 백두(白頭)의 성스러운 얼굴을 응대하여 맞이할 수 있게 하는 유일한 인연이다. "이 길이 없을 것 같으면" 하는 상상을 할 때에는 금시에 소름이 끼쳐짐을 스스로 깨닫지 못한다.

길! 길! 길의 고마우심! 이 줄기만 따라가면 지향 없는 ― 갈망할 수 없는 이 어찔한 세계에서도 걱정 없이 똑바로 목적지에 이르거니 하면, 누구신지 모르는 이 길의 개척자 그 어른과 또 그 뒤에 연속해서 자꾸 발자국을 내어서 풀이 우거진 땅에 빠지지 않도록 노력하신, 얼마일지 모르는 이 길의 예부터 지금에 이르기까지 유지해 온 모든 어른께 대하여 말할 수 없는 예찬 감사의 생각이 솟아나온다.

이것을 미루어서 형체가 없는 인도(人道) 개척자의 고마움까지 생각이 나고, 또 우리의 어리둥절하여 헤맴과 고뇌가 대개 이 선인(先人)의 터놓은 바른 길을 말미암지 못한 결과임까지를 생각하게 되어, 뜻 아니한 곳에서 도덕적 반성 하나를 얻음이 또한 재미있다. 이럭저럭 50여 리 여정을 마치고, 해동갑 비동무하여 허항령 복판 사당(祠堂) 집 있는 곳으로 다다랐다.

14. 어허! 국사대천왕지위

좀 더 가려던 예정이었지만, 비도 오고 땅도 질척거리므로 그만 여기에 숙소를 정하기로 하였다. 밀림을 몇 백 칸 넓이나 제치(除治)하고 처마 지붕 난간이 분명하여 비교적 격식을 갖춘 신묘(神廟)를 지었는데, 현재 백두산 안으로 들어 오면 최초 또 최종, 최고 또 유일한 종교적 건물이요, 부근 거민의 신앙상 중심 영장(靈場)이자 산중 통과자의 유일 절대한 보호하고 도와주는 곳으로 융숭한 신앙 대상이다.

이곳 사람이 없는 곳에 들어와서 항상 사당의 모습을 새롭게 하고, 또 저만큼이나 번듯하게 해 놓음은 물론 여간한 정성과 노력이 아니다. 또 한 채의 건물 뿐 아니라, 좀 작은 것 또 한 채의 건물, 또 좀 작은 것 또 한 채의 건물이 큰 건물의 뒤에 따라 있음은, 모처럼 한 채의 집을 신 앞에 지어서 바치려고 먼 곳으로부터 왔다가 사당의 모습이 아직 새것처럼 고우므로 별도로 한 채씩을 지어 놓음이라 함에는, 소박하나 깊고도 간절한 그 제사 지내는 뜻이 사람의 마음을 움직인다.

백두산이 천성(天城) 신시(神市)이던 당년에 대중 신앙의 절대적 표현탑이던 영치성궐(靈峙聖闕)이 장대(壯大)와 숭엄(崇嚴) 그것처럼 터를 정하여 쌓여진 일은 새삼스레 멀리 생각하고 거슬러 올라가 느낄 것까지도 없다. 돌이켜 국토 의식, 성산 관념, 백두산 실감이 아주 빼빼 말라서 쇠잔하고 희미하게 없어진 그동안 내지 시방까지도 이만한 시설과 체모를 보유하여 한줄기 어렴풋한 별 같을망정, 우리의 민족적 보반성(報反誠)이 그 무서운 조겁궁음(造劫窮陰)의 가운데에도 살았지 죽지 아니한 표적을 보여 주는 것만이 눈물겹게 고맙다 할 수밖에 없다. 거룩한 부모를 오막살이에 모신 허물을 생각할수록 더욱 황송하고도 정성스러운 절이 이 집을 향하여 나볏하여진다.[1]

그러나 어리석고 몽매한 후대의 사람들(後人)이 그 속에 무슨 황송스러운 짓이나 하지 아니하였는가 하여, 조마조마 문을 열고 들어가다가 눈을 들어 위패를 첨알(瞻謁)하기 무섭게 오체(五體)를 투지(投地)하고 지극한 마음으로 귀의하여 공경함을 스스로 금하지 못하였다. 신의 위엄에도 닥쳤음이려니와, 그보다 더 위패의 글귀에 그지없는 감격이 유발됨이다.

정면에 모신 목주(木主)에 '천왕지위(天王之位)'라고 크게 써서 깊이 새긴 것을 볼 때에, 팔백중안예(八百重眼翳)[2]와 반생의 잘 낫지 않는 병이 일시에 다 소멸되고, "그러면 그렇지!"하는 소리가 목구멍이 좁다고 튀어나오면서 감사에 못이기는 정대막배(頂戴膜拜)[3]가 저절로 나옴이다. 다시 그것에 현 위패의 전신인 듯한 한 목주(木主)의 "국사대왕천지위(國師大王天之位)"란 것을 보고 더 세차게 솟아나는 탄앙(嘆仰)으로써 깊고 깊이 절하고 뵙기를 거듭하였다.

---

1 몸가짐이나 행동이 반듯하고 의젓하다는 뜻이다.
2 여러 번 거듭된 각막의 혼탁을 뜻한다.
3 정대(頂戴)는 머리에 인다는 뜻으로, 경의를 나타냄을 이르는 말. 막배(膜拜)는 엎드려 절하는 고대 예절의 하나로, 땅에 무릎을 꿇은 채 두 손을 들어 경건하고 정성스럽게 하는 절이다.

백두산신(白頭山神)이 '천왕(天王)'이겠지, 그래 '국사대천왕(國師大天王)'이겠지, 그가 국토신이자 산신이자 조신(祖神)이자 천신(天神)이신 바에, 그 호는 마땅히 '천왕'이실 수밖에 없으며, 단군의 원의인 '천왕'일 수밖에 없으며, 환웅 천왕의 '천왕'일 수밖에 없으며, 하느님의 전역(轉譯)인 '천왕'일 수밖에 없으며, 산천조(山天祖) 삼위일체의 인격적 표현인 '천왕'일 수밖에 없을 것이다.

이론상으로는 그러하고, 고전설상에는 그러하고, 다른 군소 신산(神山)의 실례상에는 그러하지만, 총 본원(本元)이며 도지귀(都指歸)[4]인 백두산에서도 그러한지 아니한지, 사실은 그러했을지라도 그 동안 사나운 풍상에 그 나머지 흔적과 남은 그림자가 과연 능히 떨어져 나올지, 본래의 모습이 가리우고 옛 뜻이 없어진 지도 하도 오래니, 가히 징험할 무엇이 조금만이라도 남아 있을지 없을지 하는 의문은 실로 시방 요 때까지도 말할 수 없는 답답 궁금의 파도를 흉중에 출렁거리게 하던 것이다.

아주 없거나 아니 그렇든지 하면 그 섭섭함과 원통함을 어떻게 견디리요 하여 은근히 두통에, 체증에, 번민에, 오뇌를 삼던 바로, 이제 여기 이르러 문에 들어설 무렵까지도 고향이 가까울수록 가슴이 뛰는 격으로 고개를 번쩍 들고 신위(神位)를 올려다보기를 도리어 머뭇거렸더니, 어쩌면 꼭 그래야 할 그것이 저리도 분명하고, 깨끗하게(그래 깨끗하게) 큰 글자로 깊이 새겨 있느냔 말이야. 바로 뚜렷하게 '천왕(天王)'이라고!

내 평생 이때까지 생각한 일이 열이면 열이 다 일이 뜻과 같이 잘 되지 아니하여 기대대로 된 일이라고는 거의 없다 할 수 있는데, 오직 한번 옥중에서 단군(檀君) 문제의 목숨을 건 연구를 행하여 대체의 견해를 세우고 단군이 이론상으로 '단굴'이란 말의 대음

---

4 모두가 돌아갈 곳이란 뜻이다.

(對音)일 것을 추정하고서, 과연 실증이 있는지 없는지, 문자로 전해지는 말에는 물론 없거니와, 혹시 서울에서 먼 지방의 궁벽진 말에라도 그 조그마한 그림자를 찾을 수 있을지 없을지를 조 비비듯 궁금해 하였다.

그러다가 출옥한 뒤에 사방 탐문한 결과로 금강 좌우 지방 ——『삼국지』의 이른바 천군(天君)의 임자인 마한 고토(故土)에서 무당을 '단굴'이라고 일컬음을 발견하였을 적에 꼭 한번 소원 성취의 쾌미(快味)란 것을 맛보고, 무슨 복력(福力)에 다시 이러한 아름다운 기회를 얻어 볼까 하다가 이제 뜻밖에 여기에서 다시 한번 똑같은 심경을 얻으니, '천왕'님의 은총에 대한 감사가 저절로 뿜어 나와 세차게 피어나지 않을 수 없어 그것이 자꾸 절이 되어 나오는 것이었다.

대저 천왕은 원시 조선에 있는 일체 문화의 최고 존재이던 것들의 이름이니, 신앙상의 절대자에도 이 칭호가 있었으며, 권력상의 제1인자에도 이 칭호가 있었으며, 종족의 가장 높은 할아버지에도 이 칭호가 있었으며, 다시 그 표상이 된 자 곧 신으로 보고 신으로 섬기던 사물과 신과 같고 신의 자리에 있는 사람의 직위도 최고 유일인 방면에서 또한 '천왕'으로서 일컫던 것이다.

천상과 인간을 서로 잇대어 관련을 맺는 존재인 반신반인의 신시(神市) 환웅(桓雄)이 '천왕'으로 일컬어지고, 국토와 인문(人文)의 개척자로 전자와 같은 성품을 가진 부여 해모수가 또한 '천왕랑(天王郎)'이라 일컬어진 것은 사람의 직위상의 용례요, 조천(祖天)의 표상으로 우러러 공경하여 제사를 지내던 고신악(古神岳)에 —— 지리산의 천왕봉(天王峰), 속리산의 천왕봉(天王峰), 구월산의 사왕봉(四王峰) 등처럼 봉(峰) 그것이 천왕(天王)으로 일컬어짐은 그 사물상의 용례이다.

또 시방까지 봉화 태백산의 천왕사(天王祠), 대구 달성의 천왕당

(天王堂)과 같이 그 유서와 의의는 모른 채 거민(居民) 신앙의 최고 대상이 되는 대신당(大神堂)과 그것이 바뀐 말로 사방에 조의 알갱이가 흩어지는 것처럼 산산히 흩어진 '선왕당'이란 것들도 또한 후례(後例)에 속하는 것이다.

그런데 시방 민속의 천왕(天王)이란 것은 곧 『삼국지』의 이른바 천군(天君)이란 것이요, 『후주서(後周書)』의 이른바 등고(登高)란 것이요, 조선 고전(古傳)의 이른바 단군(壇君)이란 것이니, 천왕이 곧 단군으로 그는 족조(族祖)이자 국조(國祖)요 신인(神人)이자 천인(天人)이며, 실로 조선 인문 일체의 출발점 또 결정체 또 표상자인 것이다.

이상의 사실은 신화·전설·민속·언어·종교 등의 비교 연구로써 대개 추론 구득(究得)된 일이요, 또 많은 역내 신천(山川) 민물(民物)을 통해서 그 실증을 얻은 바이지만, 이 모든 것을 아직 원두(源頭)의 활수(活水)로 반죽을 못하여 오르르 헤어지고 찰싹 들러붙지 못하는 혐의가 없지 아니하였다.

그러더니 이제 이곳에 와서 ─ 환웅이 하늘로부터 내려온 땅이라 하는 이곳에 와서 전설(古記)과 실적이 부절처럼 딱 맞는 것을 보니 ─ 특히 이런 방면의 주의와 용력(用力)이 오래 점점 없어지고 다 잃어버려, 거의 이러한 뚜렷한 증거, 명료하게 드러난 근거를 기대치 못할 곳에 창해(滄海)의 흘린 진주 같은 이 큰 증거 자취가 구태여 남아 있는 것을 보니, 당연하고도 신기로움을 형상으로 비유할 길이 없다.

이제는 세목(細目)만이던 그물이 대강(大綱)을 얻고 횃불로 더듬던 거리에 태양이 비친 것처럼, 천왕 단군(天王壇君)의 고의(古義)의 참된 모습이 의혹이 풀리어 다시 가로막히지 않게 되었다. 문헌도 이를 전함이 부실하고 전설도 이를 나타냄이 흐리멍덩하여, 자칫하면 그 생명이 헤아리기 어려운 경우에 빠지지 말란 법이 없을 것

남산 국사당

최남선은 가는 중에 '국사대왕천지위'란 위패를 발견하고, 한양 남산의 국사당과 연결하여 '국사'가 고승을 가리키는 것이 아니라 '붉', '술'과 같은 말이라 하여, 백두산이 '붉'교의 성소임을 확인하고 있다.

이거늘, 다만 한 가지 검질기고 피둥피둥한 민속적 근거가 있어 겨우 그 발끝만 붙은 근거로 처지를 지지(支持)하던 단군이 그 생명의 흐름에 바닥 없는 샘을 얻은 듯한 것이 이곳 신주(神主)에서 천왕(天王)이란 글자를 발견함이다.

천왕이란 이름이 다른 데도 많고 더욱 함경도 들어서는 무릇 산 위의 고개머리에는 반드시 신묘(神廟)가 있고 사당에는 반드시 천왕 혹 국사(國師)의 위(位)를 봉안하다시피 하였다. 그러나 이 모든 것이 다 연원을 얻고 귀속을 가지게 되자면, 이 백두성산(白頭聖山) 천조신적(天祖神蹟)에 뚜렷한 기준이 되는 큰 증적이 있어, 여러 가지를 한데 모아서 아울러 온전히 거두어 한 근원의 많은 갈래이게 한 뒤에야 가능한 것이니, 백두산신(白頭山神)에 천왕의 이름을 보고 못 보는 관계가 이렇게 큰 것이었다.

그중에서도 신기하다 할 다행은 다만 '천왕'이란 것뿐 아니라 동시에 '국사대천왕(國師大天王)'이란 이름을 아울러 가짐이다. 번쇄한 고증을 피하거니와, 무릇 역내의 신산(神山)과 그 신당(神堂)에 천왕이란 이름이 없으면 국사란 일컬음이 대신 있고, 또 천왕과 국사란 두 이름이 한 곳에 아울러 있기도 함은 남북을 통하여 일치하는 지명 현상이다.

이로써 국사가 신앙 내지 신도(神道) 관계의 말임을 생각하기에 족한데, 그렇다하면 국사(國師)의 의미와 뜻은 무엇일까? 개성 송악의 국사당(國師堂)에는 도선(道詵)을 억지로 끌어가고 한양 목멱산의 국사당에는 무학(無學)을 끌어다 붙이는 것처럼, 국사를 승계(僧階)인 것과 혼동하여 국사봉(國師峰) 혹은 국사당(國師堂)에는 옛 명승(名僧)에 기대어 맡긴 전설을 따라가는 것이 후세에 통례를 이루었다.

그러나 우리가 조사하여 밝힌 것을 근거하건대 이는 다 근거가 없는 일이요, 국사도 실상 종교 관계의 고어(古語)를 음사(意寫)한 것에서 벗어나지 않음이 틀림없이 확실하다. 얼른 말하면 '붉'과 '술'의 하나의 뜻이 서로 비슷한 말로 '신(神)'인 '신적(神的)'을 의미하는 말이요, 시방 말의 '굿'과 관계되는 것, 일본어의 'クシ(靈異)'와 가까운 인연 있는 신앙상 용어인 것이다.

나라에 전해 내려옴에도 수로왕 설화에 국조(國祖)의 천강지(天降地)를 '구지(龜旨)'라 한다 하고, 일본의 옛 전설에도 국조 천강지인 신산(神山)의 찬사(讚辭)에 'クシブル'를 사용한 것을 보면, 국사(國師)의 옛 소리 옛 뜻이 무엇임을 꽤 명백히 생각하여 볼 것이다. 그러나 다른 데서는 국사와 천왕이 대개 따로 떨어져서 놀므로, 두 말이 밀접하여 떨어질 수 없는 피차 관계, 그리고 두 말을 연결해서야 비로소 그 참된 뜻을 자세히 살필 기회가 만만치 아니하였다.

그러던 것이 관북(關北) 여러 곳의 신당(神堂)과 백두산 근본 영장(靈場)인 여기에서 '국사대천왕(國師大天王)'이란 실례를 접하고, 생각하건대, 국사가 대개 신령의 뜻으로 그저 국사라고만 하면 그것은 신령님이라는 의미쯤 되는 것이요, 함께 일컬어 국사대천왕이라 하면 신령하신 '하느님'의 의미를 가지는 것임을 얼른 생각하여 헤아리겠다.

한편 이로써 역내에 경성드뭇하게 흩어져 있는 국사봉 내지 국사당이란 것의 근본적인 본질과 정의를 밝힐 수 있다. 고어 '구시'를 구지(龜旨)·구시(仇時) 등 여러 형태로 쓰는 중에 후세에 이르러 국사(國師)란 글자를 많이 채용한 것만은 혹시 불교에게서 온 영향일는지 모를 것이다. 허항령의 천왕당에 이르러 비로소 풀게 된 의심과 새로이 자아낸 느낌이 이것저것 많지만, 수다스러움을 피하기로 하고 사당 안의 시설에나 한번 눈길을 주자.

15. 비 맞으면서 야영한 첫날 밤

'천왕지위(天王之位)'를 봉안한 신탁(神卓)의 뒤로 정면 벽상에 신정(神幀)을 걸었으되, 사모와 각띠를 한 인물에 시녀가 파초선(芭蕉扇)을 들고 모시고 선 형상인데, '국사대천왕(國師大天王)'이라고 현판을 달았다. 한 구석에 시방 화본(畵本)의 전신인 구 영정을 첨부하였는데, 그것은 구 군복 무인의 형상으로 그린 것이다.

동서 양벽에는 각각 익장(翼將)의 화본을 붙였으며, 신탁의 앞에는 향로를 놓았으되 다 타 버린 것이 넘쳐서 탁상에 널렸으며, 또 다른 신당에서와 같이 신탁의 윗쪽으로 가로 건너질러 맨 횃대에 사람 생명의 표상으로 가져다 바치는 동정과 그 대용품인 백지(白紙) 오리, 포목(布木) 오리 내지 수건 등이 수북하게 걸려 있음은 다 신령스럽고 묘한 위력이 오히려 큼을 증명하는 것이었다.

사당 뒤의 오른쪽에 좀 규모가 작은 집이 한 채 있는데, 화관(花冠)에 태극선(太極扇) 가진 선경에 사는 여자가 시녀를 데리고 있는 상을 봉안하고, '선왕부인(仙王夫人)'이라고 현판을 달았다. 또 그 오른쪽 뒤로 작은 집이 있어 스님 형상을 그리고 '산로세존(山路世尊)'이라 현판을 달았는데, 그 곁에 첨부한 발원문(願文)의 안에는 별도로 '성인주전(聖人主前)' 운운이라고 적혀 있다.

호로신(護路神)을 세존(世尊)이라 하여 승려의 형상으로 만든 것은 민심에 스며든 불교의 풍습이 의식하지 못한 가운데 한데 섞이고 합쳐져 출현한 하나의 예이다. 그러면서도 여전히 한편으로는 '성인(聖人)'이란 칭호도 폐해지지 아니함에서, 오랜 민속의 생명이 아무리 남에게 멀어졌다가 다시 뜻이 잘 맞게 되는 듯하면서도 어떻게든 자기 본디의 형태를 지님이 겁질김을 볼 것이다. 대개 성인이란 것은 '태백성인(太白聖人)'이라는 것의 생략이요, 본디는 '술은'이란 말에서 변하여 나온 신앙상의 고어임이 물론이다.

이곳에 사람이 없는 궁벽한 이곳에 신위를 모신 집이 이렇게 성대한 모습을 간직해 내려감은 대체로 갸륵하신 신의 위엄으로 말미암은 일이지만, 이 천왕님이 특히 민중의 감사를 받으시는 점은 자식 점지에 영검이 크다고 생각함에 있다.

그러므로 자식이 없는 이들이 다투어 와서, 헐었으면 고치고 넘어가면 다시 세워 사당의 모양이 항상 새롭고 또 향을 태우는 불이 끊이지 아니하게 된다. 여기에 치성을 드려 신의 도움을 입는 일이 많으므로 거민(居民)의 숭배하는 믿음이 자못 깊으니, 삼수·갑산 등지에 '국사동(國師童)이', '산천(山川)바위'란 어린이 이름이 많음은 다 신의 도움으로써 얻은 고마움을 기념하는 이름이라 한다.

약간의 예신(禮神)과 험속(驗俗)을 마치고 비로소 다른 정신을 차리니, 수백 인마의 야영 준비가 산에 내리는 비가 자욱한 천왕당을 중심으로 하여 한참 야단법석으로 벌어졌다. "에그 시원해라"하는 듯한 말이 우는 소리가 높은 곳에는, 식량에 기물(器物)에 말에 실었던 짐 푼 것이 산 같이 쌓인다. 이 구석 저 구석에서 도끼 소리가 "탕탕" 하는 곳에는 대부동 나무가 우쩍부쩍 넘어간다.

우선 화톳불을 질러야 습한 땅을 말리고 또 그 불에 물도 끓이고 밥도 짓고, 기둥과 들보를 장만하여 군막(軍幕)을 치고 그 밑에는 조강한 침엽(針葉)을 깔아야 짐도 들여 놓고 사람도 들어 앉을 수 있을 터이니, 야영 지점을 대하기가 무섭게 앞장서서 일을 주선하는 것은 나무 장만이다.

한 옆으로는 비교적 습기를 피하고 바람을 막기에 편리한 땅을 가려서 터를 잡고, 한 무리는 나뉘어서 도끼와 톱과 칼들을 가지고 알맞고 마땅한 나무를 찍고 썰고 베어다가, 혹은 나무와 나무의 틈을 이용도 하고, 혹은 생무지로 기둥을 세워서 막을 둘러친 진영의 얽이를 삼고, 그 앞에는 통장작에 지핀 불이 활활 하늘을 향하여 붙어 올라간다.

또 한 축은 군대로부터 차용한 군막을 조각조각 모아서 지붕과 우리를 만들어서는 위로 뒤집어씌우며, 그리하는 한편으로는 본부로부터 양식을 타다가 샘을 찾아서 쌀을 씻는다 된장을 거른다 하여, 또한 군대에서 빌려 쓰는 반합에 사람마다 앞으로 한 개씩 쌀과 반찬을 쟁여서 기다란 장대에 생선을 꿰어서는 화톳불 위에 걸쳐서 익히기에 손에 싸고 마음이 바쁘다.

이렇게 떠들썩 분주하기를 한참에 비에 젖은 무거운 연기가 뭉게뭉게 오르는 듯 서린 곳마다 반마다 다른 모양의 의장(意匠)으로 만든 군막이 우뚝우뚝 일어서서, 별안간 사람이 없는 깊은 숲에 일대 촌락이 환상처럼 나타난다. 1반에 12인씩 화톳불을 에둘러 앉아서는 우스운 이야기 반 음식 반으로 반합을 기울이며 입맛들을 다시는 것이, 분명 현실인 채 꿈속 광경과 같다. 언제쯤인지 모르거니와, 한 4~5천 년 이전쯤 조상의 꿈 자취를 재현해 놓은 것 같아서, 일종 이상한 감회가 울연히 생겨난다.

어두운 빛이 어느덧 모든 것을 캄캄의 입속으로 집어삼키고, 군데군데 붉은 결이 활활거리는 화톳불만이 야신(夜神)의 안광처럼 번쩍거린다. 군막마다 "비가 새어서 어찌하나." 하는 소리 속에 노숙 첫날의 밤은 차차 깊어 가고, 볕이 무서워 숨었던 추위는 이제야 내 세월이란 듯 고개를 내밀기 시작한다. 나는 홑옷과 홑두루마기를 입고 노루 가죽을 깔고 두꺼운 담요를 덮고 그 위에 방수포까지 없고서, 그래도 이 밤을 달게 지낼 생각을 하였다.

추운 밤이었다. 아래 인간 세계에서는 모기장에 선풍기에 얼음을 덥다 하고 삿자리를 텁텁하게 알 때에, 통나무 화톳불을 앞뒤로 질러 놓고 털솜에 말려서도 다리를 곱송그리게 되는 밤이다. 선뜻하여 잠이 깨니, 아린 바람은 이마를 스쳐가고 덮개 밖으로 내어놓았던 어깨에는 솜옷에 배어들어온 비가 살을 한참 얼렸다.

의복과 행구(行具)가 반이나 젖었으므로, 한 가지 한 가지 불가로 나가서 말리는 동안 번한 기운이 동녘으로부터 부스스 일어나기 시작하고, 닭 대신이라는 듯이 말의 울음소리가 새벽을 알리느라고 잠잠하던 숲을 여기저기서 뒤집어 흔들기 시작한다. 군대 편에서는 기상나팔이 맑고 밝은 울림을 전하고, 간부 쪽에서는 반장 모이라는 호각 소리가 어름어름하는 공기의 뺨을 때려 정신이 번쩍 나게 한다.

아침 점심의 두 끼 양식과 반찬거리를 타다가 씻고 썰고 하는데, 냇물에 가서 모르고 덥석 손을 담그다가 "아이, 차라!" 소리를 지르고 얼른 뽑아서 쩔쩔매지 아니하는 이가 없다. 얼음 녹은 지 얼마 되지 않은 샘물이 할 수 있는 냉기로써 가증하게 기른 인간의 교만한 태도를 단 한번에 뿌리를 뽑으려 하는 듯하다.

"빗물에 말아서 바람으로 반찬 하는 밥이나 되기에 요렇게 맛나지." 하는 소리는, 옹송그리고 앉아서 아침밥 먹는 이의 입에서 흘러나오는 자연스런 탄미이었다. 함께 고생하던 이들이나 알 일이지만, 몇 해 전 경성 감옥에서 강마른 흰 콩무리만을 퇴나게 먹다가, 흐물흐물 삶은 검정 콩밥을 먹을 때에 밥맛이란 것을 처음 안 듯도 하고, 이렇게 맛난 밥을 다시는 못 먹겠다고 하였더니, 시루에 찐 감옥 검정 콩밥 아니라도 뜻밖에 여기에서 유달리 별미 나는 밥을 또 한번 얻어먹는구나 하여, 위액의 춤추는 양이 곁에까지 내어 보일 듯하다.

종일 여행의 피로와 괴로움으로 고생하고 밤이 새도록 한기(寒氣) 저항에 불태울 만한 것을 다 소모하여 없어진 몸이, 기관 연료의 보급을 갈구할 것은 물론이다. 그런데 배급되는 식량이 하루 5홉에 불과함을 생각하면 이것이 반드시 식탐이라 할 수 없음을 짐작할 것이다.

빗발이 동녘 빛의 반비례로 줄기 시작하여, 아득한 숲 나뭇가지 끝 너머로 뚜렷한 붉은 바퀴가 넘겨다 보일 때에는, 기약한 일 없이 환호하는 소리가 사방에서 떠들썩한다. "볕이 난다!" 하여 해를 평생에 처음 보는 것 같다. 어저께 하루를 밀림 속에서 절벅거리고, 밤잠이나 편히 쉴까 하다가 꿈마저 축축한 꿈을 꾸지 아니치 못하고서, 또 하루 찬비의 세례를 받으면 어쩔까 하여, 아닌 게 아니라 과연 간을 졸이던 이에게는 동쪽 하늘의 붉은 해가 무엇보다 큰 메시아인 것이다.

말은 서로 아니해도 제각기 마음에는 나를 견디게 하시려면 해 님이 납시사 하던 것이 뜻밖에 사실이 되니, 옳다구나 하는 호산나의 부르짖음이 여러 사람의 입으로부터 튀어나온 것이다. 오늘은 깨끗한 백두산 길을 걷는다 함이 용기의 원천이 되어 발이 부르텄다, 오금이 시다 하던 이들의 찌푸렸던 이맛살도 다리미질한 듯 펴지고, 모두 껑충껑충 뛰다시피 행장들을 수습하여 출발을 재촉한다. 8시가 되자마자, 나팔이 울리고 깃발이 날리고 완연한 한 줄기 긴 선이 반은 밝고 반은 어두운 숲 사이를 상침 떠서 나가기 시작하였다.

16. 세계적으로 위대한 광경인
삼지의 아름다움

   가고 가도 여전한 밀림 지대이다. 하루쯤으로야 길고 멀고 깊고 빽빽한 더없이 좋은 맛을 다 알겠느냐 하는 듯, 이깔나무의 긴 숲은 여전히 그 끌밋한 맵시와 싱싱한 빛과 빽빽한 숱으로써 사람의 턱 밑에 종주먹을 댄다.

   이제는 여간 소나무 겨우살이의 전당(殿堂)만으로는 지리한 생각을 억제키 어려울 만하고, 좀 더 단순하고 변화가 없이 나가다가는 이 긴 숲이 여행자의 감옥처럼 생각도 될 듯하여, 행여 우리 백두산님께 조그마한 구설이라도 돌아갈까 겁을 내었더니, 이것을 모르실 하느님이 아니시라, 여기에 대한 준비가 진작부터 조금도 허술하거나 빠지지 아니하였다. 하마 싫증이 날 뻔한 대목에 이르러 일대 변화가 마침 기다리고 있어서 사람으로 하여금 나불나불한 입술을 놀릴 짬을 주지 아니하였다.

   좀 설핏해지는[1] 듯도 하고 좀 주춤해지는 듯도 하여, 숲의 형상이 얼마쯤 수런수런한 뜻을 띠기 시작함을 야릇이 생각하자마자, 길 오른쪽의 숲 안에서 문득 밝고 고운 기운이 와짝 내달아오는 것

---

1 짜거나 엮은 것이 거칠고 성긴 듯하다 또는 해의 밝은 빛이 약하다는 뜻이다.

은, 허여멀거니 수더분하게 생긴 미인에 견주어 비교할 만한 하나의 작은 호수였다.

비취색 숲으로 울을 하고, 으슥히 또 그윽히 혼자 드러누워서 영겁의 무슨 깊은 슬픔을 품고 무거운 몸을 일으키려 해도 일으키지 못하는 듯한 고뇌에 눌린 한 여신을 보는 듯한 쓸쓸한 호수였다. 반가우니 마니, 삼림의 위력에 숨구멍이 거의 막히게 되었던 사람의 입에서 "후유"하는 한숨 소리가 기약한 일 없이 일제히 나온다. 끝없는 삼림의 사막에 한참 머리가 띵하다가, 갑작스럽게 앞에 나타나는 이 오아시스에 만곡(萬斛)²의 차가운 맛을 느끼고 새 정신이 번쩍 들었다.

"저기 가 쉬어 가자." 하는 소리가 여기저기에서 나지만 "조금 가면 더 좋은 데가 있다." 하고서 안내인이 듣지 아니한다. 글쎄 하고 좀 더 가노라니까, 떴던 눈이 감겼던 것처럼 번쩍 띄어지면서 어마어마한 광경이 앞으로 내닫는다. 나왔다, 나왔다, 조화의 의장(意匠)이 얼마나 갸륵하고 조화의 수법이 얼마나 엄청난 것을 단적으로 증명하는 큰 물건이 여기 하나 또 나왔다.

아까 보던 것에 비하면 무염(無鹽)을 보다가 서시(西施)나 대하는 듯한 뚜렷하고 엄위하고 환하고 우람스러운 큰 못이 번듯하게 거기 있다. 천궁(天宮)의 일부이던 청유리(靑琉璃) 한 장이 무슨 사품에 이리로 내려와서 제가 제 아름다움에 홀려 지내느라고 가만히 드러누워 있는 것 같다. 이 속에 들어와서 저런 경치가 생기다니! 조화가 아니 짓궂으신가!

본디부터 이만한 절경을 보이자고나 하시기에 그 무서운 숲길을 뚫고 나오게 하신 것일지 모르기도 하겠지만, 여하간 그동안 지낸 것이 어떻게 괴롭고 지리한 것이었을지라도 그 빚을 갚고도 남음

---

2 아주 많은 분량을 의미한다.

이 있고, 그때를 썻고도 남음이 있음을 앙탈할 수 없는 푼푼한 장면이다.

큰 들이 터지고 큰 숲이 덮이고 큰 산악이 이것을 빙 둘러 에워싸고, 그 한복판에 명경 같은 작은 호수가 몇 개 박혀 있다고 한다면 얼른 상상이 가지 않겠지만, 시방 우리 눈앞에 전개된 대광경이란 것도 요하건대 이 몇 가지 요소에서 벗어날 것은 없다. 이 몇 가지 요소가 들어서 가장 숭엄 · 웅대 · 유비(幽秘) · 미묘(美妙)한 국면을 겉으로 드러낸 것에 지나지 아니한 것이다.

그러나 들의 성질은 들의 성질대로, 산의 성질은 산의 성질대로, 숲의 성질은 숲의 성질대로, 물의 성질은 물의 성질대로, 또 숭엄성은 숭엄성으로, 웅대성은 웅대성으로, 유비(幽秘)와 미묘성(美妙性)은 또한 각기 제 성능대로 최대한도의 능률을 발휘하여 하나의 큰 조화를 이루는 모습으로 출현할 때에 이렇게 경탄할 광경, 이름을 얻을 수 없고 형상을 얻을 수 없을 커다란 광경을 이룸은, 어째 여기 한번 생긴 것인지, 으레 그렇게 되란 법은 아니라 함이 가할 것이다.

산과 들과 숲과 못이 어디 없을까만, 우주미의 가장 신비한 한 부면을 이만큼 강렬하게 나타내 보인 것은 어디든지 있을 것 — 다른 데 또 있으리라고 할 수 없을 것을 우리는 말하고 싶다. 으리으리한 가운데 간질간질한 것을 담아 놓은 이 초특미(超特美)의 소반이여! 사방 십백 리에 거듭거듭 에워싼 대삼림이, 이제 알매 너 같은 끔찍한 보배를 고이고이 위하시는 조물주의 살아 있는 울타리였구나!

여기는 삼지(三池)라 하여 옛날부터 현재까지 이름이 널리 알려진 곳이다. 대개 크고 작은 가지런하지 아니한 여러 늪이 느런히 놓인 가운데 셋이 가장 뚜렷한 고로 큰 수를 들어서 이름한 것이라 한다. 실상 늪의 수로 말하면 시방도 넷 혹 다섯으로 볼 것이며, 오

삼지연(양강도 삼지연군 문화회관)
삼지연은 호수가 3개 있다 하여 붙여진 이름이다. 그러나 최남선은 삼랑성, 삼성산과 같이 신(神)을 의미하는 삼(三)의 사음일 것으로 추정하고 있다. 호숫가에 넓게 펼쳐진 지대를 천평, 천리천평, 삼지평이라 한다.

랜 전날에는 혹 더 많았을 것이 틀림없는데, 하나로 칠성지(七聖池)의 이름이 있음은 필시 일곱으로 보이던 시절이 있었기 때문일 것이다.

전문가의 말을 들으면, 대저 이 삼지는 본디 허항령 이쪽의 큰 들판을 관통하여 흐르던 긴 내러니, 백두산이 새로 폭발한 당시에 용암과 경석(輕石) 등이 쏟아져 내려와, 혹은 하상(河床)을 메워 버리기도 하고 혹은 하류(河流)를 끊어 버리기도 하여 하신(河身)이 그만 동강동강 나게 되었는데, 다른 것은 필경 다 말라붙어 버리고, 그 중 웅덩이가 좀 깊고 부근에 독립한 수원(水源)을 가진 것 몇만 앉은뱅이로일망정 의연히 생명을 붙여 오는 것이 이 삼지라 한다.

그러면 옛 하신(河身)의 끊어진 파편으로 말하면, 옛날일수록 많아서 십백천 개가 별이 흩어지고 구슬이 꿰어지듯 하였을 적도 있었을 것이다. 삼지가 만일 옛날부터 현재까지의 부르는 이름일진대, 본디 못[池]의 수로 인하여 얻은 이름 아님이 여기에서 분명하다 할 것이요, 대개는 삼랑성(三郞城) · 삼성산(三聖山) · 삼일포(三日浦) 등의 삼(三)과 같이 신(神)을 의미하는 한 고어의 사음(寫音)이 아닐까를 생각케 한다. 그러나 이는 삼지란 이름의 기원이 아주 먼 옛날에 있음을 단정해 놓은 뒤의 말임이 물론이다.

삼지 가운데 크기로나 아름다움으로나 으뜸이 되는 것은 가운데 있는 그것이다. 둘레가 7~8리에 파란 물이 잠자는 것처럼 고요한데, 동북 양면에는 경석 부스러진 무게 없는 모래가 백사장을 이룬 밖으로 나직나직한 이깔 숲이 병풍처럼 에두르고 있다. 서쪽으로 들어가면서는 얽은 구멍 숭숭한 괴석이 아치 있는 정원을 만든 것처럼 출렁대는 물가에 깔리다가, 그것이 거의 다 할 만하여서 잘록한 목장이가 지고, 동글우뚝한 작은 섬이 바로 소담스럽게 못 위에 솟아나 초목이 매우 무성한 임상(林相)과 고아한 석태(石態)로써 장대 끝 1척의 의장을 보였다.

못의 조금 남쪽으로는 기다라니 뭉툭한 하나의 평정봉(平頂峰)이 하마 어수선할 뻔한 국면에 크게 결속하는 맛을 더하여 이 내곽(內廓)만의 풍광만 하여도 이미 한없는 충족과 견실을 갖추어서 어느 곳 무엇에 견줄지라도 손색을 보지 못할 하나의 아름다운 모습이다.

그러나 삼지의 미는 삼지만의 홀겹미가 아니다. 일면으로는 백두산 이하 간백(間白) · 소백(小白) · 포태(胞胎) · 장군(將軍) 등 7~8천 척의 대단히 높은 산악들이 멀리에서 위요하고, 일면에는 천리 천평이라고 하는 큰 들판 깊은 숲이 끝없이 터져 나가서, 거대하고 성대하며 호기롭고 씩씩한 갖은 요소를 발보였으니, 이러한 외곽을 얻어서 삼지의 아름다움은 다시 몇 십백 등급의 가치를 더한다. 그리하여 문무겸전(文武兼全), 강유쌍제(剛柔雙濟)의 이 커다란 빼어난 경치는 다른 아무데서도 볼 수 없는 천하 독특의 지위를 얻었다.

이와 같은 큰 산과 높고 넓은 벌판과 길고 깊은 골짜기에 이렇듯 아름다운 요소가 이만한 경치로써 생성되었음은, 어쩌다가 한번 있을 일이요, 어쩌다가 한 군데 생긴 것인 만큼, 그 신기하고 소중함이 여간일 수 없다.

일체의 각삭하고 간교하고 이상야릇한 기교랄 것은 하나도 가지지 아니한 채, 다만 큰 바대와 다만 굵은 금과 다만 평순함과 다만 너그럽고 대범하며 솔직함만으로써 성립된 것인 만큼 ─ 아무 아로새긴 것 없이 어떠한 아로새김으로도 견줄 곳이 없는 대기(大奇)·절묘(絶妙)·진미(眞美)·여호(如好)인 만큼, 삼지를 초점으로 하여 출현한 미의 일대 서클은 백두산미의 클라이맥스인 동시에 실로 조화의 가장 자신 있는 대걸작이요, 인류의 가장 의의 있는 하나의 재산일 것이다. 버성긴 듯하면서 촘촘할 대로 촘촘하고, 어설픈 듯한 가운데 있을 것이 다 있는 이 여래미(如來美)는, 물론 백두산의 모든 가치 가운데서도 가장 주요한 한 부면일 것이다.

삼지의 물은 보기에 찬 것과는 반비례로 대기에 따뜻하다. 실측한 바를 근거하건대, 평균 20도 가량의 온도를 가졌고, 최고 온도 22도 반까지를 보이는 곳이 있다. 그러나 이는 한 방면에서 냉수가 유입하여 혼합되는 결과이다. 만약 온수의 샘의 근원을 발견하고 냉수의 침입을 격리하면 온천으로의 소용이 넉넉할 것을 기약할지며, 또 백두산의 북쪽 기슭에서는 시방 온천으로 실제 이용되는 곳이 있는 터인즉, 남쪽 기슭인 이곳에도 온천이 솟아남은 당연타 할지니, 나는 믿기를 멀지 아니하여 이곳이 온천장으로 이용되어 상당한 설비를 가지게 되고, 삼지의 세계적 실질(實質)이 아울러 세계적 대명(大名)을 누리리라 한다. 나는 단언하기를 삼지는 세계적 절경이요, 또 가장 특색과 별미를 가진 그것이라 한다.

호소(湖沼)[3]는 흐르는 도랑이 모두 모이는 곳인 동시에 전설의 좋은 무대이니, 전설이 있어서 호소는 벌거벗음을 면하는 것이요, 전설이 고와야 호소도 비로소 아름다운 영혼을 가지는 것이다. 삼지는 못 자체만으로나 그 환경까지로나 그 내력에서나 가장 풍부한

---

3 내륙에 있는 호수와 늪을 이른다.

전설의 소재와 가장 알맞고 좋은 전설적 동기를 가짐이 필연이지만, 오래 거친 구역으로 매몰된 결과는 전하는 아무 것과 밝힐 만한 무엇이 아울러 없다.

딱 밝혀 말하기는 어려워도 꽤 많은 원시 철학자와 민중 시인의 헤아리기 어려울 만큼 깊은 심금을 그대로 베끼어 낸 비단옷이 마침내 자취 없는 꿈으로 돌아가고, 이제 와서 삼지의 미는 보기에도 딱한 벌거숭이의 미가 되어 버렸다. 그 자신도 바람에 얼기도 하고, 비에 젖기도 하여, 옷 없는 설움을 퍽 많이 맛보려니와, 잠시 지나는 우리가 보기에도 말할 수 없는 쓸쓸함과 심심함과 섭섭함을 느끼지 아니할 수 없다.

물적 조건이 더할 나위 없이 뛰어난 만큼 삼지의 정신적 빈한이 특히 눈에 뜨이기도 한다. 없어진 전설은 어쩔 수 없거니와, 혹 시가로 혹 회화로 그 파묻힌 생명을 들추고 그 쭈그러진 혼령을 펴냄은, 금후 진역(震域) 예술가의 삼지 내지 백두산에 대한 큰 의무가 아닐 수 없을 것이다. 숫된 마음과 아울러 그 꽃다운 숨결로써 짜낸 비단 치마를 그의 몸에 입히고, 틀어 만든 화관(花冠)을 그의 머리에 씌우고, 골라 놓은 건반을 그의 앞에서 아룀이 백두산을 젖꼭지로 하여 우주의 생명즙을 빠는 우리들의 귀하고 높은 소임일 것이다.

심령의 무지개가 뚜렷이 삼지 위에 걸쳐 설 때에, 어떻게 많은 영광의 여휘(餘輝)가 컴컴한 우리 마음의 구석구석까지를 비추게 될까. 삼지로부터 전설 없음이 심상한 일이랄 수 없음을 느끼는 나는 여러 가지 심회가 삼지를 향하여 용춤을 추고 있음을 금치 못하였다.

천만 가닥 오색선을 사방으로 휘뿌리면서 다섯 마리의 용을 멍에한 황금 수레를 타신 '붉그님'이 동녘 하늘을 헤치고 오르사, 봉황새 춤추는 곳을 바라고 남으로 남으로 걸음을 재촉하실 때에, 이깔나무 바늘 끝마다에서는 천지간 '깨끗'의 정화(精華)가 뭉친 이슬 방울이 제석망(帝釋網)의 마니주처럼 조랑조랑 달리고, '컴컴'의 외막(外幕)과 '부유스름'의 내위(內幃)가 차례로 걷혀 간 삼지의 면에는 엷붉은 구름의 그림자와 금 비늘 돋친 잔잔한 물결이 한데 어우러져서 '반짝반짝'으로부터 '숨얼숨얼'에까지의 큰 음정으로 '새움'의 찬송을 높은 소리로 합창한다.

새끼 데린 물가의 사슴과 동무 따르는 물위의 비오리가 각각 사랑과 그리움의 한 단락의 희롱 한 휴식의 노래를 연출하고, 베개봉 숲속으로부터 조금씩 새어나오는 바람에는 밤새껏 다 못한 숲속 선녀들의 미남 신 시샘하는 쟁알거림이 동강동강 들려오는 광경을 삼지의 아침의 서막으로 눈앞에 그려 보자. 이것이 얼마나 아름다운 신화, 신악(神樂)의 발단일까.

인간의 온갖 눈 어지러움과 귀 아픔은 이미 모조리 컴컴과 침침의 두 아가리로 나뉘어 먹히고, 우주의 무대가 슬그머니 돌면서 얼음 수레에 은 뚜껑을 덮어 타신 달 아씨가 은하의 무자위[4]를 이리저리 대서 먼지의 뜨거움을 식히고 또 닦으실 때에 이 천문 세계의 남자 신선에게서 저쪽 신선 세계의 여자 신선에게로 서로 생각하면서도 보지 못하는 애끊는 소식을 가지고 가는 우편집배원 유성(流星)이 급한 심부름 맡은 듯 쏜살같이 빠르게, 잔북 같이 오락가락하고, 풀 밑에 우는 메뚜기와 나무 기슭에 헤매는 담비가 무비 없는 임을 있었지라 하는 꼴이다.

무릇 우묵한 곳, 으슥한 곳, 그윽한 곳에서는 음충신(神)의 입 다문 지휘 하에서 새벽 방지에 대한 온갖 음모와 비밀스런 셈이 부산하게 진행하고, 동혈(洞穴)에 숨은 철학자 '고요'와 나무 밑에 앉은 시인 '홍얼'과 기타 남의 눈에 뜨이기 싫어하는 허다한 '스스름'

---

4 물을 자아올리는 기계를 말한다.

'빙충맞이' '어리배기'들이 삼지를 에둘러서 각기 한 자리씩을 잡고서 각기 한 가지 사건씩을 만들어 내니, 그 어수선한 내용과 어지럽고 아름다운 현상이 어찌 또한 새벽의 시인 어린 학자의 알맞은 제목이 아니었을까?

백두산 위에 조각구름이 뜨자마자 천지(天池)가 문득 먹물에 들고, 우레가 우르르 번개가 번쩍하며 모진 바람 사나운 비가 세계를 단번에 부숴버릴 듯할 때, 여기 인드라의 무서운 모습이 나타나지 아니하였을까? 아지랑이의 꽃다발이 포태산의 허리에 걸리고, 소백산 늣너구리가 새끼 밴 배를 주체하지 못하며, 눈 녹은 자리에 꽃이 소복소복하고, 아침에서 저녁까지와 눈에서 귀에까지가 도무지 따뜻함과 즐거움과 노래와 춤뿐일 때에, 여기 비너스의 아름다운 정령이 내려오지 아니하였을까?

천년의 비바람은 이미 전설의 꽃동산을 말끔하게 삼지에서 소탕해 버렸다. 사람에 아는 이가 없고 삼지 당자가 또한 입을 다무니, 이것을 어디가 알까? 이것이 언제나 들춰날까?

17. 아름다운 나무가
빽빽한 숲의 천리에 달하는 천평

나팔 소리에 재촉되어 차마 떨어지기 싫은 삼지를 버리고 백두산 가는 좁은 길로 들어서서 북으로 행진하게 되었다. 원래 허항령은 백두산 큰 줄기로부터 내려와서 갑산과 무산의 분계(分界)가 되는 동시에 함경남북도의 경계가 된 곳이다. 갑산 보혜면의 포태리로부터 무산·삼장면 농사동까지 이백 리 무인지경을 연락하는 한 가닥 길이 실로 허항령의 등성이로 나서 국경 방어선상의 요해(要害)를 이룬다.

우리는 삼지 앞에 와서 이 길을 놓아서 소홍단수(小紅湍水)를 끼고 동남으로 관모산을 거쳐 증산, 노은산의 사이로 하여 농사동으로 보내 버리고, 북녘 간삼봉 밑으로 바로 뚫린 길을 들어서니, 이 길은 실로 국경 너머 백두산을 거쳐서 지린 성 안투 현[吉林省 安圖縣]으로 이르는 통로로 중간에서 백두산 가는 길이 갈려 나간 선이다.

허항령에 와서부터 백두산이 수풀 나뭇가지 끝 밖으로 약간 보여 왔지만, 삼지 가에 와서야 비로소 전신이 환하게 보인다. 비교적 우뚝 솟아난 소백산과 다소 높이 솟아서 오똑한 간백산에 비하여, 어디까지든지 둥싯뭉수레하여 조금도 의도적인 모습을 볼 수 없는 것이 백두산이다. 허옇게 두리두리하여, 높은지 큰지조차 모르게 평범함과 수더분을 다한 것이 백두산이었다.

셋째 넷째의 늪을 차례로 지나면, 가끔 개척했던 듯한 진황지(陳荒地)가 나오고, 또 물의 흔적이 오래지 아니한 듯한 초택지(草澤地)도 보이고, 또 하상(河床)이었던 듯한 백사지(白沙地)도 뻗쳐 있다. 이만해도 어제의 행정(行程)에 비하여는 변화가 이미 적지 아니한데, 차차 나가면 구릉의 기복이 비늘처럼 연하여 대해에 파도를 보는 듯하고, 이따금 계곡도 지고 꼭대기가 뾰족뾰족하게 솟은 산봉우리도 생긴 곳이 있어서 얼마만큼 인간 세계의 풍광과 비슷함을 보이니, 눈에 싫증도 나지 아니하고 숨까지 퍽 부드러움을 깨닫겠다.

이 변화는 몽고의 사막에서처럼 풍화 작용으로 생긴 것이라 한다. 그런데 이러한 포치(舖置)도 실상 하늘 같은 큰 산의 품속에 든 바다 같은 큰 들의 한구석 주름살임을 생각하면 편편한 채 백두산이 얼마나 깊은지 알 것이다.

허항령 올라서면서부터 비롯한 평야가 가고 가도 끝이 없다. 어저께 종일토록 걸어 나온 밀림도 요하건대 그 입구일 따름이며, 오늘 하루 옥신각신할 길이 또한 그 서북으로 치우친 한 자락에 지나지 못하는 것이다. 백두산이 오지랖을 벌리고, 포태산이 오른 깃이 되고, 견산(甄山)이 왼 깃이 된 주위 몇 백천 리 되는 동안이 실상 커다란 한 벌을 이루어, 백두산으로 하여금 높음과 함께 크고 넓음의 임자가 되게 하니, 이것이 예로부터 천평(天坪)이라 하여 신비향(神秘鄕)으로 세상에 널리 알려진 곳이다.

『북새기략(北塞記略)』 저자의 말대로 두만강, 토문강의 북쪽과 압록강, 파저강 서쪽의 혼동강 좌우의 땅(곧 시방 서북의 양 간도)을 모두 천평(天坪)이라 한다 할진대, 그 넓이가 실로 헤아릴 수 없을 것이다. 천평이란 백두산 기슭의 총명(總名)이라 하면 — 이것이 옛 뜻이라 하면, 간도(間島)도 물론 그 일부가 아닐 수 없을 것이어니와 그 남쪽 반인 조선 부분만 하여도 엄청나게 넓은 지역을 포괄하여 사람의 흉금을 시원케 함이 있다.

언젠가 이 넓은 들에 큰 불이 났었다. 어떤 학자가 미루어 생각하듯이, 한 삼백 년 전의 백두산 최근 분화로 인한 여파일는지도 모르거니와, 여하간 불탄 끝 위에서 움 돋은 나무의 수령이 대개 백여 년 내지 이백 년쯤 됨으로써 이 불이 수삼백 년 전에 났던 것만은 대개 의심이 없고, 또 그 일부분에는 분명히 사람의 실수로 인한 그 이후의 불탄 자취로 인정할 증좌도 있다.

삼지로부터 이십 리쯤이나 나가서 간백산을 정서(正西)로 볼 만한 무렵으로부터 이 불탄 자리가 시작되어서 가지와 잎은 타서 없어지고 껍질은 썩어 떨어지고 나무줄기만 우뚝하게 남은 나무들이 마치 전주로 못자리를 부은 듯하다. 그 아래는 밑둥이 부러져 넘어진 나무들이, 무더기로 난 대나무들이 어지러이 헤뜨린 것처럼 종횡으로 뒤섞여 얽혀져 누웠으니, 쓸쓸스럽게 보자면 눈에 뜨이는 것이 모두 거칠고 처량하여 눈물도 날 만하다.

그러나 원체 웅대한 외곽에 둘려 있는지라, "불이라도 한번 시원히 났었군!"하는 장쾌한 생각이 날 뿐이다. 푸른 밀림의 어제 하루에 비하여, 허연 거친 줄기의 오늘 하루가 또한 조화의 뜻이 있어서 만든 것인 양하여, 백두산 아니고는 다시 못 볼 두 광경을 다만 하늘이 공급한 미를 취하기 바쁠 뿐이다. 그 중에도 흰 껍질을 그저 지니고 있는 흰 자작나무 숲의 불탄 자취는 글자 그대로 옥같이 아름다운 숲에 들어온 듯하여, 이것만에서도 백두산이 신선과 성인의 고향임을 느끼게 함이 있다.

칠분(七分) 불탄 자리, 삼분(三分) 어린 수풀의 틈으로 얕은 골짜기, 낮은 구릉을 수없이 오르내려 약 25리쯤 와서 하나의 구릉 위에서 점심을 지어 먹었다(이 중간에 농사동으로부터 백두산 오르는 소로의 갈림이 있다). 부집게일망정 새 풀처럼 배게 섰으니 나무를 없달 수는 없지만, 많기는 많은 채 잎새가 없고, 따라서 그늘이 없고, 따라서 밥 먹는 동안도 뙤약볕을 가려 볼 수 없다.

그뿐인가, 삼지로부터 여기까지 오는 동안에는 지상(池床)과 내길(川路)은 늘비히[1] 보이되, 웅덩이는 고사하고 작은 샘 하나 없어서, 땅은 밖에서 볶이고 목은 안에서 타서, 오늘이야말로 복중(伏中)의 산길을 가는 성 싶다. 수통에 준비한 이상으로 목마른 이들의 근심하고 한탄하는 소리가 벌써부터 들리더니, 점심밥을 먹게 됨에 미쳐서는 "잡숫고 남았거든 조금만 나눠주시오." 하는 물을 청하는 소리가 여기저기서 야단이다.

힘들고 고생스러움과 결핍을 참고 버티어 이겨냄이 도리어 등산의 일락(一樂)이라고도 하거니와, 한나절 이상 물 구경을 못하고, 밥을 먹어도 목을 축이지 못하는 힘들고 어려운 고생은 누구라도 어렵다 아니할 수 없을 것이니, 수통 바닥에 묻은 물 흔적이라도 돌려가며 핥으려 드니 과연 한 방울이 만금(萬金)이라는 의사를 보임이 공연한 것 아니다.

누가 이 깊은 산 속에서 사막을 여행하는 맛을 맛볼 줄 알았으며, 누가 이 푸르고 푸른 우거진 숲의 한 가운데에서 사람이 낙타 아님을 한하게 될 줄을 뜻하였으랴. 이러한 변화도 바다 같은 백두산 속이기에 얻어 보는 것이지 하면, 끝없이 거룩하심을 이것으로도 다시 한번 느끼겠다.

쌀볶이라 해야 할 밥일망정 향적(香積)의 공양 이상의 맛남으로 배를 불리고, 미지근해진 한 깍지 물일망정 감로(甘露) 이상의 맑게 적심이 온몸에 두루 퍼지게 되니, 비로소 눈을 들어 사방의 형승(形勝)을 살피고 고개를 숙여 천추의 변전을 짐작도 해 볼 기운이 났다.

---

1 여기저기 되는대로 죽 늘여 놓는 모양을 이른다.

돌아다 보건대, 두리뭉수레하여 혼돈 그것과 같은 백두산은 대지의 불룩한 배가 조화를 그득히 담아 가진 성부른데, 간백산의 뾰루퉁함과 소백산의 뾰족뾰족함은 마치 "언제 쓰실 양으로 그 조화를 감추어만 두십니까?" 하여 백두산 어머니가 몸가짐을 너무 정중히 하심에, 하나는 말 못하는 화증을 내고 하나는 참다가 못하여 짱알짱알하는 듯함이 재미있다.

내다보건대, 하늘에 창을 낼 것 같이 혼자 불쑥 뽑나서 위력 그것과 같은 포태산은 천왕의 큰 팔뚝 거친 주먹도 같고 지령(地靈)의 대포 커다란 탄환도 같아 "시방까지는 참았거니와 언제까지고 가만히 있을 줄 아느냐?"고 인간의 온갖 불의, 사특, 비도(非道), 완경(頑硬)을 분노한 눈으로 노려보고 벼르고 으르는 듯함이 든든하다.

허항령 저 밖에 텁텁하게 막힌 것은 한(漢)의 때, 당(唐)의 구정물, 몽고의 먼지, 왜의 부스럼에 물려 지내오는 수난기 국토의 처녀성 잃은 냄새가 혹시 바람결에라도 신역(神域)을 침투하여 더럽힐까 보아서 성결을 회복할 동안까지 외계를 차단한 듯함이 탐탐하다.

동북의 트란스 밖으로 두만강 건너 북간도까지 연기와 먼지 아득한 큰 들판이 시력을 궁하게 한 뒤에 그친 것은, 우리 현실의 사정을 초월하여서 시원하던 과거와 아울러 시원할 장래를 표상한 것 같음이 그지없이 마음에 느긋하다. 더욱 코 밑에 바싹 들어와 있는 간삼봉은 작은 대로 얌전한 것이 파랗게 수림에 덮여서 대체가 폐허 같은 중에서 홀로 부흥의 신예를 발보임이 또한 얼마나 씩씩한지 몰랐다.

불탄 자리! 당년(當年)의 무성함과 생명을 누림과 빽빽하고 우거지고 푸르름과 군세고 튼튼함을 자랑하던 모든 것이 하나도 옛 생명과 호흡을 지니는 것이 없고, 나무 나무의 겯고 틀던, 가지 가지의 시새고 다투던, 잎새 잎새의 누르고 떠밀던 허다한 파란곡절과 시비득실(是非得失)이 불길한 입으로 들어가서 찬 재 한 줌으로 변

해버린 이 자취는 분란에서 분란으로 뜀박질하고, 쟁투에서 쟁투로 숨바꼭질하는 어수선한 자연계에, 산과 들에 홍수처럼 삼림에는 산불이란 혁명률(革命律)이 있어, 필요할 때마다 일대 확청(廓淸),[2] 일대 환원 작용이 이루어짐을 가장 실감적으로 깨닫게 하는 산 교과서와 같다.

천지개벽된 이래로 이 땅 위에 몇 번이나 파랗게 덮였던 삼림을 발갛게 태워 버리고 하얗게 벗어졌던 땅에 파란 삼림이 다시 나서, 자라서, 우거져서, 그리하여 배게 덮였다가는 도로 타 없어졌던가? 나무가 많이 자라고 있는 땅과 불에 타서 검게 그을린 땅과의 윤회 전변(轉變)은 일천팔백 번보다 얼마나 더 많이 유위무상(有爲無常)의 대설법을 항상 머물면서 연설하였는가? 또 앞으로 앞으로 얼마나 많이 이 아름답고 훌륭한 소리를 되풀이하려 하는가? 얼마나 많은 웃음과 노래와 슬픔과 한숨이 이 맷돌의 틈에 으스러져서 가루가 되고, 그리하여 꿈의 바람에 쏴쏴 날아 흩어질 터인가?

어허, 어느 마고선녀(麻姑仙女)를 만나서 요즈음의 소식을 들어 볼거나. 불탄 자리! 나는 거기서 짜라투스트라를 보았다. 솔로몬을 보았다. 석가모니를 보았다. 더욱 부집게 사이에 한가하고도 뽐내면서 피어 있는 이름 없는 화초들의 위에 동서고금 어떠한 시인, 역사가에게서도 듣지 못하던 인성(人性)·인사(人事)의 그윽한 기밀을 똥기어[3] 받았다. 그리하여 손길을 마주잡고 고개를 숙였다.

---

2 지저분하고 더러운 물건이나 폐단 따위를 없애서 깨끗하게 한다는 의미이다.
3 모르는 사실을 깨달아 알도록 암시를 준다는 의미이다.

18. 조선국 태생지

　오랜 전승을 근거하건대, 조선 인문의 창건자는 실로 이 백두산으로써 그 최초의 무대를 삼아서, 이른바 '홍익인간(弘益人間)'이라는 연극의 장막을 개시하고, 그 극장을 이름하되 '신시(神市)'라 하였다 한다. 이것이 단군의 탄강지(誕降地)요, 조선국의 출발점이라 한다.

　그런데 역사적으로 가장 기념해야 하는 이 중대한 유적은 대개 어느 지점으로써 추측해 온 것일까? 이는 실로 조선의 역사적 민족적 일대 문제가 아닐 수 없는 것이다. 그러나 시방까지 이것을 문제로 한 이도 없는 만큼, 우리의 여기에 대한 의식은 다른 것보다 절실함과 명료함이 결여된 느낌이 있다.

　이는 반도의 통일이 불행히 남쪽 변방 신라의 손에 이루어져 고구려 편의 문헌이 쇠잔하여 다 없어져 남아 있지 않고, 또 강토상에는 백두산이 오랫동안 반도 인민의 이목에서 떨어져 지내게 되면서, 백두산에 관한 일체 전승이 모두 희미하게 가려짐에서 말미암음이 크다. 그러나 백두산이 다시 반도 인민에게로 돌아온 지도 이미 오랜 세월인데, 무엇보다 먼저 상기되어야 할 이 중요한 문제가 이때까지 무심하게 버려졌음은 민족의 나태하고 게으름도 지극하다 할 수밖에 없다.

조선 최초의 나라를 세운 땅을 이 천평에 비정하기는 십수 년 전에 발표한 우리의 「계고차존(稽古箚存)」[1]으로써 시초를 삼는다. 그때의 근거 삼은 바는 조선의 고전(古傳)으로 그 나라의 뿌리인 환국(桓國)도 천국(天國)을 의미하고 우두머리 임금인 환웅도 천왕을 의미하는 등 약간 남아 있는 명구(名句)가 모두 천(天)으로써 일관하였는데, 전설상의 발상지로 동방의 천산(天山)인 백두산이 꼭대기에는 천지(天池)를 이고, 몸에는 천하(天河: 승가리우라)를 드리우고, 허리에는 천평(天坪)을 띠는 등, 다 없어지고 겨우 남은 지명들이 시방까지 판에 박은 듯 천(天)이라는 글자를 지녀옴이 결코 우연이 아니겠음으로부터 추론함이었다.

그러나 천평의 정황이 어떠한 것인지는 물론 알 길이 없었고, 따라서 그것이 아무리 원시 시대였을망정 국가적 무대에 부합하는지의 여부는 논의할 길이 없어 퍽 궁금하게 여기던 것이었다. 그러나 이제 천평의 실제 지역을 와서 보고, 신령스러운 산을 등에 지고 성스러운 수풀을 안아 그 그윽하고 신비하고 펀펀하고 넓음이 원시 국가의 발생지로 가장 적당한 모양은 논할 것이 없고, 거대한 산이 에워싸고 긴 강이 윤택하여 그 광대 웅려함이 근대 국가의 장성지로도 가장 우월한 조건을 구비하였음을 봄에 미쳐, 이 천평이 옛날부터 전해 내려오는 것에서 국가의 요람지로 의정(擬定)됨이 과연 우연한 것 아님을 깊이 느끼지 아니치 못하였다.

생민(生民: 혹 왕족)이 하늘에서 내려온 땅을 태백산정(太白山頂)으로 생각하는 민족이 그 도읍을 정하는 맨 처음의 땅을 태백산 바로 밑의 이러한 건국상 적토(適土)에 두려 함은 진실로 당연한 일이요,

---

1 최남선이 1918년 『청춘』에 발표한 논설이다. 최남선의 고대사에 관한 최초의 본격적인 논설이다.

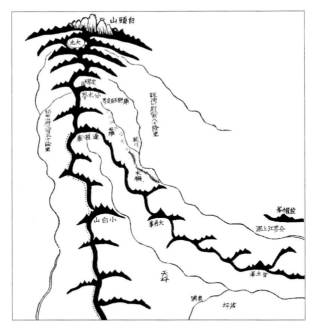

김정호의 「대동여지도」
지도 아래 부분에 천평(天坪)이 보인다. 최남선은 바로 이곳에 조선 최
초의 나라가 세워졌다고 한다. 즉 조선국의 최초 탄생지라는 것이다.

또 백두산이 예로부터 내려오면서 줄곧 신국가를 잉태한 어머니
땅임은 사실이다.

이것이 우연한 것 아니라, 실상 여러 가지로 자연, 필연한 이유가
있음에 말미암았음을 비교하여 헤아려 보면, 조선의 국가적 발생
이 백두산에 있었다 함이 다만 전설같은 의심스런 생각에서 나온
것 아니라, 많은 분량으로 또 매우 필요하고 절실하게 잡아떼기 어
려운 사실적 배경(혹 근거)이 있음을 짐작하기 어렵지 않다. 그리하
여 국가가 시작하여 이루어진 것이 백두산 아래에 있었음을 인정
한다 할진대, 그 지점이 비길 데 없이 또 옴치고 뛸 수 없이 이 천
평일 수밖에 없을 것이다.

이렇게 생각해 가면 천평이란 이름의 비우연성이 더 한층 깊이
를 더함을 깨닫는다. 대저 삼한의 비리(卑離), 예(濊)의 불이(不而), 백

제의 부리(夫里), 신라의 벌(伐; 弗·火), 북방 제국의 부여(夫餘)가 군읍 내지 방국(邦國)을 의미하는 말임은 이제 새삼스럽게 해설할 것까지 없는 일이다.

천평(天坪)의 평(坪)은 곧 '벌'의 역(譯)이요, '벌'은 고어 '불'의 전(轉)이니, 천평(天坪)은 실상 '흔불'의 역자(譯字)로 대개 단군 고전(古傳)에 나오는 환국(桓國) 그것이거나, 그렇지 않아도 그 유어(類語)임을 추단함이 불가할 것 없다. 또 한편으로 동일한 근본 설화로서의 하나의 분기로 볼 일본의 건국 설화에 나오는 '다카마노하라'에 비추어 보아서도 천평의 설화적 의의가 무엇임을 알 것이다.

이렇게 전설상으로나 언어상으로나, 또 실제적 형편으로나 조선 국가의 산요(産褥)[2]가 이 천평인 것은 대개 변통이 없을 일이다. 그래도 의심이 있다 하면 그것은 다만 천평 건국의 역사적 사실의 여부가 문제라 할 것이나, 이것은 내가 여기서 번거롭게 말을 꺼내기를 피할 것이다.

다만 조선의 고국가(古國家)가 대개 산 위에 있었음과, 종교적 이유로 고산(高山) 영악(靈嶽)이 가장 존귀한 국체(國體)의 보유자이었음과, 송화강·압록강의 골짜기 땅이 문헌 이전부터 국가 생활지였음 등의 여러 가지로 명확한 사실만 여기 덧붙여 설명하여 두겠다. 또 아무리 줄잡아도 전설상 나라의 근본이 되는 땅 — 환국(桓國) 내지 신시(神市)로 일컫는 지점이 시방 천평에 해당함이 하나도 의심 없음을 여기 단언하여 두고 싶다.

번쇄현란한 역사적 고증은 전문가와 아울러 전문적 기회로 미루어 두자. 그네의 좀스럽고 머릿살 아픈 싸움이 어떻게 결말이 나든지 그것은 그것대로 한 구석에 버려두자.

우리는 아직 그동안 이론적 갈등을 초월하여서 우리 조선 민족

2 아이를 낳을 때 산모가 까는 요를 말한다.

들끼리 시방까지 마음과 마음으로 물려 내려오고 관념과 관념에 얽혀 매여 있는 — 항상 생명 있고 언제까지도 생명 있는 국민, 신념상의 국가 민족적 성지 · 영장(靈場) · 신적(神蹟)을 순연한 그대로, 전통 정신상 존재 그대로 사모하여 우러러보고 마음에서 우러나와 그리워하고 감탄하여 크게 칭찬하고 맛보아 감동하며, 그리하여 그리로부터 흘러넘치는 종족적 신령스런 샘과 국토적 진리의 젖에 영원한 생명을 북돋우고 길러 가기만 하자.

이만한 것에서라도 우선 타는 듯한 목을 여기 와서 축이며, 시들어가는 고갱이를 여기 와서 생기 나게 하면 그만이 아니냐? 절대한 신념의 위에서야 주관 · 객관의 대립할 여지가 무엇이며, 전설과 사실의 절연(截然)한 경역(境域)이 어디 있으랴! 가시덤불 밖에 흐린 구름 속에서라도 밝은 고월(孤月)이 만심(萬心)을 직접 비출 따름이 아닌가?

보아라! 조선 일만 년의 천평이 여기에 널려 있다. 일만 년의 풍변운환(風變雲幻)이 여기저기서 굼실굼실하고 어른어른하고 벌떡벌떡한다. 떡가루처럼 부서진 작은 모래 한 알도 대황조(大皇祖)의 거룩하신 경륜을 싣고 있던 나머지요, 썩어 문드러진 나무등걸 하나라도 대황조가 부으신 우로(雨露)의 여택을 입은 것들임을 생각하면, 눈앞에 보이는 하찮은 무엇엔들 경건하고 숙연하게 정례(頂禮)하지 않을 수 있으랴.

저기 저 우묵히 팬 곳은 그것이 우리 황조(皇祖)의 나라 위해서 분주하시던 발자취요, 하늘 바라고 기축(祈祝)하시던 무릎 자국 아님을 누가 알며, 저기 저 도두룩한 곳은 그것이 천조(天祖)께는 백심(白心)의 제물을 올리고, 국군(國君)에게는 적성(赤誠)의 공물을 바치던 선민(先民)의 축단 아님을 누가 담보한다 하느냐?

우리는 심상히 보는 저 검정 구름 한 장도 봄에 새 씨를 뿌리고 가뭄에 시름할 때 쯤은 저 구름 한 장 때문에 얼마나 많은 사람의 눈살이 찌푸렸다 폈다 하였을 것이냐. 시방은 우습게 버려두어서 사람의 눈에 한 번 들켜 보지도 못하고 마는 것들이지만, 저기 저 나무의 몇 십백천 대 할아비들 쯤은 팔자 좋아서 대신궁(大神宮)의 들보도 되고, 황극전(皇極殿)의 기둥도 되며, 청복(淸福)이 있어서 시인의 창호(窓戸)에 달빛과 짝도 짓고, 철학자의 경행장(經行場)에 풍뢰(風籟)[3]와 벗도 하였을 것이다.

그렇지 못해도 혹은 재목 혹은 그릇으로 민생 일용에 각각 그 소용을 이루어, 제자리를 얻지 못하던 것이 하나도 없던 것이 물론이다. 눈앞에 빽빽하게 늘어선 무엇을 우리가 능히 허루하게 볼 것이냐?

서울 안에만 178,936호에 1,360방이 55리에 길게 뻗쳐 있고, "가옥이 나란히 하여 담장이 줄을 이었지만 초가집은 하나도 없었다. 도로에서는 생황 연주 소리와 노랫소리가 끊이지 않았다."라 하던 신라의 가멸고 화려함이 반드시 이 천평에도 있었으리라는 것이 아니다.

그러나 모두 추로(椎鹵) 생활을 하는 중에 오직 진인(震人)만이 관검(官劍) 문화를 갖고 있고, 모두 수렵 생활을 하는 중에 오직 진인만이 경종(耕種) 경제를 행하여 군계(群鷄)의 일학(一鶴) 같은 특별한 문화를 가졌던 당시 신시(神市)의 비교적 가멸고 화려함은 그 정신에 있어서 도리어 신라 이상의 가치 있던 것임이 물론이다.

문화와 재력에 있어서 조선은 언제든지 동방에 있는 선진자, 우월자이었으며, 이 단서는 물론 가장 먼저 착수한 신시로부터 비롯한 일이었다. 위에 천왕 단군(天王壇君)이 계시어 진호(鎭護)와 무육(撫育)과 권려(勸勵)와 지도(指導)가 갖추어 이른 바에, 천하는 태평하고 오곡은 풍년 들고, 산업은 왕성하고 문물은 격렬히 일어나 높

---

3 바람이 숲에 부딪쳐 나는 소리를 이른다.

아지니, 생취(生聚)의 증가와 종성(種姓)의 번식이 눈에 번쩍 뜨이지 말려 해도 어찌 못하였을 것이다.

짐 나르는 말을 맨 저 초지(草地)도 당시는 어떠한 부촌(富村)의 마을이었든지 어떠한 귀인(貴人)의 정원이었든지, 미인이 남긴 향기로운 냄새와 명가(名歌)의 남아 있는 가락이 하마터면 흙 밑 모래 틈에 묻혀 있기도 할 것이요, 오랜 비바람에 무찔리고 씻겨서 있는 듯 없는 듯한 저 언덕의 두렁도 실상 호방한 소년들이 말 달리고 포환을 던지고 활을 옆에 끼고 매를 날리던 행락지이었는지 모를 것이다.

얼마나 많은 굴자평(屈子平)[4]이 귀책(龜策)[5]도 풀어 주지 못하는 설움을 삼지 가에서 귀양살이하며 글을 읊었으며, 얼마나 많은 소부(巢父)[6] 허유(許由)가 귀 씻고 소 먹이던 물의 청탁(淸濁)을 홍단수 가에서 다툼질하던 것일까? 의관만 옛 언덕을 이루었나, 화초조차 그윽한 길을 꾸민 것이 없고, 노래와 춤만 어제의 꿈을 지었을까, 참새 따위 작은 새조차 석양에 읊조리는 것이 없으니, 울고 싶어도 울 거리와 몸부림 칠 언덕조차 변변치 못한 천평의 쓸쓸함이여!

형언할 수 없는 느꺼움에 열두 방망이가 가슴에서 어지러이 춤을 추는 것을 깨달을 뿐이다. 다 타 버린 이 황원(荒原)만에야 기번(Gibbon)인들 내가 어찌하며, 매콜리(Macaulay)인들 내가 어찌하랴. 가슴에 넘치는 그지없는 감개는 온통으로 뭉쳐서 호메로스나 기다릴거나. 베르질리우스에게나 붙여 줄거나.

---

4 중국 전국 시대의 정치가이자 시인인 굴원(屈原)을 말하는 듯하다.
5 거북이의 계책이란 뜻으로, 거북이를 이용하여 점을 보고 그 결과를 점치는 것을 이른다.
6 고대 요 임금 때 사람으로 속세를 떠나 산 속 나무 위에서 살았기 때문에 생긴 이름이다. 요 임금이 천하를 맡기고자 했지만 사양하고 받지 않았다. 허유(許由)가 영천에서 귀를 씻고 있는 것을 소를 몰고 온 소부가 보고서 그러한 더러운 물은 소에게도 마시게 할 수 없다며 돌아갔다는 이야기가 전한다.

천평은 조선 역사의 요람기를 파묻은 큰 무덤이다. 행여 신성한 유적이 더럽게 물든 후인의 손에 들어갈까 무서워서 천화(天火)의 폭발이 이를 재와 불탄 끄트러기(灰燼)를 만들고, 용암이 흘러 덮어 이를 돌로 뭉쳐 놓은 깨끗한 고적지이다.

육안에 보일 것은 하나도 없되, 한번 심안을 열면 별처럼 늘어선 돌멘도 볼 것이요, 바둑처럼 배치된 마세바도 볼 것이요, 하늘 찌르는 오벨리스크의 첨비(尖碑)도 볼 것이요, 땅이 꺼질 로제타의 거석(巨石)도 볼 것이요, 월계관 다투는 올림피아의 선수도 볼 것이요, 야수와 생명을 내기하는 콜로세움의 투사도 볼 것이요, 삼월(三月) 고구려의 낙랑 회렵(會獵)[7]의 발단도 볼 것이요, 새끼 시절의 국선(國仙) 풍범(風範)도 볼 것이요, 알 시기의 팔관전례(八關典禮)도 볼 것이요, 정감(鄭鑑)의 비조인 신지씨(神誌氏)가 하늘의 계시를 받아서 민족 만년의 운명을 기록하던 광경도 볼 것이요, 혁거세의 본생(本生)인 왕검(王儉)님이 인문(人文) 영세(永世)의 기초를 전정(奠定)하던 상황도 볼 것이다.

눈앞의 저것이 흙덩이요 타다가 남은 모래뭉치라 하면, 그렇지 아니한 것도 아니지만, 그러나 저 흙과 저 모래가 이러한 어수선과 뒤숭숭과 많음과 큼을 집어삼킨 시간의 대분묘임을 알아야 한다. 이 천평을 색독(色讀)[8]하여 이때까지 온 생명과 모든 기능이 이 속에 감추어져 있게 된 민족 호흡, 역사혼의 유폐 압착되었던 활력을 석방하고 발양하여 조선인의 생활에 한없는 시간적 윤택를 주게 하는 시인은 시방 우리가 가장 고대하는 인물의 한 사람이요, 또 언제든지 나오지 아니하면 아니 될 일대 인물이다. 이런 이의 손에 비기(祕機)와 신의(神義)가 들추어 나지 아니하면, 우리의 역사적 생

7 여러 사람이 모여서 사냥한다는 뜻으로, 고구려 때 열린 수렵 대회를 지칭한다.
8 문장 전체의 의미를 파악하지 않고 글자가 표현하는 뜻만을 이해하고 읽는다는 의미이다.

명 — 시간적 생활은 영원히 근원 있는 물과 뿌리 있는 나무 노릇을 못할 것이다.

시인이 나와야 한다. 민족 시인, 역사 시인, 백두산 시인, 천평 시인이 나와야 한다. 그리하여 그 찬 재의 허물을 벗기고 그 밑에서 몹시 오래도록 뜨거웠던 불길을 날리는 조선 민족의 떡잎 정신을 높이 받들어 올리고 큰 소리로 외치고 부르짖어야 한다. 위대한 천재자(天才者)가 있어 그 마음의 가래와 말의 보습으로써 이 매우 오랜 세월의 거친 덤불의 거친 것을 다듬고 딱딱한 것을 누그러뜨려서, 길어도 마르지 않는 어느 생명의 샘을 거기서 뚫어내지 아니하면 안 된다.

불탄 그루에 덮인 이 벌판 그대로에 평양의 정전(井田)이란 것 같은 바둑판적 시가(市街)가 있는 셈 치자. 어느 거리에서는 국민 도의의 진숙(振肅)을 큰 소리로 외치는 소크라테스를 찾아서, 어느 거리에서는 인민 권리의 신장을 역설하는 부루투스를 찾아서, 어느 거리에서는 알렉산더의 박물관을 찾아서, 어느 거리에서는 시저의 개선문을 찾아서, 어느 골목에서는 디오게네스의 통을 찾아서, 어느 골목에서는 이사야의 채찍을 찾아서, 어느 골목에서는 솔만 성인(聖人)의 이야기 주머니를 찾아서, 어느 골목에서는 이솝 노인의 비유 뭉텅이를 찾아서, 어느 모퉁이에서는 메두사의 머리를 찾아서, 어느 모퉁이에서는 클레오파트라의 코를 찾아서, 어느 모퉁이에서는 아나크레온의 술잔을 찾아서, 어느 모퉁이에서는 살로메의 쟁반을 찾아서, 이 각각의 생명을 살려내고, 이 각각의 가치를 나타내고 이 각각과 우리 생활과의 미묘한 소식을 꼬드겨내는 천평 찬송의 시인이 나와야 하겠다.

화전(火田) 자리 같은 이 천평도 그러한 시인의 눈에는 봉래선원(蓬萊仙園)보다 더 훌륭한 꽃밭일 것이다. 이러한 시인의 마음의 체에 걸려 나온 뒤로부터는 이 천평이 누구에게든지 아름답고 향기로운 각종 꽃들이 만발한 좋은 동산일 것이다. 시인이 나와야 하겠다.

환국(桓國)으로부터 하계(下界)에 내려온 신시 인민의 첫 웃음은 무슨 기쁨을 보고 터졌으며, 첫 울음은 무슨 슬픔을 말미암아 나왔던가? 가장 큰 감격은 어떠한 모퉁이에 그네의 마음을 들레었으며, 가장 큰 고민은 어떠한 경우에 그네의 머리를 아프게 하였던가? 그네의 노래는 어떠한 임을 그리워할 때에 가장 미묘한 음절로 남의 고막에 울렸으며, 그네의 춤은 무슨 잔치를 벌였을 때에 가장 신기한 선율을 남의 감관(感官)에 박았던가? 그네가 가장 잘 도취의 심경을 얻던 술과 시는 무엇이며, 가장 깊이 적정(寂靜)의 심경을 들던 선행(禪行)과 철학은 무엇이었던가? 그네가 즐겨서 이야기하던 제목이 시방이나 마찬가지로 호랑이 아니면 도깨비이며, 그네가 좋아서 장난하는 종류가 그때도 또한 씨름 아니면 태견이던가?

그 사회의 정황과 시대의 속상(俗尙)[9]과 인정의 기미와 풍물의 정조를 재현하고 생생하게 나타내고 신령스럽게 드러내는 천평 본위의 민속 시인이 나오지 아니하면, 우리의 고향은 캄캄한 그믐밤이라고 할 수밖에 없을 것이다. 우리 생활의 초석을 비추어 주기 위하여 높이 언덕마루에 영(靈)의 등불을 켜는 시인을 우리는 간절히 기다리지 않으면 안된다. 천평을 위하여, 천평의 연장인 전(全) 조선을 위하여, 천평의 완성자일 영원하고 무궁한 조선을 위하여……

천평이 본디 신국(神國) 고토의 폐허임을 감격하여 그리워하는 사람은 이 많은 일행 가운데에서도 혹시 나 한 사람뿐이었을지 모른다. 그러나 이렇게 넓고 좋은 땅을 여유롭고 한가하게 둠이 황송하여, 마치 하늘이 주신 보배를 사람이 잘못하여 천대하는 것 같은 미안함을 품기는 누구나 마찬가지인 성부르다. 그런데 아무의 이

---

9 그 시대의 풍속상 숭상하여 좋아하는 것을 말한다.

땅이 나라의 감이란 점이었다.

"천생 나라 하나 만들게 생긴 땅이다."

"그 벌 하나만 해도 나라 하나를 만들기에는 너무 넓겠다."

"과연 좋은 이상국 건설의 후보지로군."

"옛날 일은 모르거니와, 아무 때고 하나의 독립국이 되고 말 터인걸."

이런 소리가 이 입 저 입에서 나온다. 이런 말은 들을 탓으로는 우리의 천평환국론(天坪桓國論)이라는 하늘의 음성이 사람의 말과 통한 순수한 증거로도 볼 수 있는 것이었다. 어떤 사람은 말하기를,

"터전만 그러한가, 이 일행만 가져도 나라 한 판이야 넉넉히 차리지. 군대도 있고, 교사도 있고, 학자도 있고, 실제적인 사람도 있고, 노동자도 있고, 마필 기계도 있고, 또 동남동녀(童男童女)의 씨를 받을 것도 있으니, 나라의 무엇을 마련하여 내지 못할까? 이대로 주저앉아서 돈 없고 바치는 세금 내지 않고 경찰 귀찮지 않은 새 나라 하나를 만들었으면…"

하여, 빚에 졸리고 차압에 성가시고 순사에게 물려지내던 모든 불평을 여기서 단번에 벗어 버릴 급진적 생각을 하는 이도 있다.

현상을 타파하겠다 하는 일념만은 용기라고도 하겠지만, 새로 전개되는 국면이 도로 아미타불일진대, 전개한 수고만이 헛노릇 아닐까? 못살게 구는 그이는 누구요, 시방 이 사람들은 누군데, 도로 그 사람 본위로 만들어질 나라에서 무슨 다른 복리를 찾으려 하는지, 생각하면 우습고 딱한 말이요, 더욱이 귀여운 우리 자식 천평 아동에게까지 "복숭아에서 태어난 모모타로"를 불리우기가 소름이 끼치지 아니한가 하면, 일시의 지나가는 말일망정 깊이 가엾은 생각을 금하기 어려웠다.

"동무야, 천평에 새 나라를 만들자. 나도 그 국민이 되어 보자. 그러나 천평국(天坪國)의 건국 요소에는 우리의 동정(童貞)과

성결(聖潔)로써 무엇보다도 큰 것을 삼자. 그 국민의 혈관에는 순결한 태백혈(太白血)이 흐르게 하고, 그 국민의 심장에는 순결한 태백심(太白心)이 들어 있게 하고, 그 국민의 구설(口舌)에는 순결한 태백어(太白語)가 쓰이도록 하자.

이러한 새 나라를 우리 손으로 기어이 만들자. 현실에는 만들지 못할지라도 이상에라도 만들자. 남은 다 그만둘지라도 각기 자기만은 마음속에 깊이 또 탄탄하게 이 나라를 배포하여 두자. 시방 당장 이 나라를 천평 여기 눈앞에 있도록 하지는 못할지라도, 천평 여기에서 이 나라 하나씩을 각개의 마음에 배포해 가지고 갈 수는 물론 있다. 본지(本地)의 풍광으로써 꾸민 이 나라야말로 무슨 돈놀이꾼이 있으며, 집달리가 들어오며, 사벨의 푸른 기운이 있으랴!

동무야, 천평 여기에서 새나라 생각을 잘 하였다. 그러나 이것을 그대의 마음속에 배포하여라. 마음에 밴 자식은 일로 낳고야 말 것이니, 마음의 나라보다 더 적확한 실지(實地)가 없는 것까지를 생각하여라. 마음속의 천평과 현실의 천평이 결코 먼 거리가 아니며, 아니 실상 본디 하나요 둘이 아닌 것이다."

하는 장설법(長說法) 버릇이 내 목구멍에서 날름거림도 우스웠다.

나팔 소리가 났다. 될뻔댁[10]의 나라는 수초(水草) 따르는 북방 민족의 그것처럼 동북을 향하여 꿈틀꿈틀 이동하기 시작하였다. 조금만에 '구슨벌'로, '거칠봉(峰)' 거쳐 무산으로 통하는 좁은 길을 오른쪽으로 두고 지나면, 그리도 질펀하던 산불의 그을린 들판도 십여 리만에 끝이 나고, 백화(白樺)와 낙엽송의 어린 나무 숲으로 비롯하여 숲이 다시 걸음을 따라 짙어간다.

숲속의 나무 밑으로는 가는 잎사귀의 철쭉, 높은 산에 사는 백합,

---

10 무슨 일이 될 뻔하다가 안 되었다는 뜻이다.

석죽(石竹), 엉겅퀴 기타 많은 풀꽃들이 일시에 만개하여 봄철이 한참 바다 같은데, 고운 빛 맑은 내가 물결치듯 출렁거린다. 이 근처의 봄은 칠월에 비롯하여 팔월 중순이면 가니, 그러므로 온갖 초목이 그 동안에 일제히 개화하여 결실하기를 바빠하여 춘색의 난만함이 평야보다 무덕짐이 있다. 홍자(紅紫)[11]의 마구 출렁이는 물결이 큰 놈은 용춤을 추고 작은 놈은 앙감질[12]을 하는 창망(蒼茫)한 꽃바다 안으로, 우리의 연합 대함대는 일자 종렬진(縱列陣)을 지어 가만가만 항진을 계속한다.

조선인이 백두산을 잊어버렸다. 생각한다 하고 안다 하는 것이 모르는 것보다 별로 낫지 못한 정도이다. 그 중에서도 천평은 아주 답답히 잊어버렸다. 민족 생활의 근거인 여기를 이렇게 잊어버리고, 잊어버려도 관계없이 아는 다음에야, 그네에게 무슨 근기(根基) 있는 일과 싹수 있는 일을 기대할 수 있을까?

조선의 모든 것 — 사람의 마음과 나라의 운명까지도 공중에 둥둥 떠서 어느 바람에 어떻게 나부끼는지 모르게 됨이 실로 우연한 일이 아니다. 큰 과거도 거느리지 못하는 자에게 큰 장래를 만들어 내는 역량이 있을 리 없나니, 개구리밥 같고 버들개지 같이 닿은 데와 박힌 데 없는 오늘날 조선 사람에게 화 있을진저. 제 발이 어디 가서 붙었는지 제 궁둥이가 어디 가서 놓였는지조차도 모르고 열병 들린 자의 헛소리만 하는 조선인에게 화가 있지 아니치 못할 것인저.

그런데 이 무서운 병의 뿌리와 재앙의 근원은 실로 백두산과 그 천평을 잊어버릴 때에 비롯하였음을 생각할 것이다. 그 대신 조선인이 자기로 돌아오고 자기에 눈뜨고 자기에 정신 차리려 하면, 또

---

11 붉은 빛깔과 보랏빛이란 뜻이다. 여기서는 여러 가지 꽃들의 빛깔을 비유한다.
12 한 발을 들고 한 발로만 뛰어가는 짓을 가리킨다.

한 백두산 의식, 천평 관념으로부터 그 출발점을 삼지 아니하면 아니될 줄 알 것이다. 이를 위하는 역사가·철학자·시인이 필요한 것이다.

발굴의 세기라 하는 근대는 과연 고고학의 뛰어나고 훌륭한 업적으로 지나간 시대에 비해 더할 나위 없이 뛰어난 바 있다. 재와 불탄 끄트러기의 가운데에서 폼페이의 이천 년 전 영화를 끄집어냄과, 흙과 모래의 밑에서 아나우(Anau)의 일만 년 전 문화를 들추어낸 것은 질로나 양으로나 다 영원히 자랑할 만한 가치를 지닌 일이다.

이제 이 천평의 고적은 바람에 불려서는 아나우 같은 토변(土變)을 당하고, 불이 붙어서는 봄베이 같은 불탄 재의 재앙을 입어, 이중의 분묘(墳墓)에 깊이 그 종적을 숨기고 말았다. 또 설사 다른 해에 다소 고토의 폐허를 뒤적거릴 기회가 있을지라도, 문화의 질과 발달의 정도가 동일하지 아니한 바에, 반드시 투르케스탄이나 이태리 반도에서와 같은 유물을 집어내리라고 할 수가 없지만, 설사 천평 천리가 속속들이 환상적인 것이라 할지라도 시인·애국자·예언자의 눈에는 텅텅 빈 것이 그대로 꽉꽉 들어참일 것이다.

또 시인도 예언자도 아무것 아닌 보통의 사람일지라도 진실로 천왕 이래의 혈통과 단군 이후의 교화하는 인연을 가진 조선인일진대, 그에게는 다른 것은 다 그만두고서 천평이란 이름 하나가 이미 무한한 감흥의 원천이요, 지혜의 곳간일 것이다. 천평이라는 겨자씨와 갓씨의 속에 일체 민족 생활의 수미산을 넉넉히 용납할 것이다. 괭이나 가래나 고고(考古)의 학자나 대학의 교수나 하나도 소용할 것 없이, 천평이라는 한마디 말에 마음마다 올바른 지혜로 증득하여 깨닫는 환하게 빛나는 일물(一物)이 있지 아니치 못할 것이다.

백두산의 분화가 설사 베수비오의 할아비 치는 맹렬한 것이었을지라도, 그 비화(飛火)와 여파로 잔멸할 수 있는 것은 취락이나 가옥이나 가축이나 물품이나 유형적인 것과 일시적의 것에 그쳤을 것이다. 큰 액운이 미진수(微塵數)[13]로 지내고 푸른 뽕나무가 해옥의 산가지보다 많더라도, 초연하게 제 스스로 존재하여 하나로 꿰뚫어 직접 전하는 형체 없는 일물(一物)과 몹시 오래된 일물(一物)로 말하면, 그럴수록 도리어 꿋꿋하고 싱싱하여 불에 불사를 수 없고 물에 떠다닐 수 없는 위력을 발휘하면서 우리네 심령의 맨 밑바닥으로 전해 내려가는 것이다.

무엇이냐 하면 홍익인간의 대원력(大願力)에 버티어서 능히 완성할 마지막까지 항상 활활 불타오르는 '신시(神市)' 심(心)이 그것이다. 인간을 천국화(天國化)하여 병을 내쫓고 악을 멸하여, 맑고 밝은 세상이 출현하리라 하는 환웅대심(桓雄大心)은 세월이 갈수록 경력이 많을수록, 그 안으로 감싸고 밖으로 뻗어나감이 늘고 불어서 그 기반 범위가 커지고 탄탄해짐이 있을 뿐인 것이다.

위대한 당시의 대경륜 무대가 시방 저렇게 풀이 무성한 숲이요 재와 불탄 끄트러기뿐임을 볼 때에, 우리 천업(天業) 신도(神道) 상의 뜻을 이어받고 따르는 성의가 더욱 격렬하게 높아지고 더욱 깨끗하고 훤칠해지는 깨달음이 있을 따름일 것이다. 나도 그러한 것처럼 남은 더하고, 시방도 그러한 것처럼 이 다음에는 더하여, 천평의 황량이 그대로 천업을 크게 넓힐 수 있는 가속적 책진(策進)의 기연을 지을 따름일 것이다.

화전의 곡식이 제 거름에 더 잘되는 셈으로, 천평의 불탄 흔적은 마침 대조선(大朝鮮) 정신의 화전 같은 소임을 보게 됨일 것이다. 이렇게 부쩍부쩍 다시 붙어 오르는 환국적(桓國的) 세계 통일심에 부채질을 하고 기름을 부을 이가 다른 이 아닌 천평 시인, 천평 예언자들이다.

---

13 불교 용어로 지극히 많은 것을 뜻한다.

누가 천평을 가리켜 빈 들이라 하며, 찬 재밭이라 하랴? 이것은 실로 구원(久遠)한 조선심의 묘포(苗圃)며 옥토며 대장토(大庄土)며 대생육 · 대결실 · 대수확지이다. 어디에서도 뜨지 못하던 민족맹(民族盲)이라도 여기 와서는 번쩍 눈뜨지 아니치 못할 의왕천(醫王天)이야말로 이 천평이다.

19. 소수미(小須彌)의 일곱 겹 향수해

천평과 그것을 바라보는 것을 바다에 비교한 것은, 꽃이 활짝 많이 피어 화려한 홍자(紅紫)가 보기에 끝이 없다고 해서 이르는 말뿐 아니다. 실상 바다를 연상치 아니치 못하는 다른 적절한 이유가 있기 때문이다. 인도의 고신앙에 이 세계를 수미산 중심으로 성립하였다는 논(論)이 있어 이르기를,

이 세계의 가장 아래에는 풍륜(風輪)이 있고, 그 위에 수륜(水輪)이 있고, 그 위에 대지가 얹혔는데, 지상에 84,000유순(由旬)[1] 되는 물이 괴고, 그 위에 84,000유순 되는 하나의 산이 우뚝 솟으니, 이것이 수미산(須彌山; 번역하여 妙高山)이라 하는 것이요, 산의 사방에 인간 세계 하나씩이 있어 동을 승신주(勝神洲), 서를 우하주(牛賀洲), 남을 첨부주(瞻部洲), 북을 구로주(瞿盧洲)라 하니, 이것이 사대부주(四大部洲)라 하는 것이요, 산의 중턱 사방에는 사천왕궁이 있고, 산의 정상에는 도리천궁이 있어 제석천왕이 대신하여 처리하고 다스리니, 일월성신(日月星辰)이 여기를 에둘

---

1 고대 인도의 거리 단위이다. 소달구지가 하루에 갈 수 있는 거리로서 80리인 대유순, 60리인 중유순, 40리인 소유순의 세 가지가 있다.

러서 천하를 밝게 비쳐서 빛난다.

라고 한다. 또 이르기를,

　수미산의 주위에 하나의 향수해(香水海)가 있어 그 밖에 다시 하나의
금산(金山)이 둘리고, 그 산 밖에 또 하나의 향수해와 그 바다 밖에 또
하나의 금산이 있어, 계속 이렇게 하여 차차 조금씩 낮아 가는 산이 무
릇 일곱 겹으로 에워 있고, 맨 바깥의 둘레에는 금강위산(金剛圍山)이란
것이 담으로 둘리고, 그 밖에는 마지막의 대해(大海)가 해자처럼 쌌으
니, 이것이 이른바 구산팔해(九山八海)란 것으로, 사바세계 구조의 대개
(大槪)라 한다(『長阿含經』 「閻浮提洲品」과 『俱舍光記』를 서로 비교하고 헤아려 적다).

라고 한다. 그런데 수미산과 칠금산과의 사이에 괴어 있는 바닷물
은 "청정하고 향이 맑아, 맛이 감로와 같다."고 하여(『무량수경』 상)
향수해라는 칭호가 있으니, 『화엄경』 8권의 이른바 "가장 훌륭한
빛의 저장소이니 빛나는 보배로 장식된 향기로운 물의 바다를 간
직할 수 있다"가 이것이요, 또 이 향수에는 일감(一甘)·이냉(二冷)
·삼연(三軟)·사경(四輕)·오청정(五淸淨)·육불취(六不臭)·칠음시
불손후(七飮時不損喉)·팔음이불상장(八飮已不傷腸)의 8가지 특색이
있다 하여, 이름을 팔공덕수(八功德水)라 하는 일이 있다(「俱舍論」 11).
　그렇지 않아도 조선에 있는 백두산의 지위가 세계에 있어서 말
하면 수미산에 해당하고, 더욱 우리의 환웅 천왕과 저네의 제석천
이 전설상 의의를 한가지로 하는 것 같음도 재미있는 대조임을 그
전에도 늘 생각하던 바이어니와, 이제 천평의 실지, 더욱 춘화(春和)
의 천평을 실제로 봄에 미쳐 그 향수해 설명의 일단에 다시 한 번
깊고 절실한 연상을 가지지 아니치 못하였다.
　천평은 제 자체의 넓음에서 이미 한 바다요, 그지없는 봄빛이 거

기 널려 있는 점에서 또한 한 바다요, 거기 핀 꽃이 도무지 천색(天色)·천향(天香)인 점에서 저절로 향해(香海)인 것이어니와, 그것이 다시 팔덕(八德)을 갖추고 칠중(七重)을 이룬 점에서 변통 없이 향수해(香水海)라 할 수밖에 없음을 깨닫는다.

산중에서 바다란 무슨 말이냐 할는지 모르나, 백두산에는 분명 칠향해(七香海)가 있다. 물도 바다어니와, 많은 것은 다 바다라 한즉, 산 전체가 흙의 바다라고 못할 것도 없겠지만, 백두산에서 바다를 말함은 이러한 의미로도 아니다. 여러 가지로 바다를 견주어 말할 것 가운데, 나는 여기서 식물의 경관에 관한 것만을 들고 싶다.

첫째, 백두산은 여러 가지 풍토적 특질을 가져서 가장 여기 적응하는 식물이라야 비로소 생존 또 번식함을 얻나니, 대강 말하면 심한 추위에도 견디고, 굳센 바람에도 견디고, 무서운 자외선에도 견디고, 직사하는 광선에도 견디는 종락(種落)이라야 하며, 이러한 종락이라도 그 천분이 가장 우월하고 그 시련이 가장 깊고 넓은 것이어야 할 것이다.

둘째, 화산성 지질이므로 지육(地肉)이 원체 두껍지 못하여 여간한 초목은 착근이 용이치 아니하고, 그 위에 여러 번 폭발을 지내서 토양이 가끔 원초적 백지(白地)로 돌아갔다가 새판으로 초목이 낙종(落種)되는데, 이러한 여윈 땅과 생무지 바닥에서는 여간한 놈이 발을 들여놓지도 못하거니와, 들여놓아 가지고도 가장 격렬한 생존 경쟁이 그 사이에 행하게 되니, 서투르고 어리삥삥한 놈은 쓸어 내던진 듯이 자취를 감추게 된다.

특히, 순응성과 내구력이 가장 넉넉하고 많으며 견고하고 확실한 것만 떨어져 가는데, 이렇게 한 우승자가 출현하면 그 위협하고 견제하는 힘이 인정 없이 발휘되어 폭군적으로 다른 것을 죽이고 홀로 무성한 결과를 나타내니, 이러한 관계는 저절로 어느 한 지역을 어느 한두 가지 식물의 독점 무대를 짓게 할 수밖에 없다.

설사 몇 가지 식물이 섞여서 자라는 것을 볼지라도, 교목은 누구, 관목은 누구, 목본(木本)에는 무엇, 초본(草木)에는 무엇, 누구누구, 무엇무엇이라는 거기거기의 특정적 주인이 있어서, 다른 것은 미미한 기우자(寄寓者)로 한구석에 병거(屛居)할 수밖에 없는 형세이었다.

이래서 백두산의 식물 경관은 가장 순연한 의미로 집중적이요 취락적이요, 또 배타적으로 따로따로 하나의 왕국씩을 형성하였다. 이 하나의 집단, 하나의 왕국을 각각 그 일망무제(一望無際)[2]한 방면으로부터 보면, 무엇이라는 것보다 저마다 한 바다라 함이 가장 적절함을 깨닫는다. 그네 각개가 이것은 이것대로 저것은 저것대로 물들고 때 묻지 아니한 환국(桓國)대로의 무르녹은 향기와 어깨를 맞추어 간잔지런한 듯한 가운데 고요한 물결이 볕발에 높으락 낮으락하는 동태를 가진 점에서, 아무렇다 하는 것보다 향수해(香水海)라 함이 유난히 적절함을 깨닫는다.

이 종락(種落)을 일곱으로 보면 칠중향해(七重香海)이고 여덟로 보면 팔향수해(八香水海)인데, 저마다의 해수(海水)에는 저 이른바 팔공덕(八功德)조차 갖추어져 있어, 사람으로 하여금 인도의 전설과 조선의 실제 사이에 이렇듯 미묘한 관련이 있음을 신기하게 생각지 아니치 못하게 한다.

이깔나무 · 전나무 · 봇나무 등의 바다는 여기서도 다른 데와 같으니 새삼스럽게 일컫지도 말자. 불탄 흔적의 바다 위 불탄 그루 돛대가 드문드문해지면서 맨 먼저 눈을 놀라게 하는 식물의 취락은 '들쭉'의 바다이니, 몇 십 리 몇 백 리를 뻗쳤는지 가로 건너는 동안에도 여간한 참이 아니다. 지나는 길에 저절로 손끝에 거치는 열음을 따 먹어도 미처 씹을 겨를이 없을 만하여, 후치령 너머의

---

2 한 눈에 바라볼 수 없을 정도로 아득하고 멀고 넓어서 끝이 없는 것을 말한다.

배상갯덕쯤은 이 바다에 비하면 작은 웅덩이가 될락말락이다.

간신히 들쭉 바다를 건넜구나 하면, 들쭉 비슷하고 들쭉은 아닌 '매젓'이라는 것의 바다가 나선다. 망망히 벌어나간 것이 들쭉 바다를 실개천으로 웃으려 들며, 그 열음은 빛과 몸과 맛이 다 들쭉 비슷하되, 모양이 들쭉의 둥긂에 대하여 '매젓'은 갸름함이 다르며, 맛도 들쭉보다 신맛이 더하고 수분도 좀 많은 편이었다.

다시 일중해(一重海)를 겨우 헤치고 나가면, 이번에는 산철쭉의 또 하나의 큰 바다가 벌어진다. 키는 땅딸보요, 잎새는 가느다랄망정, 꽃은 처절하게 아름답고, 잎새는 매우 향기로워 신선 세계의 아름다운 풀에 저도 한몫임을 기껏 자랑한다.

철쭉 바다의 다음에는 백합 바다가 나서고 그 다음에는 물싸리 바다가 나서서, 각각 일년에 한 번을 자랑한다. 전자의 지극히 청초함과 후자의 지극히 한아(閑雅)함이 다 인간의 물건이 아니요, 꽃잎 속마다와 꽃술 끝마다에는 고신화(古神話) 중의 중요 바탕이 되는 자료이었더니라 하는 자랑이 어슴푸레하게 떨어져 있는 듯하여 남의 시상(詩想)을 자아냄이 크다. 더욱 물싸리란 것은 백두산을 대표할 만한 특종 식물로 이름 있는 것이니, 키는 커야 무릎에 찰락말락한 작은 관목에, 호박씨만한 네 조각 푸른 잎과 배꽃만한 다섯 판 누른 빛깔의 꽃이 오종종하게 달려 있어, 산중 부귀는 나에게만 있느니라 하는 모습이다.

백두산의 품속에 들어설 때에 이미 달리 무엇이라고 할 수 없고, 백두산 냄새라고나 할 것을 맡아 오지만, 더욱 천평 이쪽의 특종적 식물 군락에 들어서면, 군락마다의 특유한 향기에 뼛속이 번번이 바뀌어 듦을 깨닫는다. 그 하나하나의 향기가 제각기 오묘한 뜻깊은 맛을 가져서, 적어도 후각만은 신선이 된 듯한 생각이 든다.

어느 한 식물군의 분포 지역과 그 관상미에는 진실로 국한이 있으되, 오직 이 향기만은 하늘을 버티고 땅에 기둥 박고, 작은 것에 들어가 꿰뚫어 상하 사방으로 함께 무량대해를 이루어서, 한번 그 속에 몸을 던지면 황홀히 하늘의 맛에 취하지 아니치 못하게 함이 있다. 이리하여 향을 주로 하여 이 기분을 표현하자면 이는 향천(香天)이요, 향세계(香世界)요, 아니 향해(香海)라고 함이 가장 적절함을 본다.

그런데 그 각개 향의 성질이 짙고 깊고 빽빽하고 강함의 도를 다 달리한다. 여기가 반드시 저기와 같지 아니하고, 아까가 또한 이따와 같지 아니하며, 또 이것이 그대로 상즉상입(相卽相入)[3]하고 서로 비치어 반짝이고 서로 탄발(彈撥)하여 저절로 만향(萬香)의 석망(釋網)을 이루니, 어언간 여기는 우주의 전 생명 가치가 오로지 향일선(香一線)을 통하여 나타내 보이는 무대인 느낌을 준다.

이 향해(香海)의 철철 넘치는 물에 얼마나 많은 공덕을 헤아릴 수 있을까는 번폐스러우니 덮어 두자. 다만 들쭉이나 매젓 한 가지만에도 팔공덕(八功德)이 구족(具足)한 것을 알아 두자. 혀에는 달고 목에는 차고, 먹을 적에는 부드럽고 먹고 나면 거분하고, 보기에부터 깨끗하고 군냄새라고는 조금도 없고, 아무리 먹어도 목구멍이 어떻거나 배탈날 리 없으니, 불전(佛典)의 이른바 팔공덕에 모자랄 것이 무엇이냐?

그런데 천평 여기에서는 이 팔종(八種) 공덕이 홑겹만으로가 아니라 끝없이 이어지는 자승수(自乘數)의 팔(八)이라 해도 마땅함을 본다. 왜 그러냐 하면, 삼지에서 신무치(神武峙)까지 가는 하루 동안에는 음료수를 구할 길이 거의 없으므로 뙤약볕 땀나는 길에 번갈(煩渴)[4]이 목구멍과 가슴을 한꺼번에 쥐어뜯으니 사람의 못 견딜 일

---

3 화엄종의 교리를 압축하고 있으며, 상즉상용(相卽相容)이라고도 한다. 우주의 삼라만상이 서로 대립하지 않고 융합해 작용하며 무한히 밀접한 관계를 유지하고 있다는 것이다.
4 가슴이 답답하고 열이 나며 목이 마르는 증상을 말한다.

은 이 노릇이라 할 것인데, 꼭 죽나 보다 하는 이때 이 사람에게 꼭 하나 사는 길이 되는 것은 들쭉과 매젓이다.

콩알만큼씩한 열음에 수분이 들었으면 얼마나 들었으랴 하겠지만, 한 방울 수분도 대해(大海) 이상의 고마운 느낌을 주기도 함은, 물 없는 천평 길을 실험해 보지 못한 이는 도저히 짐작 못할 일이다. 관음 대사(觀音大士)의 감로병이 여기서는 들쭉과 매젓이 되어 중생의 열뇌(熱惱), 번갈을 구제하더라한들 누가 얼른 믿어 주랴?

들쭉과 매젓이야 조금도 대단할 것 없는 것이지만, 대단치 않은 이것에게라도 살려 주오 소리를 치지 아니치 못하도록 단대목 빡빡한 정경(情境)에 빠진 사람이 얼마나 민망할까 짐작할 것이다. 다른 데서는 남산만큼 쌓여 있어야 돌아다보지도 아니할 이것을 들쭉이라니 죽을 데서 쳐들어 주는 것이란 말이며, 매젓이라니 쩔쩔매는 사람이 빨면 살아날 것이란 말이냐 하여, 극도로 찬미하는 소리까지를 들었다.

"에그, 물 좀 먹었으면."하는 소리가 날 적마다 안내인은 그대로 "신무치까지는 생각도 말라."고 윽박지른다. 생각하매 신무치에는 큰 바다만한 물이 있어도 이 일행이 달려들면 반반하게 말려낼 것 같다. 이럴수록 고마운 생각이 더 드는 것은 들쭉과 매젓이며, 그 속에 들어 있는 눈꼽만한 물맛 봄을 마치 낙타의 배나 하나 갈라 먹는 것같이 안다.

그러나 이것이 아프리카의 대륙이나 남북극의 모르는 땅을 들어가다가 당하는 경계라 하면 어떠할까? 이 앞에 물이 있을지 없을지, 물은 고사하고 어떠한 곤고(困苦)가 대령하고 있는지가 도무지 캄캄하다 하면, 사람의 심리가 어떠할까? 대서양 위에 처음 뜬 콜럼버스의 탐험 선대가 열흘이나 보름을 생각하고 가고 가도 다만 허허바다일 때의 법석하던 광경이 눈앞에 선연히 떠오른다.

아는 길! 조금만 참으면 우리의 요구를 만족하리라는 확신은, 어떠한 겁약자(怯弱者)도 능히 최대 난경(難境)에서 최대 용기를 내게 하는 것이다. "신무치만 가면…"하는 하나의 신념이 무엇보다도 큰 고통 마비제임을 볼 때에, 조선 사람 요즈음의 생활 원리에 생각이 미침이 있다.

오늘날 우리의 따라지[5]로의 고통, 이것이 사람이 견딜 노릇이며 이 목마름과 주림이 삽시간인들 감내할 바이리요만, 숨이 턱턱 막히는 이 중에서도 태연히 또 든든히 지내가는 그 원리는, 멀지 아니한 앞에 분명히 그래, 분명히 조선인의 하나의 신무치가 있음을 확신하는 그것임을 누가 아니라 하랴. "거기까지! 신무치까지!"라 함이 우리의 큰 양식이요 또 큰 등불과 촛불이지.

---

5 노름판에서 세 끗과 여덟 끗을 합하여 된 한 끗으로 삼팔따라지라고도 한다. 보잘 것 없거나 하찮은 처지에 놓인 사람이나 물건을 속되게 이르는 말이다.

20. 신무치의 동광미 공양

한 바다를 지날수록 숲이 점점 짙어져서 몇 번 꼬불꼬불하는 동안에 처음 보는 깊은 수림 앞에 이른다. 그저 배다든지 깊다든지 할 것 아니라, 우람스럽고 무시무시하여 깊고 그윽하며 미묘한 그것, 신비 그것이라 할 성스러운 수림이다. 다윈이 아니라도 "어허, 하느님!"을 부르짖게 되는 신령스러운 대삼림이다. "옳지! 우리 수미산의 뱃속, 우리 제석천궁의 내원(內苑)에 들어섰군." 하는 깨달음이 곧바로 생긴다.

신궁의 황금 지붕이 천평에 우뚝하였을 당시에는 허다한 '슬은' '붉은'이 이곳을 경행장(經行場)으로 하여 '드ᄀ리'의 신리묘화(神理妙化)를 고요히 바라보고 묵묵히 비추던 터일 것이 분명하다. 그 중에는 사리를 분별하여 밝히는 것이 오히려 객쩍은 일이라 하여 이름도 자취도 없이 오는 듯 가는 듯해 버린 석가모니와 마하비라(摩訶毗羅)도 한둘에 그치지 아니하였을 것이요, 그 가장 불행한 몇 선인(仙人)의 일이 신지(神誌)의 붓끝에 오르내리게 되었을 것이다.

수상스러운 구름이 연속해서 자꾸 덜미로 넘어온다. 해질 듯하다가는 더 많이 뭉기어 가는 것이 암만해도 마음이 놓이지 아니하여, 마치 해님께서 오늘 한 한나절쯤 쪼이신 것을 급작스레 후회

하시는 것 같다. 성긴 빗방울이 연속해서 자꾸 으름장을 놓기까지 하매, "탈이오, 어서 갑시다." 하는 소리가 지내 본 이의 입에서 나온다.

반은 달음박질로 길을 재촉하여 4시 반에 신무치를 다다르니, 오늘 행정이 60리나 되는 모양이었다. 신무치는 서쪽으로부터 동쪽으로 나가는 두 갈래 작은 시내가 집개다리처럼 모여드는 목장이에 임한 곳이다. 일찍이 제당(祭堂)이 있었더라 하나 시방은 철폐되고, 다듬어진 넓은 땅이 옛일을 약간 이야기할 뿐이며, 개울바닥이 깊다랗게 패어서 참호 비스름하여 높은 곳은 아닌 게 아니라 과연 성곽도 같다 하겠다.

개울물이 차가운 것은 물론이요, 양이 많기도 하여, 나도 나도 하고 다투어 달려들어서 천리마가 마시고 고래가 숨 들이쉬듯 하건만, 아닌 게 아니라 과연 물 말랐다는 말은 나지 않는다. 신무치가 날 살렸다는 소리가 여기저기서 난다.

헤어졌던 구름이 모여들고 희던 구름이 검어가면서 작대기 휘두르는 것 같은 우악한 바람이 그리로부터 불어 나와서는 사람의 볼을 에어 가려 든다. 천막 치는 것이 급선무라 하여, 여럿이 들이덤벼서 작은 조각을 크게 얽기에 손가락이 열뿐임을 애달파하건만, 세차게 쏟아지는 것을 막을 수 없다고 남의 사폐는 생각하려 들지 아니하고 은하(銀河)가 그대로 쏟치는 듯한 무서운 소나기가 쏟아진다. 쏟아진다. 함부로 마구 쏟아진다.

얽다 만 막포(幕布)를 그대로 뒤집어썼다가 좀 그으는 듯하매 다시 나와서 남은 것을 꿰어 매다가는, 한차례 한차례씩 두세 번을 맞고 간신히 하룻밤의 호텔을 일으켜 세웠다. 한데 둔 짐짝은 젖을 만큼 잘도 젖었지만, 사람이 떠내려가지 아니한 것만을 다행으로 여겼다.

여기서는 비에 바람에 이렇게 복작복작하지만, 백두산 쪽의 나무 너머로 넘겨다보이는 하늘에는 저녁놀의 문명(文明)이 당명황(唐明皇)[1] 시절만이나 하여 연지를 푼다, 황금을 바른다, 오늘 하루의 최후 성찬 차비가 이때 한참 바쁘신 모양이다. 아침에 두만강 저쪽에서 이깔나무 바다를 넘어온 삼림의 태양을 진종일의 수고로써 이제 다시 이깔나무 바다 너머의 압록강 저쪽으로 넘겨 보내는 참이다.

무더기 무더기 오는 소나기의 위협 밑에서도 야영의 준비는 지체할 수 없이 얼른 진행되었다. 베어 온 화목(火木)은 수북이 쌓이고 화톳불은 이쪽 저쪽에서 일어나고, 손을 얼려가면서 씻어 온 쌀과 푸성귀는 불 위에서 벌써 지글지글하는 소리를 낸다. 아무리 생나무와 젖은 날이라도 백화피(白樺皮; 자작나무 나무껍질)를 쏘시개로 쓰면 불 피움에는 도무지 어려움을 모르나니, 봇껍질의 성질이 불기운을 만나기 무섭게 확 붙어서 쫙 퍼짐이 양대모(洋玳瑁)만 못하지 아니하여, 산중 야영하는 사람에게 무엇보다 큰 요긴한 물건이 된다.

소나기 지나는 족족 어두움의 장막이 한 겹씩 더 덮여서, 먹고 난 식기를 씻을 때쯤 하여서는 하루의 신비가 거의 다 몽환의 이불 속으로 들어갔었다. 그러나 다른 있던 것이 다 없어지는 대로 더욱 뚜렷하고 더욱 기세 있게 보이는 것이 있으니, 연기로부터 화광화(火光化)해 가는 통나무 화톳불이 그것이다.

신무치 넓은 마당을 에둘러서 커다랗게 활 모양의 진(陣)을 이룬 불의 성(城)과 아울러 그 안에 담겨 있는 무어랄 수 없는 일종의 침통한 기분은 볼수록 사람의 근육을 긴장시켜서 다리에는 기운이 오르고 주먹이 부르르 쥐어지게까지 한다. 우러러서 검은 구름 사이사이로 생기 있는 별을 보고, 구부려 북유럽 신화 중 거인 같은 나무 기슭마다의 하늘을 태우려 하는 화루(火壘)의 이어진 고리를

---

1 당나라 제6대 황제인 현종(玄宗; 685~762)을 가리킨다.

볼 때에, 현실이라 하자면 너무 미약하고, 몽환이라 하자면 너무 명료한 가운데 과거의 무덤에서 일어나오는 이것저것이 어지럽게 춤을 춘다.

무자의 대중(大衆)이 쳐들어오는데, 그들의 손에는 반역의 큰 활긴 창이 독기를 안개같이 뿜는다. 그네의 불평은 무엇인가 하면, 미녀를 공물로 바치는 어소 인(人)의 추장에게는 금테 두른 대관(大冠)을 주면서, 어찌하여 모물(毛物)과 가축과 목기 등 더 많은 공물을 바치는 우리 부락의 대인에게는 아직까지 홍포(紅布) 수건밖에는 더 두르지 못하게 하는지, 하도 억울하여 여러 번 애원하였건만 아무런 처분이 없으니, 여기에 대한 확실한 분부를 전 부락민 일동이 친히 들어지라 함이었다.

북쪽 변방의 인심은 극도로 흥분하였다. 만일의 경우를 상상하여, 우선 최대 방호(防護)를 대신궁(大神宮) 안팎에 베풀고, 상비군의 총동원을 행하여 반은 북정군으로, 반의 반은 천평 유진(留鎮)으로, 나머지 반은 남쪽 경계의 방수(防帥)로 분배하였다. 백전의 용장 '범의 아우'를 원수로 하여 동북계로 출전을 시키는데, 신무성당(神武聖堂)에 무운(武運) 기도를 겸하여 그 제1의 숙영(宿營)이 신무치 이쯤에서 있었다. 그리하여 수백의 노둔(露屯)이 영치(靈時)의 주위에 베풀리고 화토의 불길과 태평소의 음절이 누가 더 기세 있느냐고 다툼질하는 광경이 눈앞에 잠깐 지나간다.

10월이라 상달에 오곡의 농사가 아주 잘 되고 팔방이 평안하였다. 더구나 금년은 3년 1차의 대제(大祭)를 드릴 해라 하여, 무릇 'ᄃᆞᄀᆞ리님'의 예손(裔孫)으로 맡기는 '붉'계의 부족들은 각기 그 해에 맨 먼저 벤 곡식과 가장 크게 연 과실과 제일 살찐 소, 돼지를 진헌별차사(進獻別差使)와 안동(眼同)[2]시켜서 사방으로 모여들었다.

---

2 사람을 데리고 함께 가거나 물건을 지니고 가는 것을 말한다.

그중에도 바다 밖으로부터 새로 종자를 얻어다가 시험적으로 재배한 논농사 곡식 — '벼'란 것을 가지고 온 금강 저쪽의 한(韓)의 한 부족과 또 기막힌 고심과 노력으로 흰소, 흰돝, 흰양, 흰개, 흰사슴, 흰범, 흰곰, 흰닭, 흰꿩 등 9마리의 흰 희생 짐승을 길 맞추어 가지고 온 흑룡강변 죽지의 한 부족은 신물(新物)·귀물(貴物)을 가지고 온 값으로 'ᄃᆞ리님'의 특별하신 총광(寵光)을 입으리라 하여, 의기가 충천할 듯하였다.

해 떨어지면서 시작한 제의가 밤과 함께 건숙미(虔肅味)를 점차 더하여 나가는데, 총제주(總祭主)의 군호를 맞추어서 백천(百千) 군데의 제단에서 함께 일어나 합창하는 신령스러운 북소리와 신령스러운 노랫소리는 은은한 우렛소리를 지어서 구름 위로 술렁술렁 올라가서 'ᄃᆞ리님'의 보좌(寶座)에까지 사무치는 것이 눈에 보이는 듯하다. 소찬(素饌)으로부터 육차(肉差)로, 가송(歌頌)으로부터 악무(樂舞)로 장황한 예목(禮目)은 마음에서 우러나오는 참된 정성에 밀려서 물 흐르듯 순조롭게 나아갔다.

금년의 제향도 무사히 잘 잡수었다 하는 안심이 각 부 각 인의 눈자위에 기쁨의 물결을 출렁거리게 할 때에는, 부유한 빛이 동쪽 하늘의 어둠을 깨뜨리기 시작하는데, 이 새벽의 이 샐빛은 전 조선 광명과 환희의 표상이라 하여 모든 입에서 동광(東光) 찬송의 부르짖음이 쏟아져 나오면서, 모든 구름과 허리와 고개가 그리로 구부려진다. 밤새도록 사람과 함께 신에게의 구실을 치르던 백천 곳 횃불이 날이 샐락말락하여서 일시에 밝게 빛나는 불꽃이 확 피어오름은 음복할 제육(祭肉)을 구울 양으로 장작을 더 얹음인 광경이 눈앞에 얼른 지나간다.

화루(火壘)의 이어지는 고리 아래에 있는 신무치의 야경은 과연 숭엄하고 과연 침웅(沈雄)한 하나의 큰 장면이었다. 이것이 그대로 시(詩)일진대, 이것이야말로 굵은 주먹에 붙잡혀 나온 천지의 골이 밤의 큰 대접에 담겨서 끝없는 감흥으로써 사람을 겉으로부터 녹이려 덤비는 그것이라고 할 것이다.

저 하늘 밑 이 땅 위에 손길을 마주잡고 서 있는 내 몸도 어느 새 어디로 갔는지 사라져 없어지고, 반생 동안 잠자던 시혼(詩魂)만이 남아서 광풍에 불린 검부러기처럼 밤의 하늘로 나부껴 다닌다. 공연히 내가 파우스트인 양하여, 이미 메피스토펠레스에게 뒤통수를 잡힌 듯하고, 금시에 헬레나의 꿀 같은 입술이 내 코앞에 달려들 것만 같기도 하다. 밤의 신무치는 아닌 게 아니라 과연 마법사(magician)의 세계이다.

민속학적으로 고찰해 보면, 이 신무치는 본디 마법(magic; 靈行)의 도량임을 알지니, 대개 '신무(神武)'의 신은 고어 '술'의 전(轉)인 '슨'의 대자(對字)가 재전(再轉)한 것으로, 종교적 수련을 의미하는 말이다. 무(武)는 고어 '묠'의 줄인 것인 '므'의 대자(對字)가 재전(再轉)한 것으로, 산을 의미하는 말인즉, 신무(神武)는 대개 영산(靈山; 道場) 곧 접신지(接神地), 곧 후대의 이른바 무당의 신 내리는 곳임을 표시한 지명이다.

이러한 영지(靈地)를 부르는 이름이 흔히 '붉뫼'(지리산의 百巫의 류), '득뫼'(덕물산의 德勿의 류), '술뫼'(구월산의 思皇의 류)의 3종 가운데에서 특히 많은 증적을 지명의 위에 머무른 것은 '술'이니, 선운산(仙雲山)·속리산(俗離山)·수양산(首陽山)·설열한(薛列罕) 등이 각기 남아 있는 흔적이다.

무릇 역내 명산의 신(神)·성(聖)·취(鷲)·리(狸)·상(霜)·운(雲)·삼(三)·상(上) 등 명호에는 또한 이 유어(類語)에 속하는 것이 많다. 이러한 유례를 보아서 신산(神山)의 영좌(領座)되는 백두산에도 '술'의 수행처와 그 명호가 존재 또 전래치 아니치 못할지니, 그 위치로 보거나 그 형승으로 보거나, 그 지명의 음형(音形)으로 보거나 신무(神武)가 그에 해당할 것을 추론함이 과히 망령된 판단이 아닐 것이다.

백두산의 '신무(神武)'는 대개 지리산의 백무(百巫)와 함께 반도에 있어서 고신도(古神道) 수행의 두 정점을 이루던 곳일 것이요, 많은 군(君)과 사(師), 제사 및 제사장을 산출한 곳일 것이요, 또 모세 류의 도솔자(導率者)와 이사야 류의 예언자와 파우스트 류의 이인(異人)의 신이 내려서 영험을 행하던 무대이던 곳일 것이다.

그런즉 내가 이 신무치에서 파우스트를 연상하고 파우스트로 임시 변화[權化]한 듯함은 반드시 시경(詩境)에서만 그런 것이 아니요, 반드시 야의(夜意)로만 그런 것이 아니라, 실상 당시 여러 '술' 행자(行者)의 업력이 아직도 이곳에 서려 있다가 시사성이 많은 나에게로 덮어씌움일는지도 모를 듯하여, 생각이 한층 더 신비한 데로 떨어진다.

총 소리, 군도(軍刀) 소리와 사람들이 이리저리 왔다 갔다 하는 수런수런이 모처럼 깊어가는 우리의 환상을 깨뜨렸다. 무슨 일이 일어났나 하여 막으로 돌아와 보니, 간부로부터 기별이 왔으되, 부근에 마적 집단의 머무른 행적이 있어 군대에서도 비상경계를 하고, 한편 경관을 찾아서 조사하도록 파송하였으니 깊은 잠을 주의하며, 만일의 일이 있을 때에는 호각을 길게 불 터이니 각 반은 모름지기 간부 있는 곳으로 집합하라 하였다.

대개 여름 한철은 녹용 사냥과 산삼 채취와 아편 재배 등이 꼭 알맞은 시절로 백두산의 비상한 일이 있을 때가 된다. 따라서 마적 활동의 정점기가 되어 사람을 해치고 물건을 빼앗음이 뻔하게 윗사람 귀에 들어가는 것은 해마다 있는 예이다.

아까 길 가운데에서 만난 한 사냥꾼의 말에도 불과 한 달쯤 전에 4~5인이 작단(作團)하여 수십 일 애써서 사냥한 녹용 4~5백 원 어치를 가지고 나가다가 천지에서 적단(賊團)을 만나서 빼앗기고 겨우 목숨만을 남겨서 도망하였다 하므로, 오는 길에 그 종적을 얼마쯤 주의하였더니, 신무치에 와서 본즉 밥을 짓고 말을 먹인 새로운 종적이 있으므로 이렇게 경계를 시작한 것이라 한다.

하 심심하더니 이제야 국경 기분을 톡톡히 맛보나 보다 하여, 일종의 든든한 기대가 생긴다. 적어도 탄환방이나 터뜨릴 사건이 생겼으면 하는 객쩍은 생각이 퍽 간절히 나기도 한다. 반중(班中)의 일본인은 석전 노사(石顚老師)가 대덕(大德)이심을 알고, 왕생(往生)의 심요(心要)를 개설(開設)해 달라는 청도 나오고, 어떤 이는 여차하면 고깃값이라도 한다 하여 식물 표본 채집용의 작은 칼을 뽑아 놓는 등 바로 비상 기분이 농후하다.

철컥철컥 총의 고동 트는 소리가 어둠을 뚫고 오니, 정말 일이 났나 보다 하고 좇아가 본즉, 군대에서 시험적인 발사를 시킴인데, 오늘 저녁에는 경계를 위하여 각반에 나뉘어 배낭 진 채 총을 끼고 잔다고 한다. 더욱 관전(觀戰)의 흥미가 충동해진다.

이제나 저제나 하고 기다렸더니 제2 통지가 오는데, 경관이 나가서 사방을 수탐해본즉 가까운 지역에는 염려스러울 일이 보이지 않고, 다만 멀지 아니한 수림(樹林) 안에 중국제의 새로 지은 초막이 서너 채 있은즉, 마적이 가끔 왕래하는 것은 사실이리라 함이었다.

모처럼 긴장했던 극적 자미가 그만 풀어져서, 도리어 입맛이 다시어진다. 없는 적수를 있는 셈치고 공연히 잠만 편히 자지 못하게 된 군인이야 딱하지만, 나는 내 실속이나 채우리라 하고, 솜옷에 담요에 말려서 신무치의 꿈을 맛보려 들었다. 밤 들수록 기세 있어 가는 화톳불만 봉화도 같고 낭연(狼烟)도 같아 다소 전쟁터의 맛을 가졌다.

새고 나니 8월 2일. 동쪽 하늘에 붉은 빛깔의 휘장이 둘리고 '붉'님 나옵시는 미리 보내는 기별이 각각으로 급해 가니, 어둠을 세계로 하여 온 하늘에 자욱히 모였던 아리만의 권속들이 머리를 싸는 빛에 꼬리를 감추는 빛에 시각을 다투어 사방으로 분찬(奔竄)하여 까맣던 하늘에 차차 환한 구멍이 숭덩숭덩 뚫린다.

이렇게 생긴 백공천창(百孔千瘡)에서 호박(琥珀) 같은 텁텁한 빛, 수정같이 맑은 빛, 마노(瑪瑙)같이 짙은 빛, 금패(錦貝)같이 엷은 빛이 가로, 세로, 바로, 비뚜루, 새다가, 흐르다가, 뻗치다가, 쏟치다가, 나중에는 그대로 어우러져서 교향악이 되고, 난조무(亂調舞)가 되고, 후기 인상파의 취후필(醉後筆)이 되어, 이만해도 광세계(光世界) 변화의 묘에 눈이 다 어리둥절하였는데, 이윽고 천기의 백마와 만쌍의 자개(紫蓋)에 옹위(擁衛)되신 천왕 '붉'님이 치성광(熾盛光), 대위덕(大威德)의 엄숙한 얼굴을 나타내신다.

다시 그 점잖으신 보법(步法)으로 대시간(大時間)의 궤도에 잔금을 대시면서 뭉싯뭉싯 높이 오르시매 모든 광경이 갈수록 저조(低調)로부터 강조(强調)로, 완도(緩度)로부터 속도로, 갖은 개합장축(開闔張縮)과 변화환휼(變化幻譎)의 술(術)을 다하여 사람으로 하여금 쏠려 취하게 하고, 기뻐하며 뛰게 하고, 마음의 소리를 다하여 빛의 신이야말로 대우주적 최고 미술사임을 찬송치 아니치 못하게 한다.

빛의 대파랑에 천지가 잎사귀 하나처럼 동동 떠놀기도 하고, 빛의 대거륜(大車輪)에 세계가 흙덩이 하나처럼 핑핑 내둘리기도 하고, 빛의 대감과(大坩堝)에 운물산하(雲物山河)가 모두 합쳐서 콩알만한 금싸라기가 되어서 보글보글 끓고, 대굴대굴 구르고, 팔딱팔딱 뛰고, 흐믈흐믈 녹다가 마지막에는 확 풀어지고 만다.

고산의 기온이 이미 평상한 것 아니요, 깊은 숲의 수증기가 또한 변화성이 왕성한데, 이제 주야 교대로 명암이 서로 얽히고, 게다가 한편으로는 맑고 한편으로는 흐려 흑백이 어지러이 섞이니, 이 야단이 법석이 벌어지지 아니할 수가 없는 것이다. 터너(Turner)를 조막손이 만들고 러스킨(Ruskin)을 벙어리 노릇하게 하는 이 광경이 생기지 아니하려 해도 될 수 없을 수밖에 없다.

백두산에서 일출 보는 곳이 물론 한두 군데가 아니다. 우리의 이번 길에만 하여도 장군봉 너머의 그것과, 허항령 저편의 그것과, 천평 밖의 그것을 보았지만, 그 입장으로, 그 환경으로, 그 구도로, 그 재료로, 그 톤으로, 그 무드로, 그 연상미와 회억미(回憶美)로, 가장 장엄하고 가장 웅려한 그것을 뵈올 곳은 오직 신무치가 으뜸이었다.

모르면 몰라도 백두산 꼭대기에서의 그것도 청순하고 충전(充全)한 점에서 신무치의 일출에 비기지 못함이 있을 것이다. 신무치의 동쪽 빛과, 새벽의 색과, 아침의 뜻은, 다만 백두산에서뿐 아니라, 다른 어느 곳에도 견줄 만한 물건이 없을 가장 종교적인 그것일지니, 낙산(洛山)의 일출이 얼마나 장려하든지, 요야(遼野)의 일출이 얼마나 호쾌하든지, 그것은 다 미적·시적인 하나의 광경일 뿐이어니와, 신무치의 일출만은 결코 보기에 좋다 할 정도에 그치는 것 아니다. 첫째 감격케 하고, 이어 관념케 하고, 마침내 황홀 현묘한 종교적 정서를 유발케 한 뒤에 그만두는 것이다.

혹시 눈이 번쩍 뜨인다든지 가슴이 그만 시원해진다든지 하는 점으로는 여기보다 나을 곳도 없지 아니하겠지만, 이 때문에 닫혀 있던 마음의 문이 열리고, 이 때문에 막혀 있던 하늘 아버지 나라의 장벽이 터지고, 이 때문에 부모 태어나기 이전의 면목이 어렴풋하게라도 데미다 보여지는 그것이야, 천하의 어디를 뒤져도 다시 없을 것이다.

조선에 배일교(拜日敎)가 없었으면 모르고, 배일교의 최고 영장이 백두산이 아니었으면 모르고, 백두산 중에 태양에 제사 지내는 제단이 별도로 설치되지 아니하였으면 모르거니와, 그렇지 아니하면 그네의 해맞이하는 영치(靈畤)는 이 신무치 밖에 다른 곳에 있었을 리 없다. 자연스럽게 이루어진 성전(聖殿)으로 된 이곳이 결코 결코 고인(古人)의 주의에서 벗어났을 리 없다.

조선 고도(古道)의 실제적 수행에 광명귀의(光明歸依), 일덕(日德) 체득을 주로 하는 '술'법이란 것이 있었음은 여러 가지 증거와 자취로 살필 수 있는 일이다. 그것은 요하건대 일체원(一切原), 일체주(一切主)로의 태양에 대하여 상행예찬(常行禮讚)을 근수(勤修)함이요, 그리하기 위하여 가장 신령의 내응에 편의할 태양을 숭배하기에 좋은 지점이 퍽 유념되었다. 이것이 곧 각처 명산에 대개 부수되어 있는 '술은' '순'(약하여), 전(轉)하여 '신'이란 지명의 출처요, 여기 신무치란 것도 실로 백두산의 '술은'임을 표증(表證)하는 이름이다.

　　이 신무치는 실로 당시의 '술은' 행자들이 아침저녁으로 솟아 넘치는 정성을 높은 목소리에 담아서 "나라이 임하옵시기를" 송축하던 곳이며, 아침마다 이 장엄하고 웅려한 대광경을 백두산이란 큰 소반에 담아서 주(主)이신 '단굴'께 공양하던 곳이다. 사람이 하던 근행(勤行)은 폐했을망정 하늘이 맡은 지공(支供)은 시방도 예와 같아서, 오늘 우리의 눈앞에 그 진수성찬을 있는 대로 내어 놓은 것이 신무치 오늘 아침의 놀라운 광경이다.

21. 못 안의 물건이 된 한변외 왕국

커다란 무지개가 이리저리 서서 장엄한 기분을 돕고, 행여나 신의 영역에 세속의 티끌이 물들까 저어하는 듯, 연속해서 자꾸 소나기가 퍼붓는다. 8시 20분에 출발하여, 즉시 우묵한 작은 시내를 건너서 홀쭉한 등성이가 양 골짜기에 끼여서 토성(土城)같이 생긴 데를 올라갔다. 신무치를 한편으로는 신무성이라고 일컬음은 이 까닭인 듯하다.

이깔·전·봇나무 밑의 관목 덤불을 헤치면서 겨우 형적만 남은 길을 더듬어 얼마를 나아가면, 등성이가 서쪽으로 꺾이는 곳에 조금조금하게 구운 벽돌과 기와가 서슬이 새로운 채 퍽 많이 쌓여 있고, 다시 북편 개울 바닥을 내려다보면 더 많은 벽돌 기와와 그것을 구워내던 가마까지 남아 있음을 본다. 이 산중에 이것이 어인 것인가를 물어 보고, 재미있는 내력 있는 물건인 줄을 알았다.

한가(韓家) 혹 한국(韓國)이라 하면 아는 이는 알 것이다. 백두산 북쪽 기슭 송화강 상류에 꽤 넓은 특수 지역을 차지하여, 정치·형벌·군사·농업상 일종의 자주권을 행사했다는 괴이한 사실은 일찍부터 들려 아는 일이요, 그 주인을 중국인이 경칭하여 한변외(韓邊外)라 함도 널리 알려진 일이다.

이 한변외에 관하여 중국 편에 전해지는 것은, 본디 산동으로부터 이곳저곳으로 유리하여 떠돌아다니다가 본 고향이 아닌 곳에 임시로 정착하여 산 알금적(挖金賊)의 무리를 이르는 것이라 하나 (吳大澂의 기술과 守田利遠의 『滿洲地誌』 제7편과 小藤文次郎의 『長白山陰草王の黃金國』 등 참조), 조선에는 그를 조선인이라 하여 따로 전하는 말이 있고, 또 그것이 전혀 근거가 없는 것 같지도 아니하다.

전하기를, 70~80년 전에 명천(明川)으로부터 백두산 아래에 들어와서 사냥꾼 노릇 하던 사람으로 한(韓) 아무개라는 이가 있어, 항상 백두산 중으로 들어다니면서 곰 사슴 기타를 사냥하여 생계를 유지하더니, 한번은 두만강 상류 홍토수원(紅土水源)인 원지(圓池) 변에서 마적을 만나서 사냥하여 잡은 짐승과 함께 목숨을 빼앗겼는데, 이때에 시신은 원지 물속에 던져졌다.

한씨 사냥꾼의 아들 한병화(韓秉華)가 당시의 나이가 13~14세러니, 마음에 깊이 원수 갚기를 새기고 날로 총 쏘는 기술을 연마하여 마침내 백발백중의 신의 경지를 얻으니, 산으로써 집을 삼는 한편 사냥으로 생계를 유지하고 한편으로 마적이란 것을 만나는 대로 사살하였다. 한 사람으로서 능히 열 명 백 명을 두려워 물러나게 하고, 차차 귀부하는 자를 얻으매, 더욱 도적 무리의 소탕에 힘을 오로지 하여, 마침내 근처에 도적의 발자취가 끊어지기에 이르렀다.

한병화의 용맹한 이름이 사방에 전하여, 그 차양의 그늘 아래에 서려 하는 자가 날로 많아졌다. 그리하여 민중은 그 위엄과 덕망을 그리워하고 관부는 그 공적을 아름답게 알아, 그 세력권 내의 자치권이 슬그머니 수립되니, 이것이 장백산 북쪽 기슭 송화강 휘발하(揮發河) 사이의 동서 400리, 남북 300리나 되는 통칭 한변외(韓邊外)라 하던 괴이한 지역으로, 사병(私兵)을 기르고 사법(私法)을 쓰는 별천지요, 시방도 한병화의 손(孫)이 또한 병화의 이름을 물려받아 의연히 정권을 가지고 지낸다. 처음에는 명천(明川)의 족인(族人)이 가서 찾아보면 호의로 맞아서 대접하더니, 차차 구걸하여 청하는 것이 심해지니, 요새는 본토인이라면 대개 푸대접하여 물리치게 되었다 한다.

이 한병화 1대의 가슴 아픈 일이 부친의 원혼을 위안하는 한 가지에 있음은, 저 정조(正祖)의 장조(莊祖)에 대한 지극한 정과 같았었다. 원지(圓池)를 말리고 유해를 주워서 크게 능원을 짓지 못하자 우선 이깔나무로써 원지 전체에 둥근 목책을 둘러서 그 혼유(魂遊)의 땅을 높이 보위하고, 차차 벽돌을 만들어서는 큰 성을 두르며, 기와를 구워서는 커다란 사당을 세우려 하였다.

그래서 신무치 골짜기 땅의 흙이 합당한 것을 알고 대규모로 벽돌과 기와를 굽기 시작하고, 크게 토목(土木)을 일삼으려 하다가, 시대가 어지러워진 상황으로 인하여 능히 해내지 못하였다. 죽은 후 그 아들과 손자는 이것을 무심하게 버려두어 모처럼 만든 물건을 산곡에 내버려 두게 되었더니, 신무치는 두 나라 국경 지점에 처한 요지라 하여, 몇 해 전에 헌병 분견소를 두었을 때에 주인 없는 버린 물건으로만 여겨 이것을 날라다 쓰려고 하다가, 한씨 편의 항의가 있어 가져왔던 것까지 도로 날라다가 쌓아 놓은 것이 시방 이곳의 벽돌과 기와의 퇴적이라고 한다. 그 재료는 개울바닥 현무암의 틈에 끼여 있는 점토였다.

대저 우리 쪽에 전해지는 병화(秉華)가 곧 저쪽에 전해지는 변외(邊外)로, 하나의 이야기가 두 개로 나타난 것에 불과할 것은 얼른 짐작되는 바이다. 그러나 어느 것이 근본인 것은 물론 알 수 없으며, 양국의 전하는 것이 함께 역력하니 그 본적의 관계도 거연히 어디라 하기 어려움을 본다.

그러나 한변외(韓邊外)가 백두산 중에 다른 예의 백성의 땅을 가지고 변태적 왕국을 만들었다 함과, 그 처음의 실마리가 아버지의 원수를 갚으려 함에서 출발하였다 함은, 자못 농후한 전통적 감흥을 자아낸다. 만일 그의 피가 조선의 피를 받았다 하면, 우리의 저절로 일어나는 흥취는 더구나 깊을 수밖에 없음이 있으니, 그는 실로 수천 년 역사의 없어진 자취를 눈앞에 살려 보여 주는 것이요, 눈앞에 살아 있는 고전설(古傳說)이다.

백두산은 신산(神山)이다. 무엇보다 국가 종육(鍾毓)의 신이었다. 당초에 신시(神市) 조선의 산모로 얼굴을 역사에 내놓은 뒤 그가 얼마나 나라의 아들을 많이 잉태하고 낳아 길렀는가. 그런데 전설상에서는 모든 건국자들이 다 백두산을 산실로 하여 상천(上天)으로부터 내려온 것이 되었으나, 사실로 말하면 어떠한 기회에 백두산의 한 계곡으로 몰려 들어간 부족이 백성이 불어나고 형편과 재력이 여유 있게 풍족해지면 그 감추고 숨기며 기르고 모은 정예를 들고 나온다. 크면 요야(遼野)의 남북과, 작으면 대령(大嶺)의 동서에 응분한 하나의 방국(邦國)을 뭉뚱그려 가진다. 부여도 그것이요 고구려도 그것이요 발해도 그것이요 금도 그것이요 여진도 그것이요 조선도 그렇게 볼 수 있는 것이요, 최근에는 만청(滿淸)이 그 적절한 예이다.

불과 수만의 무리와 수십 년의 세월로써 중원을 정복하고 천하를 석권하니, 무열(武烈)의 번성함이 진실로 만청에 지날 자 없다. 그러나 그 시원을 찾아보면, 백두산 동쪽 오음회 골짜기 땅에 숨어 살아 이조의 작은 벼슬과 베풀어준 급료를 감지덕지해 지내던 수십 사냥꾼의 오랑캐이었다.

청조(淸朝)에서 '조조원황제(肇祖原皇帝)'로서 일컫는 맹특목(孟特穆)은 곧 태종 시절에 강외(江外)의 오도리(斡朶里)로서 우리 오음회(吾音會: 곧 무산) 땅에 귀화하여 들어와 산 『여지승람(輿地勝覽)』의 이른바 몽케테무르(童孟哥帖木兒)란 자이다. 청 태조 누르하치에 이르러 여러 작은 부족을 정복하여 엄연한 하나의 왕국의 결실을 가지매, 종주국으로 섬기던 명에 대하여 감연히 저항을 시작한다.

그 이유로 삼는 이른바 「칠대한(七大恨)」의 필두(筆頭)는, 그 아버지와 할아버지 두 사람이 명군에게 원통하게 죽은 것을 갚으려 함이라 하였다. 이렇게 군사를 일으켜서 요동으로부터 차차 관내로 진입하여 이자성(李自成)의 북새통에 어물쩡하고 중원의 대권을 움켜진 것이 저 청조의 창업이었다. 산간으로 도망하여 숨어 있던 하나의 백성이 이렇게 천하의 주인이 되었다.

청조 다른 날의 기술관(記述官)은 이러한 내력에 힘써 글을 아름답게 꾸며, 『청삼조실록(淸三祖實錄)』・『만주원류고(滿洲源流考)』등에 보인 포이호리지(布爾湖里池) 천녀(天女) 설화의 성립을 보게 된다. 동명왕(東明王) 이래 진역에 있는 건국 신화의 하나의 상례가 되어버린 국조천강설(國祖天降說)을 덮어씌워 그대로 따른 것으로, 실상은 설화로도 새로 만들어낸 것이 아니었다. 그 전하는 바에는

장백산의 동변(東邊)에 포고리산(布庫里山)이 있고, 산 위에 못이 있어 포이호리(布爾湖里)라 하는데, 옛날에 은고륜(恩古倫), 정고륜(正古倫), 불고륜(佛古倫)이라 하는 자매 세 천녀(天女)가 하루는 이 못 안에 내려와 목욕하더니, 목욕을 마칠 때쯤하여 한 신령한 까치가 붉은 과일 하나를 물어다가 막내딸 불고륜의 옷 위에 떨어뜨리거늘, 막내딸이 붉은 과일을 집어서 입안에 넣으니, 문득 배안으로 흘러내려갔다.

목욕을 마치고 천상으로 돌아가려 한즉, 막내딸만은 날아지지를 아니하였다. 언니 두 천녀의 말이, 너는 붉은 과일을 먹어 아이를 밴 까닭에 날지를 못하는 것이니, 몸을 푼 뒤에 돌아오라 하고 둘만 날아 올라갔다. 막내딸 불고륜은 만삭이 되어 마침내 한 사내아이를 낳았는데, 나면서 영특하여 말도 하고 걸음도 걸으므로, 하루는 붉은 과일의 내력을 이르고 하늘이 천하의 쟁란(爭亂)을 평정하기 위하여 너를 내신 것이니 가서 다스리라, 물의 흐름을 따라 내려가면 거기 국토가 있으리라 하고

작은 배 한 척을 준 뒤에 어머니 천녀는 그만 하늘로 날아 올라갔다.

고 한다. 필시 그 부족의 사이에도 널리 퍼져 전하여 내려오는 백두산 천국 설화를 그대로 옮겨다가 자기네의 조상에 도금해 놓았을 것이다. 그러나 청의 국조(國祖)에 관한 전설은 이뿐 아니라 따로 우리 땅에 전하는 또 하나의 이야기형이 있어 그 상서롭고 기이함을 드러내려 하였다. 우리 땅의 사람이 중원에 들어가 주인이 되었다는 전설은 예로부터 많은 종류가 있고, 청 태조에 관해서도 한둘에 그치지 아니하나, 그 중에 가장 익히 들리는 것을 적으면 이러하다.

    회령군 서쪽 15리 쯤 되는 곳에 별지암(鱉池岩)이란 곳이 있어, 토호 이좌수(李座首)란 이가 사는데, 노년에 다만 딸 하나를 데리고 손바닥 안의 보옥처럼 귀히 기르더니, 하루는 그 어머니가 살펴보니 딸의 배가 불러서 홀몸 아님을 가릴 수 없으므로, 놀라서 이 사연을 그 남편에게 일렀다.

    그 부친이 크게 노하여 집안 망할 자식을 진작 죽여 없애리라 하고 불러다가 우선 그 곡절을 물었다. 여자아이의 대답이, 남정네를 통한 일은 과연 없고 밤이면 자는 틈을 타서 네 발 가진 짐승이 가만히 들어와서 몸을 대고 가는데, 깨어서 붙들려 하면 재빨리 빠져나가기를 무릇 몇 달째로되 부끄러워 말씀을 못 드렸노라 하였다.

    부친이 듣고서, 그러면 오늘 밤에 또 오거든 명주실 타래 하나를 준비해 두었다가 얼른 발목에 잡아매라 하여 그리 하였더니, 이튿날 보니 그 실이 줄줄 풀려서 근처의 소택(小澤) 안으로 들어간 것을 발견하였다. 이좌수가 옳다구나 하고 마을 사람을 많이 풀어서 그 늪을 퍼서 물을 말리고 본즉, 그 밑에 늙은 수달 한 마리가 발에 실을 매고 숨어 있으므로 잡아 죽여서 못가의 두둑에 파묻었다.

그 딸은 달이 차서 배를 풀매, 노랑머리의 한 어린아이였다. 죽이자니 차악하고, 살려두자니 부끄러우므로, 집 하나를 장만하여 모자를 따로 살게 하였는데, 머리의 노랑으로써 이름을 '노라치'라고 지었다. 노라치가 차차 자라는 대로 기상이 장대하고 총기와 지혜가 남보다 뛰어나며 수영을 잘하여 날마다 그 못가 두둑에 가서 물에 드나듦으로써 소일을 삼으면서 수달의 무덤을 수호하였다.

하루는 패랭이 쓴 과객이 못가 두둑에 와서 혀를 차며 무수히 탄식하고 한탄하거늘, 어찌해 그리하느냐 한즉, 못 가운데 깊은 곳에 좋은 명당이 있건만 수중이라 시험할 길이 없기로 그리하노라 하였다. 노라치 말이 그러면 우리 둘이 좋도록 하자고 하여 캐어 물으니 '못 안에 와룡석(臥龍石)이 있어 왼쪽 뿔에는 황제 날 혈(穴)이 있고 오른쪽 뿔에는 왕후 날 혈이 있으니 하나씩 쓰자' 하거늘, 노라치가 한 손에는 그 지사(地師)의 아버지 유골을 가지고, 또 한손에는 저의 아버지 유골을 가지고 들어가서 가만히 저의 아버지 유골을 황제의 혈에다가 묻고 나왔다.

노라치는 이 뒤로 더욱 가사(家事)를 일삼지 아니하고, 무예나 닦고 수렵이나 힘쓰며 지내었다. 이때 종성군 남쪽 40리인 수문동 민호(民戶)에 한 여자가 있어 의기가 남자보다 지나쳐 시집갈 나이 되어 청혼하는 자가 많되 부모의 말을 듣지 아니하고 노처녀로 있더니, 노라치가 이 말을 듣고 곧 가서 청혼한즉, 처녀가 문틈으로 엿보고 나와서 하는 말이, 그대의 위인이 비상하여 가히 내 배필이 됨직하거니와, 한번 시험할 일이 있다 하고 한꺼번에 소변을 누어 보아 각각 3촌씩 땅이 파짐을 보고야 곧 성혼(成婚)을 하였다.

이렇게 장가를 들었다가 부부의 사이에 이어서 세 아들을 낳으니, 그 셋째가 곧 청의 태조인데 낳을 때에 아름다운 기운이 백두산 천지로부터 내려와서 집을 덮었으며, 낳으매 융준용안(隆準龍顔)[1]이요, 온갖

---

1 콧대가 우뚝 솟고 얼굴의 생김새가 용과 같다는 뜻으로, 임금의 상(相)을 비

것이 이상하거늘, 이름을 '한'이라 하고, 이곳이 얕아서 감추어지지 아니하고 겉으로 드러나 오래 살지 못하겠다 하여, 이슥한 밤에 두만강을 건너서 한성현(漢城峴) 밑에 가서 살만한 곳을 가려서 정하였다.

한성현은 회녕군 서쪽 30리인 보을아진(保乙阿鎭) 북문에서 강 건너로 보이는 산성이 그것인데 '한'이가 병마를 훈련하던 곳이라 하여, 뒤에 한성(漢城)이라 일컬었으며, '한'이가 여기를 발상지로 하여 차차 사방의 부족을 통일하고 마침내 천하의 주인이 되기에 이르렀다(崔基南이 기록한 『雲州實蹟』).

함이다. 이밖에 혹 늙은 수달을 청개구리라 하고, 한성현을 '박달곳'이라 하는 자세하고 간략한 여러 가지의 별전이 있다. 또 무대를 좀 남으로 옮겨서 성진(城津)의 광적사(廣積寺)에는 거미 혹 교룡(蛟龍)을 주인공으로 하는 동형의 명천자(明天子) 탄생 설화가 있으나, 그것이 감생제(感生帝)의 고형(古型)이 이리저리 바뀌어 이어받은 것에서 벗어나지 못함은 이야기 면에서 얼른 간취되는 바요, 그중에 천강소(天降素)·영수소(靈獸素)·신택소(神澤素)·망명소(亡命素) 등이 하나하나에 구비하였음을 주의할 것이다(이러한 일종의 신혼 설화는 조선에서는 견훤식 설화라 할 것이요, 일본인은 삼륜산식 설화라 하는 것으로, 몽골·만주·조선·일본·오키나와 등 불함문화권 내의 유명한 이야기 형태이나, 여기에 관하여는 별도로 한번 자세히 설명할 기회가 있다).

우리가 여기 잠깐 백두산 건국 설화의 통형(通型)을 한번 흘낏 보는 것은, 결코 그것을 설화학적으로 자세히 연구하거나 살피려 함이 아니다. 다만 여러 설화에 공통되는 요소와 그 구성이 얼마나 많이 자연스런 약속으로 인한 사실적 관계로써 그 배경을 삼았음을 밝히려 함이다. 눈앞에 보는 우리 한병화의 일이 얼마나 설화적

유하는 말이다.

인지, 또 사실로든지 설화로든지 그것이 얼마나 전통적 요소를 갖추었는지를 보이려 함이다.

다시 내켜서는 이 한병화 왕국의 생성과 형세가 실상 당시의 금이나 청의 유아기에 비하여서 도리어 순탄하고 성대하다 할 수 있으니, 진실로 쓸모 있는 인물이 할 만한 기회를 이용하였으면 어떤 풍운의 변환이 이 사이로부터 빚어낼는지 모를 만하였건만, 불행히 그렇지 못하였었음과 그렇지 못함과, 아니 그렇지 못한 것을 애달파하고 위문하고 불쌍히 여겨주려 함이다.

모처럼 좋은 일이 되어 가는 가장 중요한 기틀과 무대와 또 여러 번 운명의 특별한 은총까지를 얻었건만, 교룡이 마침내 못 안의 물건[池中物] 그대로 그만두고, 대붕(大鵬)의 알이 깨기도 하고 부등깃[2]까지 돋친 채, 힘차게 움직여 높고 드넓은 하늘에 구름 한번을 덮어 보지 못한 것이 못내 아깝고 기막히기 때문이다. 과연 분한 일이 있기 때문이다.

최근 백 년의 동방은 무엇으로든지 관격(關格)[3] 시대요, 수족 궐냉(手足厥冷)[4] 시대였다. 민족의 정기로나 그 발로인 문화로나, 이 모든 것을 담은 대국의 형세로나, 그 침체를 소통하고 그 정돈을 추진하여 온갖 방면으로 사관을 트고 회생산(回生散)을 쓰지 아니하면, 모든 것이 서인(西人)의 하풍(下風)에 서고 백벌(白閥)의 능답(凌踏)에 들어[5], 대동(大同) 세계의 의기가 쓸려서 똥개천에 빠지지 아니하면 말지 아니할 수밖에 없을 운수와 기회였다.

---

2 날짐승 새끼의 어리고 약한 깃을 말한다.
3 먹은 음식이 갑자기 체하여 가슴 속이 막히고 위로는 계속 토하며 아래로는 대소변이 통하지 않는 위급한 증상을 이른다.
4 손발이 싸늘하여지는 증상을 이른다.
5 서양인, 특히 백인종에게 뒤지고 당한다는 뜻이다. "서인(西人)의 하풍(下風)에 서고"는 서양인보다 질이 떨어지는 것을, "백벌(白閥)의 능답(凌踏)에 들어"는 백인종에게 능멸당하고 짓밟히는 것을 의미한다.

온갖 미혹한 일이 이리저리 떠돎을 깨치고, 모든 썩어 문드러짐의 전통을 끊어서, 오랜 동안 형식 도덕, 공망(空妄) 철학, 철쇄적(鐵鎖的) 계급에 눌려 죽게 된 동방심(東方心)·동방수(東方手)의 생맥(生脈)을 터주는 뜨거운 운동이 생기지 않으면 안 될 판이었다.

신생의 빛과 그 샘물이 기어이 동방 정신의 발전소(發展素)요, 동방 풍운의 진원지인 백두산 안으로부터 비롯하여 나와, 북방의 '숫'으로써 일체 남방의 '낡은'을 다 쓸어 없이 하고, 땅이 하늘 되고 하늘이 땅이 되는 일대 혁명을 만들어 내지 아니하면, 동방은 질식할 수밖에 없으며 추워서 얼어 죽은 송장이 될 수밖에 없는 것이다.

이때에 하느님께서는 이 큰 굿할 무당의 알을 백두산인 부화기 속에 넣으시기를 잊어버리지 아니하였으며, 다시 그 학보지(學步地)요 시연장일 만주 일국(一局)을 한참은 텅 빈 곳에 버리기도 하고, 한참은 서쪽 청나라, 동쪽 일본의 항쟁지도 만들고, 또 한참은 북쪽 대륙, 남쪽 섬의 교충점을 짓게도 하여서, 기왕 금에게고 청에게고 다른 누구에게고 대개 다랍게⁶ 구시던 하느님이 이번에야말로 한 번 활소하게 아무런 거침새가 없고 편안한 기회의 하사(下賜)를 푼더분하게 하셨건만, 아까울손 한병화란 알이 잘 까지를 못하였으며, 까 가지고도 잘 자라지를 못하였으며, 병아리 그대로 늙는 괴태(怪態)를 나타내게 되었다.

동방 세계의 새 임자가 이래서 나올 듯 뭉그러지고 말 때에, 몽골은 얼이 빠지고, 조선은 다리가 부러지고, 중국은 사개가 물러나고, 일본은 약한 말이 무거운 짐을 져 할딱할딱하는 숨이 턱에 닿아서 팔딱거린 채 쩔쩔매게 되었다. 어허, 한병화란 병아리 한 마리가 될 대로 되지 못한 결과가 얼마나 심하게 우리 눈의 웃음을 눈

---

6 인색하다는 뜻이다.

물로써 바꾸어 갔나. 생각하면 애끓지 아니할 것인가!

아마도 백두산 날개에 품겼다가 굻고 깨지 못한 알도 고금에 적을 리 없다. 그러나 때가 때인 만큼 관계가 관계인만큼 한병화 이 사람을 병아리대로 그만두는 일처럼 남의 속을 태우는 일은 없을 것이다. 시절은 또 한번 구르고 기회가 또 하나 닥쳐왔다면 왔다. 북국의 붉은 손이 튼튼한 지팡이를 남방에서 찾고 있다. 그러나 곽송령(郭松齡)을 붙들고 멀리 장개석(蔣介石)까지를 찾으면서도, 손 밑에 있는 이 한병화는 있는 줄조차 모르도록 남에게 존재를 망각하게 된 것이 기막힌 일 아니냐?

그래, 기막히는 일 아니냐? 어떻게 영화로운 소임으로 뽑힌 큰 광대여! 그런데 어떻게 우습게 짜부러진 불쌍한 한병화여! 하느님은 그처럼 저를 생각하셨건만, 그는 너무도 생각해 준 보람이 없이 하였다. 모처럼 큰 소임을 그에게 맡겼건만, 그는 맡긴 뜻을 너무도 저버렸다. 천하를 뒤흔들라고 백두산이라는 지레를 주었더니, 송화강 작은 두던을 붙들고 모질음을 쓰는 것이 그만 그의 능사가 되었다.

어허! 그리하여 동방의 그믐이 그에게 걷히려다가 새우지 못하는 때에 그의 얼굴은 진흙에 갇힌 바 되고, 그의 이름은 허수아비의 궤짝으로 깊다랗게 들어가 버렸다. 마침내 그 세력과 체면의 유일한 보장인 3천의 직접 딸린 병졸까지 작년 가을 사이에 길림(吉林) 독군(督軍)에게 해산령을 받게 되었다. 어허! 이것이 그를 위하여 슬퍼할 일인가? 혹시 우리를 위하여 스스로 슬퍼할 일인가?

구워까지 놓은 것을 거두어 쓰는 기력조차 없이 된 허물이 이에게 있든지 저에게 있든지, 나는 이 기와와 이 벽돌 더미를 붙들고 하염없는 눈물을 주줄이 흘리지 아니치 못하였다. 희미한 묵은 자취에서보다 분명한 눈앞의 사실에 걷잡을 수 없는, 더 큰 감회가 없을 수 없다. 하늘은 어찌하여 그로 하여금 자기의 가치에 대한 정당한 각성을 하지 못하게 하였는가? 자존(自尊)할 줄을 모르고 자중(自重)하지를 못함은, 한병화 환멸(幻滅)의 한 요인이었다.

원래 만주인은 적은 무리로써 중원으로 들어가 주인이 되어 고토(故土)를 지킬 이가 없이 되니, 그 조종(祖宗)의 발상지를 영구히 보존하고, 또 완급이 있을 때에 물러나 지킬 땅이 있게 함에는 오직 한 가지 외인이족(外人異族)의 만주 침입을 막을 길을 취할 수밖에 없었다. 이 때문에 강희(康熙) 이래로 만주 봉금(封禁)의 책(策)을 힘써 행하게 되어, 아닌 게 아니라 과연 한참 동안은 그 효과를 보았었다.

그러나 임자 없는 땅에 먹을 것 없는 백성이 흘러 들어감은 무른 흙에 물이 스미는 것과 같아서, 조령(朝令)은 아무리 삼엄하든지 산동 빈민의 주체할 수 없는 생식력 여파는 혹 드러나게 혹 몰래 거의 능히 막을 수 없는 형세로써 만주로 향하여 유출하여 스며들기를 말지 아니하였다.

정치적으로 내놓은 중원에 만주인이 들어가 산 반대로, 경제적으로 내어버린 만주에는 어느 틈에 남의 집에 들어와 사는 산동인을 보게 되었다. 원체 아주 넓은 땅에 드문 드문 관수(官守)를 두었음에 불과하여 관위(官威)가 미치지 못하고 관령(官令)을 행하지 못하는 지역이 도리어 많았다. 그리하여 변경과 산속의 골짜기에는 대개 일종의 자치지(自治地)가 성립되고, 그중에서도 큰 위광과 권력을 행하는 자는 일방의 토호(土豪)로서 사방의 귀의(歸依)를 받게 되니, 한병화는 실로 그 가장 지리(地利)와 천편(天便)을 얻은 자로, 군대를 기르고 세금을 거둠과 호령을 시행함이 엄연히 하나의 왕국을 이루었다.

그가 만일 만주에 있는 국가 발생의 선례를 알고 또 행하였을진대, 한가(韓家)가 진실로 장백산 중의 한가일 뿐 아니요, 만주 한 지경만의 한가일 뿐 아니라, 넉넉히 천하의 한가일 수 있었을 것임은 물론이다. 그러나 한(韓)은 무식하였다. 그 무리에도 영민하고 준수한 인물이 모이지 아니하였다. 원대한 경륜이 그 사이에 생길 수 없었다.

청 광서(光緒) 7~8년(1881~1882)경에 길림의 분순도(分巡道)로 가 있던 오대징(吳大澂)이 그대로 방치할 수 없음을 염려하여, 한 번 한씨(韓氏)를 직접 방문하고 여러 가지로 환심을 사면서 관가(官家)에 귀속하기를 종용하였다. 무식한 한이 관인의 존문(存問)하는 것만을 다행으로 알아서, 드디어 고개를 길림 장군의 앞에 굽히니, 한가의 대업(大業)은 이때로부터 싹이 노래졌다.

이름을 효충(效忠)이라 고쳐 주니 그리하고, 위진강동(威鎭江東)이라 한 문의 현판을 떼고 안분무농(安分務農) 4자를 붙이라 하니 그리하고, 해마다 성의 표시로 일천 냥씩을 와서 바치라 하니 그리하마 하고, 일 년에 한 차례 답답한 마음을 풀어 후련하게 할 겸 와서 길림 장군을 알현하라 하니 그리하마 하여, 뻗대어도 관계치 않고 번설수록 좋고 자존 자중하여야만 할 때에, 변변치 아니한 미끼에 우습게 회유되고 말았다.

천하의 주인될 소지로써 장가노두아(莊稼老頭兒; 농사짓는 노인의 의미)에 스스로 달게 여기는 뜻을 보였으니, 딱하다 하면 그지없이 딱하였다. 하늘이 자기에게 주신 것이 무엇인지, 역사가 자기에게 기대하는 것이 무엇인지, 자기의 차지한 지위와 얻은 권세가 얼마만한지를 도무지 살피지 못하는 한씨에게는, 관가에서 이렇게 알아주는 것만이 매우 황송하고 또 이미 얻은 이권에 대한 침탈이 많지 아니한 것만이 끔찍하였다. 찌가 낮아서 그렇다 하면 그만이지만, 이만큼 되기도 어려움을 생각하면 이렇게 찌부러지는 것이 너무도 아깝지 않을 수 없었다.

한병화가 장백산 안에서 이렇게 숨어서 세력을 기르는 때는 바로 대지의 풍운이 만주로 향하여 달려가 모이는 때였다. 한병화의 뿌리를 잡은 터전이 굳고 단단하여 뽑지 못할 만큼 된 때에는 만주의 풍운이 장백산을 에둘러서 헤아려 알 수 없는 변환(變幻)을 발보일 무렵이었다. 일본과 청나라의 전쟁이 그것이요, 러시아의 극동 경영이 그것이요, 일본과 러시아가 전쟁을 시작한 것은 바로 그 포화 상태에 이른 양(量)의 정점을 짓는 것이었다.

그 경내인 장백산 꼭대기와 화랍자(花磖子)와 협피구(夾皮溝)에는 러시아가 머물러 방어하는 설비가 생기고, 지음자(地陰子)·목금하(穆禽河)·대응구(大鷹溝) 등지에는 러시아 군대의 출몰이 떳떳이 있고, 그네의 한씨에게 가까이 하려는 뜻은 날로 늘어서 한씨를 왕으로 부르게까지 되었었다.

만일 병화(秉華)가 야율아보기(耶律阿保機)이었을진대, 아구타(阿骨打)이었을진대, 누르하치이었을진대, 이러한 기회를 결코 눈앞의 하나의 번쩍이는 번갯불로 지내뜨렸을 것이랴? 대동의 국면이 이를 계기로 하여 대선전(大旋轉), 대번복(大翻覆)을 보지 아니하면 말지 아니하였을 것인데, 돈냥이나 얻어먹고 술병이나 받는 것을 이것도 웬 떡이냐 하고 말았음에는, 그 너무 하잘 것 없음을 불쌍히 여기지 아니할 수 없다.

하늘은 어찌하여 그로 하여금 이다지 시세에 대한 색맹(色盲)이게 하셨는가, 천시(天時)와 대운(大運)에 대한 감지력 응용성을 이토록 결여케 하셨는가, 어찌하여 이런 곤알을 장백산의 날개 밑에 넣으시어 동방의 큰 새벽에 우는 소리와 홰치는 빛을 보지 못하게 하셨는가?

이 좋은 무대와 이 좋은 시운으로 하여금 10년 두어야 개 꼬리대로만 있는 한가(韓哥)의 물건으로 찌그러지게 하고 편안하신가? 하늘이 어찌하여 서막에서부터 중동까지를 낱낱이 격에 맞추어 나오시다가, 정작 클라이맥스에 이르러 그만 손을 떼어 버리셨는가? 그리하여 마지막 구경할 일대 희곡을 마침내 용두사미로 마치게 하셨는가?

어허! 들으매 한병화는 장신 거구에 용모가 매우 뛰어나고, 두 눈이 깊고 또 길게 째져서 수염 가장자리를 침범하고, 만년에는 안면이 붉게 화장을 한 듯 아름다운 구렛나루가 가슴 사이에 하얗게 느리어 하늘의 신선을 대한 듯하고, 성품이 강자에 맞서서 약자를 도와주는 의로움이 있어서 부자를 업신여기고 가난한 자를 구제함으로써 자기의 책임을 삼아서 백성이 크게 그 덕을 마음속 깊이 사모하였다 한다.

이것을 그 죽은 사람인 사실과 아버지 원수를 갚기를 위하여 도적을 정벌하여 해를 제거하던 사실과 합하고, 원지(圓池) 기타를 설화의 요소로 가미하여 일부 건국 위인의 왕업을 일으키는 사적을 꾸민다 하면, 실로 누구보다도 못지않은 좋은 전기(傳記)를 이룰 만하였건만, 다만 그는 무식하였다. 그리하여 이루지 못하고 말았다. 이는 실로 동방 대국의 일대 손실이요, 또 장백산 종육력(鍾毓力)의 미증유한 대 실패이다.

만일 영웅 시대가 이미 지났다는 말이 참이요, 그리하여 예스러운 건국의 구경을 다시 할 수 없음이 필연이라 하면, 이것은 실로 영원한 손실과 영원한 실패일 수밖에 없을 것이니, 우리가 뇌고 또 뇌어 흥얼거려 그치지 못함도 이것을 생각하고 이것을 애달파 함이다.

조막만한 장쭤린(張作霖)이 까불깝신하고 일만 년의 짙은 땅으로써 남의 손끝에 꼭두각시 노름만 하는 것을 보면, 더욱 깨우치지 못한 데서 오는 나쁜 마음이나 불같이 성내는 마음이 길길이 솟음을 금할 수 없는 것이다. 누가 한병화를 위하여 한병화를 조문하고 불쌍히 여기는 것이랴?

22. 가고 가고 또 가는 곳이 신화 세계

  깨진 기와조각 무지에서 길이 둘로 갈리는데, 하나는 바로 개울 바닥으로 내려서면 북으로 구 신무치를 지나고 약 3리쯤에서 국경을 넘어서 중국의 안투 현(安圖縣)으로 통하는 길이 되고, 또 하나는 백두산으로 가는 길로 여전히 등성이를 타고 곧게 서쪽으로 꺾여 하나의 작은 시내를 끼고 들어간다.

  물싸리의 덤불이 더욱 짙고 꽃이 더욱 생생하여, 우리의 본집은 여기로라 하는 듯하고, 그 사이사이를 점철한 패랭이꽃 · 등골나물 등 초본(草本)과 그 바깥을 감싼 이깔 · 문비 등 목본(木本)은 하나는 더욱 청초(淸楚)함으로, 하나는 더욱 창경(蒼勁)함으로, 그윽한 골짜기의 맛 높은 산의 맛을 발보이고 있다. 큰 나무 작은 나무, 나무새 푸새가 한데 어우러져서, 어떻게 배고 촘촘한지, 마치 세속 사람의 발이 신의 영역에 들어옴을 막아서 차단하려고 최대한 노력하는 것 같다.

  한참 만에 깎아지른 비탈로 하여 골짜기 하나를 가로질러 건너가는데, 가파르기가 곤두세운 것 같아서, 산길에 익은 조선 말로도 열에 두셋은 무거운 짐을 실은 채 거꾸러져 허덕허덕함이 백두산에서도 드문 광경이었다. "말하품이 벼랑"이라고 이름 짓고 싶은 곳이었다.

새 두던을 올라서면서부터는 숲의 모습이 금시에 신비 숭엄을 다하고, 서슬은 있지 않되 굳센 바람이 다른 데서와 아주 달라서, 끝없는 권위로써 지상을 경계하느라고 돌아다니며 지키는 모습이다. 별 맛을 모르는 듯한 이 사이의 땅은 마치 담뇨 바닥을 업신여기려 하는 듯한 보드라움이다.

그 중에 백두산에서도 신무치로부터 무두봉 사이에서만 특별히 산출된다는 꽃이끼는 천지간의 푹신한 맛과 다보록한 맵시는 내가 혼자 차지하였었다는 듯이 사람의 눈에 다스한 뜻을 퍼부어 주어서, 숲의 생긴 모습이야 아무리 기승스럽든지, 바람의 뜻이야 아무리 억세든지, 그래도 백두산은 자애로운 어머니의 품속과 같으니라 하는 느낌을 준다.

방울은 굵어도 오기는 야단스럽지 않은 비가 이따금 한 차례씩 꽃이끼 위에 내려서는 행여 묻었을까 하는 먼지를 훔치는 듯 씻어 버림이 또한 신통하다. 그대로 만함식(滿艦飾)[1], 아니 만림식(滿林飾)이라고 할 나무마다의 무더기진 소나무 겨우살이에는 수정 구슬이 별 눈처럼 다닥다닥 달려서, 아닌 게 아니라 과연 그리스 신화 같은 기분을 퍽 짙게 느낀다. 아무리 생각하여도 춥고, 굳세고, 황량하고, 억센 북쪽의 맨 끝 깊은 산의 광경은 아니다.

금전옥루(金殿玉樓)[2]를 마다하고, 곰 발바닥 낙타 봉우리를 싫다 하고, 시중드는 사람을 주어 섬기는 것을 귀찮다 하고, 노래하고 춤추고 잔치를 베푸는 것을 괴롭다 하고, 더욱 고운 사나이와 정근히 사귀기를 무엇보다 언짢게 알아서 산중 수풀 사이에 혼자 돌아다니는 생활을 기뻐하고 즐거워하던 보이오티아국 공주 아탈란타

---

1 뱃머리에서 배의 꼬리 부분에 이르기까지 신호기를 잇따라 걸고, 돛대 꼭대기에 군함기를 달아 군함을 화려하게 장식하는 일. 흔히 의식 때에 한다.
2 크고 화려하게 지은 전각과 누대라는 뜻으로 휘황찬란한 궁전을 이르는 말이다.

(Atalanta) 같은 이가 천평 제국(天坪帝國)에도 있었더라면, 그의 정신을 가장 기쁘게 하여 성품을 기르는 크게 복받은 땅은 아마도 여기쯤이었을 것이다.

그에게는 아무도 따르지 못할 건강한 다리가 있어, 죽기보다 싫어하는 혼인을 하자는 청을 "나하고 경주하여 이기는 남자에게라야 몸을 허락하겠다."하는 방패로 모조리 잡아떼다가, 비너스 신에게서 황금 능금을 얻어 가진 히포메네스(Hippomenes)의 간사하게 속이는 꾀에 떨어져서, 몹시 오래된 처녀의 이상을 마침내 남자에게 내어 맡기던, 행복이지만 명예는 아닌 그 경쟁하는 달리기 장소 같은 것도 거기 어디쯤 있었을는지 모를 것이다.

옷사 산과 테베 골짜기와 베네우스 시내의 한가하고 조용한 풍물을 사랑하여, 그 조촐한 꽃나무에 인간의 영화를 잊어버리고 그 은근한 날짐승에 바다 같은 사랑의 크고 작은 물결을 모르려 하던 처녀신 아르테미스 그대로의 다프네 같은 색시가 신시(神市) 세계에도 있었더라면, 아마도 큐피트 황금 화살의 독을 가슴에 깊이 받고 다프네 아니면 나는 못 살겠다 하여 무거운 라라를 가볍게 짊어지고 아끼는 곡조를 활소히 아뢰면서 금잔디 반짝거리는 곳에나 그가 누워 있을까, 백합꽃 향내 뿜는 가에나 그가 앉아 있을까 하고, 필경은 헛물 켤 것을 다프네의 발자국만 갈팡질팡 쫓아다니던 그 노정(路程) 같은 것도 물론 이 숲속에 있을 것이다.

얼마나 신기하고 엄숙한 채 얼마나 밝음과 부드러움에 서린 곳인지, 처녀와 연애와 뒤따름과 속살거림을 생각지 아니하려 해도 아니할 수 없다. 바람이 낯을 훑는 중에서도 비가 옷을 적시는 아래에서였지만.

가는 데가 산이라 하면서도, 높을 만큼 높고 클 만큼 큰 산이 이제는 지척에 있다 하면서도, 이제나 저제나 하여 산이란 것은 그림자조차 볼 수 없다. 가고 가도 숲이요, 늘고 붇는 것이 숲의 짙음뿐이다. 하도 큰 나무 많은 나무 좋은 나무 속으로만 가니, 차차 천지가 온통 나무 하나로 융섭(融攝)되어 버리고, 나중에는 내 한 몸마저 눈뜬 채 다리 놀리는 채 한 나무인 양하고 말아진다.

이런지 얼마 만에 뜻밖에 천지가 한번 개벽되고 새 정신이 번쩍 나는 것을 살펴보니, 또 하나의 산불이 타고난 흔적을 만남인데, 하늘도 보고 구름도 보고 들도 보고 그립고 그리운 산 — 아따 백두산 그 어른도 구름에 가렸을망정 좀 건너다보니, 그쳤던 혈관의 피가 다시 도는 듯 한참 막혔던 숨이 긴 한숨이 되어 한꺼번에 코로 입으로 폭발되어 나온다.

천평 밀림을 뚫고 가다가 몇 번 이러한 불탄 흔적의 들을 만남은 사막 긴 여행에서 오래간만에 오아시스를 만난 이상의 생각을 준다. 이 들에서 다시 10리쯤 가서, 지내본 중 가장 우람스러운 하나의 나무가 우거져 있는 곳으로 들어서면서 비에 젖은 나팔 소리 밑에 마른 행주(行廚)[3]를 진 땅 위에 풀었다.

이 근처로부터는 숭엄한 숲의 생긴 모습이 다시 아름답고 고운 뜻을 겸하여 띠기 시작하여, 진실로 인공으로는 되지도 못할 일이어니와 하늘의 장인의 신령스런 솜씨라도 퍽 고심한 도형을 썩 힘을 다해 조성한 정원 숲일 것을 생각게 한다.

어떤 것은 두 그루의 나무가 '竝(병)'자로 어깨를 겯고, 어떤 것은 세 그루의 나무가 '品(품)'자로 손목을 잡고, 혹 네 그루의 나무, 혹 다섯 그루의 나무, 혹 육화형(六花形), 혹 칠성형(七星形)으로 한 묶음 한 덩어리씩이 되어 드문드문 뒤섞여 흩어져 늘어섰으되, 따로 떨어진 듯 스스로 연락이 있고, 어지러울 듯 은근히 균형을 지녀 배치의 묘가 과연 모양을 비유할 길 없다.

이로 인하여 바람 새어나갈 틈도 없는 빽빽한 숲이 그대로 너그

---

3 이동하면서 가지고 다니는 음식을 말한다.

럽고 환하여 넓은 바다를 대한 듯 가슴이 시원하여짐은 하느님의 솜씨기로 어쩌면 저러하실지. 신묘하고 기이하고 신령스럽고 기묘하여, 마하불가사의(摩訶不可思議)⁴라 할 수밖에 없으며 유마(維摩)⁵의 방장(方丈)⁶에 법계(法界) 전체를 포용하고도 남았다는 경계가 여기서 또 한 번 깨달아 이해되는 것 같다.

이 근처에는 가늘게 졸졸 흐르는 냇물일망정 물이 있는 개울도 가끔 만나고, 마른 바닥이라도 물 지나간 지 과히 오래지 않은 계상(溪床)⁷도 여기저기 숲의 그늘 사이에 수 놓여 있어, 다만 정원미만으로도 많이 얻기 어려운 경개 좋기로 이름난 곳이라 하겠으며, 아니 암벽·석상(石床)·비류(飛流)·심담(深潭) 등 다른 요소를 더하지 아니하고 다만 나무숲과 모래 바닥만으로 이러한 뛰어나고 특별한 경취(景趣)를 나타낸 것은 백두산이기에 될 일이지 다른 데서는 가망도 할 수 없는 일일 것이다.

숲속에서는 비가 오건만 옷이 젖지 아니하니 짙음을 알 것이요, 숲 밖에만 나서면 해는 위에서 찌건만 바람이 밑으로부터 얼려서 얼음과 숯이 이웃을 지은 듯하니, 높음을 생각할 것이다. 떠난 지 얼마 아니하여 골짜기 하나를 또 건너서부터는 신무치로부터 은근히 높아지던 지세가 차차 드러내 놓고 고도를 늘려서 백두산도 오를 적이 있나 하는 생각을 내는데, 땅은 높아지는 대로 나무 키는 낮아지고, 가지와 잎새가 오그라짐을 재주로 알아서, 갑자기 더 고산성(高山性)을 띠어 온다.

이렇게 10리쯤이나 더 들어가서는 고개를 젖히고 올려다보던 나

---

4 대단한 불가사의라는 뜻이다.
5 대승 불교의 경전 『유마경』의 주인공이다. 석가의 재가 제자로, 수행이 대단하여 불제자로도 미칠 수 없었다고 한다.
6 고승이 거처하는 처소를 이른다.
7 시냇물 바닥을 이른다.

무를 이미 마주도 보고 굽어도 보게 되면서 언뜻 둥그레 우뚝한 한 봉우리가 앞으로 내닫는다. 산중에서 봉우리 구경이 드물고 기이하다 하면, 듣는 이는 우습게도 알겠지만 아무 예기(豫期) 없이 밀림 속으로만 나오던 터이라, 이러한 산봉우리를 만남이 과연 크게 의외이어서 주춤하고 눈을 의심할 지경이었다.

그러나 다시 보아도 분명한 산봉우리요, 단정하고 묘하게 생긴 봉우리요, 뻣뻣한 이깔나무가 촘촘히 들어서서 모양과 털이 마치 큰 고슴도치라고 했으면 좋을 인상이 또렷한 하나의 기이한 봉우리이다. 혼자인 줄 알았더니, 좌로 쌍두봉(雙頭峰)인 성부른 그림 같은 하나의 봉우리로 더불어 서로 싫거정 마주보고 있는 한 쌍의 부부봉(夫婦峰)이었다. 어허, 신기한지고! 반가운지고!

물어보니 이것이 유명한 무두봉(無頭峰)이란 것이요, 무두봉은 봉우리 모습이 둥글뭉툭함으로부터 이름한 무투리봉의 대자(對字)이었다. 길은 무두봉 덜미를 타고 넘는데 비스듬 뻣뻣스름하게 숨차지 아니할 만큼 올라가서 의연히 오르는 수고 없는 백두산 길의 특색을 잃지 아니하였다.

올라가면서 안계(眼界)가 차차 트이다가 등성이로 하여 이마빼기에 가서는 백두산의 높음과 함께 세계의 큰 것을 대번에 깨닫게 한다. 천리 천평이 한눈에 바라보이는 아래에 벌어지고, 바로 무극을 이고 있는 낙엽송 숲이 검푸른 총전을 깐 것처럼 전면(全面)에 덮여 씌워 이것저것이 도무지 아가리 벌어지는 거리뿐이다.

불경을 보면 많은 것을 형용하는 말이 첫째 도마죽위(稻麻竹葦)[8]요, 크면 항하사(恒河沙)[9] 세계를 지날 적마다 한 알갱이를 떨어뜨려

---

8 벼와 삼, 대와 갈대가 서로 엉키어 있다는 뜻으로, 많은 물건이 모여 서로 엉킨 모양을 비유적으로 이른다. 또한 여러 겹으로 둘러싸서 서 있는 모양을 이르기도 한다.
9 갠지스 강의 모래라는 뜻으로, 무한히 많은 수량을 일컫는다.

서, 그것이 다 없어진다면 그 수가 얼마나 되겠느냐를 물음이 통례이지만, 크다려거든 천평, 많다려거든 천평의 밀림을 끌어들여 비유치 못하였음이 퍽 유감이란 생각이 든다.

어떤 사람의 말에 천평의 삼림을 찍어서 베어내면 이십억 원 이상의 가치가 있다 하였거니와, 이것도 물론 매우 겸양한 말일 것이다. 오래간만에 혜산 저쪽 이하로 먼 산천의 윤곽을 내다보고 백두산 바깥으로 둘러싼 담의 웅대함을 새삼스러이 탄복하였다.

무두봉 근처에서는 이깔을 제외한 다른 나무는 모두 아주 볼품없이 작달막하고 굽어 있고 오종종하여 살도 뼛속으로 찌고 키도 뼛속으로나 자랐지, 겉으로는 땅에서 설설 기는 것뿐이다. 지팡이 감으로 유명한 떡갈나무가 가는 길을 뒤덮었으나 한 뼘 넘는 키를 볼 수 없으며, 어디서든지 나는 무서운 것 없다 하는 양 하던 이깔나무도 활개를 시원히 편 것이 없다.

다만 시방을 3월쯤으로 아는 고산성 초화(草花)들은 1년에 한 번이라 하여 과연 서슬 있게 만발하였다. 종(鐘) 모양의 자화(紫花), 유소(流蘇)[10] 모양의 백화(白花), 국화 모양의 황화(黃花), 패랭이꽃 모양의 홍화(紅花)가 한데 어우러져서, 아닌 게 아니라 과연 갸륵한 비단 한 필을 짜내었다. 이 등성이 너머에 으늑한 골과 넓은 바닥과 먹을 물이 있어서 오름길의 최종 야영지가 된다. 춥다. 게다가 비바람이 재우친다.

---

10 깃발이나 가마 등에 다는 술을 말한다.

23. 기원으로 샌 무두봉 하룻밤

신무치로부터 무두봉까지의 40리는 백두산 전 여정 중에서 가장 재미있는 구간이다. 땅의 모양과 숲의 모양이 다 변화가 많고, 고산성 식물 ― 백두산의 특종 식물이 특히 이 사이에 많이 있고, 속돌[1] 밑으로 스며 흐르는 샘 소리와 바람에 이아친 나무 모양이 낱낱이 백두산의 특색을 가장 선명하게 발보여 있다.

아닌 게 아니라 과연 웅장하고 신비하고 또 위엄스러운 시절을 따라 달라지는 경치요, 백두산의 냄새와 맛이 뼈의 속속까지 스며들어가고야 마는 곳이었다. 그런데 이 다각적 경관(景觀)은 신무치 무두봉 사이에 있는 400여 미터의 고도 차이로부터 생긴 것임을 잊어서는 아니된다.

무두봉의 야영지는 이 밀림 속이 아니요, 그 어깨를 넘어가서 골이 지고 나무가 성긴 곳이었다. 성긴 것도 또한 하늘을 찌르려 드는 빽대나무들이 아니요, 작달막한 나무들도 또한 가지마다와 잎새마다에 사나운 바람과 겯고트는 악전고투의 자취를 잔 칼금처럼 아로새겨 가진 것들이다. 어깨 처진 가장귀와 손끝 오그라든 잎사

---

1 화산의 용암이 갑자기 식어서 된 잔구멍이 많이 뚫린 가벼운 돌을 말한다.

귀와 허리통 뒤틀어진 밑둥이 모두 다 자연에 대한 용사(勇士)임을 스스로 선전함이다.

아무리 몹쓸 바람과 무식한 비에게라도, 신령스러운 큰 산을 돕고 지키는 책임을 대범하고 소홀히 할까 보냐 하여, 최후의 일각까지 그 직무에 목숨을 바친 뒤에 그만두려 하는 늠름한 기상의 임자들이다. 의무는 나의 예리한 무기요, 튼튼하게 만든 갑옷이요, 또 최후 승리에 대한 절대의 보장이니, 다시 공포와 위협과 핍박과 해침이 있음을 나는 모르노라 하는 듯한 그의 정신적 충격은 이깔나무 전나무의 침엽(針葉) 끝마다로부터 쏘아낸다.

어허, 이것이 무엇이래야 옳을 성스러운 용기의 표상일까? 짙푸른 산호의 해초(海礁) 같은 쌍란국(雙鸞菊) 떨기와 자줏빛을 띤 마노(馬瑙)의 쌓아 놓은 소반 같은 산오이풀 무더기가 여기저기 보임직한 장식을 이루었음도, 이러한 용사들에 대해 당연히 우대하는 모습이었다.

이렇게 생각하면 개개의 나무에 대하여 보는 대로 삼요구배(三繞九拜)[2]를 올려야 할 것이지만, 여기가 막영지라 하는 영이 나기 무섭게 맨 먼저 짐짝에서 끄집어내는 것은 도끼와 톱과 칼이요, 맨 먼저 그의 칼날에 고삿고기 되는 것은 다른 것 아닌 이 나무들이었다. 몇 십 명의 도부수(刀斧手)[3]가 사방으로 나뉘어 파견되어서 찍고 베고 자르는 것이 이런 나무요, 찍혀 와서는 막(幕)을 위하여 결박당하고 취사를 위하여 불에 달구어 지짐을 당하는 것도 이 나무들이었다.

탕탕하는 도끼 소리를 듣는 족족, 활활하는 불길을 보는 대로, 황송하여 간이 말라 들어가는 이는 아마도 나뿐인 듯하다. 그러나 이

---

2 세 번 돌고 아홉 번 절한다는 뜻이다.
3 큰 칼과 큰 도끼로 무장한 군사를 이른다.

렇게 막을 치지 않고는 비바람의 곤액(困厄)을 면할 길 없고, 이렇게 밥을 짓지 아니하여서는 배고픔과 추위의 핍박에서 벗어날 길 없을 것을 생각하면, 그 귀중한 몸을 다쳐서라도 우리 가녀린 인자(人子)의 야영에 희생되는 것이 나무 자신의 본디부터 마음속에 품고 있는 뜻이며, 나무 임자이신 백두 천왕의 본래부터 원하는 바이실지도 모를 듯하여, 겨우 가슴의 두근거림을 눌렀다.

백두산의 분화구가 가까울수록 경석(輕石: 속돌)의 퇴적이 점점 많고, 겉으로 드러내어 시냇물 같은 것을 아무리 곱게 떠도 항상 떠 있는 경석의 분말을 배제할 수 없으므로, 고운 헝겊에 받치지 않고는 도저히 음용(飮用)에 제공할 수 없으며, 아무리 걸러낸다 하여도 밥에고 숭늉에고 약간의 돌가루를 섞어 먹지 아니치 못함이 무두봉 야영의 한 특점이었다.

비가 쏟아진다. 빗발이 밤빛과 함께 자라서 밤중쯤 가서는 고산 위에서 홍수 난리를 걱정하도록 퍼부어 내려온다. 이때까지 올라오면서 중로(中路)에서는 비 아니라 억수가 쏟아질지라도 다만 하루 상봉을 오르는 날에는 상품쾌청(上品快晴)의 큰 은총을 줍시사 함이 모든 사람의 공통된 기원이었었다. 모든 일을 제치고 온갖 괴로움을 사양치 아니하는 것이 무엇을 위해서이겠는가?

백두산 상상봉에 명정정(明淨淨)한 천지(天池)도 뵙고 남쪽의 섬 북쪽의 땅 삼만 리 산하에 웅장하고 넓어 끝이 닿은 데가 없는 대법안(大法眼)을 얻어 보자 함이 최고요, 또 유일이라 할 목적인데, 그동안 도리어 소나기요 가랑비이던 것이, 정작 여기 와서 이렇게 장맛비 큰비가 되어 사람으로 하여금 눈코를 뜨지 못하도록 하니, 이는 실로 장가가는 길에 다리가 끊어지는 이상의 슬프고 탄식할 만한 것이 아닐 수 없다.

더욱 나는 한평생의 반을 벼르고 매우 바쁜 것을 헤치고, 또 남과 같이 구경차나 채집 길로 온 것도 아니다. 삼계(三界)[4]에서 어리둥절하여 헤매는, 의지할 데 없는 비렁뱅이 아이로서 길이 울퉁불퉁하여 걷기 곤란한 상태에서 산을 넘고 물을 건너서 감에 인자한 어머니의 온화한 얼굴빛을 한번 뵈오려 함이요, 국조(國祖)·교주(敎主)·천제(天帝)의 유일하신 표상으로의 그 거룩한 자태를 한번 우러러 인사드리러 온 걸음이거늘, 이번에 이 숙원을 이룰 수 없다면 뒷날의 기약이 다시 언제리 하여, 삼생(三生)[5] 구륜(九輪)의 묵은 원정(冤情)이 곧 가슴을 메우려 한다.

위에는 빗물이 작은 폭포 같고 옆에는 바람살이 날카로운 창끝 같은 명색만 막을 둘러 친 진영의 안에 홀로 우뚝이 일어나 앉아서 혹시나 '어머니'를 밝게 감동시킬까 하여, 일심불란으로 소원을 비는 기도를 올렸다. "우리의 죄역(罪逆)이 깊고 무거워 본래 첨례(瞻禮)할 덕본(德本)이 없사올지라도, 커다란 자비 지극한 어짊으로써 내일 봉우리 꼭대기에서 다만 일분간이라도 내리던 비가 멎고 하늘이 활짝 개도록 허락해 주십사." 하는 것이 나의 한껏 모질음을 쓰는 원하는 요점이었다. 그러나 정성을 쓸수록 빗줄기는 그대로 기승스러워 간다.

그만하면 그칠 듯하건만, 그대로 퍼붓는 이 비는 실상 심상한 비가 아니라는 생각이 난다. 비의 방울방울이 "그래도 모르겠느냐?" 하는 하늘의 국문을 담아 오는 것 같은 생각이 난다. 너희가 나를 보려고 오기에 얼마나 애썼는지를 내가 모르는 것 아닌데, 내가 이렇게 너희 마음을 받지 아니하는 것이 실상 너희에게 이때로써 일대 반성이 있으라 하여 내가 특별한 호의로 마음을 쓰는 것이니라 하시는 백두산 어머니의 목소리가 쏟아지는 빗발에서 역력히 들려

---

4 중생이 생사 왕래하는 세 가지 세계. 욕계, 색계, 무색계를 의미한다.
5 전생, 현생, 내생인 과거세, 현재세, 미래세를 통틀어 이르는 말이다.

온다.

옳다! 나를 생각하게 하시느라고 살피고, 오래 생각나지 않다가 어떤 실마리로 말미암아 환하게 깨닫게 하시느라고 우리 '어머니'께서 비로 또 한번 수고를 합시거니 하는 생각이 나니, 내일 상봉 첨례의 가능 여하보다도 비 오는 그것이 이미 견디기 어려운 하나의 황송한 사건이었다.

생각이 난다. '하늘'에 가만히 계시어 사랑과 즐거움에 싸이신 천왕랑(天王郎)의 살림을 하옵셔도 아무 일 없으실 것을, 구태여 '홍익인간'의 대원(大願)을 세우시고 수고스럽게 삼천 대중(大衆)의 앞 장서는 사람이 되사 더러움과 어지러움과 보기 싫음과 귀 아픔의 인간으로 제도의 길을 떠나 내려오심이 이미 어떻게 큰마음이 섰는가 하고, 많은 국토에 고르고 가려서 진토(震土)를 잡으시고, 백두산을 잡으시고, 조선인을 잡으셨으니, 뽑혀서 이 무대와 배우에 해당한 우리의 영광과 행복이 어떠한 것일까.

고마운 눈물이 펑펑 쏟아지는 대로 뼈를 바숴서라도 이 의무를 수행하며, 이 이상을 실현함으로써 은혜에 보답하는 작은 행동을 삼을 것이 물론이다. 하다 못하여 석가의 법륜(法輪) 같은 것을 굴리든지, 예수의 불 채찍 따위를 휘두르든지, 마호메트의 도검(道劍) 비슷한 것을 메고 나서든지, 어떻게 무엇으로든지 천업(天業)을 크게 넓혀 천리(天理)를 발양하기에 구원(久遠)한 노력을 바칠 것이어늘, 천문(天門)이 열리고 신교(神敎)가 선 지 만년으로부터 여기까지 그 먼 후손이요, 그 향도(香徒)인 우리네가 닦고 윤을 내고 늘리고 넓힌 성적(成績)이 과연 무엇이며 얼마인가?

그래, 이것이라 할 무엇이 있는가? 신화의 아름다움은 그리스로, 신정(神政)의 권위는 히브리로, 신리(神理)의 매우 깊은 뜻은 인도로, 신행(神行)의 수련은 지나와 페르시아로 모조리 찢기고 아이고 빼앗기고, 정작 바른 줄기 근본의 땅인 조선에는 빤빤한 바닥과 쓸쓸한 빛이 잘못과 게으름의 표적으로 남아 있을 뿐이 되었다.

설사 시방까지 남에게 아인 것은 그 술지게미요, 감추어진 정화(精華)는 언제든지 우리네의 손으로 비롯하여 나올 숙명이 있다고 할지라도 우리 시방까지의 빗나감을 바로잡음이 실로 쉬운 일 아님을 생각하시면, '어머님'의 걱정이 그래 어떠하시며 괘씸해하심이 그래 얼마나 되실 것이냐? 내가 내 소행을 생각하면, '어머님'의 아니 보려 하심은 어찌 갔든지 설사 가슴을 벌리시고 어서 오라 하셔도 과연 낯을 쳐들고 뵈올 염의가 있을 수 없다.

이 국토는 금구(金甌)[6]가 이지러지지 말라고 하신 것 아닌가? 이 종성(種姓)은 옥수(玉樹)[7]에 티 묻히지 말라 하신 것 아닌가? 이 언어로 하여금 온 우주의 진선미를 그려내는 최고의 채색이 되게 하신 것 아니며, 이 신앙으로 하여금 온 인간의 의강열(義康悅)을 나타내는 지극히 편안한 기대(基臺)이게 하신 것 아닌가?

가장 건전한 제일 사실로써 그 역사를 출발시켰으며, 가장 충전(充全)한 원시 종자로써 그 민속을 재식(栽植)시켜서, 인간에서도 한번 재미있는 구경을 하자 하신 것이 신시(神市)로써 시작한 조선의 발생과 장육(長育)이 아닌가? 이를 위하여 온갖 필요한 준비를 미리미리 해주시고, 온갖 편의한 기회를 연해 연해 만들어 주시어 어지간만하면 세계 인문 최고 전당(殿堂)의 위에 월계관 쓰고 거드름 부리는 영광의 아드님을 보려 하시지 않았던가?

그런데 우리는 이 모든 것을 모조리 배반하였으며, 거역하였으며, 그리하여 낭패케 하였구나. 목에 걸라 하신 진주 노리개를 물어뜯고 짓밟아 버리고서 진흙에 뒹구는 더러운 몸으로 있는 돼지가

---

6 쇠나 금으로 만든 사발 또는 단지라는 뜻으로 영토가 견고함을 비유적으로 이르는 말이다.
7 아름다운 나무라는 뜻으로, 사람의 몸가짐이나 재능이 뛰어남을 비유적으로 이르는 말이다.

우리인 것을 생각하면, '어머님'께서 짐짓 휘장을 거두시고 면박(面帕)을 벗으시고 나를 똑똑히 쳐다보라 하실지라도 우리 스스로가 고개를 들 수 없다. 바로 뵈올 낯바닥이 과연 없다.

백두산이 조선에 태어나지 아니하고 다른 속뜻이 있는 사람의 국토에 있었더라면 어떠하였을까? 그를 근례(覲禮)하러 오는 이가 해마다 십백만을 셀 것이요, 그를 기술한 문헌이 족히 독립한 하나의 도서관을 만들 것이요, 그를 찬송하는 시문과 그를 생명 있게 하는 회화 조각이 다 넉넉히 독립한 세계 하나씩을 만들었을 것이어늘, 오늘날까지 조선인의 백두산에 대한 정성과 표현은 돌아다보건대 어떠한가?

저 하나의 종교적 영장(靈場)에 지나지 못하는 설산(雪山)·시나이 산·올림푸스 산에만 비하여도, 우리 국본(國本)·민시(民始)·도원(道原)인 — 일체 인문의 전적 표상인 백두산, 상천조선(上天祖先) 문화의 삼위일체적 대 표치(大標幟)인 백두 천왕께 대한 성의가 과연 얼마나 되는가?

만년 신허(神墟)에 돌 조각도 징고(徵古)할 것이 없고, 천리 천평(天坪)에 사람의 그림자가 길 흔적과 함께 끊일 지경이니, 아무리 병신을 더 불쌍히 여기실 자애로운 어머니시라도, 이렇게 잘량한 아손(兒孫)을 반가워하시기를 바라고 기대한다는 염치가 무엇이랴? 더구나 모처럼 한번 오고 기껏 몇 사람 찾는다는 것이, 백두산 노마마가 가장 찐덥지 않게 아실 완경배(頑梗輩)에게 괴불주머니처럼 매달려 오는 것이니, 우리 보기를 반가우실 것보다 그네 대하기를 싫어하시는 의미로라도 열렸던 창을 와락 닫으실 수밖에 없으실 것이다.

생각하면 비바람은 고사하고 벼락이 빗방울처럼 쏟아진다 하여도 원통할 것이 없으며, 천지(天池) 첨례(瞻禮)는 그만두고, 허항령 저쪽에서부터 발을 그림자도 들여놓지 못하게 하여도 야속하달 길이 없을 일이다.

생각이 난다. 여기까지 오게 하신 것만도 '어머님' 마음이시기 때문이요, 비도 이만큼밖에 아니 오게 함이 또한 어머님이시기 때문이요, 그 치맛자락과 허리띠 가까이라도 만지게 하심이 오히려 지극하신 사랑이 있으시기 때문이다. 이런저런 죄역을 생각하면, 백두산 '어머님'의 성용(聖容)을 뵈옵네 못하네 하는 생각은 날 겨를도 없고, 피와 눈물에 엉긴 참회만이 목을 메이게 할 뿐이다.

오늘까지 나흘째의 결막(結幕)을 혹 '뜸가게' 식으로 앞면은 온통 트기도 하고, 혹 궁려식(穹廬式)으로 둥그렇게 만들기도 하여 오다가, 오늘은 군대를 흉내 내어 입자식(入字式)으로 막려(幕廬)를 세운 뒤에 막중(幕中)에 홍구(鴻溝)를 파서 그것을 일자(一字)의 뜬숯 지로(地爐)로 쓰고, 풍원방(風源方)의 귀는 틀어막고 반대 풍향의 귀에는 화톳불을 산더미같이 지르고, 출입구에는 거적 한 겹을 가리고 그 모퉁이에 촉롱(燭籠)을 걸었다.

막 안의 지로(地爐)가 냉과리로 하여, 가끔 눈을 뜨기는 어려워도 덥기는 그만이어서, 바깥에서는 가장 추운 무두봉을 속에서는 가장 뜨스하게 지내게 되었다. 새는 날은 연구할 거리도 많고 상봉까지의 길도 험준하니까, 새벽 2시에 출발하기로 하였다. 지각하지 않도록 하라는 명령이 간부로부터 포고되니, 피로에 못 이겨서 지로 양측에 답치기 잠을 자던 이들도 초저녁이 지나기 무섭게 모두 일어나서, 열두시 전후하여서는 으스스한 몸들을 쭈그리고 돌아앉아서 노변(爐邊) 회의가 난만하기 시작하였다.

화제의 중심은 물론 비요, 비가 이렇게 오면 상봉 구경은 도리가 없으리라 하는 걱정이다. 일종 침통한 기운이 여러 사람의 미우(眉宇)[8]와 막려의 일면에 서리고, 조는 듯 꿈벅거리는 뜬숯이 더욱 쓸

---

8 이마와 눈썹 언저리를 가리킨다.

쓸한 기분을 부채질한다.

불 걱정은 언제든지 늙은이의 소임이다. 꺼지려 하면 돋우고 사위어가면[9] 보태서 붉은 불이 노중(爐中)에 끊이지 않게 하는 이는, 어느 보통학교의 선생이라는 백발 날리는 노부자(老夫子)였다. 막 바깥의 화톳불과 막 안의 지로와 이것을 에워싸고 앉고 눕고 하는 노소(老少) 단원들의 원시적 생활상이, 아닌 게 아니라 과연 일만 년쯤 뒷걸음을 쳐서 조상네들의 생활면으로 불쑥 침입한 것과 같다. 워싱턴의 '원시인 생활'을 눈앞에 환하게 펼쳐 보는 듯하다.

불을 괴물로 알고 영물로 생각하고 생활의 보호신으로 믿어서 불의 신효(神效)와 그 위력이 어느덧 그네 생활의 중추를 이루었던 것처럼, 그동안 며칠의 산막 생활은 우리들로 하여금 과연 '불'의 속민(屬民)임을 깊고 간절하게 자각하게 하여, 자칫하면 그 신성(神性)까지를 인식하게 되었다.

저 불이 '어둠'과 '추움'과 '무서움'과 '갑갑'과 맹수의 핍박과 원적(怨敵)의 침습(侵襲)을 다 물리쳐 방지하고, 또 한편으로는 우연히 그 위에 떨어졌던 고기를 집어 먹고 보니 맛나므로 화식(火食)의 묘리를 알게 되고, 무엇이고 닿기가 무섭게 타서 없어져 재가 됨을 보고는 불의 정화력을 알기도 하여서 그것을 차차 종교적 성물(聖物)로 이용하게도 되는 등, 어렸을 적 인류의 일이 거물거물하는 숯불 빛 위에 희미하게 떠나온다.

밤에 불 없이 못 견딜 것이 낮에 해 없이 못 살 것과 같아짐으로부터, 불을 소중히 알고 그것을 꺼뜨리지 아니함은 한 집단 한 가족에 있어서 퍽 중요한 일이 되어, '씨불 지킴'이란 것이 가장이나 주부의 큰 소임 중에 참예하게 되었다.

이것이 종교화하여 생긴 것이 페르시아 · 인도 등에서 보는 것

---

9 불에 타서 재가 되어 간다는 뜻이다.

같은 신화(神火) 공양이요, 의연히 가정적으로 유전하는 것이 그리스 · 로마에 있는 성화(聖火) 예배와 우리 산골짜기 민가에서 보는 '씨불' 지킴이요, 이것이 변한 것이 '부뚜막' 존중, 조왕(竈王) 숭배의 풍습이다.

그런데 이 불을 실내 생활의 일부로 끌어들인 최초의 형식은 실로 시방 우리가 만들어 놓고 둘러앉은 것 같은 지로(地爐)였다. 이 옆에서 노인은 불을 거두고, 주부는 송축(頌祝)을 드리고, 젊은이는 춤을 춘다 노래를 부른다 하고, 어린애들은 버들가지로 만든 활과 진흙으로 뭉친 공으로 할아버지 할머니 앞에서 재롱을 부리다가, 곤기가 덤비는 대로 하나씩 둘씩 씨그러져 자는 것이 그네의 야간 생활이었다.

시방 우리의 모양은 다른 것 아닌 원시 조선의 땅에 와서 그것을 실연함이다. 다만 원도(願禱)의 조목이 그네들의 "밤 동안 승냥이 떼나 덤비지 말고 새거든 사슴이나 많이 잡히게 해줍시사."함에 대하여, 우리는 "오늘 바람이 자시고 내일 비가 걷히사, 생기신 대로의 백두산 천왕여래의 성용(聖容) · 영덕(靈德)을 분명히 첨례해지이다."함이 다르다 할 것이다.

그러나 이것이고 저것이고 백두산 어머니의 허락이라야 될 것을 믿는 점에서는, 그때의 그네나 시방 우리네나의 사이에 한 가닥 마음의 선(線)이 조르르 서로 닿았음을 생각하면, 무어랄 수 없는 일종의 '든든'이 마음에 가득하다.

눈과 마음이 옛 사람의 요지경에서 떠나기 무섭게 귓가에 어지러운 것은 의연히 큰일을 내고야 말듯이 퍼붓는 빗소리였다. 예참(禮懺)만으로 거두시지 아니하니, 우선 올림푸스의 로마 성화(聖火)에 드린 기축(祈祝),

어허! 신이신 불이여, 우리들에게 번영과 행복을 내리시옵소서. 아름다우시고 늙으시는 일 없는 영원의 신이여! 성영(盛榮)과 부귀에 충만하신 신이여! 비옵나니 이 치성물을 받으사 우리들에게 복록과 좋은 건강을 주시옵소서.

함에서 다른 모든 것을 '비개임' 하나로써 대신한 말로 축도를 드리고, 다시 리그베다[10]의 '아그니' 신가(神歌) 비스름하게 그 인류의 보호자로 활력과 자애에 넉넉하신 점을 주로 하여 송가를 바쳐서 '불'님의 알선으로나 오는 하루 동안의 ── 하다 못하면 상봉에서 한 순간의 청랑(晴朗)을 바라고 희망하였다.

10 고대 인도의 힌두교 성전인 네 가지 베다 가운데 하나. 신을 찬미하는 운문 형식의 찬가 모음집이다. 인도에서 현존하는 가장 오래된 종교 문헌이다.

하늘과 땅이
열린 곳, 천지

24. 불함척(不咸脊)으로 하여 연지봉

열두 시로, 한 시로 출발할 시간은 점점 임박하건만, 비는 이것을 아는 체하지 아니하며, 그대로 사람의 애는 타고 볶이건만, 비는 이것을 어여삐 여기려 들지 않는다. 조반은 군용의 딱딱한 빵에 마른 생선 몇 마리로 마감한다. 이것 먹는 동안에 점심할 행주(行廚)를 지어 가면서 행여 길 떠날 시간이 늦을까를 저어하고, 두 시 소리가 나니 반마다 세 개씩 나누어 주었던 지촉(紙燭) 바구니에는 어둠을 헤치려는 납촉(蠟燭)까지 일제히 켜졌다.

그러나 바쁜 것은 우리들의 마음뿐이요, 하느님과 하느님의 순자(順子)인 마부들은 한결같이 평안하고 한가롭고 완만하여 두 시의 출발이 내 알 바 아니라고 하는 듯하다. 시간이 되었다고 마부를 소집하는 소리가 사방에서 귀를 떼어갈 것 같아도 "이 비에 가는 데가 어디란 말이오?" 하던 끝이라, 썩썩 들어서지를 아니한다.

겨우 모아다 놓고 50필 말에서 10여 필만 데리고 가는데, 다 각기 내 말은 어디가 어떠니 뽑아 달라고 하는 경쟁에 무뚱 승강이 되어, 이 모든 것을 정리하느라고 실제의 출발은 동이 훨쩍 튼 4시 반이나 된 뒤였다.

길은 무두봉의 덜미로 하여 서미북(西微北)의 방향으로 이깔나무

백두산 초본대
백두산 식생대는 해발 고도에 따라 활엽침엽수림대, 침엽수림대, 고산초원대로 분포하고 있
다. 2000미터 이상이 고산초원지대 즉 초본대로, 큰나무는 자라지 않고 풀과 아주 작은 떨기
나무만 자란다.

밭 속을 뚫고 나간다. 물싸리와 들쭉이 밀집한 숲은 의연히 곳곳에
하나의 독립 지대를 만들어 가졌는데, 나무 키들은 각기 제 분수대
로 걸음걸음 줄어 들어간다. 이깔나무 같은 것도 1장 5척으로 겨우
2~3척 밖에 못 되기에 이르고, 그나마 가지와 잎새가 다 오그랑 갈
퀴가 되고, 또 그나마 밑둥과 가장귀가 모두 동남으로 씨그러지다
가 차차 나무가 성기기 시작하여 아주 없어질 무렵에는 가장자리
에 서 있는 나무는 서북으로는 가장귀가 하나도 없어 반쪽만 생긴
나무 모양이 과연 하나의 기이한 광경이었다.

　대저 수목의 방향은 햇빛과 그 생장 기간의 풍향에 좌우되는 것
인즉, 백두산의 수목이 이렇게 동남으로 향하였음은 곧 여름철에
서북풍이 가장 강렬함을 증명할 일이라 함이 전문가의 말이다. 이
곳의 산이나 들에 덮인 부석(浮石; 속돌)을 보아도 아닌 게 아니라 과
연 다 동남을 향하여 파상을 지었다. 나아가면서 오르면서 하여 길
은 5리쯤 오고, 높이는 2,000미터 전후쯤 해서부터는 나무란 것은
씨도 없어지고, 느린 커브의 경석(輕石) 고원이 눈앞에 벌어져서 순
수한 고산대를 이루고, 식물은 완전한 초본대(草本帶)로 들어간다.

번하다. 다만 높다고 다만 시원하다고 다만 질펀하다고 하든지, 또 높고도 시원코도 질펀하다고 해서는 꼭 맞을 것 같지 아니하고, 억지로 형용하자면, 이 모든 요소를 합쳐서 표현된 것으로 '번'하다 는 말이 얼마쯤 이 고산대에 나서는 최초의 기분을 나타낼 것이다.

이에 대하여 위대한 시인에게는 어떠한 어휘가 있고 예술가에게 는 어떠한 색조가 있을는지 모르되, 우리의 빈약한 세간에서는 일 체의 포괄자로의 혼돈 그것을 상상케 하는 이 고산대의 원시미는 딴전 같지만 광세계(光世界)의 문자인 '번'이라는 말을 빌어서나 약 간 방불케 할 수밖에 없다.

'번'하다. '번'하다고나 하겠다. 비가 오고 구름이 낀 것 같음은 이 '번'과 본디부터 아무 관계가 없는 양하여, 그건 '번'하고 다시 보아도 '번'하고 어디를 둘러대어도 '번'하다.

앞으로는 백두산을 비롯하여 우뚝우뚝한 산봉이 하늘과 입 맞 추는 것을 보고, 왼쪽에는 소백산 기슭으로 달음질하여 향하는 산 골짜기에서 흐르는 시냇물의 낭떠러지를 끼고서 사진에서 본 서방 사막의 사구층과 같은 속돌의 파상적 층계를 하나하나씩 밟아 올 라가노라면, 풀도 빽빽하게 두루 퍼져 뭉쳐나지는 못하고 돌부스 러기의 비교적 유연한 틈을 뚫고자 가녀린 껍질에 시원 생명을 싸 서 가진 조촐한 풀이 듬성듬성 고개를 쳐들고 짧은 키와 다붙은 목 이 감당해 내기 어려운 비교적 큰 꽃을 고개로 이었다.

마디같이 작은 풀, 콩같이 작은 꽃일망정 저것이 능히 이 고산의 위압적 풍토를 이기고 제 생명력을 발휘한 뒤에만 용자(勇者)요, 저 것이 실상 쌔고 버린 땅에 다른 곳을 다 내어놓고 화산재 무더기인 이 거친 토양과 벌판을 특별히 자기의 활동지로 하여 용감한 분투 생활을 계속해 가는 장부아(丈夫兒)이다.

저것이 실상 다른 모든 의지가 약하고 기가 부족한 화훼 초목들 이 다 겁을 내고 도망가는 이 존엄한 위세 지대에서 어떻게 어렵고 무서울지라도 백두 천왕님 바로 눈앞을 쓸쓸히 두랴 하여 의연히 늠름히 그 자줏빛 충성과 푸른 의리를 보효(報效)해 가는 기이하고 특별한 물건이거니 하면, 그 지극히 굳세고 큰 공덕이 느껍기도 하고, 무섭기도 하다.

누가 저를 미물이라 약자라 하여 가벼이 볼 수 있으랴. 호이초(虎耳草)의 허옇게 센 수염과 산자고(山紫姑)의 자줏빛 꽃잎과, 이것저것이 다 저의 고움을 자랑하는 중에도 비에는 풀어질 듯 바람에는 스러질 듯, 푸른 줄기 누른 꽃이 생시인 채 꿈 같은 우미인초(虞美人草)는 그 쓸쓸스럽도록 아름다움이 거의 사람의 눈과 마음과 넋을 한꺼번에 잔지러지게 하는 뜻이 있다. 그런데 흡사 논배미처럼 층단과 구획을 이룬 이 화산 자갈의 큰 벌떠구니는 실상 이 우미인초 위주의 대원림(大園林)이요, 또 시방은 바로 그 득의(得意)의 절정이다.

풍화와 수식(水蝕)으로 인한 약간의 오르내림이 있으면서 우미인초의 등성이는 그칠 줄 모른다. 이 크고 아름다운 등성이가 옛날 신화의 상상에서나 신정(神政)의 실제에서나 무심코 버려두지 아니하였을 것이 틀림없을 텐데, 그래 어떠한 지위를 가졌을까를 생각해 봄이 또한 흥미 있는 일이다.

진역의 명산에는 대개 '장사' 관계의 설화가 있어, 산중의 긴 등은 대개 그의 말을 타는 재주 연습하던 땅으로 이야기하는 버릇이 있다. 우리는 이것을 해석하기를, 대개 고대에 있어서 말 타기와 활 쏘기 중심의 종교적 경기지(競技地)이던 고사가 설화적 변곡(變曲)으로 전하여 이른다 하는 것인데, 백두산의 등성이도 이렇게 쓰이던 곳이라는 상상을 가짐이 과히 망발은 아닐 것 같다.

고대의 종교 중심 문화상(文化相)에 있어서는 무엇이든지 종교에 의지하여 존재하고, 또 그리함으로써 비로소 그 가치를 보유도 하고 점점 더 자라기도 하게 된다. 그리하여 동일한 일이라도 그 가장 의의 있게 하려는 것은 국민적 대제(大祭)를 기회로 하여 만인의 엄숙한 환도리(環睹裏)에서 거행되는 것이요, 최고의 영광스러운 관을 다투는 경기와 교예(較藝)가 최고신의 제의에 겸해서 행하여짐도 또한 이러한 이유에 터잡은 것이다. 그리스의 올림피아 경기 같음이 그 알맞은 예라 할 것이요, 우리 진역의 '붉으늬' 곧 '팔관회(八關會)'란 것도 실상 이러한 성질의 것이었다.

'팔관회'는 국민적 대제인 동시에, 일 년 동안 연마하고 통달하여 깨달은 모든 기예를 국민적으로 경쟁하던 큰 기회이다. 그 경기의 중심은 그때의 나라 형편에 따라 말 타고 활쏘기이다. 여기에서 우승한 자는 당장에는 금백(金帛)과 훗날에는 영달을 나라로부터 받고, 한편으로 귀인(貴人)의 지우(知遇)와 미인의 배필을 한 몸에 함께 얻으니, 전 인생의 등용문이 실로 이것이었다.

그런데 이 영광스런 관이 공중에 떠서 임자를 찾던 마당은 대개 그 곳 신산(神山)의 편편한 언덕이었다. 시방 백두산의 이 등성이 같은 곳은 바로 그 적합하고 좋은 무대로 생긴 곳이요, 더욱 신앙의 본존이신 백두산 상봉의 바로 턱 밑에 이렇게 평평하고 올바른 바닥이 생겨가지고야 다만 한두 번이라도 이러한 소임을 아니 보았을 수가 없을 것이다.

아무리 줄잡아도 이 좋은 등성이가 대제(大祭)의 경기장은 아니었을지라도, 필경 무슨 종교적 행사의 명소 아닐 수 없음이, 마치 이 등성이는 아닐지라도 백두산에도 어느 곳에든지 이러한 경기장은 없었을 리 없음과 같을 것이다. 그리하여 여기에서의 단서로써 마침내 용감한 이름이 천하를 흔들던 이 가운데에는 부분노(扶芬奴)·을지문덕도 있었을 것이요, 김덕령(金德齡)·임경업(林慶業)도 있었을 것이요, 이징옥(李澄玉)·홍경래(洪景來)도 있었을 것이다. 이러한 상상으로써 백두산 밑의 고원대인 이 등성이를 '붉은ㅅ등'이라고 이름 짓고 싶었다.

'붉은ㅅ등'으로부터 내려다보는 안계(眼界)는 진실로 언어에 끊어진 웅대(雄大)·호장(豪壯)이었다. 비는 이 위에서 뿐이요, 아랫녘은 반은 맑고 반은 흐림이었다. 천평 천리가 아득하여 바다 같고, 그 외곽에는 단단대령 이동 두만강 저쪽까지의 대소 산악이 큰 놈은 큰 섬이요 작은 놈은 작은 섬처럼 흡사 일부 다도해(多島海)를 이루고, 남의 포태산은 제주의 격으로, 동의 증산은 울릉도의 격으로 각기 한 방면에서 여럿 가운데 뛰어났는데, 이깔나무의 푸름이 그 일면에 아른아른한 물결을 침이 과연 대가(大家)의 문전(門前)답고 백두산의 오지랖답다.

혹은 수평선 밖에서 혹은 산의 기슭에서 혹은 그저 땅바닥에서 허연 구름이 뭉게뭉게 일기도 하고 질질 끌기도 하고 조각조각 헤어지기도 하여 깊은 감흥과 함께 여러 가지의 연상을 자아낸다.

구름을 구름대로 볼 때에 그것을 가마같이 탄다는 선인(仙人)의 생각이 난다. 그네는 이것으로써 동왕공(東王公)·서왕모(西王母)의 사이에도 왔다 갔다 하고, 이것으로써 상청대라천옥황상제(上淸大羅天玉皇上帝)께 각기 직책상의 담당 직무대로의 보고하는 관청의 문서도 바치러 가고, 이것으로써 아침에 북해에서 놀고 저녁에 남악에서 육합팔황(六合八荒)[1]을 마음대로 돌아다니기도 함이 신인선자(神人仙子)란 이의 소요 생활이라 한다.

그런데 신(神)이니 선(仙)이니 하는 것이 본디 백두산을 최고 성전(聖殿)으로 하여 발생 또 장성한 진방(震方) 고도(古道)의 주신적(主身的) 행자(行者)를 이름이요, 백두산은 실로 그때의 선인들이 천제국모(天帝國母)의 영거(靈居)라 하여 아침에 배알하고 저녁에 알현하던 곳이다. 그런즉, 시방 저 많은 조각의 구름을 팔방으로부터 모여

---

1 육합은 천지와 사방, 팔황은 여덟 방위의 멀고 너른 범위라는 뜻으로, 온 세상을 이르는 말로 팔굉(八紘)이라고도 한다.

드는 선자(仙子)의 왕세자가 타던 수레, 임금이 거둥할 때 타고 다니던 가마로 보면, 그지없는 옛 뜻 옛 맛이 말라 배틀어진 우리 영혼을 축여 주는 듯하다.

구름을 타는 것으로 보기로 하면, 설화림(說話林) 중의 가장 몽환미에 가멸찬 이른바 '백조 처녀' 비슷한 이야기를 연상할 수도 있다. 고대의 전설에는 이른바 신혼(神婚) 설화 — 신과 인간, 혹 사람과 금수간의 혼인담을 전하고, 후자 중에 동물인 여성이 사람의 형상으로 화하여 사람인 남자와 결혼하게 된다는 이야기 형이 있다. 그 동물은 대개 백색의 물새이므로 이 하나의 이야기 무리를 '백조(白鳥) 처녀 설화'라 하니, 이것이 그 발달의 최후 단계에 이른 것이요, 우리나라에서는 고사(古史)에 적힌 것으로는 유화 부인 설화, 고담(古談)으로 전하는 것으로는 금강산 선녀 설화 따위이다.

그런데 백조의 유영(游泳) — 백학의 비상, 흰 돛단배의 왕래, 소아(素娥)[2]의 재미있고 즐거운 놂 등으로 상상하게 된 본체는 대개 창공에 나부끼는 백운(白雲)이리라 함이 심리학적 해석을 취하는 학자가 설명하는 바이다. 변환과 출몰에 초이(超異)한 자재력(自在力)을 가진 저 흰 구름이 후세 시인의 큰 시재(詩材)인 것처럼, 진실로 원시 시인에게도 더할 수 없이 좋은 시경(詩境)으로 가장 재미있는 원시적 민족시를 많이 산출하였다.

특히, 백두산에는 옛날의 신웅부인(神熊夫人)부터 최근의 '노라치' 설화에 이르기까지, 5천 년간 이러한 종류 설화의 노산모(老産母)로 특이한 기능을 발휘하여 동방에 있는 '처녀 백조' 설화의 왕대부인(王大夫人)이 된 것만큼, 여기서 보는 저 조각조각의 백운에는 무어라고 할 길 없는 깊은 감흥이 충동된다.

2 고대 중국의 전설에서 달 속의 여신, 즉 항아(姮娥)를 가리키며, 달의 별칭으로 쓰기도 한다. 또는 소복을 입은 미녀라는 뜻으로도 쓰인다.

어허! 까부라진 동방을 떨쳐 일으킬 성인이 언제나 또 한 분 나시어서 저기 저 백운과 그 감돌아드는 이 백두산을 무대로 하는 또 하나의 신혼 설화의 성립으로, 신령스러운 예감이나 느낌이 아주 낮은 유행병에 걸린 근대인의 신경에 신래(神來)의 격앙을 냅다 붙음은 보게 될까? 어허!

바람의 관계인 듯, 뭉치뭉치 떠놀던 구름이 산 봉우리를 의지하여 일자로 쭉 뻗는 것이 마치 몹시 세차게 부는 바람에 좇기는 화통의 연기와 같다. 천평을 바다로 보면 섬 밖에 서 있는 기선들의 것이라 하리니, 진인(眞人) '정도령'을 우두머리로 한 남조선의 인물과 그 경륜이 거기 실려서 백두 천제(白頭天帝)님의 출동 명령만 기다리는 것이라 하면 얼마나 재미있을까?

그렇지 않고 천평을 시골의 작은 마을로 보면, 한참 똑같이 가지런히 아침밥을 짓는 것이라 하리니, 이스라엘인의 천주 여호와가 포악한 이집트를 벗어나 자유 왕국 건설의 땅을 찾아서 '신'의 광야에 헤매는 그 백성에게 아침마다 하늘로부터 내려보내 주시던 '마나'란 양식처럼(출애급기 16), 난봉의 우리 진민(震民)이 일천 년의 죄를 저질러서 몹시 어그러지는 일을 깨끗이 참회하고 환웅 천왕의 본래 소원인 인간 환국화(桓國化)의 바른 길로 들기를 기다리사, 굶주린 우리를 죽음에서 건져내시려고 연속해서 자꾸 준비하시는 조선의 생명밥이 저기서 한참 끓고 익는다 하면 얼마나 고마울 것인가?

또 그렇지 아니하여 천평을 훈련원 벌판으로 보면, 소총·기관총·대완구(大碗口)·극로백(克盧伯)의 발사 연습하는 탄약 연기라 하리니, 일만 년 신주(神州)·성역(聖域)에 남쪽의 사나운 일본과 북쪽의 완악한 야인의 추악하고 더러움은 얼마나 스몄으며, 만전촉궐(蠻頭觸蹶)의 연기처럼 일어나는 먼지는 얼마나 때 묻었는가? 시련과 고통을 위하여 강토와 종성(種姓)을 오래 귀역마요(鬼蜮魔妖)의 휘척릉답(揮斥凌踏)에 맡겼었지만, 꿈 깬 우리의 자립 혼이 즉시로 나가 돕게 하려는 그 준비라 하면 얼마나 든든한 일일까?

그러냐, 안 그러냐? 구름이냐, 연기냐? 이 위의 생각이 죄다 아닐지라도, 구름이거든 나를 태워서 제향(帝鄕)으로나 데려다 주고, 연기거든 지심(地心)으로부터 폭발해 나오는 대화염의 전구(前驅)[3]와 염오(染汚)와 분란의 이 세계에 통쾌한 열철화(熱鐵火) 세계가 다닥쳐 온다는 예언이 되기나 하소서!

어허 저들, 어허 저 구름! 그러나 백두산 아래의 안계의 넓음과 그 구름의 사명을 한꺼번에 똑똑히 알게 하는 것은 이러한 시적 방면에서보다도 도리어 과학적 · 철학적 · 종교적인 다른 일면에 있다 할 것이다.

한 조각 구름이 가면 한 세계가 문득 개벽되고, 한 장 구름이 가면 한 세계가 문득 개벽되고, 한 장 구름이 오면 한 세계가 문득 드러나지 않게 감추어진다. 어느 마당에 이 유위(有爲)가 행하지 않는 데가 없고, 어느 시각에 이 무상이 연출되지 아니하는 적이 없어, 꼬리를 한데 댄 생멸(生滅)과 손목을 마주잡은 전변(轉變)이 사람으로 하여금 저절로 깊고 멀고 그윽한 데로 머리를 싸매고 들어가게 한다.

저것을 성무(星霧)의 윤회라 하면 천평 한 폭에 칸트 · 라플라스의 논문도 읽고, 헤겔의 '우주의 수수께끼'를 실연적(實演的)으로 보기도 할 것이다. 저것을 이데아라 하고 로고스라 하고 내지 생명의 유동이라 하고 가치의 전환이라 하면, 거기 플라톤의 이념으로부터 제임스의 경험에 이르기까지의 일부 철학사가 온통 반죽이 되어 덩어리 덩어리 떠돎을 볼 것이다.

그보다도 더 실제의 느낌과 깊은 이해를 얻을 것은 저것을 실상

---

3 전조(前兆)라는 의미로 쓰인 듯하다.

만법(實相萬法)으로 보는 종교적 천인론(天人論) 특히 불교적 철리론(哲理論)의 실증이리니, 이쪽에는 일체의 연기(緣起)요, 저쪽에는 만상(萬相)의 민망(泯亡)인데, 그중에 육대(六大)[4]가 원융(圓融)하고 그 위에 일심(一心)이 독랑(獨朗)하여 석가 일대 오시팔교(五時八敎)[5] 장통별원(藏通別圓)[6] 권실돈점(權實頓漸)[7]이 한 폭의 변상(變相)으로 눈앞에 전개하여 완연히 십삼천대천세계미진수게(十三千大千世界微塵數偈)의 상본화엄(上本華嚴)을 색독(色讀)하는 감이 있다.

그런데 석가의 자증(自證)과 그 설한 법은 여여(如如)의 일실(一實)이요, 그것이 반드시 인도의 별법(別法)이나 불교의 독리(獨理)가 아닐 것인즉, 환웅의 신리(神理)와 신시(神市)의 묘전(妙詮)도 말로 일컫고 글로 적었으면 또한 이와 같은 법(法)의 이와 같은 설(說)임을 알 것이다.

이제 우리의 다리 아래에서 기이한 변화와 미묘한 변화를 다하는 하늘의 글, 구름의 글은, 말하자면 우리 백두 천제의 살아 있는 설법, 살아 있는 경전이다. 참으로 한 자도 말하지 아니하고 직접 가리켜 미묘하게 보여준 순수·초특·유일·절대한 정법안장(正法

---

4 일체의 만상(萬相)을 만드는 여섯 가지의 근본 실체로, 지(地), 수(水), 화(火), 풍(風), 공(空), 식(識)의 총칭이다.

5 오시(五時)는 세존의 가르침을 설한 순서에 따라 분류한 화엄시(華嚴時)·녹원시(鹿苑時)·방등시(方等時)·반야시(般若時)·법화열반시(法華涅槃時)를 말한다. 팔교(八敎)는 그 가르침을 형식에 따라 분류한 돈교(頓敎)·점교(漸敎)·비밀교(祕密敎)·부정교(不定敎)의 화의사교(化儀四敎)와 내용에 따라 분류한 장교(藏敎)·통교(通敎)·별교(別敎)·원교(圓敎)의 화법사교(化法四敎)를 말한다.

6 장교(藏敎)·통교(通敎)·별교(別敎)·원교(圓敎)의 화법사교(化法四敎)를 말한다. 앞 주석 참조.

7 권실(權實)은 일시적인 수단과 영원히 변하지 않는 진실을 한데 묶는다는 것이다. 돈점(頓漸)은 일정한 수행 단계를 거치지 않고 단박 깨달음에 이르게 하는 돈교(頓敎)와 얕고 깊은 순서에 따라 점진적으로 수행하여 깨달음에 이르게 하는 점교(漸敎)를 합칭한 말이다.

眼藏)[8]의 최고 성전이라 할 것이다. 누가 진방(震方)의 고도(古道)에는 경문에 나타난 교리가 없다 하던가?

병들고 트집나지 아니한 활경정교(活經正敎)만을 가진 교문은 천하가 넓어도 우리 백두 천제의 대도(大道) 밖에 다시 없음을 알거라! 어허, 천마파순(天魔波旬)을 마른 잎사귀처럼 소탕해 나가는 천제석(天帝釋)의 신책(神策)이 하마 저밖에 보이지 않는가? 신천지(新天地) 신일월(神日月)의 영광을 재촉하는 『묵시록』의 칠기사(七騎士)가 저기 저 속에서 동에 번쩍하면서 서쪽으로 내닫지 아니하는가?

한껏 타락한 짐승의 세계 — 대간난(大艱難)의 절정에 올라서 권력적 인간 세상에 하느님의 일곱 가지 최후의 엄벌이 벼락같이 내리 때리고 깨끗해진 신우주에 천국이 원만히 현립(顯立)하여 영원한 행복의 시절이 왔다고 통기하는 대천사의 나팔 소리가 거진거진 우리의 고막을 울릴 것 같지 아니한가(『묵시록』 참조). 눈을 떠라, 귀를 기울이라.

---

8 이 구절의 뜻은 정법안장(正法眼藏; 인간이 원래 갖추고 있는 마음의 덕)이 말이나 글이 아닌 마음으로, 즉 이심전심으로 전해진다는 것이다.

25. 눈물에 젖은 정계비

지도를 살펴보면, 우리의 왼쪽에 있는 산골짜기에서 흐르는 시
냇물은 신무치의 앞으로 나아가는 것인데, 아직도 눈 덩어리와 얼
음 조각이 군데군데 쌓여 있어 그 얼음 속임한 지 오래되지 아니하
였음을 이야기하니, 신무치 저쪽의 물이 이가 시리도록 차던 이유
를 알겠다.

북으로 스케치 같은 윤곽의 단순한 대각봉(大角峰)을 바라보고,
남으로 흰 모래를 긁어모아 소복하게 만든 듯한 소연지봉(小臙脂峰)
을 건너다 보면서, 길이 하나의 희고 깨끗하고 단정하고 묘한 원추
형 높은 봉우리 밑으로 났으니, 이 산이 유명한 연지봉(臙脂峰)이요,
백두산으로부터 남으로 찢겨 나온 제일봉(第一峰)이다. 우리가 보는
그 서북면은 속돌에 덮혀 풀 한 포기 나지 아니한 하얀 몸이 마치
심신을 깨끗하게 하고 옷을 잘 차려 입은 백두 천제의 급시(給侍)를
보는 것 같다.

'연지(臙脂)'의 어원이 꼭 무엇인지는 모르겠다. 그러나 필시 흉
노어의 '알지(閼支)', 신라어의 '알지(閼智)', 퉁구스어의 'Asi'와 마찬
가지인 여자-처-황후 등을 의미하는 말로, 천제 백두와 관련하여
생긴 고교(古敎)의 한마디 말일 것이다. 백두산의 별명, 혹 그 주봉

의 고명(古名)인 그것이 이리로 몰려옴이거나, 그렇지 아니하면 백두산 주봉과 이 봉과의 사이에 일종의 부부적 주종 관계를 상상함으로써 유래한 고명일 것이다.

앞의 해석에 관하여는 진방 고대에 신산(神山)을 많이 '엄'산으로 일컬은 증적이 있으니, '엄'은 실상 자(雌)를 의미하는 '암'과 함께 앞에 든 '알씨(閼氏)' 등과 어원이 같은 말임을 참작할 것이다. 뒤의 해석에 관하여는 진방 옛 풍속에 최고신을 모시는 귀녀(貴女)가 있어, 그를 '알'이라고 일컫고, 그 의복은 흰색을 숭상하던 것과, 또 산과 산 사이에 부부적 전설이 있음을 참작할 것이다. 여하간 이 연지란 이름이 대수롭지 않고 예사롭게 간과치 못할 하나의 말임을 알아둘 것이다.

연지봉 밑으로부터는 고도도 급증하거니와 풍물이 또한 아주 달라져, 겨우 봄기운을 나타내던 초화(草花)도 거의 씨가 끊어져 아주 없어지고, 살았는지 말랐는지 모를 명색만의 풀밭이 누렇게 또한 바다를 이루었다. 그나마 땅바닥이 아침저녁에는 얼고 낮 동안만 잠시 풀리는 탓으로 줄곧 해빙하는 흙이라, 어디를 디디어도 진창에 발목이 빠져 마치 장마 통에 산골 개울바닥 길을 걷는 것 같았다. 여기서부터는 길이 더욱 모호하므로 준비하였던 홍기(紅旗)를 목장이 마다에 꽂아서 돌아올 때의 목표로 삼았다.

연지봉에서 얼마를 들어가면 두두룩한 긴 등성이가 동으로 향하여 뻗었는데, 뭉우리돌을 십백(十百)으로 모은 무더기가 수십 보 간격으로 그 위에 벌려 나갔음을 보니, 이르기를 피아(彼我) 경계의 표지로 축조하였던 것이라 한다. 돌에 비바람의 자국이 깊고 이끼가 겹겹이 앉아서, 우리가 보기에는 단지 2~3백 년 전의 물건 같지 아니하나, 이르기는 목극등이 감계할 때에 만들어 놓은 것이라 한다.

돌무더기를 모아서 경계의 표로 삼음은, 청조에서 몽고 유목민중 산하(山河)로 땅을 경계하지 아니할 경우 경계를 식별하기 위하여 설치함에서 시작하였으니(『淸會典』 참조), 이것이 오보(鄂博)라 하는 것이다. 그러나 '오보'는 몽고말에 '무더기'를 의미하는 말이요, 또 돌이나 흙무더기를 모음은 본디 몽고의 풍속에 하나의 부족 혹 하나의 촌락에서 천지·산천·신령의 표상으로 이것을 만들어 공동으로 제사를 드리던 것이다. 마치 우리 서낭당 앞에 '조탑(造塔)'이라는 돌무더기나 당산나무 앞에 황토 무더기를 모은 것과 같은 성질의 것을 청조에서 좇아서 그것으로 경계표를 만들게 한 것이다.

원채생(阮蔡生)의 『몽고풍토기(蒙古風土記)』에 "몽고에서는 사묘(祠廟)를 세우지 않고 산천 신지(神祇)의 신령스러운 감응이 드러난 곳에 돌을 쌓아 산총같이 하여 매달아 기도하고 해마다 가을 농사를 마친 뒤 신의 은덕에 감사를 드리기 위하여 지내는 제사는 목표를 심어 오보라고 부르니 지나가는 사람이 감히 범하지 못하였다."이라 함이 그것이요, 그것이 얼마나 우리 서낭당하고 똑같이 생겼는지를 알 것이다.

또 이 '오보'에 대하여는 매년 한차례 5월 13일에 전 부족적 대제를 드리되, 왕이 스스로 제주가 되어 성대히 설행하니(『滿蒙全書』제1권 연중행사편 참조), 이 '오보'제가 얼마나 그네의 전통적 대의전(大儀典)임을 알 것이요, 그것이 시방 우리 고을과 마을마다 있는 당산제와 옛날 우리의 팔관회 내지 동맹(東盟) 등에 일치함을 주의할 것이다. 또 한편으로는 영국의 트루우드이즘과 기타 태양 거석 복합 문화계의 고민 속에서 의례히 보는 선돌·돌무지 등의 예를 참고하고 헤아려, 우리는 이 등성이의 이 돌무더기를 또한 고신도의 귀중한 유적으로 생각하고 싶었다.

설사 목극등의 감계(勘界)에 관계가 될지라도, 필경 예부터 있던 것을 경계의 표지로 이용함에 그친 것이 아닐까 한다. 이것이 동방으로 해가 솟는 곳을 향하여 곧게 나아간 것도 이상하거니와, 당시의 기록에 돌무더기를 만들었다는 명문이 없음과, 돌 귀한 백두산에서 30리 이상이나 점으로 이어졌다는, 이렇게 많은 돌무더기를 그때의 기구로 얼른 조처하여 마무리 지을 것 같지 아니함 등을 참고로 헤아릴 것이니, 위에 말한 석릉(石稜) 이끼 무늬가 퍽 오래 되었음직함과 합하여 우리의 상상이 전연 막연한 것은 아닐까 한다.

더 좀 자유로운 상상을 허락한다면, 원고(遠古)로부터 '붉'도의 최고 영장인 백두산 — 불함산(不咸山)의 주봉 밑에 그를 공양하는 — 혹 표시하는 하나의 큰 조탑이 서 있던 것을, 목극등 때 혹 그 이전에 무슨 필요로 인하여 헐어서 여러 무더기를 만든 것이 아닐까 하는 생각도 난다(신당의 표지인 돌무더기를 고어에 무엇이라고 하는지, 시방 남방에서는 불교의 영향을 받은 '조탑'이란 말로써 이것을 일컫는다).

오보 등성이의 밑에는 지하(地罅)[1]가 깊이 지고, 속돌이 1장 내지 10장씩이나 덮이고, 그 응달진 구석과 바닥에는 묵은 적설이 크림색으로 깎아 세운 듯이 높이 우뚝 솟은 절벽을 이루고 있으니, 시방도 녹지 아니하는 이 눈은 필시 1년 안에 물이 되어 볼 기회가 없을 터인즉, 또한 일종의 만년설로 볼 것이다.

이 땅의 틈은 토문강(土門江)의 상류에 해당하는 것이니, 이리로부터 동북으로 약 15리 쯤은 마른 개천으로 나가다가, 양쪽 언덕이 좁혀 들어가기 비롯하여 대각봉의 부근에서 양쪽 언덕에 약 100미터나 되는 단애가 지고, 그 모양이 마치 문과 같은 곳이 있으니, 토문강의 이름이 여기에서 생겼다 하며, 돌 혹은 흙으로 만든 오보가 이 토문까지의 오른쪽 언덕에 늘어 있다 한다.

이 지하(地罅)는 여기서부터 하천의 모양을 이루어서 밀림 속을 동북으로 40리나 나가다가 사천(沙川)이 되어서 방향을 북으로 틀고, 다음에 작은 시내가 되어 약 30리를 흐르고, 다시 양쪽 언덕이

1 땅의 틈을 가리킨다.

깎아지른 듯이 솟아 있고, 맑게 흐르는 물이 곤곤(滾滾)[2]하기를 180 리 동안이나 하다가, 방향을 다시 서쪽으로 돌려서 마침내 쑹화 강 상류의 얼다오 강(二道江)으로 합쳐지는 것이다.

이 지하(地罅)를 건너서면 펑퍼짐한 하나의 고원이 내다르면서 거울 같은 작은 늪이 별같이 헤어져 있고, 뒤에는 군데군데 눈더미를 감춘 둥싯한 연봉(連峰)이 병장(屏障)[3]을 이루고 좌우로는 어깨가 처져서 낭떠러지를 이루었다.

수령 같은 땅을 절벅거리고 배꼽점에 다다라 보니, 조그만 비 하나가 얼른 눈에 들어온다. 원체 작게 생겼으므로 아마 지로표(指路表) 같은 무엇인가 하고 살펴본즉, 놀랍게도 이것이 수백 년래 한청(韓淸) 갈등의 주인공이신 유명한 정계비(定界碑) 그것이요, 국경을 표시하는 소중한 물건이다. 그런즉 이 등성이는 압록·토문 두 강의 발원점을 한 손에 휘어잡은 분수령이란 것이요, 그 덜미에 보이는 산은 백두산 상봉의 외륜(外輪)을 이루는 하나로 이어진 기슭임을 알 것이다.

수백 리를 오는 동안에 아무 인조물이란 것을 보지 못하고, 더욱 문자적 인연이라고는 점 하나 동그라미 하나를 보지 못하다가, 여기 와서 문득 이 글자 새긴 물건을 대하니, 그것이 무엇이요 또 얼마만한 것이든지 덮어놓고 반갑고 탐탐하여 눈물이 다 그렁그렁하여진다.

사람의 의사를 담아 가지고 또 중대한 사명을 띠고 비바람 2백년에 백두산을 지킨 것이 저 하나뿐인가 하면, 손바닥 만한 이 한 조각 돌이 한(漢)의 구리 기둥이나 송(宋)의 옥 부절(符節)보다도 몇 곱이나 진귀하고 귀중함을 느끼겠다. 이끼를 비비며 읽어 보니,

---

2 많이 흐르는 물이 처런처런한 모양을 이른다.
3 안팎을 가려 막는 물건. 담이나 장지, 병풍 따위를 이른다.

▲ 백두산 정계비
1712년 백두산에 세운 청과 조선의 국경비이다. 이 비석
은 1931년 만주 사변 당시 일제가 철거해 버렸다.

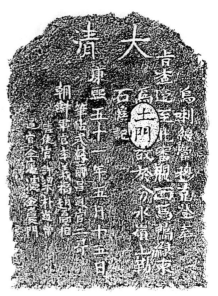

▶ 백두산 정계비 탁본
정계비 탁본 중 '土門'이란 글자가 보이는 탁본이다. 나중의
탁본 중에는 '土門'이 '玉門'으로 바뀌어 있기도 했다.

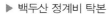

대청(大淸)

　오랄총관 목극등이 황제의 뜻을 받들어 변경을 답사해 이곳에 와서
살펴보니, 서쪽은 압록이 되고 동쪽은 토문(土門)이 되므로 분수령 위에
돌에 새겨 기록한다.

강희 51년 5월 15일

필첩식 소이창

조선군관 이의복 조태상

차사관 허량 박도상

통관 김응헌 김경문

　이라 하니, 곧 우리 숙종 38년 임진(1712)에 세운 것으로, 시방까
지 214년 동안 조선인의 게으름과 부끄러움을 탄핵하는 당사자로
듣는 이 없는 곳에서 소리소리 지르고 있는 것임을 알겠다.
　비신(碑身)은 청색 자연석을 면만 평평하고 매끈하게 다듬은, 높
이는 2척 3촌, 넓이는 1척 8촌 남짓한 것인데, 밑에도 자연석을 괴

고 뒤에도 자연석을 버틴 것이며, 글자의 모양도 촌스럽고 새긴 획도 얕고 졸렬하여, 고칠 수 없는 국경 표지로는 너무도 창피한 것이다.

그러나 한편 생각하면 성가신 이런 표적이라도 있기로 해서, 우리 조종 이래의 대대로 전하여 오는 오래된 물건이 북으로 얼마인지 알지 못할 백천 리를 부전패(不戰敗)로 내던지게 되고, 이것이 실상 그 치욕의 낙인이거니, 커다란 돌, 단단하고 아름다운 돌에 큰 글씨로 깊이 새긴 것이 아님이 도리어 다행이다.

또 훗날 적당한 때에 뽑아내어 던지기에 편케 하려 하시는 하늘의 깊은 속마음에만 있고 겉에는 변변하지 못하게 드러나는 뜻이 붙은 것일지도 모를 것이다. 까팽이만한 이 정계비에 얽혀 내려오는 동이만한 분규와 그 얽히고 설킨 매듭마다에서 안개처럼 피어 나오는 비애를 돌아다보면, 이 비가 작은 것을 나는 이렇게 생각해 보지 않을 수 없다.

여러 날 비에 젖은 것이겠지만, 비신(碑身)에 쪼르르 흐르는 물이 어찌 보면 기막힌 설움이 눈물로만 다 나올 수 없어서, 팔만사천 털구멍으로 땀이 되어 솟아나온 것 같기도 하다. 정계비에 당도하자마자 잠시 그치었던 비가 금시에 굵게 쏟아짐도 혹시 우리를 조객(吊客)으로 보고 울음을 우는 눈물일지도 모를 것이다. 쓸모없는 돌은 아는 것이 없고 사람은 살핌이 없을지라도, 하늘이 짐짓 이렇게 마음을 쓰시는 것 아님을 누가 앙탈하랴?

비가 서 있는 곳은 2,150미터로 주위의 지형보다 높고 평평한 땅이요, 오른편 어깨는 압록강의 근원이요, 왼편 어깨는 아까의 토문강 근원이라고 할 건구(乾溝)이다. 두만강 근원은 그 백두산 상봉에 가장 가깝다 하는 석을수(石乙水)라도 동남으로 70리나 되는 여러 등성이 너머에서 발원한다. 그러하니 일반이 생각하는 것처럼 압록·두만 두 강이 백두산 꼭대기의 천지로부터 발원한다 함은 다 사실이 아니요, 또 이 분수령을 사이에 두고 압록 · 두만 두 강 동 서로 반대로 되어 어긋나는 줄 앎도 또한 실제에 부합하지 않는 것 이다.

26. 국경 문제의 원인 경과

한(韓)·청(淸)의 국경 문제는 동방 외교사상에 있는 꽤 어수선한 쟁의로, 학자와 외교관이 수십년 동안 머리를 앓던 일이다. 그 쟁의가 연유하는 근원은 대개 세 가지 문제로 나누어 볼 수 있다.

남들은 주의를 아니 하는 것이지만, 우리는 첫째 조선인이 조상의 강토를 간절히 그리워하는 잠재의식을 말하고 싶다.

대개 조선인의 민족적 요람은 본디 백두산의 이북에 있어서, 그의 국토심의 맨 밑바닥에는 백두산을 국남(國南)의 진산(鎭山)으로 아는 전통성, 줄잡아도 백두산을 역내의 종산(宗山)으로 두고, 그 원주(圓周)의 일대로써 자기 민족의 생활지를 삼지 아니하면 만족하지 아니하는 강렬한 욕구가 박혀 있다.

그리하여 설사 역사적 기류(氣流) 관계로 그 생활이 한때 반도 이쪽으로 압축되었어도, 그 최초 조상으로부터 물려 내려오는 국토의식의 위에 있어서는, 이러한 변동은 곧 불과 일시의 뜬 구름이요, 있는 그대로의 모습이 자유로운 우리 백두산의 태양은 조그마한 손상도 받을 리가 없었다.

단군으로 부여로 고구려로, 진역의 중심 세력이 산북(山北)에 있었을 적 일은 말할 것도 없거니와, 통일 신라의 경역이 산남(山南)

깊다랗게 들어갔다 하여도 오히려 북방을 따로 떼어서 가음알던 조선인 중심의 발해가 있었다. 발해가 망한 뒤에는 거란과 여진이 두꺼비씨름하는 북새통을 겪어도 그 왕통과 관수(官守)와 거민이 오히려 많이 우리와 인연을 가졌으므로, 일종 변태적 의미에서는 아주 남의 땅이 된 고통을 맛보지 아니하였다.

그랬건만 고려 태조 입국(立國) 이래의 법과 규례 중에 동북면(東北面; 시방 함경도로부터 이북의 땅) 회복이 중대한 조목을 지어서, 윤관·서희 등이 노력하던 여진 척양 운동은 실로 이러한 국민정신과 시대 의식을 대표하는 사건이다. 고려 일대에 이것이 완성되지 못하니, 조선이 또한 이를 계승하여 육진일세, 사군일세 하여 무용(武勇)의 불알을 친 듯한 오백년 역사상에 여기만 약간 남성적 의기를 발휘하게 된 것도 실상 깊은 유래가 있음이었다.

그동안에 혹 원(元)의 행성(行省)이 되고 혹 명(明)의 위지(衛地)가 되었으나, 대개는 주인 없는 비어 있는 땅이나 다름없어서, 우리가 나아가 취하여 이용을 아니할 따름이지, 국경 의식, 이역(異域) 관념을 유발할 기연(機緣)으로 말하면 도무지 없었다. 후에 건주여진(建州女眞)의 일족이 두만강 골짜기 땅에 들어와 살았다 해도 그는 왕토(王土)에 귀순 복속하여 화육(化育)을 원하여 받들던 것이니, 진실로 그네로 하여금 국토적 경성(警醒)이 생길 까닭이 없었다.

그런데 이 야인이 차차 자라서 만주의 주인으로부터 중원의 주인으로 진전하면서 만주를 민족적 근거지로 위호(衛護)하는 동시에, 백두산을 그 조선(祖先)의 발상지라 하여 금봉(禁封)하기에 이르렀다. 그들과 우리 사이에 한참 승강이 되다가, 필경 백두산을 중심으로 하여 압록·두만 두 강의 월경(越境)에 약간 동안 하나의 중립지대를 만들고, 누구든지 도무지 거주하여 살아감을 막자는 무리한 약속이 억지로 이루어지게 되었다.

그러나 조선인에게서 백두산을 빼앗고 또 그 연변(緣邊)의 생리

(生理)를 빼앗음은 이미 심리적 불가능인 동시에 겸하여 경계적 부자연이었다. 오래는 물론이거니와, 잠시라도 실행될 리가 없음은 본래부터 자명한 일이었다. 백두산과 그 빙 둘러 에워싼 땅은 더 오랜 내력과 더 깊은 의미로 조선인의 민족적 근거지이자 국가적 발상지이다. 가까운 일로만 말하여도 애신각라씨(愛新覺羅氏)[1]의 상재향(桑梓鄕)[2]일 뿐 아니라, 그보다 먼저 이씨의 풍패지(豊沛地)임을 생각하면 아무리 이조에서도 얼른 내어놓고 모른 체할 리 없을 것은 물론이다.

아무리 그렇게 하고 싶어도 제 스스로 어찌하지 못할 국토적 양심, 그 굳고 차진 잠재의식의 대명령이 있는 바에, 여기 대하여 최후까지의 저항이 없으려고 해야 없을 수 없을 것이다.

이렇게 조상의 강역이 아주 남으로부터 업신여겨 짓밟힘을 당하고 산의 북쪽이 다시 우리의 것이 되지 못하는 초유의 중대한 변고는 조선인의 국토 의식 — 국경 관념을 맹렬하게 충격하여 비교할 만한 것이 이전에는 없던 열성으로써 백두산을 보호하여 지니자는 운동이 생기고, 그것이 잠자는 조정하고 관계없이 깨인 민중의 손에 의해 개시(開始)케 되었다.

물론 청에 대한 우리의 정치적 지위 같은 것도 아랑곳할 여유가 없을 만큼 긴장한 정도에서이었다. 국경 문제의 먼 원인은 실상 여기 있는 것이요, 이 정신적 경계 쟁의로 말하면, 실상 초인위적(超人爲的) 초조약적(超條約的) 점착력(粘着力)으로써 백두산과 그 옷자락이 완전히 조선인의 물건이 될 때까지 일관되게 변하지 아니할 문제일 것이다.

---

1 만주족 한 부족의 이름으로 후에 청조의 성이 되었다.
2 상재는 선조들의 자취가 남아 있는 고향 또는 고향에 계신 연로한 어버이를 가리키는 말이다. 『시경』에서 나온 말로, 뽕나무와 가래나무를 심어서 후손들에게 누에치기와 가구 만들기를 할 수 있도록 준비해 준다는 데서 유래한다.

둘째는 백두산이 조선의 국경이 됨에 역사적·민족적으로 부당한 이유가 없음을 들 것이다. 무릇 국경에는 산악이나 강하(江河)나 사막·해양 같은 자연적 경계와, 경위도(經緯度)의 선이나 도로나 기타 두 정해진 지점간의 직선 같은 인위적 경계의 두 종류가 있다. 그중에서 자연적 경계를 좋다 하고 또 그중에서도 산악 같은 것을 좋다 하지만, 국경의 한계를 정하는 힘에 대하여 사실상 무시 또 등한시하지 못할 것은 민족과 국어와 특히 국민성(nationality)이요, 더욱 역사적 전통성과 지리상 발전 방향과 일치된 국민정신이다.

오랜 역사로 굳게 연결되어, 거의 완전한 화학적 결합을 이룬 민족의 신앙·희원(希願)과 그 현현인 생활 사실은 무엇을 가지고도 ― 무서운 세월의 힘을 가지고도, 동요하거나 변역(變易)하거나 또 상멸(喪滅)할 수 없는 것이니, 그때 그때의 정치적 사정에 의하는 국경 장축(張縮)은 무슨 절대적 사실일 권위를 가질 수 없는 것이다.

백두산이 혹시 자연적 국경으로는 히말라야·안데스에 견주어 비교할 만하고, 두만·압록 두 강이 또한 라인·다뉴브에 해당한다고 볼지라도, 그것이 역사적 관계와 민족적 의의에 있어서는 저네들과 아주 딴판으로서, 절대적인 경계적 제한이 될 이유가 없음은 많은 말을 필요로 하지 않는 바이다.

더욱 조선이 삼면으로는 바다에 막히고 오직 북에서만 백두산으로 연륙(連陸)이 되어 생취(生聚)·번연(繁衍)의 여력이 저절로 북으로 흘러넘칠 수밖에 없는데, 게다가 산남(山南)의 척박함에 비하여 산북(山北)은 지미(地味)부터 기름지고 살지니, 또 그것이 비워진 버린 땅으로 있어 입거(入居)하여 개간함에 아무 구애가 없게 되었다. 이러한 사정 하에 있는 사람과 땅이 내용이 없고 짜이지 아니한 허술한 조약 문자를 초월하여서 사실상의 국경이 북으로 북으로 진전할 것은 사리와 형세에 비추어 당연하다 할 것이다.

더구나 두만강 저쪽은 본디부터 까치집에 비둘기가 산 것으로 비정상적으로 차지한 자가 획 떠나가면 당연히 도로 내 땅이요, 한편 선춘령(先春嶺) 저쪽에는 윤관의 정계비가 서 있느니라 하는 민족적 신념이 확고부동하여 뺄 수 없음에랴. 이리하여 국력 관계로 나라에서는 어떠한 굴욕적 조약을 맺든지, 민중 자신의 실력적 수복 운동은 그대로 착착 진행할 수밖에 없었다. 천하에 사실보다 큰 세력이 어디 있으랴? 국경 분쟁의 제2원인은 실상 여기 있는 것이다.

국민성과 국력과의 모순이며 민중 운동적 사실과 국제 조약적 관계와의 배치 — 합하여서 합리와 부자연과의 충돌은 언제 무슨 흔단(釁端)으로든지 한번 발현하고 말 것인데, 이것이 우리 아닌 저네의 손에서 비롯되고 다른 것 아닌 정계비란 것으로 말미암아서 생겨났음은, 조화의 장난도 좀 심하다 할 만하다.

무엇이냐 하면, 강희 청나라 황제의 엄명을 받들고 와서 고압적으로 세운 '대청(大淸)'의 정계비란 것, 말하자면 백두산을 이치나 조건에 맞지 아니하게 강제하여 조선에서 빼앗아가려 한 편무적(片務的) 정계 증빙이 뜻밖에 경계 분쟁의 발단이 되고, 백두산 저편 땅까지를 조선에 넘겨 보내지 아니치 못할 문서 증거가 된 것은 잘 만들려고 너무 기교를 부리다가 오히려 졸렬하게 만든 각박한 하나의 예라고 할 것이다.

대저 만청(滿淸)은 여진족 가운데에서도 그다지 지체가 훌륭한 종성(種姓)이 아니요, 그 내력 같은 것도 썩 분명하다고 할 수 없는 자로, 시운을 타서 구오(九五)[3]의 자리를 차지하니 여러 가지 벌열적(閥閱的) 수식(修飾)으로써 그 한미한 것을 가리려 한다.

그 부족 겸 국방(國邦)의 명칭인 만주가 본디 다른 출처에서 나오

---

3 역괘에서 아래로부터 다섯 번째 양효의 이름. 건괘의 구오가 임금의 지위를 뜻하는 상이라는 데서 임금의 지위를 일컫는 말로 쓰인다.

고 또 훨씬 후년에서부터 칭위(稱謂)하게 되었건만, 후년 청조의 칙찬서(勅撰書)에는 입국(立國) 당초부터 국호를 만주(滿洲)라 하여 문수(文殊)와 같이 다른 부족이 경외함에서 나온 것처럼 말함이 그 하나다.

또 여진족이라고 해서는 역사적 문화적으로 번듯하지 못하여 한인(漢人) 통치상 권위가 박약하겠으므로, 계림(鷄林)과 길림(吉林)을 억지로 찍어 당기어 가면서 자기네 종성(種姓)의 연원을 남북으로 현격하게 다른 삼한 신라 등 백두산 남쪽의 민부(民部)에 억지로 이어 매는 것 같음도 그 하나인데(『滿洲源流考』叡山講演會 606항 이하, 内藤虎次郎의 日本滿洲交通略說 등 참조), 그 국조의 신령스런 자취를 말하되, 가깝게는 고려 국조 신탄 설화(神誕說話)와 멀리는 환웅 이하 태백산 계통 제왕감생 설화(帝王感生說話)에서 본보기를 취하여 포고리(布庫里) 주과 설화(朱果說話)를 만들어 놓았음도 물론 그 하나의 단서이다.

그런데 이미 이러한 국조 전설을 만들어 놓고 본즉, 저절로 백두산을 신처럼 볼 수밖에 없고, 이미 천하의 부(富)와 사해의 귀(貴)를 가진 제왕이고 본즉, 그 발상의 영적(靈蹟)을 어지간만하면 내 판도 안에 거두어서 높이 받들고 높이 제사하는 정성을 다해 보려 함이 그 당연한 욕구일 것이다.

강희 이래로 여러 가지로 애를 써서 백두산의 실정을 조사 검증하고 또 갖가지 지위에 알맞은 예의를 갖추어 백두산의 신의 공덕을 장엄하게 함이, 다 실상은 갑작스런 귀인(貴人)의 사당치레이었다. 기회만 있으면 장백산을 무장무장 자기네에게로 당기어 오려 할 판에 국경상에 하나의 살인 사건이 생기니, 오라(烏喇; 즉 길림) 총관 목극등을 보내어 이 사실을 만나서 조사하게 하여 백두산 변경을 실지로 답사케 하였다. 이로 인하여 반은 이치나 조건에 맞지 않게 강제로 세운 것이 저 이른바 정계비란 것이다.

그 가운데 있는 '동위토문(東爲土門)' 네 글자가 약고도 밝지 못한 표가 되어, 이백 년 변경의 두통이 될 줄은 영명하다는 강희제로도 꿈도 꾸지 못하였던 일일 것이다. 여하간 이 비에 기록된 모호한 한 구절을 도화선으로 하여 조선인의 겹쳐 쌓였던 국토적 불평은 급작스레 폭발할 기회와 인연을 얻게 되었다. 이른바 국경 문제란 것은 진실로 이러한 먼 원인, 가까운 원인, 직·간접 동기로써 생긴 수월치 아니한 국제적인 하나의 암 종양이었다.

윤관이 9성을 새로 개척한 것이 두만강 남쪽에 한한 것인지 강북(江北)까지 넘어 들어갔는지는 역사가의 고증에 맡길 일이어니와, 고려 이래의 북쪽 강역이 강북 700리의 선춘령에까지 미쳤다 함은 진인의 오랜 전통적 경계 관념이요, 원·명 이래의 저 땅의 실정이 또한 이 견해를 유지하기에 아무 불편을 느낄 것이 없었다.

더욱 이태조의 선세(先世)가 강북 알동(斡東)[4]의 땅에서 흥기하여 태조의 세대까지 여진의 여러 군(郡)을 말끔히 평정하여 복속하니, 간도 일대로부터 시방의 연해주와 영고탑 일대의 지방은 저절로 그 경략 범위 안에 들었다. 그 뒤에 두만강 좌우 언덕에는 여진이 다시 들어와 살았으나, 번호(藩胡)라 하여 공물을 우리나라 조정에 삼가 바치는 형편이었다. 청나라가 발흥한 뒤에도 여러 가지 사정으로 인하여 장백산 부근의 일을 비교적 무심하게 내버려두게 되자, 두 강의 월경(越境)은 의연히 조선인 본위의 민생 이용지가 있었다.

이리하여 백두산 서쪽에 있어서도 압록강이 반드시 국경이 아

---

4 함경북도 경흥의 두만강 대안에 있었던 러시아 영내의 지명. 이성계의 고조 인 목조(穆祖)가 본래 덕원에 살다가 이곳으로 옮겨와 익조(翼祖) 때까지 살 았고, 익조는 다시 덕원으로 옮겨와 살았다. 알동에는 이성계의 조상이 묻힌 2개의 능이 있었는데, 태조 때 경흥 남쪽의 능평(陵坪)으로 이장하였다가 태 종 때 함흥으로 이장하였다.

니었지만, 그보다 더 확실 또 명료하게 두만강은 결코 동북 땅의 경계가 아니요, 더욱 청나라가 일어난 이후로는 두 강 건너편 약간 거리의 동안에 도리어 울타리를 설치한다, 무인 지대를 설정한다 하여, 그들과 우리(彼我)의 틈이 생기는 것을 막기에 노력한 것은 문적에도 밝고 선명한 바이다(프랑스 사람 뒤 알드의 Description de la Chine, 『中國帝國全誌』 참조).

그러나 장백산의 나무가 몹시 우거진 숲에서는 인삼이 나고 녹용이 나고 여러 가지 귀중한 털가죽이 나고, 또 백천 년 동안 묵힌 땅이라 거름할 것 없이 농작이 길하고 이로웠다. 초년에는 금령도 행하였지만, 혜택이 매우 큰 형세를 막을 길 없어서 강을 넘어가 개간하는 것이 어느새에 금지할 수 없는 공연한 사실이 되었다. 이렇게 한참 동안 공한지(空閑地)이던 곳으로 몰래 가서 함부로 경작한 인민이 머물러 살아가는 곳을 편의상 간도(間島)로 일컫게 되었다.

간도(間島)의 원래 의미는 두만강 밖 일대의 땅을 섬으로 알고 중립 지대의 뜻을 붙인 이름인지, 또 간(間)을 간(墾)으로도 씀은 우리가 개간한 땅이란 의미를 붙임인지, 또 혹 간(艮)으로도 씀은 북방에 있다 해서인지, 또 혹 셋이 다 아니요 '간도'가 실상 예로부터 내려오는 그 일대의 지명인지, 시방에는 이를 판정할 수 없이 되었다.

그러나 우리가 이렇게 부르기는 꽤 오랜 옛날부터의 일이요, 본디는 백두산의 동쪽 자락을 부르던 것이, 나중에는 범람하여 그 서쪽 자락의 중립 지대까지를 이렇게 불러 드디어 북(혹은 동), 서의 구별이 생기게까지 되었다.

그런데 조선의 북쪽 변경을 압록·두만 두 강이라 함이 적확한 사실을 증명할 만한 근거 없기로는 매한가지다. 청인의 독단에서 나온 것이지만, 서쪽의 압록 유역은 그들과 우리(彼我)의 접촉이 매우 잦은 동안에는 저편의 위압과 우리편의 퇴영(退嬰)으로 인해 어느새 관습상 국경이 되었다.

그러나 두만강 유역으로 말하면 본래 저편의 권위는 약하고 우리편의 생리(生理)는 이미 깊으니, 그 독단적으로 억지를 쓰는 말이 얼른 통행될 리 없었다. 우리가 혼자 살거나 저네들이 들어와 살지라도 그 수가 변변치 아니할 때에는 모르거니와, 여기 경제적 관계가 생겨서 소유권을 가지고 서로 다투려 하게까지 된 마당에는, 국경 문제가 저절로 발생하였다. 또 본디는 이유가 있었던지 없었던지, 슬그머니 두만·압록이 양국의 천연으로 이루어진 요새지라고 믿었음이 있는 바에, 강북(江北)의 땅이 우리의 소유임을 저편으로 하여금 승인케 함에는 퍽 힘이 들지 아니치 못할 것은 거의 숙명이라고 할 것이었다.

강희제가 목극등을 시켜 세운 정계비가 진실로 위세와 권력을 마음대로 희롱하여 그 독단적 소신을 실행함에서 벗어나지 아니한 것임은 이제 군말할 것도 없는 일이다. 우리 편의 감계사로 갔던 박권(朴權)이니 이선부(李善溥)니 하는 이는 중로(中路)에서 돌아오고, 군관·역관 몇 사람이 따라가 약간 응대에 임하였을 뿐이요, 대체는 제 소견 드는 대로 이쯤을 나라의 경계로 함이 좋겠지 하는 개인적인 판단으로 비를 세웠으되, 그 정신점(精神點)은 장백산을 저의 역내로 끌어넣음에 있는 듯함은 우리가 문적으로 밝히 아는 일이다.

간(肝)이 있다고 할 수 없는 박(朴)·이(李) 두 사람의 일은 일컫기에도 더러움을 깨닫거니와, 다행히 역관 중에 김응문(金應門)이라는 강직하여 자기 의지를 좀처럼 굽히지 않는 사람이 있어서, 사리에 맞는 항변이 능히 국토 수백 리를 보전하여 저 해상의 안용복(安龍福)과 더불어 천고(千古)에 함께 기리거니와, 김응문마저 없었던들 북방의 국경이 다시 얼마를 더 줄어들었을 지경임이 그때의 실정이었다(『通文館志』와 洪世泰, 「백두산기」 참조).

자기 마음대로 정계비를 세운 목극등은 이때에 생각하기를 한

명의 병사도 피를 흘리지 않으면서 큰 땅을 앉아서 얻고, 오직 한 조각 돌에 의지하여 오래된 걱정거리를 시원하게 날려 버렸다 하기도 하였겠지만, 이 분수에 넘치는 공명을 누리기에는 그의 무식과 불명(不明)과 또 처리한 일의 거칠고 경솔함이 다 너무 심하였다.

수명(水名)의 내력과 강이 흐르는 방향 같은 것을 깊이 조사하지도 아니하고, 그 역사적 원인의 유래와 실제상 영향에는 더구나 고려를 더하려고 아니하고서, 다만 말 위 하늘 높이 부는 바람에 채찍을 내두르면서 "옳지! 저것이 토문이요, 저것이 압록이니, 여기에다 정계비를 세워라." 하는 호령을 무턱으로 하였던가 보다.

실상 토문강은 북으로 서로 쑹화 강에 들어가는 것이요, 두만강은 남으로 남으로 벽해(碧海)[5]에 들어가는 딴 것이지만, 그의 황당하고 협소함이 이 둘을 혼동하고 이 둘이 실상 한 끝에 닿은 줄로 오인하여 드디어 정계비로 하여금 도리어 부정계비(不定界碑)를 짓게 한 것이 딱하였다.

한·청 국경 문제란 것은, 요하건대 간도 소속의 문제요, 간도 문제란 것은 두만강 토문강이 다르냐 같으냐의 문제요, 이 문제의 장본(張本)은 정계비문 중에 "동위토문(東爲土門)"이란 구절의 해석이었다.

조선의 이민이 간도에 보금자리를 쳤을 때에 산동의 몹시 가난하여 보잘 것 없는 형편의 여파가 차차 이리로 튀어오기 시작했는데, 국권상으로 박복한 조선인이 믿는 것은 그 수뿐임에 대하여 청인에게는 권력의 배경이 있었다. 그리하여 딱 밝혀 말하기는 어려워도 꽤 많은 억압 ─ 특히 청인의 귀화 강제가 끊일 사이 없이 조선 이민(移民)의 위에 더하였다.

그러나 조선인의 두뇌에는 선춘령 북계 관념이 있으므로 얼른

---

5 푸른 바다라는 뜻으로, 여기서는 동해 바다를 이른다.

이 억압을 받고자 아니하였다. 한편, 정당한 증빙의 수집과 함께 정부에 대한 보호의 청구를 하니, 이래서 발출(發出)된 것이 목극등비의 '토문'이란 구절이요, 이래서 설치된 것이 북간도 관리의 관직이요, 이래서 갈수록 분규하게 된 것이 국경 감정(勘定)의 쟁의이었다. 그런데 이 문제의 발생 및 성장에 조선인의 북방 의식의 각성이 많이 관계되어 있음은 우리의 흥미를 크게 끈다.

대저 고종조 병인양요 이후 약 20년 간은 조선 민족 사상사상에 있어서 퍽 주의를 요하는 시기이다. 국권 사상, 국토 관념 등 무릇 국민 의식, 국가 생활에 관한 모든 필요한 자각은 실로 전에 없는 활기로써 청년의 마음속에 솟아나 여러 가지 파문을 사방으로 전하여 미치게 하였는데, 남 보게 등장한 배우에는 김옥균(金玉均)도 있고 홍영식(洪英植)도 있고, 박영효(朴泳孝)·서재필(徐載弼)도 또한 그중의 한 사람이지만, 이 시대사조의 원두(源頭)가 되고 이 시운 추진의 비기(秘機)를 붙잡은 이는 실로 남모르게 숨어 앉았던 유대치(劉大致)란 무명 위인이었다.

임오의 군변과 갑신의 혁명 운동이 물론 다 그가 암묵적으로 주획(籌劃)한 하나의 파동이거니와, 이 영웅아(英雄兒)의 안광과 식견은 결코 일시의 정변으로써 국민 생활의 개조를 완성하리라고 생각하지 아니하였다. 구원심장(久遠深長)한 조선 개조 운동의 진리와 기틀은 도리어 다른 큰 방면에 있을 것을 생각하고, 김옥균·박영효 무리로 하여금 일시적인 눈앞의 응급을 주선케 하는 동시에 따로 이 장원(長遠)한 계획을 북방 영역 밖의 땅에 진행케 하였다.

한편 백춘배(白春培) 외 허다한 총명 준수한 인재를 북쪽 국경 밖 영고탑 시베리아 등지로 파견하여 제반 필요한 탐사를 행하게 하고, 한편 어윤중(魚允中)을 서북 경략사로 가게 하여 그 북방 주획(籌劃)의 불집을 내게 한 것이, 다 그 마음속에 품고 있는 생각의 일죽(一竹)이요, 또 이것이 실상 간도 문제가 국제 쟁의로 외교 무대에 출현하게 된 숨겨진 확실한 동기이던 것이다.

유 위인(劉偉人)의 웅대한 신조선 운동은 하나의 소단락의 클라이맥스인 갑신 10월 안(案)에서 믿을 수 없는 일본으로 인하여 의외의(혹 당연한) 차질을 보고, 이 때문에 만사가 뜬구름에 부치게 된 것은 천고의 지극한 한(恨)이지만, 그 영웅의 모습과 웅대한 계략은 언제까지든지 사람의 게으르고 한가함을 채찍질하기에 족하고, 또 유대치를 예각(銳角)으로 해서 뚜렷이 드러난 조선인의 국민 이상 주향선(走向線)은 이제도 우리의 의식 중에 숨게 또 드러나게 운동하는 그것인즉, 간도 문제는 실상 어느 일면에서 우리의 정신적 목표가 되는 기둥임을 생각도 할 것이다.

여하간 간도 문제를 외교적으로 실마리를 연 사람은 고종 계미(1883)에 서북 경략사로 갔던 어윤중이다. 그는 경원(慶源)에 갔다가 월경하여 개간하는 백성들의 슬픈 하소연을 듣고 종성(鐘城) 사람 김우식(金禹軾)을 시켜서 5월과 6월에 두 번 백두산을 임검(任檢)케 하여 정계비와 토문강의 원류를 조사하여 사실을 알아내게 하였다.

그 후, 간도가 당연히 조선의 소속일 것을 주장하고, 그때 청국 관헌이 조가(朝家)를 향하여 두만강을 넘어가 개간하는 백성을 쇄환하라고 다그쳐 요청한 것이 이치에 어긋난다는 것을 논변(論辯)한 것이 그 시초이었다. 그 논쟁의 요점은 정계비에 적은 토문을 청측에서는 두만의 별칭이라 함에 대하여 우리 편에서는 두만과 토문이 본래 별개의 것임을 항변함이다.

정계비가 있는 분수령에서 보면, 서쪽의 발원지가 압록임에 대하여, 동쪽의 발원지는 분명 동북으로 쑹화 강으로 회합하는 토문 강의 상원(上源)이 두만강 60~70리 밖에서 비로소 발원하는 것인즉, 설사 목극등의 진의는 토문이 두만을 가리킴에 있었다 할지라도, 정계비를 분수척(分水脊)으로 하는 압록강원(鴨綠江源)의 상대물은 분명한 토문강이요 두만강은 얼토당토 아니한 것이었다. 또 청 측에서는 토문이 도문(圖們)·통문(統門)·두만(豆滿) 등과 한가지로 여진어의 만(萬)을 의미하는 '두멘'의 역자(譯字)로, 토문(土門) 즉 두만(豆滿)임을 언어학적으로 주장하였다. 그러나 토문(土門)의 어원이 음에 있는 것이 아니라 뜻으로부터 온 것임은 토문강원(土門江源)의 탐구로 말미암아 명백하게 되었었다.

저편과 우리 편의 주장에는 도리와 정의[理義]의 어두움과 밝음이 이렇게 현격함이 있건만, 토문을 두만 이외의 별개의 것으로 인정함에는 그 사이에 끼어 있는 간도 일대 땅의 득실이 따르므로 청의 집요함이 여간 아니어서, 담판은 얼른 귀착점을 얻지 못하고, 사람과 땅은 갈수록 더욱 엉킴이 큰 채로 마침내 조선의 외교권이 일본으로 넘어감과 함께 옮겨 가서 일본과 청 사이의 하나의 현안이 되었다.

간도 문제는 조선인의 국토적 울분의 하나의 돌기(突起)인 만큼 위축병 들린 근대 조선인의 일로는 생각 밖의 활기를 발휘한 숱한 인물과 그 사적을 남겼다. 예로부터 간도 일대는 우리 선민(先民)의 피와 땀에 반죽되어 내려오는 땅이어니와, 경계 문제 이후로 국토의(國土義)와 민생의(民生義)를 위하여 진심으로 고심하며 분주하게 주선하던 여러 지사의 일은, 그것이 아무도 모른 체하는 것을 몇 사람의 의분만으로 말려 해도 말지 못하는 일인 만큼 더욱 찬탄에 가치가 있다.

고적(古蹟)을 찾아 탐구하고 실정을 조사하여 밝혀낸 김우식(金禹軾)·지창한(池昌翰), 문헌을 고증하고 국토 정신을 고취하고 용기를 북돋운 김노규(金魯奎)·오재영(吳在英), 간관(間關) 수천 리에 여러 해 거지처럼 떠돌아다니면서 국토적 경종으로써 일대 관민(官民)의 타성을 환성(喚醒)하기에 노력하던 오삼갑(吳三甲)·한태교(韓台敎)·지용수(池用洙) 등의 힘들인 보람은 다 충분히 아름다움을 천추에 드리울 것이 있다.

컴컴한 사람은 그 공을 잊어버릴지라도 사리가 밝고 또렷하신 백두 천제 단군 황조는 많은 어리석은 무리 중에서 어쩌다가 나온, 집안을 잘 다스린 자손으로 그 이름을 기억하실 것이다.

임오년(1882) 경계를 탐구한 경략사 어윤중으로부터 을유년(1885)에 법제를 살핀 감계사 이중하(李重夏), 기해년(1899)에 경계를 조사한 함북 관찰사 이종관(李鍾觀) 경원 부사 박일헌(朴逸憲), 광무 6년(1902) 이래 시찰원으로 간도 관리로 국경을 지키고 백성을 조사하여 등록하고 군사를 훈련시키고 조세를 독촉하는 등 여러 방면에서 관리 하나에 백성 아홉인 대활약을 계속하여 청인 관민에게 맹호 이상의 위무(威武)를 발보이던 이범윤(李範允)에 이르기까지, 국경 문제에 제휴하던 자는 관리들도 다행히 다른 데서와 같이 멍청이가 아니며 산송장이 아니며, 다시는 박권 · 이선부의 종락(種落)이 아니었다.

비교적 부지런도 하고 딱딱도 하고 또 끈질기기도 하여, 목극등 때의 실책은 이미 미칠 수가 없을망정, 그때의 정계비에서는 한 치인들 이치에 안 맞게 사양하랴 하였다. 이중하 같은 이는 고종 정해(1887) 봄에 감계사로 청국 위원과 함께 두만강 수원을 임검할 때에, 그 하나의 수원인 서두수(西豆水)를 보고 다시 홍단수(洪丹水)로 전진(轉進)하여서는 청국 위원이 기어이 그 선에 경계를 획정하려고 하여, 데리고 갔던 군졸로 하여금 이중하를 협박하였다.

그러나 이중하는 의연히 굽히지 아니하고서 "이 머리는 끊을 수 있을지언정 국토는 줄일 수 없다."하여 그 방자한 굴레를 쑥 들어가게 한 일도 있었다. 당시 우리의 청에 대한 외교적 지위가 얼마나 굴욕적이었던가를 생각하면, 이중하의 이 일이 얼마나 갸륵한 줄을 알 것이다.

경계 담판에는 양국 사이에 권력적 차등이 심한 만큼, 말 못할

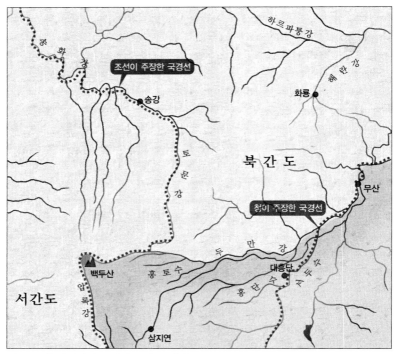

간도 국경 회담에서 조선과 청의 국경선

간도 국경 회담시 청은 서두수를 조선은 토문강을 국경으로 할 것을 주장하였다. 지도에 나타난 것처럼 영토의 차이가 크게 난다. 특히 간도의 귀속권 여부가 중요한 국경 회담이었다.

고심이 한두 가지가 아니요, 또 걸핏하면 도리와 정의[理義]의 모자라는 것은 군대의 위세로써 보태려 함이 저편의 평소 모습이므로, 이 교섭에는 사려와 함께 용기가 필요하였었다.

이를테면 홍단수를 답사할 즈음에 조선측은 4명임에 대하여 청국측은 40명이요, 군대의 위세를 베풀어 이렇다 하면 무슨 봉변을 당할지 모를 기세를 보였으며, 실지의 도면 제작에 종사하던 지창한(池昌翰)이 청국측의 의견을 좇지 않는다는 이유로 손에 생채기를 내는 일까지 있었다.

또 이번 길에 우리는 의연히 토문설(土門說)을 주장하고 저네 또한 토문이 곧 두만이라는 설을 놓지 아니하여 어찌할 수 없는 막다른 꼴이 되었을 때에, 실제의 세력으로 반성을 재촉하기 위하여 그 네를 끌고 가서 신무치 부근에서 막영(幕營)을 하다가 한번은 우연히 우리 편 사람 하나가 청국 위원 덕옥(德玉)의 막 안을 찾아갔더니, 덕옥이 마침 아편을 먹고 깊이 자는데, 탁상에 군기 대신(軍機大臣)으로부터 온 훈령이 있으므로 이것을 훔쳐다가 등사해 보고 청국측이 토문강과 서두수의 중간에서 절충하려는 의향이 있음을 알고서 거짓으로 일컫기를 "이 취지는 조선에도 도래하였다."하여 그네가 비로소 서두수를 버리고 홍단수로 양보한 일이 있었다.

그러하여 이중하가 아무래도 그 이상 양보시키지 못할 것을 짐작하고, 개인의 의견으로 홍토수(洪土水)로 협상이 되면 그렇게 낙착을 지으려고 했음은 잘하던 끝의 하나의 큰 실수요, 다행히 그렇게 귀결이 되지 않고 말았지만 이 에피소드로서 당시 감계자(勘界者)의 애쓰던 한 부분을 짐작할 수는 있다.

간도 문제는 조선인에게 홑으로 국토의 장축(張縮)에 관한 것만은 아니다. 과거로 현재로 미래로, 구원(久遠)한 나라의 운명에 미묘한 관계를 가지는 무엇보다도 못하지 아니한 중대한 문제이다. 백두산 하나가 왔다 갔다 하는 관계만으로도 무엇하고도 바꾸지 못할 중요한 의의가 있다 할 것이다.

그런데 이 문제가 일본인의 손으로 넘어간 뒤에는 어떻게 변이(變移)되었는가? 아닌 게 아니라 과연 학자를 시켜서 조사도 하고 출장소를 베풀어 경략(經略)도 하고 차사(差使)로 하여금 논쟁도 하여, 다시 여러 해를 두고 옥신각신하지 아니한 것은 아니지만, 결국은 일본인의 간도 경륜(經綸)은 상대적인 것이요 방편적인 것으로, 최후까지를 다툴 문제가 아니었다.

융희 3년(1909) 9월 8일에 간도에 관한 협약이란 것이 청천의 벼락같이 발포되어, "제1조 일청 양국 정부는 도문강(圖們江)을 한청 양국의 국경으로 하고, 강의 수원지 지방에 있어서는 정계비를 기점으로 하여 석을수(石乙水)로서 양국의 경계를 삼음을 성명함"이라는 것으로 간도가 그 후에 우리 땅이 아니게 된 때에 우리의 가슴에 형언할 수 없는 여러 가지 설움이 교차하던 일은, 기억이 오히려 새로우니까 번거로이 말하지 말기로 하자.

다만 이것이 약한 조선은 믿기 어려우니까 강한 일본에게 맡기라 하여 억지로 외교권을 앗아간 강한 일본의 강한 것이 어떻게 고마움을 알게 하는 알뜰한 선물로 약한 조선에게 처음으로 보낸 것임을 한번 생각하자. 약하다는 조선인의 손에서는 강할 수 있기까지 지지를 얻어온 이 문제가 강하시단 일본인의 손에 들어가자마자, 약할 수 있기까지의 물러나 굽힘을 나타낸 표본적 사실로, 이것을 오래도록 기억하여 보자.

그런데 이것이 실상 안봉선(安奉線) 철로 개축의 난문제(難問題)를 해결하기 위하여 그 고삿고기를 삼은 점에서 그네의 신의율(信義率)에 대한 분명한 실물 교훈를 얻은 것으로 우리는 만족도 할 것이다. 이것이 어떻게 역사적으로 민족적으로 또 정신상으로 생활상으로 조선인에게 절대성을 가지는 것인지 따위는, 당연히 그네의 지난 일을 돌이켜 생각함에도 걸맞지 못할 것일진대 우리가 다시 무슨 말을 하랴. 언제까지 없어질 리도 없고, 아무도 빼앗아 갈 수 없는 우리의 양심 정계비에 아직 동안의 억울함을 붙이고 나가자.

27. 빈궁한 자식 환영의 무지개 아치

어떻게 생각하시고 비가 좀 그친다. 비만 그치면 무지개가 서고, 무지개만 서면 맑은 맛과 밝은 기운이 그 궁륭(穹窿)으로부터 나온다. 연지봉에서, 오보에서, 정계비 못 미쳐서, 또 시방 이 산 앞에서 벌써 여러 번 우리 발끝 향하는 앞을 쫓아가면서 이 무지개가 나타나는데, 아치의 웅대하고 색채의 심농(深濃)함에서 백두산 무지개로서의 특색을 나타내었다.

하늘은 상을 찌푸리시고, 산에는 몽골 삼승을 오만 겹이나 배접한 듯한 깊은 운무(雲霧)의 면박(面帕)이 가리우고, 휑한 채 텁텁한 공기가 어른하면[1] 사람을 넘어뜨려서 무거운 돌 밑에 눌러 놓을 듯한 이때 이곳에서 반지르르한 무색 무지개가 가끔 나옴이 조용하고 무거운 나락으로 빠져들 듯한 만상(萬象)을 살려내는 유일한 서광이거니 하면, 무지개 그대로가 내 호흡 구멍 같기도 하며, 구태여 우리 나가는 길 앞을 막질러서 이리 섰다가 저리 섰다가 함은, 혹시나 이 꼴 이 주제로 오는 이 몹쓸 자손도 찾아드는 것만을 반가이 여기사 환영하는 채문(彩門)을 연방 세워 주시는 것 같기도 하

---

1 얼핏 한번 나타났다가 없어진다는 뜻이다.

여, 빗나갈수록 더 당기어 생각하신다는 부모의 심정이 한없이 고마우시다.

스스로 돌아다보건대, 가지가지로 사랑의 이끄심과 고임의 심부름을 거역하고, 세간이라는 세간은 모조리 족대겨 없애고, 문패는 고사하고 신주(神主)에까지 진흙물을 칠하고, 그러고도 분한 줄 원통한 줄 부끄러운 줄도 모르고, 그러고도 분발하고 진작(振作)하여 이를 빼물고 내 것을 찾으려 들지도 아니하는, 이 억세게 고집스럽고 사나우며 어리석고 못난 몸에 그래도 나머지 사랑을 받을 만한 무슨 구석이 있을까? 다 제쳐 놓고 그래도 우리를 자손이라는 이유만으로 반겨주실까? '누가'의 탕자(蕩子)를 생각하니,

어떤 사람이 두 아들이 있더니, 그 말째 아들이 산업을 나누어 달라 하여 다른 지방으로 가서 허랑(虛浪)하게 탕진하고 남의 머슴을 살다가 마침 흉년까지 들어서 도야지 먹는 팥 껍질로 배를 채우려 하더니, 언뜻 생각이 나서, 그래도 부모를 찾아가서 고하기를 "내가 하늘과 부모께 죄를 지었은즉 지금부터는 감히 아들이라 일컫지 못하리니, 나를 품꾼의 하나로 보소서." 하리라 하고 부친께로 돌아갔다.

서로 떨어져 있던 사이가 초원하건만 어느새 부친이 알아보고 측은히 여겨, 달려가 목을 안고 입을 맞추고 종에게 명하여 제일 좋은 옷을 내어다가 입히고 손에 반지를 끼우고 신을 신기고, 또 살찐 송아지를 잡아서 잔치할 준비를 명하면서 하시는 말이 "내 아들이 죽었다가 살았으며 잃었던 것을 찾았다." 하였다.

이때 마침 맏아들이 밖으로부터 돌아오다가 크게 잔치를 베풀고 즐기는 광경이 벌어진 것을 보고 까닭을 물으니, 그 동생이 병 없이 돌아온 것을 환영함이라 하거늘, 노하여 들어가기를 즐겨하지 아니하니, 부친이 나와서 즐거움을 함께 하자고 권하자 그의 말이 "내가 여러 해 섬기는 동안에 명을 어기는 일이 없었건만 염소 하나 잡아서 친구와 놀

게 하시는 일이 없더니 난봉으로 나가서 가산(家産)을 없앤 저 애를 위해서는 저러하시니, 마음에 섭섭합니다." 하였다.

이때 그 부친은 무엇이라 하셨는가. "아들아, 너는 항상 나와 함께 있었으니, 내게 있는 것이 다 네 것이로되, 네 동생은 죽었다가 다시 살았으며 잃었다가 다시 찾았기로, 이렇게 즐거워하고 기뻐하지 않을 수 없느니라." 하였다(15의 11·2·3).

하고, 『법화경』의 빈궁한 아들을 생각하니,

철없는 자식이 어려서 부친을 버리고 도망하여 외국으로 가서 50년씩이나 떠도는데, 빈궁에 빠져서 사방으로 이리저리 다니며 빌어먹다가 우연히 본국으로 들어섰다. 그 부친은 그동안에 자식을 찾으러 나섰다가 얻지 못하고, 한 성(城)에 머물러 살면서 살림을 배포하였는데, 원체 부호이매 재보(財寶)가 헤아릴 수 없고 명성과 위세도 으리으리하더니, 빈궁한 아들이 여러 마을을 더듬다가 그 부친 사는 곳에 당도하였었다.

그동안 부친은 매양 생각하기를, "자식 잃은 지 50여 년에 남에게 말을 하지는 아니했어도 나이는 늙고 많은 재물은 부탁할 사람이 없으니 이 노릇을 어찌할까, 자식을 만나기만 하면 이 세간을 다 내어 맡기고 한없이 쾌락하여 다시 근심이 없으리라."고 하였었다.

이때에 그 자식은 돌아다니다가 모르고 그 부친의 집 문전을 당도하여 그 부친의 굉장(宏壯)한 기구를 보고, 도리어 겁이 나서 "저 사람은 아마 왕이거나 혹은 왕족이리니 내가 품팔이할 곳이 아니로다. 다른 가난한 마을을 찾아가서 마음대로 품을 팔고 의식을 구함만 같지 못하리라. 만약 여기 오래 머물렀다가는 혹 핍박을 받아 나에게 강제로 일을 시킬지도 모르리라."하고서, 그만 뺑소니를 쳤다.

부친은 언뜻 알아보고 급히 사람을 보내 불러오라 하였더니, 사람이

가서 기어이 가자고 보채니, 그 빈궁한 아들은 필경 윗자리에 있는 사람의 마음을 거슬러서 화를 내게 만들어 잡으러 온 줄로만 알고 "저는 아무 죄도 없으니 살려 주십사."고 울며불며 애걸을 하는데, 억지로 데려온즉 두려워하고 두려워하다 못하여 기절을 하였다.

부친이 멀리에서 보고 "어허, 오래 빈궁하여 마음과 뜻이 저렇게 천하고 비열해졌구나."하고, 사람을 시켜 냉수를 얼굴에 뿜어 회생케 한 후, 다시는 억지로 그러하지 말고 우리 집 와서 똥거름 치는 품꾼이 되면 삯을 후하게 얻으리라고 달래라 하였다.

이렇게 꾀어 데려다가 오래오래 두고 차차 그 지위를 높여, 마음이 훨씬 펴이기를 기다려, 수십 년 만에 곳간 맡아보는 차인까지를 시켰다가 죽는 마당에 가서 국왕과 대신 이하를 모두 청해 놓고, 비로소 전후 사연을 다 말한 뒤에 "맡은 줄 안 곳간 열쇠가 본디부터 네 것이니라."고 선언하니, 빈궁한 아들이 이때에야 "아버지의 이 말을 듣고 곧 크게 기뻐 미증유함을 얻어서 스스로 생각하기를 나는 본래부터 바라는 마음이 없었는데 지금 이 보배가 저절로 여기에 이르렀구나."라 하였다 (「信解品」 제4).

하기도 하거니와, 백두 천제 우리 어버이께서는 이 꼴을 해가지고 돌아오는 나를 과연 어떻게 아실까? 저 홍예문, 저 홍예문! 그것이 과연 우리를 반기시는 느꺼우신 표적일까? 아닐까? 정상으로 오르려 하는 시방의 저 무지개에 가슴이 특별히 울렁거려 온다.

나흘 동안 지내온 풍운(風雲) · 우설(雨雪)과 초목 · 사석(沙石)이 어느 것 하나가 백두 천제의 친절한 가르침을 주거나 받으심 아니심이 없었건만, 무디고 껍질 두꺼운 이 귀와 눈이 아직도 소경과 귀머거리의 경계를 벗지 못함이 딱하다. 시방 저 무지개야말로 우리 백두산 어머니의 "이래도 모르겠느냐?" 하시는 최후의 친절이 담겨 있는 고성대언(高聲大言)이시련만, 도대체 명료하게 보아서 내용을 알아차리고 들어서 깨닫지 못하는 내 답답함이여!

그러나 어버이로되 백두 천제가 아들로의 우리에게 임하시는 심법(心法)은 여러 가지의 다른 계시로써 진작부터 분명히 짐작함이 있고, 또 그것이 다른 무엇보다도 일층의 친절 — 아니 최상의 친절미를 가지셨음을 분명히 앎이 생각할수록 든든하다.

백두 천제의 성지(聖旨)는 여러 가지 특수하신 경전으로 우리의 생활 원리를 만들고 있어, 아는 이에게는 아는 체 모르는 이에게는 모르는 체, 한결같이 그 무개(無盖)의 대비(大悲)와 무저(無底)의 활력이 되어 있다. 언어 그대로와 민속 그대로가 산하 그대로와 문화 그대로와 역사 그대로와 함께, 우리 최고 존재의 더할 수 없이 가장 높은 가르침과 계책을 표현하고, 또 머물러 계신 거룩한 경전이요, 산 경전이요, 남다른 경전이다.

그런데 우리의 고도(古道)에서는 최고 신격을 윤리적 관계로 부를 때에, 남들은 '아버지'라 함에 대하여 홀로 '어머니'로서 일컫는 한 가지 일만 하여도, 어떻게 그 근본 관념 중심 사상이 이른바 친절 제일적으로 생겼음을 짐작할 것이니, 불룩한 젖꼭지와 다스한 품과 부드러운 손으로써 끊임없는 사랑을 퍼부어 주시는 '어머니'적 친절로서 화택(火宅)[2]의 인간을 몸이 편안하고 마음이 즐거운 천국화(天國化)하리라 함이 조선 고도(古道)의 출발점이요 또 그 특수상(特殊相)의 하나이었다.

그런데 이 어머니와 그 애틋한 자식인 중생은 어떠한 계제(階梯)로서 서로 연합, 아니 단란함을 얻게 되는가? 백두 신학(神學)의 가르치는 바를 근거하면, 여기에 대하여 '돌아가'라 하는 길이 마련되어 있으니, 백두 신도(神道)상에 있어서 최고의(最高義)라 하는 바

---

2 불타고 있는 집이라는 뜻으로, 불교에서 번뇌와 고통이 가득한 이 세상을 이르는 말이다.

는 다른 것이 아닌 이 '돌아감'이다.

모든 교문(敎門)이 다 '최고 실재로의 복귀'를 가르치지만, 우리 신도처럼 '돌아감' 하나만을 표방으로 하여 성립한 것은 다시 류(類)를 보지 못할 것이니, "자연으로 돌아가라" 하는 인생의 비기(祕機)를 홀로 끌어내어 앞장서 주장한 개조(開祖)는 루소도 스티르네르도 아니라, 실상 진역의 고도를 말미암아 어렸을 적 인류의 통행하는 길에 벌써부터 높다랗게 켜서 달았던 대명촉(大明燭)이었다. 이 진역 고도의 철리(哲理)가 중국으로 들어가서 발전한 것이 그 도교에 있는 '복박(復朴)'이니 '반진(返眞)'이니 '환원'이니 하는 모든 관념이었다.

돌아가라! 헤매지 말고 돌아가거라! 축생으로부터 인간으로 돌아가라! 인간 가치의 최고 현현(顯現)으로의 '하늘'로 돌아가라! 본래의 면목으로 돌아가라! 자기로 돌아가라! 외롭고 고달픈 아들로부터 사랑의 보금자리인 어머니의 품속으로 돌아가라! 돌아갈 그리로 얼른 돌아가라!

조선인은 조선인으로 돌아가라 하는 것이 친절 제일의 원리로서 생겨난 그 친절 제일의 수행 목표이었다. 돌아오게 하시고 돌아오기만 하면 반갑게 맞이하사 따뜻이 거두시자 함이 백두 천제의 본원(本願)이요, 또 그 구원한 회향(廻向)[3]이요, 또 그 아무 데서보다도 잔지러지게 고마우심이다.

진인(震人)은 생(生)을 '나'라 하니 백두 천제의 품속으로부터 나온다 함이요, 사(死)를 '돌아가'라 하니 다시 천제의 품속으로 돌아간다 함이니, 이는 실로 그네의 소박하지만 명쾌한 원시 철학의 대강령을 지은 인생관 또 생사관이요, 이 원리를 시간성에서 전환을

---

3 자신이 지은 공덕을 다른 중생에게 베풀어 그 중생과 함께 정토에 태어나기를 원하는 것을 말한다.

행하여, 죽어서야 돌아갈 것을 살아서부터 '돌아가'서 진작 법열(法悅)에 담가 적신 충족한 생활을 얻자 함이 그네의 움켜쥔 진리요, 의거하던 신조였다.

어둠에서 밝음으로, 궂음에서 깨끗으로, 탈에서 성함으로, 비뚜루에서 바름으로, 옮기고 고침 등이 도무지 그네의 이른바 '돌아감'의 행(行)이요, 이것을 휘몰아 보면 그것이 곧 '죽음'에서 '삶'으로 '돌아감'이었다.

우리를 병든 사람[病人]으로 아시매 신령스러운 처방과 약을 준비해 놓고 기다리는 이가 백두산 어머니시오, 우리를 거지 아이로 아시매 가볍고 따뜻하고 기름지고 아름다운 것을 준비해 놓고 기다리는 이가 백두산 어머니시오, 우리를 가지가지로 부족하게 아시매 이것저것을 도무지 관계치 않고 그대로 '거두시기'만 하는 이가 백두산 어머니시다.

생각해 보면 재판관으로 심판하자는 이도 아니요, 채권자로 변상시키자는 이도 아니요, 상인으로 손실과 이득을 계산하자는 이가 다 아니신 백두산 어머니의 앞으로 나가는 길인 바에 아무 의심과 염려와 주저를 본디부터 필요치 아니할 것이요, 의례히 오기 편하도록 돌아가기 곧 하면 반가와만 하실 줄을 확신해 버릴 것이었다.

어머니께로 간다 하면서 이러실까 저러실까 생각한다는 것이 연문이기는 고사하고, 도리어 황송하기 그지없는 일이었다. 물론 저 홍예문은 고대하시던 우리를 환영하시는 표적이신 줄 믿을 것이다. 서슴치 않고 활개를 치면서 그 밑으로 빠져 들어갈 것이다.

28. 대풍우 속에서 외륜산에 오르다

  정계비에 도착한 것이 7시 반인데, 비를 탁본한다, 부근의 형지(形止)를 살핀다 하여, 약 1시간이나 지체를 하고, 이제는 백두산 분화구의 외곽을 덜미로부터 더위잡아 오르게 되었다. 여러 준비 중에도 반마다 특히 장작바리를 단단히 단속함은, 상봉에서는 무엇보다도 취난(取煖)이 급하기 때문이요, 또 무두봉 이쪽에는 나무라고는 없고, 더욱 상봉에 가서는 마른 풀 한 줄기 볼 수 없으므로 반마다 한 바리씩 장작과 쏘시개를 가지고 왔던 것이다.

  예부터 백두산에 들어와서는 더러운 물건을 마구 헤뜨리지 못하고 또 함부로 떠듦을 크게 꺼리어 감히 위반하지를 못하였었는데, 일본 사람 간 곳에 피할 수 없는 것은 종이 부스러기, 상자 나부랭이 헤뜨림이라, 떠나려고 보니 정계비 일대가 거의 휴지통을 이루다시피 하고, 게다가 말의 똥오줌이 여기저기 무더기를 지어서 마치 깨끗하게 쓴 훌륭한 정원[名園]에 거름더미를 모아 놓은 것 같다.

  이것만으로는 부족하여 일제히 모이자 하더니만 모자들을 벗어 두르면서 백두 천제는 들어보시지 못하던 무슨 소리를 꽥꽥 질러서, 행여나 신과 같이 성스럽고 경건하고 엄숙한 기분이 곱다랗게 보전될까를 저어하는 듯하였다.

명산에 들어가서 청정과 정숙을 지키는 것이, 시방 와서는 등산하는 도덕으로도 말할 것이요, 미의 애호라고도 말할 것이요, 또 영기(靈氣)에 대한 민감과 자연의 대능(大能)에 대한 심묘한 평등 의식을 증명하는 것이라고 할 것이어서, 근대인이기 때문에 더욱 이를 엄격히 지키고 삼가 실천할 것이어니와,

그까짓 천박하고 조급한 근대심과 근대적 해석이란 것은 어찌 가던지, 진실로 깊은 교양과 엄숙한 마음의 주인일진대, 뉘 능히 이런 초절(超絶)한 경계에 임하여 잠자던 경건 정신의 눈이 얼른 띄어지지 아니하며, 자기반조(自己反照)로 말미암는 실상감입(實相感入)이 유도되지 아니하며, 걷잡을 수 없는 종교적 정서의 격발(激發)에 기인하는 봉사적 자율 행위가 두드러지게 드러나지 아니할까.

한번 이렇게 깨달아 살핌이 있을진대, 겉약음과 잔똑똑과 헛잘남은 고개를 숙이지 아니치 못할 것이요, 겁 없는 능멸과 무람 없는 요란함과 소란스러움은 꼬리를 샅에 끼지 아니치 못할 것 아닌가? 가만히 보니, 저네들의 사람으로의 똑똑한 체가 그대로 신에게의 모독인 것이 너무 분명하다고 할 만큼 눈에 뜨이고, 여기에 대한 영검스러운 신벌(神罰)이 고대 저리로부터 내려오심이 역력히 뵈는 듯도 하다.

백두 천제의 찬송밖에는 소리 높일 아무 것도 없을 이곳에서 저네들의 기탄없는 떠듦이 무엇임을 생각하니, 신령 있는 백두산이시며 또 사랑만의 백두 천제시지만 암만해도 모르는 체하실 것 같지 아니하다.

기(旗)들을 앞세우고 각 반이 차례로 출발하였다. 최상봉인 장군봉의 동남 가지라 하는 비(碑) 뒤의 산기슭을 왼쪽으로 두고, 사람의 힘이 가해지지 않은 계단과 같은 엇비슷한 언덕이 서북으로 뚫려 올라갔다. 비온 뒤의 산은 주름살도 있고 돌 뿌다귀도 있어 이미 존엄한 위력을 나타내기 시작하고, 골짜기마다에 한 쪽씩은 사

태에 무질려 나간 눈더미가 10장 20장씩 쌓여 있음도 일종의 위력이었다.

언덕을 발등만큼도 올라가지 못하여 바람이 냅다 분다. 지동 치듯 분다는 것이 아마 이런 바람을 이름이다. 옷이 쏠려서 몸을 붙접할 수 없고, 모래와 돌이 날려 와 때려서 얼굴을 내어 놓을 수 없다.

비마저 온다. 대번에 퍼부어서 눈코를 뜨지 못하게 한다. 눈보다 차고 우박보다 아픈 비가 폭포수처럼 쏟아진다. 오는 것이 아니라, 내리쏟는 것이다. 비는 뭇매질을 하고, 바람은 칼부림을 한다. 호들갑스럽다. 무시무시하다. 추워서도, 차가워서도, 게다가 무섭기도 하여서, 몸은 벌벌 떨리고, 이는 딱딱 마주뜨려진다. 혼신의 기력을 기울이지 않으면, 한 발짝을 옮길 수가 없다.

아무리 생각하여도 그저 비바람은 아니다. 분명히 너희의 소행을 생각해 보라 하시는 백두산 어머니의 눈물의 채찍이시다. 아니나 다를까, 기어이 징계가 있구나 하는 생각을 아니할 수 없는 것이었다. 겉에 입은 고무 우장이 걷잡을 새 없이 공중걸이로 날려서, 속에 입은 솜두루마기가 물에 담가낸 것 같이 되고, 양복 밑에 입었던 솜저고리까지 물이 들이 배었다.

홀으로 고산 기상(氣象)의 일례의 모습이라 하기에는 너무도 급작스럽고 호들갑스럽건만, 완악(頑惡)한 중생으로 여기 주의하는 이가 몇일까 하면, 이 비 이 바람이 얼른 걷히지 않을 것을 예감치 않을 수 없었다.

어떻게 고심을 하고 얼마나 노력을 하였는지, 엎어지면 이마가 닿을 듯한 언덕을 퍽이나 한참 만에 올라섰고, 정작 웅대한 안계(眼界)련만 내려다볼 마음을 먹을 수조차 없었다. "어머니, 잘못하였습니다." 하는 소리를 속으로 옮기기도 아닌 게 아니라 과연 큰 노력이었다.

길이란 것은 경석(輕石)과 그 부서진 모래와 화산재의 바닥이라, 물이 어찌 싹싹하게 스미는지 비는 공중에서만 오는 셈이었다. 등성이의 일단을 겨우 다 오르니, 길이 약간 왼쪽으로 꺾이면서 좀 더 가파른 등성이가 거의 이마로 더불어 태견을 할 듯한데, 숨도 차고 지리도 하건만, 좌우 노상에 시방까지 못 보던 용암의 덩어리진 것이 여러 가지 모양의 괴석(怪石)으로 경성드뭇이 흩어져 퍼져 있어, 일종의 정취 — 아니 희한한 하나의 미관(美觀)을 지음이 퍽 탐탐하다.

앞서 가는 짐 나르는 말을 한참 뒤에서 보면 거의 곤두서서 가는 듯 하도록 가파르고 급한 정도가 갑자기 점점 더 심해지는 곳이 많다. 원체 올라가기가 힘든데, 한편 냉기에 수축된 피부에서도 한편 땀방울 분비의 기능을 쉬려 들지 아니한다.

나이 좀 많은 분은 진 바닥과 뾰족한 끝을 계산하지 않고 땅에고 바위에고 여기저기 털퍽털퍽 주저앉는다. 이쯤에서부터 숨쉬기가 조금 힘들어지는 것은 공기가 매우 희박하여짐을 알리는 것인 모양이다. 이 등성이를 다하고 또 새 등성이가 나올 때에는 이럭저럭 하여 호흡이 매우 거칠어지지 않을 수 없었다. 비는 약간 거두시어도 바람은 여전히 매운 체를 하신다.

이제는 얼마나 남았는지, 상봉까지는 아직도 한참이겠지 하고 가쁜 다리를 질질 끌자니까 먼저 간 이들이 앞에 보이는 한 마루턱에 가서는 우뚝우뚝 서고, 서면 곧 "이크!" 소리들을 지른다. 무슨 놀라운 모양이 생겼나 하고 걸음을 재촉해 간즉, 우리 반원들이 미쳐 다른 말할 틈은 없는 듯이 "어서 어서!"하고 손짓들을 한다.

용감하게 뛰어가 첫 번째 줄달음으로 올라간즉, 어쩐지 영문은 몰라도 벌어지려는 아가리와 함께 "이히!"하고 감탄하는 소리가 내 목구멍에서도 튀어 나온다. 다시는 앞길이 끊어지고 바다 같은 모습의 한 세계가 운무(雲霧) — 아니, 혼돈 그것을 한 배 잔뜩 담아

가지고 있다.

물을 것 없이 상봉에 다다랐고, 앞의 안개 바다는 장막 닫힌 천지(天池) 그것이지만, 보이는 것은 안개요 구름이요, 안개인지 구름인지 큰 힘을 가지고 있는 신령의 입김서린 것인지 모를 부연 덩어리의 소용돌이 뿐이었다. "막 구름이 틔어서 거룩한 천지가 성스러운 모습을 잠깐 내어놓으시었더니, 한 걸음이 뒤져서 미처 못 보니라." 하는 말을 들으니, 앞서 못 왔던 것이 아주 큰 반역죄의 갚음 같아서, 평생의 느린 벌(罰)을 여기에서 한꺼번에 받는 듯하였다.

성글게 휘뿌리는 빗방울이 얼굴을 때릴 적마다 다행히 요만큼이라도 날이 걷혔다가 또다시 큰 비나 되지 않는가 하여, 마음이 그지없이 조마조마하여진다. "한 발 뒤짐이 영영 천지를 첨례 못하는 탓이 되지 말란 법도 없지." 하면, 입술이 깨물리고 가슴이 곧 죄어든다.

어허, 천지에 오기는 하였느냐! 왔다는 말을 할 수 있게 된 것만도 큰 행복이지. 아무렴 끔찍한 일이지. 천지의 외곽을 밟았다 하는 것만으로도 물론 큰 은총이지. 아무렴 대단한 일이지. 진역의 일체 종(種)과 조선의 최원소(最原素)를 전적으로 상징하는 저 혼돈의 포태(胞胎)로의 천지를 배앙(拜仰)하는 것만 하여도 진실로 진실로 삼생(三生) 다겁(多劫)의 좋은 인연 아주 뛰어나고 훌륭한 결과가 아닐 수 없지.

아무렴! 쉬운 일, 사람마다 하는 일이 아니지! 일여(一如)의 성해(性海)[1]를 응연적정(凝然寂靜)한 상태로 뵈옴이 연기(緣起)된 만법(萬法)의 잡연유동(雜然流動)한 것을 대하는 것보다 일실진미(一實眞味)를 직관전감(直觀全感)하기에 도리어 편의하려면 그럴 수도 있기야 하겠지.

─────────────

1 진여(眞如)의 이성이 깊고 넓음을 바다에 비유하여 이르는 말이다.

그러나 평등까지도 차별이 아니고는 비교하여 헤아릴 줄을 모르는 이 무딘 뿌리 졸렬한 기교는 오히려 32상(相)에 80수형호(隨形好)에 팔만사천 성자영위(聖姿靈威)에 진형실덕(眞形實德) 생기신 대로와 갖추신 대로를 낱낱이 뵙지 아니하여서는 안 될 것 같은 생각을 놓을 수가 없다. 잠시 나타난 얼굴이 어제 밤 기도에 다만 1분만 허락해 주십사 하던 그 1분이 아니시기를 머리를 조아리고 조아리며 빌었다.

바람이야말로 세다. 천지(天池)로부터 나와서 천산(天山)을 흔드는 것이니, 물론 글자 그대로의 천풍(天風)이다. 그렇지 않아도 신령스러운 기운이 전체의 국면에 서리서리하여 마음과 몸이 함께 아득해지는데, 천지(天地)를 들먹거리는 강풍(罡風)[2]이 각각 제 한몸씩으로만 덤비는 듯하니, 전생 때의 혼(魂)까지 벌벌 떨며 두려워하고 부들부들 떨며 무서워하여 거의 잠깐 동안도 머물러 있기 어렵다.

신령스러운 위력의 크심을 보지 못하면 신의 공덕의 넓음을 알지 못하리니, 바람 아니 이만큼 불 것이지만 임금이 사는 거처의 웅장함을 보지 않으면 어찌 천자의 존귀함을 알리오라고도 하옵거니, 아무리 천계(天界)에서지만 혹시 저 인간에서와 같게 무서운 바람이 그대로 저 깊은 휘장을 좀 걷어 주어서, 진신(眞身)을 우러러 바라보려는 이 나의 지극한 바람과 원함이 이루어지라 하는 마음이 불기둥처럼 가슴을 버틴다.

"어머니! 저올시다. 괘씸하시지만 잠깐이라도 거룩하신 얼굴을 내보여 주시옵소서. 온 것이 늦기는 하였습니다만 멀기도 합니다. 제발 1분간이라도요."하고 연속해서 자꾸 빌기 위하여 눈을 감았다가는 응했나 하여 고대 다시 떴다.

영하 섭씨 5도니 6도니 하여 "추워! 추워!"하는 소리가 여러 사

---

2 도교에서 높은 하늘의 바람이라는 뜻으로, 세차게 부는 바람을 이른다.

람의 입에서 함께 나오고, 화톳불을 질러야 한다는 둥 암석 채집이
라도 하자는 둥 떠들법석들을 하지만, 내 발은 심은 것 같고, 내 눈
은 잡아맨 것처럼 행여 터질까 하는 앞만을 내다본다. 이 순간에는
천지가 부서져도 이 구멍으로 나는 빠져 나갈 단단(斷斷)[3]한 일념뿐
이다.

---

3 불교에서 사정근(四正勤)의 하나로, 이미 생긴 악을 끊으려고 노력함. 사정근
  은 깨달음에 이르기 위한 네 가지 바른 노력으로 단단(斷斷), 율의단(律儀斷),
  수호단(隨護斷), 수단(修斷) 등이다.

29. 일시 전개된 끝 닿는 데 없는 광경

캄캄한 속에서 빛이 나온다. 닫힌 것이기에 열릴 것이다. 밝고 환한 것이면 꽉 막히어 깜깜할 것이 염려되지만, 꼭 막힌 바에는 남은 일은 열림이 있을 뿐이니, 이제는 하느님도 아주 잠가 두시려 하는 것이 도리어 어려운 일일 것을 생각하면, 나의 할 도리는 언제까지든지 터질 때까지 지키고 서서 움직이지 아니할 따름임을 결단하였다.

가장 싹싹한 맛은 가장 딱딱한 사람에게 있는 것처럼, 영원한 흑막인 듯한 저 운무의 바다가 벗겨지려 하매, 얇은 비단 한 조각 날려가듯 함이 그래 신통하지 아니하냐? 동자도 굴리지 않고 데미다 보고 있은즉, 두루뭉수리 같은 저 혼돈에 문득 훤한 구멍이 하나 뚫려지면서 그 속에서 자금광(紫金光)이라고 할 수밖에 없는, 달리는 형용할 수 없는 일종 영묘한 빛의 파동이 뭉싯하게 스물거린다.

빛이 널브러지는지, 여하간 빛의 파동과 창 구멍이 손목을 한데 잡고 영역을 마구 개척함이 마치 태평양 여러 섬이 하루도 거르지 않고 날마다 나서 자라는 천지개벽 설화를 실지로 보는 듯하다가, 남은 구름이 바람에 쫓기는 연기처럼, 이때껏 처져 있음이 몹시 무안스러운 것처럼, 줄달음질하여 획 흩어져 버리니, 이에 딴 세계 하

드디어 백두산 정상에 오르다.
1926년 발행된 『백두산근참기』에 실렸던
사진이다. 왼쪽이 최남선, 가운데가 석전
박한영, 오른쪽이 김충회이다.

나가 거기 나오는구나. 신비만의 세계 하나가 문득 거기 널브러져 있구나!

자줏빛으로, 황금색으로, 5색(色)으로, 7채(彩)로, 그것이 다 인간세계를 초월하는 특이한 미태(美態)와 정조(情調)로 갖가지로 솟구쳐 뛰고 춤을 추다가, 홱 젖혀지고 와짝 열려지는 것은 어느 틈에 환상과 같이 변화한지를 모르게 얼른 다른 것으로 다시 태어난 새파란 늪이 둥그러니 우묵히 팬 아득한 발 아래 신비의 물결이 괴어 있음이다.

억천만 겁의 과거가 영원무궁한 미래와 손목을 잡고 일대 둥근 고리를 지어서 저 늪에 가서 곤두박혔는데, 침묵의 그 9분은 묵직하게 속 깊이 잠겨 있고, 현재의 작은 한 동강이 겨우 등어리를 수면으로 나타낸 위에서 묘미(妙味)의 아지랑이와 신비의 그림자가 얼크러져 뛰노는, 여기서만 보는 아주 신기하고 기이한 세계이다. 구름이 흩어지는 대로 처녀처럼 자라는 미(美)의 소식이 햇발을 쏘이는 대로 장사처럼 활개를 치고 몸부림을 하면서 최대한의 천둥소리를 지른다.

푸르다 하자니 거덕치고, 누르다 하자니 까부러지고, 검다기에는 맑고, 희다기에는 진한 저 빛을 무엇이라고 해야 옳을지. 억지로 말하자면 연록(軟綠)을 예각(銳角)으로 한 모든 종류의 빛깔을 지닌 물과 그 늪을 빌어서 우리 어머니의 진신(眞身)이 그 편린을 저기 잠깐 내어놓으신 것이라고나 하겠다. '거룩'이란 무엇을 의미하는지는 잘 모르지만, 직관적으로 저기 저 늪을 형언하기 위하여 생긴 말임은 의심이 없을 것 같다.

크게 불면 크게, 작게 불면 작게, 바람 부는 대로 잠시도 가만히 있지 아니하는 저 호수의 수면을 보아라! 물결이 이는 족족 색외(色外)의 색(色)으로만 이리저리 자꾸 달리 바뀌고, 심하면 한꺼번에 일어난 물결이 천이면 천, 만이면 만이 제각기 한 가지 색채씩을 갖추어 가졌음을 좀 보아라!

똑똑히 보아라! 저 조화가 도무지 어디에서 나는지, 저 속에 무엇이 들어 있고 저 위에서 무엇이 노는지를 좀 생각해 보아라! 고인이 이르기를 큰 못의 물은 오색(五色)이라 하고, 오색 고기가 산다고도 하고, 그 속에는 신룡(神龍)이 들어 있다고도 함이 다 진실로 우연한 것 아니다. 더구나 일체 종자의 곳간이라 해 천지(天池)라고 일컬음도 과연 우연이 아니다. 천(天) 아니시고야 누가 저 조화를 마음대로 부릴 것이냐?

천지(天池)의 사방은 깎아지른 듯한 석벽에 둘려 있으니, 천지는 어느 옛날의 분화구요, 이 사방의 둘레는 이른바 화구벽(火口壁)[1]이란 것이다. 폭발의 선후와 냉각의 지속(遲速)을 따라서 혹자는 자색(赭色)이요 혹자는 흑색이요, 적(赤)이기도 하고 황(黃)이기도 하고, 간색(間色)도 있고 잡색(雜色)도 있어 그 빛깔이 이미 같지 아니하고, 또 어떤 편은 깎아지르고 어떤 편은 비스듬히 자빠지고 어떤 부분은 칼날을 갈아세우고 어떤 부분은 병풍을 둘러쳐서 그 형상이 또한 변화에 넉넉하다.

오른쪽에는 불그레한 예각(銳角) 직벽(直劈)의 낭떠러지 모양 우뚝 솟은 바위가 정신기 있게 버쩍 솟아, 그 머리가 마치 세상에 드문 맹호(猛虎)가 천상 천하를 크게 한번 소리를 내어 울부짖으면서

---

1 화구를 둘러싼 깔때기 모양의 벽. 안쪽은 깎아지른 듯하고, 바깥쪽은 완만한 경사를 이룬다.

큰소리로 꾸짖는 듯한, '망천후(望天吼)'의 뛰어난 경치가 있다. 왼쪽에는 새까만 돌덩이 마름돌이 거의 천지를 한데 이을 듯이 높이 솟은 몸으로 악마의 독풍(毒風)에 혹시나 세계가 날려갈지도 몰라서 절대 안전한 진호석(鎭護石)이 되겠다는 듯이 덜퍽 궁둥이를 붙인 장군봉의 고표(高標)가 있다.

전자는 백두산에서 서로 견줄만한 짝이 없는 위관(偉觀)이요, 후자는 백두산 최상의 고봉(高峰)이다. 이 두 끝이 둥그스름하게 삥 둘려서 실긋하고 커다란 자배기 하나를 만들고, 그 바닥에 물을 골싹하게 담아 놓은 것이 얼른 말하면 이 천지라는 것이다. 저 바닥에 이 둔테와 이 그릇에 저 물이 담겨서 저렇게 숭엄하고 이렇게 신비한 천지다운 천지가 비로소 생긴 것이니, 접시 같은 천지를 사발같이 깊다랗게 하고 종지같이 좀상스러울 천지를 대접같이 커다랗게 한 요소는 실로 이 험한 봉우리가 매우 위엄 있고 정중하게 둘러친 석벽(石壁) 그것이다.

돌이라고는 구경하기 어렵던 백두산이 여기 이르러서는 돌밖에 다른 것을 붙이기 싫어하는 듯하게 오직 돌로만 육방(六方)[2]을 쌓았음도 사람의 생각 밖에 뛰어나게 마련하신 일이었다. 그런데 천제(天帝)의 대궐이요 천화(天化)의 근원이매, 천(天)이라 함은 진실로 마땅하거니와 물이 괸 곳이라 해서 그만 지(池)라고 해버림은 너무 간차롭고 손쉽게 지어 던진 이름이 아닐까? 보아라! 다시 보면 그것이 대수롭지 않고 예사롭게 물을 담고 있는 하나의 못동이가 아님을 깨달을 것이다.

---

2 여섯 방위, 곧 동, 서, 남, 북, 상, 하를 이른다.

30. 활동과 신변(神變)의 대천지

천지(天池)는 하나의 늪이 아니다. 나는 그렇게 보았다. 내 양심이 그렇게 본 것이다. 만일 사람의 양심이 한 끝에 닿은 것이라 하면, 누구의 눈에든지 천지가 하나의 늪으로 보일 리 없을 것이다.

천지 저것을 대해서도 그의 세상의 티끌에 덮인 눈꺼풀이 벗어지지 못하고, 그의 인지(人智)에 눌린 영혼이 잠을 깨고 고개를 쳐들지 못하면, 그는 산송장이요, 그는 살아 있는 몸뚱이 그대로 무간지옥(無間地獄)에 빠져서 겁화(劫火)[1]와 업염(業燄)에 육안(肉眼) 심안(心眼)이 아울러 눈이 멀어 닫힌 자일 것이다. 태양의 밝음도 알지 못하고, 세차게 타는 불의 뜨거움도 느끼지 못하는 자일 것이며, 그에게 관능(官能)[2]이 있고 없음을 본디부터 책망할 까닭도 없을 것이다.

조선의 마음이 어떻게 발전되었는지, 조선의 역사가 어떻게 펼쳐졌는지, 조선의 운명이 무엇으로써 그 구심적 추기(樞機)를 삼는지를 조금이라도 살피고 생각한 이로야, 천지를 한 늪으로 아는 이

---

1 큰 3재(災)중의 하나로 세계가 괴멸할 때 일어나는 큰 화재를 말한다.
2 생물이 살아가는 데 필요한 모든 기관의 기능을 뜻한다.

가 반쪽인들 있을 것이냐? 안될 말이지. 못될 말이지.

저기서 단군이 나오셨겠다. 저기서 동명이 나오셨겠다. 저기서 반도의 9변국(九變局)이 나왔겠다. 저기서 대륙의 3제국(三帝國)이 나왔겠다. 만광(萬光)의 빛인 '붉은'도 저기서 나왔겠다. 만력(萬力)의 힘인 '술은'도 저기서 나왔겠다.

나온 것만 해도 어마어마하고, 나오는 것만 해도 엄청나지만, 이제부터 나올 것이 다시 얼마일지는, 나올 그것에 견주어 나온 그것이 실상 구우(九牛)의 일모(一毛)[3]일 것을 생각하며, 이때까지 지나온 것은 실상 검부러기요, '부정치기'요, '정말'과 '알짬'은 실상 이제부터 나올 것을 생각한다.

온갖 신비가 저리로부터 나오고, 나와서 쉬지 않고 그침이 없을 것을 생각하면, 조화의 대문(大門)인 저것을 어떻게 다만 늪이라 하며, 거령(巨靈)의 입인 저것을 어떻게 다만 늪이라 하며, 꼭 닫힌 대법성해(大法性海)의 방긋이 열어 놓은 저 구멍을 어떻게 다만 늪이라 하고 말랴!

온갖 방면의 막힌 길을 터줄 것이 저기서 나오는 가래임을 생각하며, 아무 데서도 얻지 못하던 우리의 찾는 바를 만족케 할 것이 저기서 나올 화수분임을 생각한다. 모든 다른 것이 환멸의 슬픔으로서 우리를 공기[4] 놀 때에 오직 저 천지만이 보이지 않는 팔뚝과 붙잡히지 않는 힘으로써 항상 머무는 영원한 빛의 지킴일 것을 생각하면, 천(天)인 저것을 소홀하게 한 늪이라고 할 무지(無知)의 용기가 나오지 아니한다. 천지(天池)라고 하기도 황송하다. 천(天)이시다. 천(天)이시니라고 할 수밖에 없다.

인도의 고전설에는,

---

3 아홉 마리의 소 가운데 박힌 하나의 털이란 뜻으로, 매우 많은 것 가운데 극히 적은 수를 이른다.
4 공기놀이를 뜻한다.

대설산(大雪山) 북쪽에 향취산(香醉山)이 있고, 설산의 북쪽 향취산의 남쪽에 대지수(大池水)가 있으니, 무열뇌(無惱)라고 한다. 이곳으로부터 4대하(大河)가 나오는데 첫째는 긍가하(殑伽河), 둘째는 신도하(信度河), 셋째는 사다하(徙多河), 넷째는 박추하(縛芻河)이다. 무열뇌지(無惱池)는 가로 세로가 똑 같으며, 면이 각각 50유선나량(踰繕那量)이고 여덟 가지 공덕을 갖추고 있는 물이 그 안에 가득 차고, 통인(通人)을 얻지 않으면 경유하여 이를 수가 없다(「俱舍論」 11).

고 하여, 이것이 첨부주(贍部洲)의 중심이라 하고, 이것이 대열민인(大熱悶人)으로 하여금 "차갑고도 맑아 다시 열뇌(熱惱)가 없도록"(智度論 23) 하는 곳이라 하였다. 갸륵한 곳이기에 이렇다 하는 것이겠지!
또 중국의 고전설에는,

곤륜산의 언덕은 실제는 상제(上帝)의 지상 도읍지이다 … 하수(河水)가 여기에서 나와 남쪽으로 흘러 동쪽으로 무달(無達)에 물을 댄다. 적수(赤水)가 여기에서 나와 동남으로 흘러 범천수(氾天水)로 들어간다. 양수(洋水)가 여기에서 나와 서남으로 흘러 추도수(醜塗水)로 흘러든다. 흑수(黑水)가 여기에서 나와 서남으로 흘러 대우(大杅)로 흘러든다. 이곳에는 괴이한 새와 짐승이 많다(『山海經』 西山).

를 말하여 "이 산에 만물이 다 갖추어져 있다."라 하고(동 「大荒西」),

서왕모(西王母)가 다스리는 곳으로 신선들[5]이 중시하는 곳이다. 위로는 선기(璿璣)[6]에 통하여 우주 자연의 으뜸가는 기운이 흐르고 있고, 오

---

5 원문은 '眞宮仙靈'으로 되어 있는데, '眞官仙靈'의 오자이다.
6 북두성 중의 첫 번째 별에서 네 번째 별까지를 이른다.

행으로 이루어진 사물과 옥형(玉衡)[7]이 마주하고 있다. 구천(九天)의 음양이나 만물(品物)과 만사(萬事)를 조절하고 있는데, 희한하고 기이하며 특이한 것들이 모두 여기에서 자라고 있다. 온갖 신선들이 다 모여 있어 일일이 다 묘사할 수 없을 정도이다. 이곳은 우주의 근원이 되는 중심이며 만물의 근본이 되는 곳이다(「海內十洲記」).

라 하였다. 갸륵하게 생각한 곳이기에 이러한 이야기가 생겼겠지! 중국의 곤륜설(昆侖說)은 혹시 본디부터 동방에 있는 백두산 고전(古傳)을 본으로 삼아 바뀌어 달라진 것일지 모르지!

그러나 저러나 이것은 다 신앙상의 말이요 전설적인 말일 뿐이지만, 우리 백두산의 천지만은 지리상으로는 우리가 시방 눈으로 직접 보는 바 저러한 실제 있는 것이요, 역사상으로는 온갖 문화의 원천으로 가릴 수 없는 실적(實蹟)이 드리워 있는 적확한 사실이다.

백두산에는 분명히 만물이 다 있었으며 천지는 분명히 무열뇌지(無熱惱池) 노릇을 한다. 아닌 게 아니라 과연 이곳 사람의 순수한 마음과 지극한 정성이 이 백두산 천지에 귀의하였을 때에는, 요구하고 희원(希願)하는 것 치고 여기로부터 나오지 아니한 것 없으며, 한편 번민과 오뇌(懊惱)와 고통과 신음이 결코 동방의 세계에서 활개치지 못하였다.

현재에라도 그럴 것이요, 장래 영구히 늘 그러할 것이다. 이른바 청량(淸凉) 세계란 것은 백두산을 뿌리로 하여서만 존재하는 것이요, 인간의 무열뇌지란 것은 오직 백두산의 천지가 실제 있을 뿐이다. 전설 세계 그대로가 현실 세계요, 신앙 관념 그대로가 현재 사실인 것은 오직 백두산의 천지에서만 볼 것이다.

이러한 신비와 이러한 권능을 과연 대수롭지 않고 완고한 하나

---

7 북두성의 다섯째 별부터 일곱째 별까지를 이른다.

의 늪이 능히 가질 수 있는 것일까? 또 돌이켜서 이만한 신비와 권능을 가진 것일진대, 이것을 다만 심상하고 완고한 하나의 늪으로 보고 마는 것이 마땅할까?

줄잡아도 그것을 조화의 방망이로 보지 아니치 못할 것 아닌가? 깎고 깎아서라도 그것이 한 늪인 채 신령의 큰 그릇임을 알아주어야 할 것 아닌가? 아무리 목전주의(目前主義), 현실주의자이기로, 수천 년 하나로 꿰뚫어 온 역사적 사실임을 어떻게 말소할 수 있을 것인가? 천지의 신비는 신비한 채로 신비랄 것이 아니다. 이렇게 말할 수 있을 것 같으면 명료한 신비 — 환하게 보이는 신비라고나 할 것이다. 어떻게 보고 생각하여도 천지는 예사로운 한 늪만은 아니다.

천지에는 말하지 않건만 큰 소리가 있으며, 꼼짝하지 않건만 큰 몸짓이 있어 자기가 심상한 하나의 늪이 아님을 스스로 높은 소리로 크게 증명함이 있다. 귀 있는 자는 들을 것이요, 눈 있는 자는 볼 것이다. 바로 듣고 볼 때에, 천지가 심상한 하나의 늪이 아님을 깨닫지 아니치 못할 것이다.

어허! 천지야말로 세계에 있는 가장 신비한 하나의 존재일 것이다. '천지'라는 하나의 말에 창세기 이상의 옛 뜻 깊은 뜻 비밀스런 뜻을 보아서 내용을 알아차리지 못하는 이는 그를 사리를 밝게 보는 눈을 가졌다 못할 것이다.

천지(天池)! 언제 누가 지었는지는 모르되, 필시 아득한 옛날 — 인류가 아직 깨끗한 마음과 밝은 눈을 가져서, 직관철조(直觀徹照)의 세계로부터 축출되지 아니하였을 시절에 생겨난 이름일 것이다. 인류가 '똑똑'이라는 죄를 지어서 '약음'의 구렁에서 헤매게 된 뒤에는 저 늪을 대하여 단순 솔직하고 뚜렷 철저하게도 '천지(天池)'라는 이름을 지을 도리가 없었을 것이다.

우리는 원시 조선인의 시와 철학과 경전을 살필 만한 재료를 많

백두산 천지

최남선은 조선 일체의 지주는 백두산이고, 백두산의 지주는 천지이고, 천지는 조선 최대의
신비라고 영탄했다.

이는 가지지 못하였다. 그리스만한 신화와 이집트만한 고문(古文)과 유대만한 전설을 가지지 못하였다. 그러나 양으로는 어떠할는지 모르지만, 실(實)로는 저 두세 나라에 못지않은 사상적 고물(古物)을 시방까지 지니고 있다.

많지 않은 것은 잡아 늘이지 않았기 때문이요, 어수선치 않기는 뒤섞이지 않은 보람이어서, 조선의 그것은 다른 모든 민국(民國)에 비하여, 특히 그리스 · 이집트 · 유대 등의 그것에 비하여 순진스럽기로, 신선스럽기로, 단적(端的)[8]스럽으로, 투명스럽으로, 퍽 수승(殊勝)[9]하고 우월한 것이라 하기에 기탄할 것 없다. 간소하고도 심오하고 천이(淺易)하고도 고상한 것은 진실로 조선의 고사상(古思想)과 그 표현이다.

그런데 시방 이 '천지'라는 한 명위(名謂)야말로 가장 소박하고 간단하게 전해 온 조선 고경전(古經典)의 중요한 일편(一篇)이 되는 것이다. 천지라 하는 것이 홑으로 하나의 지명인 것 아니라, 이렇게 여기를 이름 지은 속에는 원시 조선인의 영(靈)에 대한 위대한 직각력(直覺力), 사람으로의 순진한 능력 — 멘탈 퍼시빌리티 — 통기할 것 없이 신의 궁중(宮中)으로 출입하는 성대한 상상력의 산물 전부가 가장 압착(壓搾)한 형식으로 담겨 있는 것이 이 '천지'라는 한 마디 말이다.

『우파니샤드』의 '범(梵)'이란 것이 어떠한 것인지, 선가(禪家)의 '무(無)'자가 어떠한 것인지는 다 모르거니와, 아마도 그 내재적 생명에 있어서 이 모든 것을 휩싸고 남을 것이 조선인의 '천'이란 것인데, 천지란 것은 실로 '천'이라는 대사상이 단순한 — 또 추상적인 사상으로부터 한번 움직여서 이미 체계적, 구체적인 경전을 길

---

8 곧바르고 명백한 또는 그런 것을 이른다.
9 세상에 드물게 있을 만큼 아주 뛰어남을 이른다.

256

백두산근참기

러서 자라게 한 것이다. 그것이 언제쯤의 일인지 다른 모든 것이 이럭저럭 다 없어지는 사이에도 이 귀중한 산물만은 용하고 신기하게도 오늘날까지 전해 내려온 것이다.

'천'이란 것은 조선 사상상에 있는 '일체 종자(種子)'의 이름이니, 근대 철학적으로 말하자면 제일 원인 최초 동기라고 할 것이요, 선학적(禪學的)으로 말하여 전지전능의 최고 실재(實在)에도 해당하는 것이었다. 원시 조선인이 온갖 것을 포괄하여서 최후 최대의 것을 상상한 것에 지어 준 이름이 '천'이었다. 그것도 홀으로 철학적인 응적냉고(凝寂冷固)한 것도 아니요, 홀으로 신학적인 초절위신(超絶威神)한 것도 아니라, 진실로 활동적이요 인간적이요 미묘하고도 친근한 것이었다.

어찌 말하면 '천'의 초특(超特)하게 생긴 '큰 어머니(그레이트 머더)'이었다. 이 어머니에게서 조선의 국토가 생산되고, 조선의 인종이 생산되고, 조선의 품물(品物)이 생산되고, 조선의 법들이 생산되었으며, 신화의 뿌리도 여기 박혀서 그 쌍둥이인 종교와 역사가 다 그 하나의 갈라져 나온 것에 지나지 못하며, 사회의 고동도 거기 박혀서 그 두 날개인 풍속과 문화도 그 하나의 분파로부터 생긴 것에서 벗어나지 아니한다.

'천'이 조선을 낳았다 함은, 조선이 천의 아들이라 함은, 결코 다른 곳의 신화에서와 같이 이념적·상상상으로 그러한 것 아니라, 가장 현실적·사실상으로 그러한 것이다. 본디부터 주관 관념적으로 생긴 종교 철학 같은 것은 높은지라 논할 것이 없거니와, 저 객관 사실적이라 하는 역사 풍속 같은 것도 조선의 그것의 '천'이란 관념적 배태(胚胎), 사상적 기초를 떠나고는 조그만 한 모퉁이라도 건드려 볼 수 없음이 사실이니, 이 '천'을 내어놓고 만일 외과적 수술만을 가졌다 할 근대 사학의 방법만으로써 조선의 고대사란 것을 해득하리라고 맹신하는 이가 세상에 있다 하면, 그 흐리멍텅하고 어리석음이 도리어 가련하다 할 것이다.

천은 본래 조선 일체의 밑씨이기도 하였거니와, 조선 일체의 비밀 곳간을 헤쳐냄에도 유일한 열쇠인 것이니, 이 '천'에 대한 감입이해(感入理解) 내지 체험심득(體驗心得)의 정도는 그만큼씩 조선의 정체(正體)를 해득하는 준척(準尺)이 되는 것이다. 그런데 이 천지는 곧 '천'의 최초요 최근본(最根本)이요 또 최단적(最端的)의 표상물인 것이다. 조선 일체의 지주(支柱)가 백두산이라 할진대, 백두산의 지주는 이 천지요, 조선 최대의 신비이게 하는 자는 이 천지가 있기 때문인 것이다.

조선인의 천은 백두산이다. 그런데 백두산의 천됨은 실로 천지로 해서이다. 천지라고는 하여도 그것이 지(池)라는 것은 아니라, 천(天) 그것이다. 천의 표상으로 조선인의 신앙을 지은 대신체(大神體)가 실로 저 천지라는 천이다. 조선이라는 강해(江海)를 형성해 가지고 있는 천 가지 흐름 만 가지 갈래를 거두어 올라가 보면, 어느 가닥 하나가 거기 가 닿지 않는 것 없는 저 천지를 누가 이르되 한 늪이라 하고 말랴.

저것이 부채 사북이 되어 서북으로 펼 때에 흑수·황하의 문명이 열리고, 동남으로 둘릴 때에 백산·현해의 개화가 퍼졌으며, 한번 닫히면 열뇌의 인간이 아픈 머리를 싸매고, 다시 펼치면 청량(淸凉) 세계가 앓던 소리를 사그라뜨렸으니, 저것을 어찌 한 늪이라 하고 말랴. 벙긋하면 하나의 '위대(偉大)'를 뱉고, 늠실하면 하나의 '성령(聖靈)'을 낳아서, 무릇 진역에 있는 '거룩'치고는 어느 것 하나가 저 큰 입의 내어놓은 것 아님이 없는 저것을 그래 홀로 한 늪이라 하고 말 것이랴.

자세히 보자! 다시 보자! 눈 씻고 보자! 정신 들여 보자! 보이는 대로 느끼는 대로 투철하게 생각하고 정직하게 말하자! 그래 저것을 한 늪이라고 하고 말 것 같으냐? 한 늪이거니 하고도 마음이 편

백두산 장백폭포
천지의 북쪽으로부터 흘러내리는 폭포이다. 천지는 삼면이 16개의 봉우리로 둘러싸여 있으며, 북쪽의 트여진 곳으로부터 천지물이 쏟아져 내려 장백폭포를 이룬다. 비룡폭포라고도 한다.

안할 수 있느냐? 저의 영혼에 바늘 끝만한 따짝거림이 있을지라도 과연 저것을 늪이라 하고 말 용기는 없을 것이다.

영안(靈眼)을 갖지 않고 영경(靈境)에 임함은 식욕 없이 식당에 들어선 것보다도 싱거운 일이요, 심미안 없이 미술관에 간 것보다도 어림없는 일이다. 눈뜬 채 소경 노릇함은 결코 눈 가진 이의 명예가 아닐 것이다. 천지를 보고 그것이 천의 문(門)임을 알아보지 못하며, 그것이 신(神)의 입(口)임을 알아보지 못하며, 그 속으로 데미다 보이는 것이 영(靈)의 전당임을 알아보지 못한다 하면, 제 아무리 잘난 체하여도 그는 이미 청맹(靑盲)[10]이요, 해와 달의 빛과 문장

10 겉으로 보기에는 눈이 멀쩡하나 앞을 보지 못하는 눈으로 청맹과니라고도

의 아름다운 광채의 무성함하고는 등진 사람 아닐 수 없다.

그렇지 아니하여 그의 영혼이 아주 말라붙지 아니하였으면, 그의 눈이 신비의 나라로부터 아주 축출을 당하지 아니하였으면, 눈꼽만큼이라도 보이는 것이 있고 부유스름하게라도 살펴지는 것이 있어, 응시 또 응시하는 동안에는 문득 무릎을 치게도 될 것이며, 문득 가슴이 울리게도 될 것이며, 마침내는 그 속에 말할 수 없는 신령스러운 영광이 서려 있어, 그 한 끝이 내 몸을 싸기도 하고, 그 한 줄기가 내 마음에 들어와 박히기까지 하였음을 깨닫기도 할 것이며, 또 이 영광의 동아줄을 함께 타고서 단군하고 나와 조선갑(朝鮮甲)하고 조선을(朝鮮乙)과 내지 일체타(一切他)와 유일아(唯一我)가 실상 하나의 뿌리요 하나의 몸인 것을 깨닫게도 될 것이다.

잃었던 영혼의 의자도 거기 있고, 도둑맞은 생명의 궤짝도 거기 있고, 사라졌다 했던 아름다운 모든 꿈이 아직도 정확한 현실로 함빡 거기 있음을 발견도 할 것이다. 이스라엘인에게 주신 여호와의 계명석(誡命石)과 계약궤(契約櫃)가 어떠한 것인지는 모르거니와, 이리해라 저리하겠다 하는 서투른 수작일 것 아니라, 하느님의 붉은 마음 그대로를 곱다랗게 담아 놓은 큰 그릇이 저 천지임을 알아보지 아니치 못할 것이다.

보아라! 저기 저 바닥 없이 괸 맑은 물은 심상한 수소 산소 양자의 결합이 아니다. 물은 물이라 하자. 그러나 그것은 감로수라는 물이다. 비가 되어 인간에 뿌려서는 죽어가는 세상을 '가물'과 '목마름'으로부터 살려내는 물이다. 그것은 생명수란 물이다. 바위의 살피살피와 모래의 틈틈으로 진보와 시와 찬송가의 원천을 짓는 것이다. 동방 세계에 있어서 하늘에 뜨는 구름 한 조각과 논두렁에 괸 물 한 자락이라도 근원이 여기로부터 우러나오지 아니한 것이

한다.

어디 한 생명수랄 것은 과연 백두산의 천지뿐이다.

세상에 조선 사람보다 더한 민족적 강인을 가진 이가 없고, 조선 나라보다 더한 역사적 윤택을 가진 곳도 없겠지만, 질기고 꾸준한 조선의 생명이 어디로부터 오는 것임을 생각하여, 그것이 실상 천지의 저 물로써 항상 그 뿌리를 축이고, 그 무겁을 떨고, 혈액을 불리고 그 윤택을 늘리는 소이임을 깨달으면, 누가 천지 저 물이 생명수임을 앙탈할 것이냐?

기왕에 그러하였던 것처럼, 현재에 그러한 것처럼, 물론 장래에 있어서도 설사 일시의 비운(否運)[11]으로 조선이라는 커다란 나무가 시들어 노래지고 혹 쇠하여 여위는 일이 있을지라도, 이 천지의 영검이 있는 신령스러운 물이 있기까지 그로써 축이고 닿기가 무섭게 생명의 움츠러졌던 잎이 금시에 선연(鮮然)한 푸른빛을 나타내어, 마침내 울연(鬱然)한 깊은 맛을 띠게 될 것이니, 천지를 가진 조선에는 필연적으로 오랜기간 쇠락하고 시듦이 없을 것이다.

말라붙은 채 그만둘 리는 있을 수 없다. 아무리 보아도 천지는 신비 그것이다. 아무리 줄잡아서 단군 이후 오천년 동안 몰아치는 비바람을 침묵의 속에 담가 가진 것만을 이야기하여도, 천지는 진실로 시(詩)로 세계 최대의 시편(詩篇)이요, 경전으로도 세계 최대의 경전이요, 사승(史乘)으로도 세계 최대의 사승이다.

그것이 조각의 아름다움에 있어서 우주의 대작품이란다든지 표현의 크기에 있어서 조화의 대문장이란다든지 등을 일컫지 말지라도, 역사가 있은 후 조선 하나의 위에 드러난 실적만 가지고 보아도 천지는 진실로 얼마만한 최고급의 송양(頌揚)에도 상당하는 위대(偉大) 성령(聖靈)한 하나의 존재이다.

현묘한 하느님의 의사가 이 천지를 통하여 어떻게 알아보기 쉬

---

11 막혀서 어려운 처지에 이른 운수를 이른다.

운 가르침을 나타내었는가. 또 그것을 받자와서 인간의 이상(理想) 만드는 힘이 어떻게 위대한 능률을 발휘하였는가. 조선인의 원시 철학이자 겸하여 궁극의 이상으로 전통적 영세적(永世的) 민족정신인 인간 천화(天化)의 의무감은 그것이 얼마나 거룩한 인류의 사상적 대비약이었는가?

이는 진실로 사악에 대한 정의의 초출(初出), 또는 자연의 대정복 책동이다. 예수의 앞에 사탄이 이미 꼬리를 감추고 도망하였을 것이며, 석가의 앞에 파순(波旬)이 이미 머리를 싸매고 자리보전하였을 것은, 단군 조선을 통하여 반드시 패배하고 말 이 무서운 선전포고를 인류에게서 처음 받던 그 당시부터이었을 것이다.

인류가 언어를 발명한 것보다도, 기구(器具)를 창작한 것보다도, 인류 발달상의 최대 사건은 단군 조선으로 말미암아 인류 양지(良知)·양능(良能)의 최초 또 최대 발현을 짓는 조선 건설 운동, 환국(桓國) 연장 계획의 성립이다. 이는 실로 인류가 먹고 사는 이상의 생활에 손을 대던 시초요, 인류의 진보가 이상의 횃불에 비추게 되던 남상(濫觴)[12]이다.

그런데 마요(魔妖)가 모조리 근심하고 사람과 하늘이 함께 기뻐한 이 우주의 일대사(一大事)는 실상 이 천지를 무대로 하여 개막된 대희곡이었다. 이 위대한 이상을 탄생하느라고 끙끙거리던 산고(産苦)도 천지에 그 그림자를 던졌던 것이며, 이 이상의 실현 방법을 입안하기에 달구어진 뇌와 버커나온 땀도 천지에서 그 냉정을 찾던 것이다.

아미타불의 오겁(五劫) 사유보다도 더 큰 노력으로써 낮에는 궁둥이를 붙이지 못하고, 밤에도 머리를 누이지 못하면서 인류의 생명에 이상이라는 일대 경계를 개척해 주시던 자취를 눈 있는 이는

---

12 사물의 처음을 뜻한다.

시방도 굼실거리는 저 물결 위에서 알아볼 것이다. 이만큼 천지를
인류의 이상 건설 기념물로만 보아도 한 고작의 새로운 첨례(瞻禮)
가 저절로 북받쳐 나온다.

31. 대백두 대천지의 덕을 찬탄하는 글

일심(一心)으로 백두천왕께 귀명(歸命)합니다.

우리 종성(種姓)의 근본(根本)이시며

우리 문화(文化)의 연원(淵源)이시며

우리 국토(國土)의 초석(礎石)이시며

우리 역사(歷史)의 포태(胞胎)이시며

우리 생명(生命)의 양분(養分)이시며

우리 정신(精神)의 편책(鞭策)이시며

우리 이상(理想)의 지주(支柱)이시며

우리 운명(運命)의 효모(酵母)이신

백두대천왕 전(前)에

일심(一心)으로 귀명(歸命)합니다.

일심으로 백두천왕께 귀명합니다.

세계의 서광인 조선국을 안으셨던 품이시며

인류의 태양이신 단군황조를 탄육(誕育)하신 어머님이시며

그만 깜깜해질 세상이어늘

맨 처음이자 가장 큰 햇불을 들었던 봉수대이시며

횡한 벌판에서 어디로 갈지
길이 끊어지고 방향도 모를 때
우뚝 솟으시어
만인(萬人) 만세(萬世)의 대목표(大目標)되신
백두대천왕전 전(前)에
일심으로 귀명합니다.

일심으로 백두천(白頭天)께 귀명합니다.
한울의 드리우신 한 다리시며
땅의 쳐드신 한 팔이시며
시운(時運)의 끼고도는 추축(樞軸)이시며
조화의 우러나오는 방맹이시며
얼는 하면 짜부러지려 하는
나약한 인심의 받들쇠이시며
조금하면 와르르 하려 하는
어근버근한 세계의 쏘야기시며
조쌀알 같고
유성군(遊星群) 같고
유성(遊星)같고 혜성(彗星)같은
어지러운 세상유만(世上有萬)의
초점이 되시며
구심적 기점(基點)이 되시며
모든 것의 고갱이 알갱이이신
백두대천왕 전에
일심으로 귀명합니다.

일심으로 백두천왕께 귀명합니다.

그 흙은 내 살이 되시고
그 물은 내 피가 되시고
그 불은 내 동력이 되시고
그 바람은 내 호흡이 되시고
비가 되어
우리의 개울을 불리고 우물을 충충하게 하고
우리의 논과 밭과 들에 윤택이 널리게 하시고
그 모래가 모여
우리의 곡식 심을 곳 담배 심을 곳 화초 모종할 곳
활 쏠 곳 말달릴 곳 흥청거리고 돌아다닐 곳
어미네 궁둥이 따라다닐 곳 훈장(勳章) 차고 번득 어릴 곳
미술관을 세울 곳 '라디오' 기둥 세울 곳들을 마련해 주신
백두대천왕께
일심으로 귀명합니다.

일심으로 백두천왕께 귀명합니다.
커다란 눈이신
커다란 입이신
커다란 주목이신
커다란 등허리신
— 하누님, 신(神)의 종요로운[1] 지체(肢體)이신
백두대천왕 전에
일심으로 귀명합니다.

일심으로 백두천왕께 귀명합니다.

---

1 없어서는 안될 만큼 매우 긴요한.

가만히 계시매 색시 같으시다가도
인간의 구접은과 짓거분이
더 참을 수 없으리만치 쌓이고 잦였다고 보시면
한울 살오는 사나운 불과
바위를 물 만드는 어마어마한 뜨거움으로써
남성적 위풍을 남성적으로 발휘하시고
다시 남성적으로 수렴(收斂)까지 해버리시는
대남성(大男性), 백두대천왕 전에
일심으로 귀명합니다.

일심으로 백두천왕께 귀명합니다.
조선의, 조선인의 그 일체생육자(一切生育者)시며
영솔자(領率者)시며
보우자(保佑者)시며
그에게 '충전(充全)'의 젖을 빨리시는
'구원(久遠)'의 젖꼭지이시며
신념과 용기와 지구력과
골치도 넘치지도 아니하는
상평력(常平力)과 항여력(恒如力)과를
줄 곳 주시어 말지 아니하시는 대능자(大能者)
백두대천왕 전에
일심으로 귀명합니다.

일심으로 백두천왕께 귀명합니다.
인간의 온갖 공든 탑이 다 무너지고
구십구에까지 양센체를 하던 자가
백(百)에 와서는 또한 고패를 떼여 올리고

풀기 없는 해진 목소리로
"될 대로 되라지."하고 아주 내어던지려 할 때에
"가녀린 무리야, 왜 나를 의지하여 굳세고 억세어지기를 잊었느
냐?"하시며
엎어지면 일으키시고
엎어지면 붙들어 주시고
엎어지면 떠 버티어 주시고
엎어지면 껴안아 만져 주시어
몸은 행여 다칠세라
마음은 행여 욱을세라
기운은 행여 꺾일세라 하여
우리 경주장(競走場)의 목쟁이 목쟁이 마다에서
갖은 두호(斗護)와 부지(扶持)를 다해주시는
대심자(大心者), 백두대천왕 전에
일심으로 귀명합니다.

일심으로 백두천왕께 귀명합니다.
"내가 여기 섰기까지
내 겨드랑 밑에와 무릎 아래와 발 앞에
뽑힌 백성 조선 사람 아닌 다른 아무의
궁둥이가 억지로 들어오거나
발자국이 오래도록 머물게 할 리 만무하리니,
조선아 조선인아
어떠한 사나운 비바람이 닥쳐올지라도
한때의 시련은 모를 법 하되
결코 오랜 핍박으로써
너를 능학(凌虐)할 리 없을 것을 믿어라

내가 여기 섯노라"하시는
하느님 백두대천왕 전에
일심으로 귀명합니다.

일심으로 백두천왕께 귀명합니다.
"내가 기둥으로 버티고 있을 동안까지
한울이 무너질 걱정을 마라
무너져도 떨어지리라고 걱정마라.
나를 믿어라. 한울이니 나를 믿어라.
믿으면 내가 한울이니라"하시는
일체의 총람자(總攬者)이신
일체의 교정자(矯正者)이신
일체에 대자재자(大自在者)이신
일체에 최후 완성자이실
대실재(大實在), 백두대천왕 전에
일심으로 귀명합니다.

일심으로 귀명합니다.
완전자(完全者), 백두대천왕 전에
일심으로 귀명합니다.
백두천왕께의 귀명은
물론 천지(天池)에의 예탄(禮嘆)입니다.
일심으로 천지에 귀의탄앙(歸依嘆仰)함입니다.
압시사 백두천왕대천왕(白頭天王大天王)
압시사 천지대신대대신(天池大神大大神)
믿습니다.
믿습니다.

압시사

압시사

백두천왕(白頭天王)

천지대신(天池大神).

32. 열고 열고 닫고 닫는
혼돈 바로 그 자체

　이렇게 잠시 예찬을 올리는 동안에도 천지의 신비한 활동은 일각도 정지하는 일이 없다. 한 점의 뿌연 기운이 수면에 떠오르기 무섭게 웅장하여 막힘이 없고 장엄하고 화려한 신전(神殿)의 광경이 금시에 꿈같이 사라지고, 한 선의 빤한 기운이 자욱한 속에서 움직이기 무섭게 밤이 가고 낮이 와서, 한 덩어리의 혼돈이 문득 신령스럽고 묘한 위력의 커다란 성스러운 얼굴로 요술처럼 바뀐다.

　이렇게 답답하게 잠겼다가 이렇게 환하게 터지기를 되풀이하는 사이에, 한번은 한번보다 더 우람스러운 느낌을 용솟음하여 낸다. 막히는 것은 천왕(天王)이 눈을 감으심이요, 터지는 것은 감으셨던 눈을 뜨심이며, 급작스럽게 막혔다 틔었다 함은 눈을 얼핏 깜작거리심인 모습이다. 뜨실 때에는 천지가 열리고, 감으시면 세계가 닫히는 것이 우주의 유위상(有爲相)과 무상법(無常法)을 연설하는 셈이다.

　백두 천왕이 이렇게 눈을 한번씩 꿈적거릴 때에, 하계(下界)에서는 어떠한 풍운이 몇 번이나 뒤번복되었는지, 천지의 생멸(生滅)이란 본디부터 백두 천왕의 눈 한 번 깜작임에 불과한 것을 사람이란 버러지들은 바로 긴 시간으로나 여겨서, 두꺼비씨름에 머리악들을 쓰고, 그 중에도 학자라는 꼼지라기는 이것을 또 바로 큰 사변으로 여겨서, 오묘한 이치를 알겠다 하여, 대대로 서로 전하면서 수(數)를 벌인다 표(表)를 꾸민다 함이 우습다 하자면 퍽 우스운 일이다.

열고 닫음 또 열고 닫음, 나는 이제 우주의 태원(太原)에 서 있다. 나는 이제 조화의 시험소에 들어 와 있다. 신(神)의 공장을 구경한다. 혼돈의 비각(秘閣)에 앉아서 항상 살아 움직이는 참된 역사를 읽으며, 온갖 변화가 무궁한 대보록(大寶錄)을 만지며, 지극히 깊숙하고 깊이 숨겨진 대시편(大詩篇)을 왼다.

양부육대(兩部六大)의 대연기(大緣起)는 바야흐로 여기를 운동장으로 하여 맹렬한 연습을 계속하며, 해와 달이라는 등(燈), 강과 바다라는 기름, 바람과 번개라는 북과 지팡이의 천지 사이 제일가는 극장과 요순단(堯舜旦), 문무말(文武末), 망조축정(莽操丑淨)의 고금으로부터 내려오는 허다한 각색은 한참 여기를 스튜디오로 하여 힘써 연기를 진행한다.

금강산에서 현상계(現象界)의 만물초(萬物草)란 것을 보았던 우리가, 뜻밖에 여기 와서 그 본체(本體) 실상(實相)인 만화범(萬化範)이라고 할 것을 본다. 둘둘 도신다. 설설 내려오신다. 문자를 뛰어넘는 살아 있는 창세기가 연속해서 자꾸 책장을 넘긴다. 활약(活躍) 또 활약. 전환(轉換) 또 전환.

문득 설산(雪山)의 선인(仙人)이 패다라(貝多羅)[1]의 범협(梵筴)[2]을 받들어 나오니, 보매 리그베다(rig-veda)의 「무유가(無有歌)」(nasa-dasiya sukta)다.

(1) 태초에 무(無; asat)도 없고 또 유(有; sat)도 없었으며, 공계(空界)도 없고

---

1 옛날 인도에서 불경을 새기던 다라수(多羅樹)의 잎으로, 패다라엽이라고도 한다.
2 범어로 새긴 경전을 뜻한다.

또 그 위의 천계(天界)도 없었더니라. 무엇이 이것을 가렸던가, 어디 가서 이것이 있었던가, 누가 이것을 지켰던가, 저 수(水; Ambha)는 어떠하였으며, 무저(無底)의 깊이는 어떠하였던가.

(2) 그 때에 사(死)가 없고 또 불사(不死; Amrta)도 없으며, 주(晝)와 야(夜)의 표현도 없었더니라. 홀로 하나인(獨一) 그이(Tad ekam)는 숨소리 없이(avatam) 저절로 호흡하니, 그의 외에는 다시 아무 것도 없었느니라.

(3) 오직 암흑(tamas)만이 있었으니, 이 일체(一切; idamsarvam)는 암흑에 가리워진 깜깜한 파동계(波動界)이더니라. 허공에 쌓여 있는 원자(原子; adhu)는 저 혼자(Tadekam) 열(熱; tapas)의 힘을 인하여 출생하니라.

(4) 그가 개전(開展)하여(tad adhi samavartata) 이에 비로소 애(愛; kama)가 있으니, 이것이 식(識; manas)의 최초의 종자(種子; vetas)니라. 이것이 곧 유(有)와 무(無)와의 연쇄니 성자(聖者; kavayah) 등이 그 달식(達識)으로써 심(心; hrd)에 찾아서 발견한 바니라.

(5) 그네의 승척(繩尺; rasmi)은 횡으로 두루 통(遍通)하였도다. 아래에 있는 것은 무엇이며 위에 있는 것은 무엇이뇨. 종자를 머금은 것(Retodhah)이 존(存)이고, 세력을 지닌 것(mahi manah)이 존(存)하도다. 자성(自性; svadha)은 아래에, 역용(力用; prayati)은 위에.

(6) 진실로 누가 이것을 알랴. 누가 시방 여기 이것을 설명할 수 있느냐. 그는 어디로부터 생출(生出; ajata)하였는가, 어디로부터 이 조화(造化; visrsti)는 왔는가, 여러 신(神)도 또한 세상 창조의 근시(近時)에 속하였도다. 그런즉 그가 어디로부터 현출(現出)한지를 알 이가 누구뇨.

(7) 이 조화가 유래한 본주(本主)는 과연 이것을 조작(造作; dadhe)하였느냐, 혹시 이것을 조작하지 아니하였느냐. 최고의 천(天)에 있어서 세상을 감시하는 자만이 이것을 아시리로다. 혹시 또한 모르실까 하노라.

문득 생주가(生主歌; prajapatya sukta)가 나타나고, 문득 조일체가(造

一切歌; Visvakarman)가 나타난다.

그 위신력(威神力)을 말미암아서 저 설산(雪山; Himavat)도 존(存)하고 해(海)고 천하(天河; rasa)이고 모두 다 그에게 속하였다 하는도다. 이 천극(天極; Pradis)은 그의 양비(兩臂)로다.

사방에 눈을 가지고 사방에 낯을 가지고 사방에 팔을 가지고 사방에 발을 가진 유일의 신(神; Devaekan)은 그 양팔과 날개로써 대지를 만들면서 이를 불 부채질하여 단련해 내었도다.

바람이 불고 포장이 한 겹 날리는 곳에 흰 모자 흰 옷에 포도나무 가지와 작은 북을 양손에 나누어 든 이집트 사람이 나서면서 제상(祭床) 앞에 놓은 파피루스 잎사귀 위의 신성 문자가 역력히 읽혀진다. 그네의 태양신에 대한 웅려한 찬미가의 일절.

동녘에 있어서는 레(Re),
서녘에 있어서는 아둠(Atum)인 당신을 찬미할진저.
당신은 올라오고 당신은 올라오며 당신은 빛나고 당신은 빛나도다.
화려한 관면(冠冕)을 쓰시고 당신은 모든 신의 왕이시며,
모든 하늘의 왕이시며 또 땅의 주인이시도다.
위에 있는 성수(星宿)[3]와 아래 있는 인물(人物)을 창조한 이가 당신이시며
태초의 날로부터 항상 계셔 오는 유일의 신은 당신이시로다.
당신은 육지를 만들었고 또 국민까지도 지으셨도다.
당신은 우리들에게 물까지도 굳고 두터운 육지까지도 나일 강까지도
또 바다까지도 주셨으며 바다에 있는 자에게 생명을 주셨도다.

---

3 모든 성좌(星座)의 별들을 뜻한다.

당신은 산과 산을 연결시키고 사람과 지계(地界)를 불러 일으키셨도다.

문득 보매 서기생(書記生) '아니'의 '오시리스 운 네팔'에 올리는 노래가 나타나고, 문득 보매 '겐나'의 '라'에 울리는 노래가 펄떡 어린다.

모든 왕 가운데 왕, 모든 주(主) 가운데 주, 모든 원수(元首) 가운데 원수로 '누트'(nut)의 태(胎)로부터 나와서 이 세상과 '아겔트'와를 섭리하는 당신을 시방 경례(敬禮)합니다 … 천상에서는 미(美)와 인간에서는 힘과 지부(地府)에서는 승리를 얻게 하여 주소서.

어허, 아름다웁고 경앙(景仰)받는 남아(男兒)여, 당신이 올라오면 남(男)이고 여(女)고 다 살게 되는도다. 만국의 인민들은 당신의 속에서 기뻐하고 '안누'의 영혼 등은 당신에게 경축하는 노래를 부르는도다.

바람이 다시 불고 포장(布帳)[4]이 한 겹 날리는 곳에 모세의 손에 기록된 『창세기』가 가죽띠 띤 유대인의 손에 받들려 있다.

태초에 하느님이 천지를 창조하시다. 땅이 혼돈하고 공허하여 흑암(黑暗)이 물 위에 있는지라. 하느님의 신(神)이 수면에 운행하시더라. 하느님이 빛이 있으라 하시니 빛이 있거늘, 빛을 보시고 선(善)히 여기사 밝고 어두움을 분별하여 밝은 것을 낮이라 하시고 어두운 것을 밤이라 하시다. 저녁이 되며 아침이 되니 제1일이러라.

문득 나오는 것은 『열자(列子)』의,

---

4 베나 무명 따위로 만든 휘장을 뜻한다.

태역(太易)이 있었고, 태초(太初)가 있었고, 태시(太始)가 있었고, 태소(太素)가 있었다. 태역이란 것은 아직 기운이 나타나지 않은 때를 말하는 것이고, 태초라고 하는 것은 기운이 있기 시작한 때를 말하는 것이며, 태시라고 하는 것은 형상이 있기 시작한 때를 말하는 것이고, 태소라고 하는 것은 성질이 있기 시작한 때를 말하는 것이다.

이와 같이 기운과 형상과 성질이 갖추어져서 서로 떠날 수 없으므로 이것을 혼돈이라 한다. 혼돈이라 하는 것은 만물이 서로 혼합되어 서로 떠날 수 없는 것을 말하는 것이다. 이것은 보아도 보이지 않고, 들어도 들리지 않고, 따라가도 잡을 수 없으므로 이것을 태역이라 한다.

태역은 본래 형상이 없는 것이다. 태역이 변화하여 하나의 기운이 되고, 하나의 기운이 변화하여 일곱 가지 기운이 되고, 일곱 가지 기운이 변화하여 아홉 가지 기운이 되고, 아홉 가지 기운이 변화한다는 것은 바로 더 이상 변화할 수 없는 궁극적인 것을 말하는 것이다. 이것이 다시 변화하여 하나의 기운이 된다.

하나의 기운이라는 것은 변화하기 시작함을 말하는 것이다. 맑고 가벼운 기운은 올라가서 하늘이 되고, 흐리고 무거운 기운은 내려가서 땅이 되고, 하늘과 땅이 화합한 기운이 사람이다. 그러므로 하늘과 땅의 정기를 품어 만물이 변화하여 생성되는 것이다(「天瑞」).

문득 나오는 것은 핀란드 사람의 국민 서사시 『칼레발라(Kalevala)』[5]의,

연니(軟泥)[6]의 가운데에서도 그들은 결단나지 아니하고

---

5 핀란드의 민속학자 뢴로트(Lönnrot, E.)가 고시, 신화, 영웅 전설 따위를 모아 엮은 민족 대서사시. 핀란드 문화에 지대한 영향을 주었다. 1835년에 초판을 발간하고, 1849년에 증보판을 발간하였다.
6 바다에서 나는 플랑크톤의 유해가 대양 바닥에 퇴적하여 있는 무른 흙을 말

그 파편(破片)은 수중(水中)에서도 없어지지 아니하니라.

그 뿐인가, 기이한 변화가 일어나서

그 파편이 죄다 훌륭하게 생장(生長)하니라.

그 이지러진 알의 맨 아래의 파편으로부터

단단하고 두터운 지구가 성립되고

그 이지러진 알의 맨 위의 파편으로부터

하늘의 높은 창궁(蒼穹)이 떠오르니라.

그 노른자의 상부(上部)로부터

그제는 혁혁한 태양의 빛이 나오고

흰자의 상부로부터는

맑디맑은 월륜(月輪)이 올라오니라.

알의 가운데 있던 알롱진 것들은

그제는 하늘에 있어서 별이 되니라.

좀 검으무트름하던 것은

공중에 가서 구름과 안개처럼 떠돌아 다니니라.

문득 갈라티아(Galatia)의 창조 신화가 보인다.

위에 천(天)이란 것도 없고

아래에 지(地)란 것도 없을 적에

다만 '압수'(Apsu: 대양의 뜻)라는 아버지와

'티아마트'(Tiamat: 혼돈의 뜻)라는 일체의 어머니만이 있었더니라.

이 대양(大洋)의 물과 혼돈이 혼합하여 그 결합으로써 생물이 나니라.

또 모든 신들이 와서 모든 자손들을 만드니라.

'티아마트'가 여러 신이 점차로 자기 영지(領地)를 침략함에 노하여

한다.

방어하기 위하여 사람 머리를 가진 소와 물고기 꼬리를 가진 개 따위의 괴물을 매우 많이 만드느니라.

모든 신이 대회를 설행(設行)하여

이들의 괴물을 몰아내어 없애기를 꾀할새

감히 나아가서 그 소임을 맡으려 하는 자는 없더니라.

오직 지혜의 신 '에아'(Ea)의 아들 '마르두크'(Marduk)란 자가 있어 성공(成功)의 상으로 자기를 모든 신의 상투(上頭)에 둠을 승인할진대, 한번 결행하겠노라 하니, 모든 신이 부득이하여 그리하라 하니라.

'마르두크'가 이에 활과 창과 또 전광(電光)으로 몸을 꾸며 차리고

'티아마트'를 쫓아가서 그 몸을 던지니

'티아마트'가 큰 입을 벌리고 '마르두크'를 잡아먹으려 하거늘

'마르두크'가 몸을 비키면서 그의 목구멍을 향하여

뱃속에 큰 바람을 집어넣으매

'티아마트'가 찢어져서 죽다.

종자(從者)들이 혼들이 떠서 도망하려는 놈을 말큼 잡아다가

결박하여 '에아'의 옥좌(玉座)의 앞에 꿀리다.

'마르두크'가 이에 '티아마트'의 신체를 재조(再造)하고

생선을 말릴 때에 하는 것처럼 그것을 길이로 두동강이 내어서

그 하나를 높이 처들매 하늘이 되고,

또 하나는 발 아래에 깔아서 땅을 만드니라.

이렇게 우리들의 사는 세계가 조성되니라(取意).

문득 헤시오도스의 『신통론(神統論)』이 나와서는 혼돈(Chaos)으로부터 대지의 여신으로 일체의 어머니 되는 가이아(Gaia)와 그 아들로 하늘의 신이요 일체의 아버지 되는 우라노스(Uranos) 이하 올림푸스 신도(神都)의 모든 신들이 차례로 현신(現身)하여 혹은 운물(雲物) 혹은 화목(花木), 혹은 사랑 혹은 아름다움 등 삼라만상을

조성하여 점점 자라게 하며, 문득 오비디우스의 「메타모르포세스(Metamorphoses)」가 나와서는 최초에 질서도 형상도 아무것도 없는 혼돈(Rudis indigostaquemoles)으로부터 자연률(自然律)에 의하여 땅·물·불·바람이 만유(萬有)로 분화하고, 별과 초목이 생긴 뒤에 인류가 맨 나중 나와서 제우스(Zeus)와 크로노스(Kronos)의 대립 하에 세계가 황금시대로부터 은(銀) 시대, 청동 시대를 거쳐, 마침내 성실은 남김없이 쓸어낸 듯하고 사악이 횡행하는 철 시대로 타락하는 광경이 키네마의 필름처럼 한바탕 지나간다.

페르시아인의 영구시(永久時; Zervanekerene)에서 오르무쓰(Ormudz)와 아리만(Ahriman)이 나오고, 스칸디나비아인의 바닥이 없는 못(Ginungagap)에서 익드라실 나무(Yggdrasil)와 오딘(Odin) 신이 나오고, 왜인(倭人)의 '떠도는 나라'(ただよへるくに)가 나오고, 파시인의 '야자나무의 열매'도 나오고, 뉴질랜드인의 다네마후다 나무도 나오고, 북미 인디언의 남생이도 나오고, 영국령 콜롬비아의 타쿨리인의 사향뒤쥐도 나오고, 뿌루농인의 수리도 나오고, 틴네인의 개도 나오고, 윗조빨룩인의 까치도 나와서, 인류의 상상을 다하여 만들었던 천지개벽론이란 것은 눈앞에 한 바퀴씩 둘러나가지 아니하는 것이 없다.

원시인의 하나의 공통 관념은 물로써 천지의 근거를 삼음이니, 깜깜한 허허바다의 위에 검불이 떴다가 커지고 빛이 있어 분별을 시킴이 천지의 처음 배판이라 함으로 그 통례를 삼는다. 물의 정형(定形)이 없고 질서 없고 어느 부분이든지 균일함이 몽매인(蒙昧人)으로 하여금 원시적 물질로 생각케 한 원인이리라 한다.

여하간 문명과 야만을 통틀어 개벽 설화의 무대는 바닥이 없는 깊은 못, 아니면 끝이 없는 넓은 바다를 말한다. 중국인의 이른바 혼돈이니 홍몽(鴻濛)이니 하는 것도 글자의 형태가 물수(水)변을 좇았음으로도 그 성질을 짐작할 것이다.

인도 고설(古說)에 수미산이 대해(大海)의 위에 떠 있다 함도 그것이며, 헤브루 고설의 테흠(Tehom)이라는 심해(深海)와 이집트 고설의 원시해(原始海) 누(Nu)란 것이 모두 만유생성(萬有生成)의 밑으로 생각된 포수(胞水)들이다.

혼돈이 여기서 둘로 갈려 나뉘어지고, 우주의 황금알이 비로소 천지로 양분하여 하나는 성수(星宿)를 담고 있고 하나는 만물[品物]을 실어 가지고 있다 한 것들이다. 카오스로부터 코스모스로의 갖은 조화는 필경 수면(水面)을 빌어서 거리거리 설행(設行)한 굿일 따름인 것이다.

그런데 시방 보는 저 천지는 조선의 조선신의 조선 개국 설화의 그것이며, 그뿐 아니라 시방 당장 그 우주에 존재하는 모든 사물의 본성이 진보하고 발전하는 커다란 비밀스런 극을 한참 연출하는 것이며, 또 언제든지 또 언제까지든지 대우주 전연기(全緣起)의 심오한 소식을 구름과 안개가 모으고 흩어지는 단순한 방법으로써 신비하게 표현하는 것이다.

어허! 저것이 대주재(大主宰) 단군의 눈 끔적이심을 아는 이가 누구일까? 어허! 저것이 백두 천왕의 현현동동(玄玄洞洞),[7] 소소굉굉(昭昭轟轟)[8]한 평소에 하시는 연설임을 알아듣는 이가 몇이나 될까? 어허! 저것을 세계 유일, 고금무쌍의 오묘한 소리 진실된 설명의 대개벽신화로 체독(體讀)할 이가 그 누구며, 그 몇이나 될까? 나야말로 10년 글 동산에서 매일 거닐다가 하루아침에 활연해짐을 깨닫고, 다시 한번 머리를 조아리며 재배하지 않을 수 없었다.

---

7 현현(玄玄)은 심오한 모양, 동동(洞洞)은 질박하고 성실함을 뜻한다.
8 소소(昭昭)는 밝은 모양, 굉굉(轟轟)은 큰 소리가 울리는 모양을 나타낸다.

백두산근참기

어허, 한아버지!

33. 하느님의 아들이 하늘을 열다!

가장 짙은 컴컴이 가장 오래 잠겼다가 가장 환한 빛이 가장 시원스럽게 터지면서 글자마다에서 번갯불이 번쩍하는 한 권의 성전(聖典)이 두렷이 천지의 한가운데에 펼쳐 있다. 읽을 것까지 없이 저절로 눈에 박히고 얼른 머리에 스미는 대문장(大文章)이다.

옛날에 환국(桓國)이 있었는데, 서자 환웅(桓雄)이 자주 천하에 뜻을 두고 인간 세상을 욕심내었다. 아버지가 아들의 뜻을 알고 삼위태백(三危太伯)을 내려다보니 인간을 널리 이롭게 할 만하였다. 이에 천부인(天符印) 3개를 주어 가서 다스리게 하였다. 웅이 무리 3천을 거느리고 태백산 꼭대기 신단수(神壇樹) 아래에 내려와 신시라고 부르니 이분이 환웅 천왕(桓雄天王)이다. 풍백(風伯) 우사(雨師) 운사(雲師)를 거느리고 곡식 생명 질병 형벌 선악을 주관하니 무릇 인간 세상의 360여 가지 일을 주관하여 세상을 다스리게 하였다. … 아들을 낳아 단군왕검이라 부르고 … 비로소 조선이라 일컬었다(『삼국유사』 고조선).

이라 한 것이 압도적인 범하기 어려운 위엄으로써 나타났다. 하느님의 거룩한 뜻을 게시(揭示)하는 방문(榜文)처럼, 천국의 중대한 법전을 크게 써서 깊이 새긴 동표(銅標)처럼, 인류가 따라 좇을 대도(大道)를 단적으로 지시하는 길을 안내하는 표지처럼, 그는 신령한 빛에 싸여서 천지의 일면에 덮여 있다. 그는 바로 쓸쓸하고 찬 세상을 단번에 훗훗하게 할 태양과 같았다. 문득 한 장이 넘겨지매,

양산(楊山) 밑에 있는 나정(蘿井) 가에 번갯빛처럼 이상한 기운이 땅에 드리워져 있고, 한 백마가 무릎을 꿇고 절하는 모습을 하고 있었다. 이윽고 그곳을 찾아가 보니 자줏빛 알(푸른빛의 큰 알이라고도 한다.) 하나가 있었다. 말은 사람을 보더니 길게 울고는 하늘로 올라가 버렸다. 그 알을 깨뜨리자 사내아이가 나왔는데 모습이 단정하고 아름다웠다. 놀라고 이상하게 여기며 아이를 동천(東泉)에서 목욕을 시켰는데, 몸에서 광채가 나고 새와 짐승이 따라 춤을 추었으며, 천지가 진동하더니 해와 달이 맑고 밝아졌다. 그래서 이름을 혁거세왕이라고 하였다('혁거세'는 아마도 우리말일 것이다. 혹은 弗矩內王이라고도 하는데 밝은 빛으로 세상을 다스린다는 뜻이다.)(『삼국유사』 신라 시조 혁거세왕).

이라 하였고, 또 한 장이 넘어가매,

천제(天帝)가 태자를 보내어 부여왕의 옛 도읍에 내려와 놀았는데 이름이 해모수(解慕漱)였다. 하늘에서 내려오는데 오룡거(五龍車) 타고 따르는 사람 1백여 인은 모두 흰 고니를 탔다. 채색 구름은 위에 뜨고 음악 소리는 구름 속에서 울렸다. 웅심산(熊心山)에 머물렀다가 10여 일이 지나서 내려오는데 머리에는 오우관(烏羽冠)을 쓰고 허리에는 용광검(龍光劍)을 찼다. 아침에는 정사를 듣고 저물면 곧 하늘로 올라가니 세상에서 천왕랑(天王郎)이라 일컬었다(『구삼국사기』 동명왕편 본기).

이라 한 것이 나온다. 그리하고 그것들이 한데 어우러져서 한 편의

문장으로 종합되어 한 개의 사실을 일러 준다.

학자더러 말하라 하면 이것을 신화라 할 것이요, 그중에도 냉포(冷暴)한 단견자(短見者)로 하여금 보게 하면 그것도 후대에 성립한 것이라고 비방할는지 모를 것이다. 그러나 바른 마음과 밝은 눈으로 보면 이는 실로 조선의 최고 유일한 성전(聖典)이요, 조선에 대한 신의 성스러운 약속을 담은 보첩(寶牒)이요, 조선 민족을 통하여 현양된 인류 이상의 커다란 횃불이요, 조선인의 마음과 조선의 말로써 성립된 것 중의 가장 영귀(靈貴)한 다보탑이요, 조선인을 수직군(守直軍)으로 한 인류 사상의 영광의 대보장(大寶藏)인 것이다.

불교의 삼장(三藏)이고 예수교의 이약(二約)이고 『아베스타』이고 『코란』이고를 죄다 포괄하고 섭약(攝約)하고, 내지 순화하고 초월한 성전 가운데 성전인 것이다. 거기는 물론 신화로의 일면도 있을 것이요, 역사로의 일면도 있을 것이요, 그 기원은 원시 사상에 있기도 할 것이요, 그 내용은 단순한 관념을 표백함에 불과하다고도 할 것이다.

그러나 이는 그만큼 통일하기 때문이요, 그만큼 정련되었기 때문이요, 그만큼 포괄적이려 하였기 때문이니, 어떠한 시대와 어떠한 상태에 있어서나 조선 신전(神典)이 우리 행위의 원통일관(圓通一貫)한 정신적 지주됨이 상응함은 실로 이렇게 박후(博厚)한 기초에 선 요약(要約)한 표상이기 때문이다. 경국(傾國)의 색(色)과 감세(撼世)의 향(香)을 가진 채 피어 펴지지 못한 연꽃 봉오리이기 때문이다.

구구한 논리의 질곡에 얽매이고 미미한 인지(人智)의 고혹에 붙잡혀서 은천(恩天)의 보거(寶炬)와 자모(慈母)의 법유(法乳)를 몰라보는 이들은 호란(胡亂)한 말을 지껄일 대로 지껄이라 하여라. '홍익인간' 네 글자만 하여도 누구에게도 없고 여기에만 있는 얼마나 거룩한 인문 의식, 국가 원리, 인생 철학이냐. 또 그대로 어떻게 구원한 진리의 예각적 표현이냐. 어느 창세 설화나 건국 설화에나 이러한 정대성(正大性) 고귀성(高貴性)을 가지고, 또 이렇게 훌륭한 이상의 광소(光素)를 머금은 유례가 다만 하나라도 있느냐 없느냐?

이것이 누천 년 전 인류의 대부분이 배밀이도 분명히 못할 때에 우리가 창작하고 전승하던 사상임을 생각하면, 이 엄청난 은총을 눈물로써 느껴워하지 아니할 수 없다. 이는 실로 조선의 빛일 뿐 아니라 인류의 자랑이라 하여도 조금도 과할 것 없을 일이다.

인류는 창세(創世)에 대하여 개국(肇國)에 대하여 어떻게든지 철학적 관념적인 설명을 가지려 하였다. 그리하여 민족이라는 민족은 다 그 심능(心能)을 다하여 하나씩 그것을 만들었다. 그런데 그 최대능(最大能)을 내고, 최고조(最高潮)를 보이고, 최상 돌기(最上突起)를 지은 것이 조선의 그것이다. 그렇게 한 갸륵한 고동이 실로 '홍익인간(弘益人間)'이라는 점이었다.

내가 천왕신전(天王神典)을 칭송하여 받들어 모시고 맛들여 늘어놓은 지 이제 몇백천 번인지 모르되, 깊고 깊은 감촉과 올지고 올진 조철(照徹)[1]로써 그 조용히 하는 말 깊은 뜻에 깨달아 이르기를 시방 백두산 꼭대기 천지 가에서와 같이 본 적이 없다. 이 땅에 임하여 그때와 그 일을 생각하는 나에게는 다만 뜨거운, 그래 뜨거운 눈물이 넘쳐서 볼을 적시고, 옷깃을 적시고, 속으로 들어가서는 마음을 적심이 있을 뿐이었다.

정성껏 헤아리고 예측하고 추측함으로써 이 글을 대하던 반생의 어리석고 망령되고 완고하고 어그러짐이 참회의 사나운 불꽃이 되어서, 안의 마음 밖의 몸을 단번에 사르려 하였다. 북받치는 감격이 '한아버지' 소리가 되어 나올 때에, 없어졌던 자기(自己)가 겨우 돌아옴을 보았다.

---

1 두루 비치어 뚫는 것을 뜻한다.

그런데 이 경우에 있는 '한아버지' 소리의 내용 전체의 뜻이 무엇이요, 또 얼마인 것은 아마 바로 그 사람 아니고는 아무도 모를 것이었다. 이른바 만덕(萬德) 장엄(莊嚴)의 여섯 자 명호(名號) '나무아미타불'이란 것도 이때의 '한아버지' 한마디 말에 비하여는 아무것도 아닐 것이다. 나는 불렀다.

"한아버지!"

이 한마디 말은 실로 나의 온전한 감격, 온전한 인식, 온전한 신수(信受), 온전한 탄앙(嘆仰)을 흠뻑 담은 대찬송이었다. 삼계(三界)로 육도(六塗)로 육방(六方)으로 팔창(八窓)으로 쩔쩔매고 돌아다니던 가난한 아이 병든 아이가 처음으로 자애스런 어머니를 딱 만나서 밑도 끝도 없이 불쑥 나오는 온전히 진실된 말이었다. 하려 해서 하는 말이 아니요 저도 모르게 그만 나오는 소리이었다.

답답하고 옥죄고 쇠로 단근질하고 바늘로 쑤시는 듯하던 마음이 이 소리 한 번 나간 뒤에는 전에 없던 기분이 상쾌한 환희와 광명에 금새 영입(迎入)됨이 과연 마하불가사의(摩訶不可思議)이었다.

분명히 내 속으로부터 나온 소리지만, 귀로 들어올 때에 그것이 신의 영성(靈聲)이요 부처의 묘음(妙音)이요 대실재(大實在)의 계시이었다. 과연 이하백도(二河白道)[2]에서 피안의 복음을 듣는 것이었다. 만겁(萬劫)의 죄장(罪障)이 일시에 소멸하고, 적광(寂光)의 상토(常土)가 다리 아래(脚下)에 즉시 나타남을 보았다.

우리가 여기에서 조선의 신화학과 신학을 강론할 것은 아니지만, 다만 조선 신전(神典)의 해설에 대하여는 한마디 할 필요가 있

---

2 물과 불의 두 강 사이에 끼인 좁고 깨끗한 길이란 뜻이다. 아미타불이 탐욕이나 진에(瞋恚) 번뇌에 빠지기 쉬운 도심(道心)의 나그네를 인도하는 길의 비유로 쓰인다.

음을 느낀다. 그 대강령과 근본 정신을 알지 못하면 조선의 다른 아무것도 바르게 보고 바르게 해석하기 어려울 것이기 때문이다.

첫째, 조선의 고대 역사와 신화는 모두 합쳐 한 편의 신화임을 알 것이다. 'A'들이 아니라 'The'일 뿐인 것이다.[3] 시방 와서 남북이 그 색을 달리하는 점도 있는 듯하고, 선후가 그 종(宗)을 같이 아니 하는 점도 있는 듯하지만, 자세히 완미(玩味)해 보면 실상 그 모티프와 결구(結構)가 모두 동일함을 살필 것이요, 또 한번 그 근본을 캐어 보면 각별한 여러 가지로 보이던 그것이 실상 하나의 모체(母體) 설화가 여러 개로 달리 전해지는 것에서 벗어나지 아니함을 깨닫는다.

이를테면 제1단계에서는 남방계의 가락 설화가 곧 혁거세 설화요, 북방계의 동명 설화가 곧 해모수 설화임을 살피고, 다시 제2단계에 가서는 가락ㆍ혁거세ㆍ동명ㆍ해모수 등 모든 설화가 모두 동일한 계기와 요소로써 성립한 것으로, 본디 하나의 단군 설화가 조금 달라진 별전임에 불과함을 깨달은 것과 같다.

우선 앞의 글에 인용한 신전(神典) 3단이 하나는 환웅의 것, 하나는 혁거세의 것, 하나는 해모수의 것으로 별도로 전해진 것이지만, 실상 하나의 근본 설화가 세 가지 종류로 다르게 전해진 것임에 불과하니, 그 설화 전체를 보려 하면 세 가지 설화를 합하여 그 같은 것을 버리고 다른 것을 모아서 차례를 배열하는 것이 하나의 방법이라 할 것이다.

이를테면 혁거세니 해모수니 하는 고유 명사를 빼고, 그 사실을 환웅 설화에 합하여 보면, 조선 신전(神典)의 온전한 모습을 비로소 얻을 수 있을 것이라 함이다. 왜 그러냐 하면, 조선의 신전은 꽤 오랜 옛적에 일대 결렬기(缺裂期)를 지내고 또 그것을 기재한 것이 가

---

3 'A'는 부정관사, 'The'는 정관사를 지칭한다.

장 불충실을 극한 것이므로, 시방 우리가 책을 통해 보는 고신전(古
神典)이란 것은 요하건대 조각조각 나서 여기저기 해어진 것들이
니, 그것을 다 집어다 모아야 온필의 비단(혹 거기 가까운 것)을 얻어
볼 수 있게 생긴 것이다. 환웅·해모수·혁거세의 설화가 실상 한
편의 고신전(古神典: 곧 동일 사실 발전상)의 각기 한 절씩을 이루는 것
이다.

둘째, 조선의 고사(古史) 설화는 이지러져서 완전하지 못함과 흩
어져 달라진 것과 함께, 심히 압축도 되고 떨어져 나가기도 한 것
임을 알아야 한다. 이를테면 환웅 설화만 해도 본디는 꽤 푼더분하
게 생긴 어수선하던 고전(古傳)이 먼저 연대에 얼마만큼 떨어져 나
가고, 다음 기록자에게 많이 산삭(刪削)을 당하여 약간의 줄거리만
남은 것이(그나마 보존할지 버릴지의 적절함을 얻지 못한 것이) 현존한 그
화형(話形)이다.

그러므로 조선 고신전의 원형 전체의 뜻을 알려 하면, 안으로는
여러 유파 그것에 종합적으로 비교하여 보충하고 고친 뒤에, 그 맨
처음을 약간 비슷하게 할 수 있게 생겼다. 이를테면 조선 현재의
여러 고사(古史) 신화로 말하면 그 모티프가 대개 하늘이 낳은 이인
(異人) 중심의 하나의 건국 설화들로 생겼지만, 실상은 일반 설화학
의 이른바 인문 신화는 물론이거니와, 자연 신화 내지 천지개벽 설
화 내지 홍수 설화와 영웅 설화와 타계(他界) 설화와 신혼(神婚) 설
화와 선향(仙鄕) 설화 등 여러 분자가 골고루 축약되어 그 속에 들
어 있는 것이니, 이는 실로 꼼꼼하고 자세하게 살피고 날카롭게 분
석한 후에 비로소 알게 될 것이요, 겉으로만 핥는 이에게는 알려질
리 없는 수박의 속맛이다.

조선 신전(神典)의 없어져 부족하고 흩어져 어지러운 것이 어떻
게 오랜 동안 나의 머리가 아프고 마음이 아픈 곳이던 것인지 모르
다가, 위에 거론한 두 점에 생각이 이른 뒤에 어떻게 답답한 가슴

이 풀렸는지 모를 일이다. 이렇게 어슴푸레 그렸던 조선 신전의 윤곽과 진의가 시방 백두산정(白頭山頂)의 직감(直感)으로 인하여 거의 동굴 속이 밝아져 자세한 이해의 경역(境域)을 얻는 듯해짐에는 실로 손과 발이 춤추고 뛰노는 흔쾌를 금할 수 없었다.

맨 처음에 장엄하며 숭고하고 위대한 조선의 고신전(古神典)이 있었다. 그 일부가 무식한 필자의 손에 허황하고 거칠며 끊어지고 간략하게 기록에 올라서 시방의 환웅 설화가 되고, 그 중에서 어느 한 튀어나온 모서리의 특별히 두드러진 일부분씩이 남아서 혁거세계(赫居世系)의 여러 설화를 이루고, 북에서는 동명계(東明系)의 여러 설화를 이루었다.

이것을 서적에 비해 말하면,『삼국사기』에 절요(節要)도 있고 명신전(名臣傳) 혹 지리지(地理志)만의 초본(抄本)도 있는 셈과도 같으며, 또 그 판식(板式)에 고려판도 있고 이조판도 있고 목판본도 있고 활자판본도 있는 셈이었다. 광략(廣略)의 무슨 본이든지 사활(死活)의 무슨 종류의 판이든지, 그것이 다 삼국의 고사(古史)를 전한 것임에는 다름이 없다.

또『삼국사기』그것이 원체 삼국의 사실을 전하는 것으로 갖추어지지 못하고 확실하지 않은 만큼, 현재의 조선 고신전이란 것도 그 고형(古形) 전체의 뜻을 변변치 않게 전함이 현재의『삼국사기』의 푼수도 못되는 것이다. 그러나『삼국사기』를 내어놓고 삼국의 옛일을 고찰하기 어려운 셈으로, 물론 조선의 신세(神世)를 감찰(感察)함에는 현재의 신전 그것이 끔찍한 전거(典據)일 수밖에 없다. 이 지러져 떨어지고 쇠잔하여 없어지게 된 것인 만큼 더 귀중히 알 이유도 있는 것이다. 다만 깊은 연구를 필요로 하며 커다란 관점을 필요로 하며, 자세한 생각을 필요로 하며, 명료한 분별을 필요로할 따름이다.

압축되고 게다가 또 온전한 모양이 아니고 깎이고 빠졌기 때문에, 조선의 신전은 거의 같은 종류에 끊어졌다고 할 만큼 한고작 표상적(表象的)으로 생겼다. 거기 나오는 문구 중의 어떤 것은 바로 선가(禪家)의 공안(公案) 비스름한 것까지 있게 되었다.

이를테면, 조선 고신전의 최대 특색의 하나로 구체적으로 예를 들어 보일 것은 그 알[卵]이라는 바탕이 되는 자료인데, 이 알이란 것을 중심으로 이인(異人)이 나고, 이인이 나매 국가가 생겼다 함은 그 외형이어니와, 대체 이 알이 무엇을 의미하는 것일까? 이것을 동물적 신생(神生) 설화로 보려는 이도 있을 듯하지만, 실상은 그렇게 단순한 것이 아니다.

얼른 말하자면, 조선 고신화에 나오는 알이란 것은 그것이 실상 그네의 천지(天地)의 주인이라 한 태양의 표상임을 알아야 한다. 그러나 이것만으로도 다 알았다 못할 것이요, 그 알이 그대로 중국인의 혼돈, 그리스인의 카오스(chaos)란 것으로 우주 발생의 근본이 되는 물건이라 함을 알아야 한다.

따라서 알에서 태어난 이인이 나라를 세운다는 설화(난생 이인 건국 설화)는 그 내면에 다시 혼돈이 처음 쪼개지고 나뉘자 인물이 그 안에서 생기고 인문(人文)이 이에 발생했다는 생각을 포함한 것임을 안 뒤에 비로소 조선 신전의 원형을 약간 살폈다 할 것이다.

이 알에는 세계에 많고 많은 천지개벽설에 나오는 황금알, 달걀, 야자 열매, 탄환 등과 한가지로 천지 생성의 어머니를 의미함이 들어 있음을 알아야 하며, 하나의 알이라는 글자가 실상 조선에 있는 천지개벽 설화의 한 글자로 표현되는 상징임을 알아야 한다.

바꾸어 말하면, 조선의 천지개벽 설화는 깎이고 쪼그라들고 훑인 나머지, 겨우 하나의 알이라는 글자로 떨어져서 그 외로운 그림자를 건국 영웅 신화의 가운데에 투탁한 것임을 알아야 한다. 이러한 태도와 준비로 읽어야 할 것이 조선의 고신전이다.

환웅 · 해모수 · 혁거세의 세 설화가 이러한 견지에서는 물론 하나의 사실, 하나의 설화일 것인데, 그 셋이 본디 하나로부터 갈려서 나간 까닭은 무엇이며, 또 이미 갈려 나간 뒤의 그 특색되는 점은 무엇인가?

환웅 설화는 조선 신전의 총론·서론 내지 개론(槪論)·통론(通論)에 해당하는 것이요, 해모수와 혁거세 설화는 그 각론(各論)·특론(特論)에 해당하는 것이다. 전자는 조선 신전의 강령을 제시함이 주된 목표가 된 것이요, 후자는 그중에 어느 필요한 일부분을 주로 하고, 다른 것은 대강의 줄거리로 덧붙인 것에서 벗어나지 않는 것이다.

우선 인문 설화상에 있는 위에 든 세 설화의 요지 전체를 구비하여 말하면, 환웅 설화는 개천강세(開天降世)의 동기, 신자출세(神子出世)의 본심, 인문 발생의 제일 원인을 설명한 것이요, 해모수 설화는 사람과 하늘을 연락하는 과정, 개화(開化) 운동의 실체를 튀어나온 모서리 삼아서 설명한 것이요, 혁거세 설화는 신자(神子) 출현에 기인하는 인간 환희의 정황, 곧 천업회홍(天業恢弘)[4]의 성적(成績) 실과(實果)를 튀어나온 모서리 삼아서 설명한 것이다.

그러나 이 세 가지는 물론 본디 하나의 설화가 각각 나뉜 것으로 우연히 혹 필요로 잠시 분리 별행(別行)하게 되었을 따름인 것이다. 편의상 한번 그것을 합해서 보면 이러한 모양이 될 것이다.

태초에 혼돈이라는 하나의 알이 있었다. 그것이 쪼개져서 천지가 나뉘고 그 중에 신(神)과 다른 인물이 생기고, 나중에 신의 아들이 천상으로부터 다스리는 자로 강림하였다. 그것은 인간을 천화(天化)할 목적이었다. 처음에는 천상(天上)·인간으로 오르내리다가, 중간에는 인간에 천(天)의 별궁(別宮)을 두고, 나중에 아들을 낳아서 인국(人國)의 시원(始

---

4 천자가 나라를 다스리는 일을 더욱 더 발전시킨다는 뜻이다.

原)을 삼았다.

　이 동안 이화(理化)의 심핵(心核)은 일체를 광명화(光明化)함이요, 그 조목은 농사와 화복과 위생과 법률과 도덕 등이었다. 그러한 결과로 인신(人身)에서는 광채가 나고, 조수(鳥獸)까지 열복(悅服)이 되어 위덕(威德)이 천지를 진동하고, 청명한 해와 달이 태평의 빛으로 비치게 되었다. 그 세대를 불구내(弗炬內)='붉의뉘'=신세(神世)=광명 세계=환국(桓國)이라 하였다.

이것이 그 골자로 된 사실이요, 그 중에 나오는 알에는 천지개벽담의 잔형이 머물러 있고, 부(符)에는 제사(祭祀) 의물(儀物)의 남은 그림자가 비친 것처럼 허다한 다른 분자가 곁달아서 덧붙어 있음을 본다.

　이제 나는 백두산 천지 가에 서서 평소에 생각하던 이 뜻을 여기서 신의 내려준 계시로 환하게 보았다. 어슴푸레 생각해 오던 바를, 환하고 적확하게 그 비문(秘文)을 읽게 되었다. 그리하고는 그 매우 깊고 미묘한 뜻에 새 눈을 뜨지 아니치 못하였다.

　나는 이것을 신화라고도 아니하고, 역사라고도 아니하고, 단적으로 일컫되 신전(神典)이라 한다. 이것이 진실로 신화이기도 하고 역사이기도 하지만, 그보다도 우리의 신과 같이 성스럽고 신령스럽고 고귀한 민족 신앙의 경전(經典)이던 것이요, 우리의 넓고 두텁고 높고 밝은 인생 이상(理想)의 표지인 것이다. 우리의 삼세시방(三世十方)을 통한 위대성과 총명질(聰明質)을 표상해 놓은 용장상탑(龍藏象塔)인 것이다. 평범하나 전일(全一)임을 취하여 이것을 신전(神典)이라고 이름함이다.

　찢어발김으로 재주를 삼는 학자란 이는 천박한 소견 망령된 생각대로 무엇이라고 할는지 모르거니와, 아무리 아무라도 이것이 조선인 이상의 결정(結晶)으로 그 인생관이 귀착되는 취지요, 그 개화 운동의 추진기(推進機)임까지를 아니라 할 자는 없을 것이다. 우리는 다른 모든 것을 다 양보하고서 다만 이것 한 점만으로라도 조선 신전(神典)의 위대한 성(性)과 상(相)을 탄앙·찬미치 아니치 못하겠다.

세계에 다시 없는 것이라 해서 그럴 뿐 아니라, 이것이 넉넉히 세계를 비추고 전 인류 마음의 구석구석을 두루 비추어 뚫고 남을 큰 빛이겠으므로 그리함이다. 인류는 무슨 빛이 동방으로부터 오기를 기다린다는지 모르거니와, 동광(東光)이란 동명(東明)이며, 동명이란 조선 신전에 잠벽영과(湛碧盈科)[5]한 "광명이화(光明理化), 홍익인간(弘益人間)"의 대정신, 대원행(大願行)에서 벗어나지 않는 것이다. '태백(太伯)'이란 것, '단군(壇君)'이란 것이다.

시방 그 실체를 여기서 보았다. 반생에 생각한 것보다 더 크고 올지게 그 진형(眞形)과 변상(變相)을 여기서 감득(感得)하였다. 그리하고 세계의 허다한 성교(聖敎)·철리(哲理)와 인생훈(人生訓)·사회 이상(社會理想)이란 것들이, 요하건대 총별(總別)의 가치에서와 주종의 관계에서 그대로 죄다 조선 신전의 하나의 별행(別行)·하나의 지파(支派)·하나의 주각(注脚)·하나의 광설(廣說)에 지나지 못하는 것을 생각하고는 다시 한번 눈을 감고 고개를 끄덕였다.

"어허, 한아버지!"

조선 신전에 나타나는 고도(古道)의 요의(要義)는 극히 간명직절(簡明直截)[6]한 것이다. 그 철리(哲理)의 정수는 요하건대 광명 인식이었다. 한 광명 가운데에 인천(人天)이 융섭(融攝)하고 물아(物我)가

5 물이 깊어 푸르고 구멍을 가득 채운다는 뜻이다.
6 간단명료하고 거추장스럽지 아니하고 간략하다는 뜻이다.

혼일됨이 그 이론인데, 그 계기를 '붉'(번역하여 白 혹 朴 기타)이라 하고 그리되는 실천 과정을 '술'(번역하여 仙 혹은 鮮)이라 하고, 그리하는 실현 방법을 '돌'(번역하여 復 혹 歸)이라 하니, 노자의 말을 빌어 쓴다 하면 '복박(復朴)'이 그것이요, 박(朴)은 곧 이른바 천지의 뿌리란 것이었다.

'환(桓)'으로 나와서 '백(伯)'산(山)에 '신(神)'시(市)를 만들고, '평(平)'양(壤)에 조(朝)'선(鮮)'국(國)을 세우고, 마침내 '아사(阿斯)'달(達)로 돌아가셨다 하는 '단군(壇君)'의 일생은, 보는 법을 따라서는 우리 민족 이상의 과거 사실적 표현이라 할 것이요, 또 국조(國祖)로부터 민족 행정(行程)의 영원에 뻗친 크게 드리운 가르침이라고도 할 것이요, 아니 조선인과 그 역사를 통하여 계시된 인류가 맡고 있는 직무에 대한 신(神)의 대교훈이라고도 할 것이다. 거룩한 것이 조선 신전이 아니냐? 감추어진 빛이 어떻게 어마어마하시냐? 마지막의 구원으로 인류가 함께 동방의 이 빛을 목마르게 동경함이 까닭 있는 일이라 할 것이다.

조선은 오랜 동안 조의 알갱이가 흩어져 있는 것처럼 소국들이 대립하고 있었고, 조선인은 아직 그 민족적 대단합을 국경의 제약에 방해받는 사람이었다. 와르르 헤어져서 수습 못할 듯한 따로 떨어지는 성질이 성한 이 민국(民國)이 어떻게 항상 조선이라는 하나의 부르는 패(牌) 아래 포괄되느냐 하면, 고금을 통하고 남북을 합하여 각기 하나의 국조(國祖)의 각 지파라는 확신이 있어서, 동일한 신화(원시적 역사)와 동일한 제사(祭祀: 종족적 互相廻向)를 정성껏 받드는 한 점에 말미암음이었다.

각기 가로되 감응하여 태어난 천제의 아들이라 하며, 각기 가로되 태백산의 영지(靈池)가 그 종성(種姓)의 요람이라 하며, 각기 가로되 피압박자, 망은자(亡隱者)로 기운을 기르고 힘을 모아, 천지를 뒤집은 장부아(丈夫兒)라 하니, 이것을 어찌 보고 맹랑한 일들이라 할는지 모르되, 실상 이것은 본래 같은 뿌리에서 태어난 그네들의 같은 조상을 하나로 이고 있는 필연적으로 귀착되는 취지일 뿐이다.

대륙부니 반도부니 맥(貊)이니 한(韓)이니 하여도, 그 근본을 캐어 들어가 보면 하나같이 단군의 자손인 바에, 후년의 역사적 발전에는 경로의 다름이 있을는지 모르되, 그 조상을 말하고 그 원시를 들춤에야 설사 다르게 해 보려 한들 다를 수 있을 것이랴. 실상 같은 것을 억지로 달리 하면, 달리한 것이 도리어 괴변일 따름이다.

진역 여러 지파의 민국(民國)이 어떻게 각각 다른 색태(色態)를 띠었든지 적대하는 지위에 서 있든지, 태백산 조토(祖土) 신념을 가지고 있기까지, 아무리 서로 남인 체하려 해도 결코 남이 될 수 없는 것이다. 아홉 가지 다른 기억은 다 사라졌으되 한 가지 이 신념이 남아 있어, 그 서로 떨어지고 흩어져 동떨어짐을 최후의 한 점에서 헤살놓는다.[7] 하려고 하려고 하는 원심(遠心) 작용을 구태여 구심력(求心力)으로 전환하는 것은, 그네의 신념 중에서 빼앗으려 해도 빼앗을 수 없는 태백산 발상의 전통 신념이다.

동방 여러 민족이 태백산에 있음은 마치 인도와 유럽 민족의 남러시아 고원에서와 게르만 민족의 유럽 중부 숲과 못에서와 같아서, 아무리 먼 땅으로 가고, 아무리 오랜 시간을 지내고, 아무리 딴판의 복색을 해도, 그 본질과 원래의 뜻에서 탈각함은 아주 불가능한 일에 속하였다.

문적과 전설과 기억과 의식이 다 없어져, 거죽 사람은 판연히 모르지만 천백 대(代)를 두고 정혈골격(精血骨格)과 함께 할아버지는 손주에게 아버지는 아들에게 전해주고 서로 계승하는 식종자(識種子) 중에는 언제 어디서든지 태백천국(太白天國)의 신념이 한결같이

---

7 '헤살놓다'는 순우리말로 남의 일을 방해하는 짓을 하다는 뜻이다.

유전잠재(流轉潛在)[8]함을 어찌할 수 없었다.

이리하여 속 정신은 보나 안 보나 알게 모르게나, 아니 서로 모르는 가운데서 항상 그 뿌리를 동일한 점에 박고 있었으니, 그 신령스런 토대와 기원이 곧 이 백산(白山)이요, 천지(天池)이다. 저 금(金)으로부터 청(淸)에 이르는 북방계 열조(列朝)의 태백산 발상설과 고려로부터 이조까지의 남방계 열조의 백두산 홍왕론(興王論)이 그 사실의 여하는 물을 것 없이 다 동방 세계의 시공을 초월한 정신적으로 연결된 사슬인 태초 전설 원시 신앙이 격세적(隔世的)으로 발현됨에서 벗어나지 않는 것이다.

그런데 시방 천지의 위에 생생하게 나타난 비문(秘文) — 바꾸어 말하여 천지를 색독(色讀)한 신감(神感)은 이렇게 상여통원(常如通圓)한 동방 정신의 전부이니, 말하자면 문자적 역사에는 밖으로 빠져 나가 새고 소략한 것까지도 거두어 모아 총괄하여 충족해 있는 동방 역사의 전적 표상인 것이다.

어허! 살아 있는 역사 참된 역사요, 살아 있는 성교(聖敎) 참된 성교(聖敎)요, 천국의 문자로 기록된 이 대신전(大神典)을 내가 시방 읽었다. 다만 그 실제 느끼고 온전히 깨달을 것을 만에 하나라도 제시하지 못함이 어떻게 큰 유감인지 모르겠다. 그러나 천하고 비열한 나는 말도 말고, 넓은 세상 많은 인간이라 해도, 시방 저것을 언어로 표현할 고재(高才)가 과연 그 누구라 할까? 그래 그 누구일까?

---

8 이리저리 떠돌아 속에 숨어 겉으로 드러나지 않고 있는 것을 뜻한다.

34. 큰 세계의 매우 많은 신들이
모두 모시고 함께 찬양하다

　천지(天池)의 활동은 여전히 쉼이 없었다. 몇 세계가 그 동안에도 생겨났다가 없어진다. 어느 토막에서는 '산 위에서 변한 모습'의 예수를 보았다. 어느 토막에서는 '영취산에서 법화경을 설법하는' 석가를 보았다. 어느 토막에서는 산에서 내려오는 짜라투스트라를 보고, 어느 토막에서는 굴에 들어가는 마호메트를 보았다.

　그 가장 혼란스러운 광명에 싸인 토막에서는 반고씨(盤古氏) · 황제씨(皇帝氏) · 태상노군(太上老君) · 광성자(廣成子) · 동왕공(東王公) · 서왕모(西王母) · 노자 · 공자와 대자재천(大自在天) · 제석천 · 파루나(婆婁那) · 아섬불(阿閃佛) · 아미타불 · 대일여래와 라아 · 오시리스 · 누트 · 호루스와, 아누 · 이수달 · 솨마슈 · 마르두크와, 아후라마스다 · 호후마나 · 미트라 · 마니와, 야베 · 바알세붑 · 모세와, 모록 · 카비리 · 솨민 · 쉐메슈 등을 오른쪽 날개로 하고, 오그미오스 · 그랜노스 · 베레노스 · 타누와, 오딘 · 둘 · 지그프리드 · 발둘과, 베른 · 스아라신 · 벌그나스 · 세미닝카스와, 제우스 · 아폴로 · 아테나이 · 티메데르와, 주피터 · 야누스 · 베스타 · 솔 등을 왼쪽 날개로 하고, 기타 일체의 주재신, 광명신과 그 사도들을 전방의 호위 후방의 뒤따르는 하인으로 하신 삼신일체(三神一體)의 대단군이 임금으로 모임하시는 광경이 나타난다.

얼마나 경건하고 엄숙한 그 광경이며, 얼마나 공손하고 온순한 그 얼굴의 생김새들인가. 혹은 머리를 조아려 절하고, 혹은 합장하며, 혹은 무릎을 꿇고 혹은 팔을 쳐들었다가, "주(主)는 당신뿐이십니다."하는 지극한 정성을 표하였다. 우레 같은 소리가 때로 그네의 사이에서 나온다. 대지는 12종(種)으로 진동하고 하늘에는 만 가지 종류의 향화(香華)가 너울너울 떠돈다.

천상에서 인간으로
즐겨오신 우리 단군
영광의 산정(山頂)에서
고뇌뿐의 세상으로
다시 또 나려가려 하시네.
그 아니면
그 안가면
헤매는 무리 어찌할까.

길 모르는 저의들이
절로오기 바라올가
손잡아 못 걸으면
업어라도 더리려 해
이제 또 나려가려 하노라.
내 아니면
내 안가면
헤매는 무리 어찌할까.

세레 같은 암흑의 신과 아다도 같은 폭풍우의 신과 사탄 같은 사악의 신들은 금시에 엎드려 벌벌 떨고, 시방(十方)으로부터 각각 한 태양이 구을러 들어와서 눈 같은 황조(皇祖)의 옷에 금강석 같은 반짝거림을 난박는다.

저의들이 부림받아
트라신 길 텃나이다
온나라 모든 백성
님의 앞에 끌어들일
그때가 이제 되었나이다
안 부르면
안 불리면
헤매는 무리 어찌할까.

촛불로도 횃불로도
쫓다못한 저어두움
해들고 몸소가서
말끔하게 헤처버릴
그때가 이제 되었나이다.
안 나서면
안 내세면
헤매는 무리 어찌할까.

무리 지어 이어진 많은 산의 조회(朝會)하는 빛, 무리 지은 무당의 삼가 받들어 모시는 빛, 제마무[褚馬武]·혜초(慧超)·단테·버년 등 순례자의 떼, 옥보고(玉寶高)·허난설(許蘭雪)·호메로스·솔로몬 등 찬양자의 떼로부터, 여러 민족의 마음을 통하여 표현된 일체의 전설적 영웅, 모든 시인의 붓 끝으로부터 나온 일체의 소설적

인격까지 개천(開天)의 단군을 위하여 춤 한 번 노래 한 가락으로라도 제 정성을 드러내어 밝히지 않는 것이 없다.

왕굴 장군이고, 콩쥐팥쥐고, 손오공이고, 송강(宋江)이고, 아더왕이고, 파우스트 박사이고, 이때까지 상상의 산물로만 여겼던 모든 시사(詩詞)와 그 주인공이 그 속에 다 실재(實在) 상주(常住)함을 볼 때에는 놀랍고 기이한 정이 더욱 번개처럼 움직인다.

거기 삼도(三島) 십주(十洲)도 있고, 현포(玄圃) 자부(紫府)도 있고, 에덴·아틀란티스도 있고, 묘희성(妙喜城)·안양국(安養國)도 있고, 헤시오도스의 황금 시대도 있고, 토머스 모어의 유토피아도 있고, 홍길동의 제도섬도 있고, 허생원의 무인도도 있으되, 이 수량을 헤아릴 수 없이 많은 불국(佛國) 신역(神域) 이상 세계가 실상 단군 세계의 티끌 하나의 기둥임에는 정신이 다만 얼떨떨해짐을 깨달을 뿐이다.

또 이 모든 것이 문득 옴쳐서 한 덩어리를 이루는 곳에 궁금하던 환국(桓國)이 눈앞에 나타나고, 다시 과거의 환국이 문득 그 가치를 장래로 전환하여서 성중(聖衆)[1]에 둘러쌓인 남조선(南朝鮮)이 그 으리으리한 배포를 내놓을 때에는 이름 없는 춤이 저절로 덩실 나온다.

어허! 이제 와서야 조선인이 부자임을 알았다. 이러한 성스러운 재물은 아무에게도 없는 바이다. 조선인이 강자임을 알았다. 이러한 커다란 이상은 다른 모든 잔약(殘弱)한 무리들이 만들고 지녀갈 바가 아니다. 이 시 밖의 시와 역사 밖의 역사와 학문 밖의 학문을 가진 조선인은 진실로 예지적인 대인(大人)이다.

그런데 이것이 꽃으로 치면 봉오리대로 있어서 어떻게 탐스럽게

---

1 성자의 무리로 부처와 성문, 연각, 보살 따위를 이르거나 또는 극락에 있는 모든 보살을 이른다.

필 것인지 모름과, 사람으로 치면 처녀대로 있어서 어떻게 잘난 신랑과 어떻게 굉장한 결혼식 피로연을 베풀는지 모를 것이 특히 우리의 큰 행복이요 기회이다.

그가 이미 이러하거니, 이미 이러하신 그이시니, 백신(百神) 만성(萬聖)의 일제(一齊) 찬탄(讚嘆)과 항상 행하는 공양이 결코 나 한때의 환각일 리 없다. 보일 때 안 보일 때가 있고, 보는 이 못 보는 이야 있을 법하여도, 우주의 영광이 홀로 단군의 것임에는 언제 어디서고 다름이 없을 것이다. 몹시 오래 되어도 항상 변하지 않고 늘 그대로인 대우주의 단군 호봉(護奉)을 슬며시 흘긋이 데미다 보기 좋은 곳이 시방 이 천지일 따름이다. 어허! 깊은 이 감명이여! 어떻게 남에게 말하여 볼꼬.

법성(法性)의 바다로 보이는 바에, 다시 무슨 할 말이 있으랴! 조화의 곳간으로 보는 바에, 말로써 형언할 무엇이 따로 있으랴! 만유과학(萬有科學)의 전 사전(辭典)을 들어올지라도 저 웅혼과 위대를 대롱으로 엿보고 표주박으로 잴 수가 없고, 인류 사상의 전 어휘를 거울어낼지라도 저 신비와 미묘를 약제소거(略提少擧)치 못하리니, 우리 따위 변변치 아니한 솜씨로는 다시 성산(聖山)의 면목을 더럽히려 하지 아니하겠다. 이른바 팔불(八不)[2]이요 백비(百非)[3]인 것이매, 다만 직감(直感)과 묘오(妙悟)를 독자에게 구하기로 하겠다.

그러면서도 마지막 한 가지 보고 느낀 것을 더 피력하지 아니치 못할 것은, 커다란 용광로로 보이는 천지 그것에 대하여서이다. 저 커다란 아가리가 떡 벌어진 가마솥과 같고, 그 밑에서 보이는 만고

백두산근참기

---

2 불교에서 그릇된 개념을 여덟 가지로 요약하여 타파한 것을 말한다.
3 불교의 진리는 모든 분별이 끊어진 상태이므로 사구백비(四句百非)라고 하는데, 백비(百非)는 유(有)와 무(無) 등의 모든 개념 하나하나에 비(非)를 붙여 그것을 부정하는 것을 말한다. 즉 불교의 진리는 사구의 분별도 떠나고 백비의 부정도 끊어진 상태라는 뜻이다.

(萬古)의 열화가 활활 타고, 그 속에서는 조화의 기름이 펄펄 끓어 보임이다. 그리하여 때만 묻으면 천지라도 한꺼번에 삶아 내릴 듯한 큰 정화력(淨化力)을 잔뜩 담아 가지고 있음이다. 그 속에는 반만 년의 진노(塵勞)[4]에 구정물이 펑펑 쏟아지는 조선 역사의 두루마기가 한참 부걱부걱 삶아져 감을 보겠다. 아무리 무엇하여도 여기는 눈을 한번 주어야 하겠다.

첫 대는 시간의 때꼽이다. 상하 오천 년을 크게 4~5동강을 내어 보면, 최초의 1,500년쯤은 황조(皇祖)의 슬하에서 교만한 아이로 자라면서, 진 땅 마른 땅에 함부로 치닫고 내리닫고, 물인지 불인지 세상을 모르던 조선아(朝鮮我) 배태 시기요, 그 다음 일천 년은 세상 물정에 경난이나 해보라 하여 남경북완(南梗北頑)[5]이 앞뒤에서 귀찮게 구는 벌판으로 내어던진 바 되어, 사회적 훈련과 민족적 각성을 얻게 되던 조선아 인식 시기다.

다음의 일천 년간은 동족 일문끼리 띠앗이 사납다가는 배기지 못할 터이니 무엇보다도 먼저 내적 통일을 해야 하겠다 하여, 통일이라는 제목 아래서 역량을 씨름하던 조선아의 민족적 구심(求心) 시기요, 다음의 일천 년간은 오랜 동안의 노력으로 인하여 비뚤어지게라도 통일한 국가를 만들기는 하였지만, 판도는 터무니없이 줄고 세력은 턱없이 줄어서, 정신상으로 영광 환멸의 비애를 느끼고 생활상으로 골통 압박의 고통을 당하매, 떨쳐 일어나서 대동강 이남의 작은 통일로써 대동강 이북의 큰 과거를 회복하려 하던 조선아의 강토적 복구 시대다.

맨 나중의 아직 오백 년쯤은 조선의 민족적 강토가 대략 현재의 형태로 성립하여, 세계에 있는 조선의 단위가 대개 어떻고 얼마만

---

4 번뇌 또는 세속적인 노고를 뜻한다.
5 남쪽의 사나운 일본과 북쪽의 완악(頑惡)한 오랑캐를 아울러 이르는 말이다.

한 것임이 명확히 되고, 이러한 지름길로 생장된 조선 우리가 전세계의 대동(大同) 무대에 나서서 얼마만한 가치와 능률을 발휘할는지를 판단하게 된 조선아 대시련 시기이다.

이 마지막 토막이야말로 일개 민족으로 자립할 수 있는 여부를 실력으로 결정하는 기틀이매, 혹시라도 단련이 모자랄까 하여, 밖으로는 왜란에 호란에 병인에 경술에 당해 볼 수 있는 자극을 다 당해보고, 안으로는 당론(黨論)일세 사화(士禍)일세 갑신(甲申)일세 갑오(甲午)일세 치를 만한 분란을 다 치러 보여서, 말하자면 조선아의 무적(武的) 수양과 조선 민족의 단단한 교육의 시기라 할 것으로, 아직도 우리가 이 파란의 진행 중에 처해 있다.

쓰거니 달거니, 반만년의 경험과 수련이 값이 있으려는지 없으려는지, 그리하여 완성한 하나의 민격(民格)으로써 민족적 존립과 생영(生榮)을 향유할는지, 아직까지 하나의 의문으로 남아 있는 중이다. 최후의 시험이 조선인에게 임하여 영원한 급제와 낙제를 심판받을 날이 된 것이다. 이 절대 의의가 있는 무대에 나서서 행여나 꼴사나울까 근심하사, 자라나는 그동안의 갖은 때꼽을 다 빼고 깨끗이 빨래한 새 옷을 입히실 양으로, 시방 저 끓는 가마가 오랜 옷의 묵은 무겁을 푹푹 들이 삶고 있다.

그 옷에는 불효(不孝)의 때꼽도 묻었다. 황조(皇祖)의 더없이 지극한 마음을 받지 못하고 대대로 가문에 전하는 좋은 명성과 명예를 지키지 못한 그것이다. 그 중에는 불목(不睦)의 때꼽도 있다. 고려에 있는 남북이 서로 멀어져서 왕래가 막힘과, 이조에 있는 반상(班常)이 몹시 엄격하여 맺고 끊는 듯함과, 직업의 귀천 사상의 흑백 등으로 인한 온갖 계급적 차별이 그것이다.

또 노예성의 때꼽도 있다. 요순(堯舜)에, 주공(周孔)에, 한문(漢文)에, 당시(唐詩)에, 송학(宋學)에, 명률(明律)에, 유럽과 미국의 환영(幻影)에, 러시아의 우상에, 아침에는 동쪽 저녁에는 서쪽 주인으로 나갔다가 종으로 돌아와, 제 정신, 제 주의, 제 생명, 제 탄력이라고는 없는 듯이 지내온 그것이다.

또 비사회성의 때꼽도 있다. 와르르 헤지고 뿔뿔이 나고, 물어뜯고, 갉아 잡아당기고, 고루함에 치우치고, 시기심이 많고 엉큼하고, 힘을 어울러 되게 하는 것보다 내가 빠져서 안 되는 것을 고소하게 알고, 내가 나아서 우뚝해지는 것보다 남을 깎아서 제 고개 들기를 생각하고, 태산 같은 남의 내세울 만한 좋은 점에는 소경인 듯 모르는 체하여도, 겨자씨 같은 나쁜 점만은 현미경 쓰고 찾아내려 하고, 집은 송두리째 넘어져도 미운 기둥 하나 빼는 것만을 시원하게 하는 등, 환관 같은 청상과부 같은 편벽된 성질의 나쁜 버릇이 그것이다.

또 이상도 없고 신조도 없는 때꼽도 있다. 어떻게 살겠다, 어떻게 고통을 벗어나겠다, 어떻게 행복을 인도하여 맞이하겠다, 어떻게 자아를 존립시키겠다, 어떻게 생명을 발전시키겠다 하는 아무 의식과 노력이 도무지 없이, 다만 사니까 살지 조금도 살려고 사는 것 없는 생활 태도에 찌들고 짜부라진 그것이다.

만년이 반이라면 오래기도 오랜 세월이요, 게다가 공교스러운 국가적 위치와 민족적 관계를 가졌기 때문에, 못 맞을 비바람도 많이 맞고, 못 밟을 진창도 많이 절벅거렸다. 그렇건만 저만큼 밖에 흙물을 칠하지 아니하였음은 도리어 기적일는지 모른다.

다만 이렇게거니 저렇게거니 때꼽은 때꼽이요, 구정물은 구정물이매, 빨 것은 빨아야 할 것이요, 닦을 것은 닦아야 할 것이다. 아주 깨끗하게 하려 하면 된통 삶아내야 할 것이다. 그런데 이 모든 더러움을 이번에야말로 단참에 쏙 뽑아주려 하시는 뜨거운 잿물 솥이 시방 저기 끓는 김을 올리고 있다.

조선인은 고쳐나지 않으면 아니된다. 부활의 서광은 아무 다른 데에 있지 아니하고 오직 새로워지는 자기 심중으로부터 나올 것이다. 때 묻고 일그러지고 구김살 잡힌 마음을 온통으로 저 천지의 솥에 던져서 삶고 우리고 빨고 짜서, 단군 성조(聖祖)도 더불어 거룩하고 깨끗한 위에서 연락함이 아니고는 참으로 힘 있고 빛 있는 생명의 임자를 이루지 못할 것이다.

온갖 각각 다른 그를 말미암아서 대동(大同)해지지 아니하면 아니될 것이요, 온갖 서로 들어맞지 않는 모가 그를 말미암아서 원만하게 성취되지 아니하면 아니될 것이요, 온갖 사악하고 더러움이 그를 말미암아서 정화되지 아니하면 아니될 것이다. 온갖 검정칠한 것이 단군의 원심(圓心)에서 깨끗해진 뒤가 아니면 아무 갱생의 일을 말하지 못할 것이다.

다른 길로 또 남의 힘으로 그 비슷한 일시의 환영(幻影)을 본다 할지라도, 그는 바다 위의 기루(氣樓)일 뿐이요, 모래 위의 임시 집 일 따름이다. 단단한 기초에 서지 아니한 것이 무서운 홍수를 견딜 리 없을 것이다. 열 번이면 열 번, 백 번이면 백 번이 그대로 다 거짓말이요 헛수고일 따름이다. 이렇듯 명백한 도리도 알아보지 못하는 이가 있다 하면, 무엇보다 그 눈동자부터를 저 물에 씻고 빨 필요가 있을 것이다.

어허, 저 천지! 소극적으로 보면 구 조선(舊朝鮮)의 빨래 솥이요, 적극적으로 보면 신 조선(新朝鮮)의 용광로인 저 천지! 깨끗해진 영광의 새 조선이 저리로부터 나올 것을 생각하고는 낮추낮추 고개를 그리로 숙이고 깊은 생각과 마음속 기도를 오래오래 하였다.

35. 조선으로 돌아오라!

그만두려 그만두려 하면서도 또 한가지 입 다물지 못할 것은 '돌'[復]의 구멍으로인 천지의 신비에 대하여서이다. 이상하다, 신기하다, 무엇이라 말 못할 것은 만법(萬法)이 천지에서 일여(一如)함이요, 생멸적 현상이 그대로 천지를 통하여 영원히 변하지 않는 존재임이다.

천지의 책장이 한 장 두 장, 또 이쪽 저쪽 뒤적거려 가는 동안에 온갖 사라져 없어져 버렸다 한 것이 그냥 보전되어 있는 신기한 사실을 보았다. 매미 날개처럼 엷게 꾸었던 꿈도 수효대로 거기 다 간직되어 있으며, 저녁놀같이 잠시 떴던 생각도 빠진 것 없이 거기 다 쟁여 있으며, 세상에 기록도 없고 사람에게 기억도 없이 아주 없어지거나 사라져 흩어져 버리고 만 모든 것이 허허바다의 거품 하나와 만수장림(萬樹長林)의 낙엽 한 이파리까지라도 차곡차곡 거기 다 들어 있음에는 과연 경탄치 아니치 못하였다.

사람이 이르기를 일시의 환영이라 한 것도 급기 여기를 와서 본 즉, 어느 것 하나 실체 아닌 것 없음에 못내 못내 감격하였다. 손톱 하나 튀김과, 트림 한 번 한 것과, 두꺼비씨름 한 판과, 지렁이 노래 한 가락과, 모래 한 알 구름과, 담배씨 한 개 꼼짝한 것도 그 영원

항구한 세력과 생명의 실체를 천지의 곳간에 쌓아 두고 보존하지 아니한 것 없음이 과연 불가사의이다.

원래 깊은 뿌리와 큰 언저리를 천지에 박은 것들로 잠시 그 한 귀 한 모를 번갯불같이 현상계(現象界)에 내어놓은 것이 만법(萬法)의 전변(轉變)인 줄을 깨닫기까지는, 없어졌다 했던 모든 것이 그대로 죄다 있음이 진실로 진실로 기이하고 기이하였다.

천지의 속에서는 없어진 것이 없으며, 죽은 것이 없으며, 일그러진 것이 없으며, 넘어진 것이 없으며, 결딴난 것이 없으며, 낭패 본 것이 없음을 기이치 않다 할 수 없다. 환웅의 신시(神市)도, 요순의 희호 세계(熙皡世界)도, 크로노스의 황금 시대도, 천지에 있어서는 다만 가상이 아닐 뿐 아니라, 또 과거의 진술도 아니었다.

해모수의 유화도, 유리왕의 화희도, 당 명황(明皇)의 양귀비도, 단테의 베아트리체도 천지에서는 잃어버린 사람, 없어진 사람이 아니었다. 목도(木島)의 박제상(朴堤上)도, 선죽교의 정몽주도, 연옥(燕獄)의 문천상(文天祥)도, 데모피레의 레오니다쓰도, 천지에서는 죽은 사람이 아니었다. 박랑사(博浪沙)의 창해역사도, 황산의 계백도, 위화도의 최영도, 청천강의 홍경래도, 오강의 항우도, 로마의 한니발도 천지에서는 누구나 다 실패자가 아니었다.

소실과 사망이란 것도 영원한 법체(法體)의 일부로 존재하며, 곤돈(困頓)과 실패도 장구한 성공의 일단으로 참여하여, 모든 것이 온통으로 대희망·대활동·대계획·대진행의 가운데에서 평등 한 가지 맛의 지위를 가졌음을 볼 뿐이었다. 환멸이 창조에 없을 수 없는 한 요소인 것은 다만 그 과정이라 해서 그럴 뿐 아니라 구원한 현실의 빠질 수 없는 일부분이므로, 그러한 것을 천지의 시공을 초월한 그 살아 있는 소식에 환하게도 데미다 보았다.

천지는 대능자(大能者), 대실자(大實者)의 입이었다. 모든 것을 뱉는 그것인 동시에 모든 것을 도로 삼키는 입이다. 뱉어서는 만별(萬

別)이던 것도 삼키면 일여(一如)일 뿐이다. 천지에서는 삶과 죽음이 하나이며, 얻고 잃음이 하나이며, 범인과 성인이 하나이며, 천당과 지옥이 하나이며, 흑백이 하나이며, 높고 낮음이 하나이며, 동서(東西)가 하나이며, 냉열(冷熱)이 하나이었다.

그런데 그 고동되는 것은 '복(復)'의 원리, '도로'라는 묘체(妙諦)이었다. 온갖 사물의 형상이 '도로'에서 일여(一如)이었다. '도로'의 앞에는 없어짐이 없고, 막힘이 없고, 끝이 없다. 구원한 봄은 이 '도로'의 교외와 들을 둘러서 생기와 꽃다움으로써 끊임없는 공양을 그에게 드린다. 시방 저 천지에 이 고마운 생명의 원천을 언뜻 보았다.

'도로'의 원리가 동방 사상상에 있는 전개는 실로 넓고 크고 미묘한 것이었다. 일방은 관념적으로, 일방은 형식적으로 종종의 변화하는 모습을 만들어 내어 저지할 바를 몰랐다. 이제 그 자세하고 세밀함을 말할 마당이 아니거니와, '도로'의 체험상으로 백두산이 가장 중요한 대상이던 것만은 잠깐 주의해 두어야 하겠다.

그네의 교리를 근거하건대, 백두산은 득도자(得道者), 곧 무자(巫者) 혹 선인(仙人)의 조회(朝會)하는 곳이라 하며, 그네의 신화를 근거하건대, 백두산은 건국자 곧 단군이 발상한 곳이라 하며, 그네의 생명이 여기서 점지되고, 그네의 영혼이 이리로 귀탁(歸托)함을 믿으며, 그네의 지도자가 여기에서 나오고 그네의 부활하는 힘이 여기에서 솟음을 말하여, 없던 것도 백두산에서 생기고, 못 될 것도 백두산으로 되고, 낡은 것은 백두산에서 새롭고, 넘어진 것은 백두산에서 일어난다 하니, 이는 실로 동방 반만년 역사의 사상적 배경으로 이 지방 전 민중의 마음의 수수께끼를 해석할 유일한 열쇠인 것이다.

그는 이러한 산을 '붉은'이라고 부르니, 백두산의 고명(古名) '불함(不咸)'은 실로 이 고어의 역음(譯音)인 것이다. 그런데 이 '붉은'산

(山)의 성스러운 지주(支柱)인 것이 무엇이냐 하면, 실로 '도로'라는 대도(大道) 묘리(妙理)이었다. '도로'로써 항상 새롭고 일여(一如)하고 구주(久住)하고 영원히 즐거운 절리망언(絶理亡言)의 지극한 도가 거룩한 생명의 무서운 강인으로써 동방에 은혜를 주어 왔다.

아무리 쇠잔에 빠졌던 자라도 이 정신을 언뜻 차리기 무섭게 부활의 빛이 그 앞길을 비추게 됨은 실로 생각하고 헤아림에 벗어진다 할 사실이었다. 이 '도로'의 감로(甘露)가 과거에 있어서 얼마나 많은 동방의 패퇴자를 분발 흥기하여 위대한 '복(復)'업을 성취케 하였는가? 그런데 바로 지금의 우리들이 누구보다도 가장 반가운 눈을 이 점에 떠야할 자가 아님을 누가 앙탈할 것인가? 천지 성경(聖經)의 마지막 장에서 나는 이 '도로'의 한 구절을 넘치는 감격으로 읽고 또 읽었다.

36. 어허, 한아버지!

시나이 산에서 여호와의, 포탈라카(補陀落迦)에서 관세음의, 오대산에서 문수사리의 진신(眞身) 설법을 듣던 그네의 후신(後身)이 분명 시방의 나다. 그러나 내 귀는 어이 이리 멍청이이며, 눈은 화경(火鏡)같이 밝아지는 대로 혀는 장작개비처럼 굳어져 감이 어인 일인가? 무엇인지를 보고 느끼고, 그리하여 그것을 이름 짓고 그려 내고 전하여 알리게 할 양으로 왔던 길이 아닌가.

그런데 보지 않은 것이 아니요 느낌 없는 것이 아니언만, 내 마음과 그것을 울려 내야 할 목청은 어찌 이리 뻣뻣하고 껑껑하고 딱딱하기만한가? 온갖 것을 다 보았다. 그러나 하나도 일컫지 못한다. 푸념해 보자 했던 것이 본디부터 턱없는 망상이었다 할지라도, 내 깜냥만큼이라도 그려볼까 했던 것도, 실상은 스스로 끊을 수 없다고 할 지성(至誠)의 발현이었었다. 그러나 성의뿐으로 그만둘 수밖에 없음을 고패 떠는 나의 섭섭한 정을 어떻다 해야 할지, 다만 스스로 매우 넓고 멀어서 아득하고 외롭고 쓸쓸할 따름이다.

해와 달이 눈동자 되신
거룩하신 님의 저 눈

뜨셨다 감는 족족
대세계가 왔다갔다
섬마다 무량대겁이
깃들인줄 알괘라.

곱다케 다 있는 것
잃은줄만 여겼세라
헤매고 찾던 일이
하도 아니 웃기는가
이 앞에 널리신 것이
다 '그'실줄 알리요.

가냘픈 제 재주는
님의 앞에 떠올뿐을
열두겹 깊은 저속
보고그려 못내오매
내손에 '단테' 없음을
화 안낼 수 없소라.

이렇게 해보아도 시원치 않고 저렇게 해보아도 시프지 않으니,
생짜증이 나지 않는 것 아니다.

한아버지!
모르는 남을 찾아온 것 아니라
기다리시는 기다리시는 한아버지를 뵈오러 온 것입니다.
남에게를 가는 것 같으면 예폐(禮幣)라도 가지고 왔겠지요만
집안어른 — 오는 것만을 기쁨 삼으시는

제 한아버지께 귀근(歸覲)하는 것이매
빈손으로 왔습니다.
꾸러미 가지기를 준비하지 아니하였습니다.

그러나 한아버지!
가지고 온 것이 아주 없음은 아닙니다.
저딴은 그 무엇 — 아무것보담
긴한 무엇을 가지고 온 꼴입니다.
무엇인지 아시지오?
한아버지께로부터 받자와 가졌던 '피'를
오랜 '신물(信物)'로 가지고 왔습니다..
또 있는 것을 아시지오?
그 '피'의 뛰노는 산 염통을 가지고 왔습니다.
이 염통이 들어 있는 내 몸
그것이 무엇보담도 한아버지께의
훌륭한 제물일 것을 생각하고서
이것만을 가지고 왔습니다.

한아버지!
제 제물을 받아줍시오.
인제부터의 제 몸과 마음과 피와 숨은
온전히 한아버지의 제사 퇴선(退膳)입니다.
한아버지의 이름으로써
이것이 모든 사람의 음복거리가 됨이
물론 저의 본회(本懷)입니다.

한아버지!

한아버지를 뵈온 이 눈은
다른 아무 것을 다시 보지 아니하여도 섭섭할 것 없습니다.
한아버지의 품에 쌓인 저는
온 세상과 온 동무를 다 잃을지라도
결코 외로움이 있을 리 없습니다.
한아버지께만 총명하고 지혜로워진다 하면
저는 즐거이 다른 모든 것에서
바보 되고 못난이 되고 멍청이 되겠습니다.
한아버지의 속에서
모든 것을 놓겠습니다.
모든 것에게 버리는 바 되겠습니다.
비웃기고 놀림감 되고 욕먹고 채찍 맞는 자 됨을
사양하지 않겠습니다.

한아버지!
말할 줄도 글 지을 줄도 꾀부릴 줄도 죄다 모릅니다.
환하고 아름다운 축사(祝詞) 축문(祝文)으로써
있는 마음을 드러내어 아뢸 재주를 저는 가지지 못하였습니다.
이것이 얼마쯤 갑갑하고 답답하지 않은 것 아닙니다.
그러나 그러나
말을 기다려 마음을 아옵실 한아버지가 아니심을 알므로
이것을 슬퍼하지는 아니합니다.
숫(純)친 채로 뜨거운 '숫'친 채로 입다문 마음을
더욱 가상히 여기실 한아버지이심을 짐작하고
순박하고 말 더듬은 것이 도리어 다행일 것을 생각도 합니다.

한아버지!

한아버지!

저올시다 이러한 저올시다.

아무것 없는 저올시다, 아시옵소서, 거두시옵소서.

이 때에도 천지는 연속해서 자꾸 막혔다 터졌다 한다. 마치 고개를 끄덕여 주시는 것도 같고, 눈을 꿈적거려 주시는 것도 같고, 입을 우물 우물하시는 것도 같이.

37. 하늘을 여는 커다란 성인,
장백산 대신

백두산정에서 헤아리고 판단하지 못할 최상의 영감(靈感)에 담가 적심은 여러 가지 이유를 말할 수 있는 일이지만, 우리는 아무 말도 하지 않고 잠잠히 있는 가운데 전승해 오는 역사적 대정신으로써 그 근본적인 동기를 삼는다. 혹은 장엄하고 웅대하고 기이한 그 지문적(地文的) 광경에 유발되는 감격도 있고, 혹은 길고 멀며 많고 거듭된 역사적 회고의 변형된 것도 없지 아니하겠지만, 이것들은 도리어 다 여줄가리[1]요, 그 대부동되는 것은 실상 우리의 피에 섞이고 식종자(識種子)에 훈습(薰習)되어, 아득한 옛날로부터 세대로 전승해 오는 일대 잠재의식이다. 연원 깊은 뇌야장(賴耶藏)이 연(緣)을 따라서 부쩍 피어 일어나는 것일 따름이다.

이 백두산 신시(神視)의 신앙은 개인 정신으로나 집단 심리로나, 동방 민족의 초시공적 일대 사실로, 어느 때는 잠재 묵행(默行)하고 어느 때는 폭발 돌기하여, 일종의 심리적 화산성을 가졌는데, 누구든지 한번 백두산정에 와서 서면, 오래 잠자던 이 의식이 무서운 촉발(觸撥)로서 일대 활약을 보이지 아니치 못하는 것이다. 우리가

---

1 주된 물건이나 줄기에 딸린 물건을 말한다.

여기서 백두산 신앙의 오랜 내력을 한번 돌아봄은 결코 무용한 일이 아닐까 한다.

퍽 오랜 옛날에 아시아를 북으로 떼어서 일대 특수한 문화권이 성립되었으니, 이름 하자면 태양 산악 복합 문화라고 할 것이요, 그것은 중국계 문화, 인도계 문화와 함께 아시아 문화 3대부의 하나를 이루는 것이요, 또 가장 특색 있는 동방 문화의 원천 또 정화(精華)이었다. 이것을 우리는 '붉은 문화'라고 이름 지었다. 이 문화가 다른 것과 특별히 다른 점은 구체적으로 예를 들어 보일 것이 여러 가지이지만, 가장 중추가 되는 것은,

(1) 우주를 광명의 권위(圈圍)라 함

(2) 우주를 삼계(三界)에 나누고 그 최고 주재를 태양이라 함

(3) 종성(種姓)과 인문(人文)의 최초 동기가 모두 태양인 천주(天主)와 그 천상국(天上國)에 있다 함

(4) 천(天)의 일부가 지상에 나뉘어 자리를 잡고 천의 한 아들이 거기에 신정적(神政的) 국가를 와서 설치함으로써 국가 생활의 기원이라 함

(5) 천지의 개벽과 천자(天子)의 강탄(降誕)이 모두 '알[卵]'이라는 요소로 발현됨

(6) 천강한 산악(山岳)을 영산(靈山)・신산(神山)・성산(聖山)이라 하고, 그것을 신앙의 최고 대상으로 하여 그 이름을 '붉은'으로써 일컬음

(7) 이러한 '붉은'산은 크고 작은 무수한 층단제(層段制)로 하나의 생활지마다 그 중심적 존재를 지음

(8) 이러한 '붉은'산은 처음 나라를 세우던 성모(聖母)가 오래 머물던 땅으로 끝끝내 신앙함

(9) 그 성모의 출현은 반드시 동물 신혼적(神婚的) 설화로써 채색됨

⑽ 이렇게 생긴 천강산상(天降山上)의 국가가 하류(河流) 혹 해안을 연하여 평원적(平原的)으로 무대를 바꾸어 감

⑾ 이렇게 평원적 국가가 되면서 본거자(本居者)와 신래자(新來者)의 남을 추천하고 스스로는 사양 혹 교대로 단합 혹 통일이 이루어짐

⑿ 천의 아들이요 천의 대행자라 하여 무당[師巫]인 그 군장(君長)을 천왕 단군(天王壇君)으로 일컬음

⒀ '붉은'이란 천산(天山)이 일면으로 '술은'이란 명목 하에 길이 종교적 영장(靈場)을 지어서, 접신자(接神者)의 수련처와 순례자의 근성지(覲省地)로 민중 신앙의 목표가 됨

⒁ '붉은'이란 천산이 다시 '딕금'이란 명목 하에 생명의 품부자(稟賦者)이자 혼령의 수납자인 직능을 행하고, 전(轉)하여 수요 화복(壽夭禍福)의 사신(司神)으로 관념됨

⒂ 석(石)을 산악의 표상이라 하고 이를 통하여 태양과 천을 숭배함

등이다. 이 밖의 것은 종교학·토속학·인류학·사회학에서 공통으로 적용되는 규칙과 언어학·고고학·사학의 실례로써 비추어 보면, 그 내용과 실질을 꽤 선명하게 짐작할 것이다. 이 '붉은' 문화의 물적 지주인 성산(聖山)은 지리적 형편으로 말미암아서 동서의 양부(兩部)에 나뉘니, 몽골의 사막을 경계로 하여 천산(天山)은 그 서부의 것이요, 백두산은 그 동부의 것이었다.

백두산은 아시아 북계 문화의 동부 중심을 이루는 '붉은'으로, 실로 가장 높고 크고 가장 신성한 존재이었다. 이쪽 모든 민토(民土)의 신화며 종교며 역사며 일체 문화가 이러한 근본적 이유로써 본디부터 백두산으로 그 기축을 삼고, 그 비밀의 열쇠를 삼았다. 무슨 까닭으로 동방의 여러 민토에는 땅의 남북과 때의 선후를 막론하

고, 거의 하나의 판으로 인쇄하여 낸듯한 고사(古史)와 신화와 건국사 이야기가 행하는가?

무슨 까닭으로 조선 내에 백산(白山; 白雲·白馬·太白·小白)이 무더기로 있는 것처럼 전 동방의 여러 땅에 가장 크고 신성한 산악에는 '붉은'·'술은'·'디금' 등 유음(類音) 유어(類語)의 명칭이 붙어 있는가?

무슨 까닭으로 조선의 단군(壇君), 흉노의 탱리고도(撑犂孤屠)·선우(單于), 부여(夫餘)·구려(句麗)·북연(北燕)의 천왕(天王), 한예(韓濊)의 천군(天君; 내지 旱岐), 신라의 마립간(麻立干), 일본의 천진일계(天津日繼)와 몽골의 등격리(騰格哩) 등처럼 백두산 주위의 나라는 그 군장을 천자(天子)로서 일컫는가?

무슨 까닭으로 동이의 태산(泰山)과 선비의 적산(赤山) 등처럼 영혼이 역중(域中)의 대산(大山)으로 돌아가 머문다는 신앙이 공통하는가? 무슨 까닭으로 부여 고전(古傳)의 '웅심산(熊心山)에서 압록까지'와 일본 고전의 '고천수봉(高千穗峰)에서 해동국(海童國)까지'와 몽골 고전의 '불아한악(不兒罕嶽)에서 간난하(斡難河)까지' 등처럼 산으로부터 시작된 역사가 반드시 수변(水邊)으로 번짐에서 일치하는가?

무슨 까닭으로 천제의 아들 해모수를 위하여 금와왕이 땅을 내어놓고, 천손(天孫) 니니기노미코토(瓊瓊杵尊)를 위하여 오쿠니누시(大國主神)가 나라를 바친다는 모티프에서 조선과 일본의 건국 고전이 같은 경로를 말하게 되었는가?

동방에 있는 여러 고전의 비교 연구를 행한 이는 누구든지 그 계기와 물소(物素)와 설상(說相)이 모두 일치함을 혹 감동할 만큼 괴이하게 여길 것이다. 그러나 저 모든 것이 실상 백두신산(白頭神山)을 본지(本地)로 한 하나의 모체 설화가 가지로 나뉘어 형태가 바뀐 것임을 살피면, 깨닫는 것이 많을 것이다. 동방에 있어서 백두산 존숭의 의식이 모든 사람의 혈액에 흘러 전하고, 골수에 흡족히 적심이 어찌 아무 일 없이 있어서 심심한 일이랴.

태백산에 대해 기록되어 있는 것은 진한(秦漢) 사이의 고서(古書)라 하는 『산해경(山海經)』에서 비롯하니, 그 「대황북경(大荒北經)」 중의,

> 대황(大荒)의 한가운데에 산이 있는데, 그 산의 이름은 불함(不咸)이다. 숙신씨(肅愼氏)의 나라가 있다. 메뚜기와 거머리가 있는데 네 개의 날개가 있다. 또한 벌레가 있는데 짐승의 머리에 뱀의 몸이니 이름을 금충(琴蟲)이라고 한다. 또한 사람이 있어 이름을 대인(大人)이라고 한다. 대인의 나라는 이성(釐姓)으로 기장을 먹는다. 대청사(大靑蛇)는 머리가 누렇고 사슴을 먹는다.

이라 한 것이 그것인데, 불함(不咸)은 '붉은'의 역음(譯音)이요, '붉은'이 천주(天主)인 신명(神明)을 의미함은 전에 말했던 것과 같다. 『산해경』에는 황외(荒外)의 산이라 자세한 기록을 달아 놓은 것이 없으되, '붉은'이란 한마디 말과 유사한 이름을 가진 여러 산악의 민속학적 사실로써 그 진작부터 신산(神山)이던 이름과 실상을 짐작할 것이며, 또 '붉은'의 이름으로써 전한 산이 이 하나임으로써 그 대표적 최고자(最高者)인 소식을 엿볼 수 있다 할 것이다. 같은 책의,

- 곤륜(昆侖)의 언덕은 제가 내려와 도읍한 곳(「西山經」)
- 무함국(巫咸國) … 무리 무당이 이곳으로부터 올라가고 내려오는 곳(「海外南經」)
- 동해의 밖 대황(大荒)의 안에 산이 있으니 이름을 대언(大言)이라 한다. 해와 달이 나오는 곳이다. 파곡산(波谷山)은 대인(大人)의 나라에

있다(「大荒東經」).

- 대황(大荒)의 가운데에 산이 있으니 이름을 풍저옥문(豊沮玉門)이라고 한다. 해와 달이 들어가는 곳이다. 영산(靈山)이 있으니 무함(巫咸), 무즉(巫卽), 무분(巫肦), 무팽(巫彭), 무고(巫姑), 무진(巫眞), 무례(巫禮), 무저(巫抵), 무사(巫謝), 무라(巫羅)의 10무(巫)가 이곳으로부터 오르고 내리며 백약(百藥)이 여기에 있다(「大荒西經」).

라 한 것은,

- 삼신산(三神山)은 전하기를 발해(渤海)의 가운데에 있다고 한다. … 여러 선인(僊人)과 불사약(不死藥)이 모두 여기에 있다. 그 곳의 물건은 새와 짐승들이 다 희고 궁궐은 황금과 은으로 이루어져 있다(『史記』 封禪書).
- 곤륜산(崑崙山)은 구리 기둥이 여기에 있다. 그것의 높이가 하늘로 들어가니 이른바 하늘 기둥이다. 둘레가 삼천 리이고 주위가 둥글게 깎여 아래에는 회옥(回屋)이 있어 사방 100장이다. 선인(仙人) 구부(九府)가 이를 다스린다(『神異經』 中荒).
- 태산(泰山)은 한편 천손(天孫)이라고 일컬으니 천제의 손(孫)이라는 말이다. 주인이 사람들의 혼백을 부르고 동방의 만물이 비로소 이루어진다. 사람들의 생명의 장단을 안다(『博物志』 地理略).

이라 함과 합하여 백두산의 신앙적 내용을 짐작케 하는 직접·간접의 좋은 자료이다. 여기 이른바 군무가 오르락내리락 한다는 것과 다른 데 적은 줄지어 선 신선들이 조회한다는 것이 후세의 근성(覲聖)이라 하는 것, 진신(眞身) 뵈러 가는 것, 순례라 하는 것으로, 신라 국선(國仙)의 "산수를 즐겨 멀리 이르지 않는 곳이 없다."라 함에 해당하는 것임은 따로 말할 것도 없는 일이니, 백두산의 근참(覲

參)은 실로 먼 옛날로부터의 중요한 국토적 수행(修行)이었었다.

그 다음에 도태(徒太) 혹 종태(從太)라는 물길명(勿吉名)으로 위대(魏代)에 들리니, 번역하면 태백(太白) 혹 태황(太皇)이라 전하며, "풍속에 그 산을 매우 공경하고 무서워하여 사람들이 산 위에서 소변이나 대변을 보지 못하고, 그 산을 경유하는 사람은 물건에다 담아 가지고 간다. 산 위에는 곰·말곰·표범·이리가 있으나 모두 사람을 해치지 아니하며 사람 역시 그들을 함부로 죽이지 않는다."라고 하였다(『後魏書』와 『北史』, 인용한 글은 『북사』).

당(唐)의 『괄지지(括地志)』 말갈국조에 "그 나라에 백산(白山)이 있는데 새·짐승·풀·나무가 모두 하얗다."라 하여 흰백(白)자를 뜻으로써 사용하는 예가 생기고, 『신당서(新唐書)』에 태백산(太白山)이란 이름이 처음 나오고 『거란국지(契丹國志)』에 태(太)가 장(長)으로 변하여 장백산(長白山)이라고 쓰기를 비롯하여 "이에 흰옷을 입은 관음(觀音)이 사는 곳으로 그 산 안의 새와 짐승이 모두 하얗다. 사람들이 함부로 들어가지 못하니 그 사이를 더럽히면 뱀으로부터 해를 당할까 두려워서이다."라 하고, 『금사(金史)』에까지 장백(長白)으로 그대로 사용되었다.

'도태(徒太)' 혹 '종태(從太)'는 대개 '텅거리하다'(딕굼하다)=단군대산(壇君大山)=천악(天岳)=신악(神嶽)의 전략형(轉略形)인 듯하며, '흰옷을 입은 관음' 운운은 삼신산의 물건 따위가 모두 하얗다는 관념과 성모(聖母)의 고신앙이 결합한 위에 불교적 섭화(攝化)가 가미된 것이다(從太의 어원을 준거에 견주어 설명하는 자 있으나, 큰 억지이니까 옳고 그른 것을 따지고 변명하여 바로잡을 것도 없다).

북방에서 대백(大白)이니 장백(長白)이니 함에 대하여, 남방인 반도측에서는 고전설 이외에는 후에 백두(白頭)란 이름으로 단독으로 일컫게 되니, 『고려사』 광종 10년(959)에 "압록강 밖의 여진을 백두산 밖으로 몰아내어 살도록 하였다."라 함으로 그 시견(始見)을 삼는다. 통일 신라 이래로 백두산의 역외로 나감과 함께 그 고명(古名)인 태백(太伯; 혹 白)이 차차 명실(名實)을 잃게 되어, 태백산이라 하면 명호(名號)로는 경상·강원의 분계(分界)를 생각하고, 사실로는 영변의 묘향산을 억지로 끌어대기에 이르렀다.

백두산은 동방의 옛날 백성[古民]에게 천(天)의 대신(代身)이요 천주(天主)의 신경(神京)이라 하게 된 바이니, 그 높이고 공경하는 정도가 심상만만(尋常萬萬)에 초월함이 우연한 것 아니었다. 그러나 부족이 번연(繁衍)하고 국토가 현격(懸隔)함을 따라서 그네의 열렬한 신앙은 각기 제 구역 내에 하나의 백산(白山)을 요구하게 되니, 조선의 분려산(分黎山), 예(濊)의 봉래산(蓬萊山), 진한(辰韓)의 토함산(吐含山), 마한(馬韓)의 부아산(負兒山), 동이(東夷)의 대종(岱宗), 왜(倭)의 비고산(毘古山), 선비(鮮卑)의 적산(赤山), 몽올아(蒙兀兒)의 부아한산(不兒罕山), 요(遼)의 목엽산(木葉山) 등은, 그 부족별 여러 예에 속하는 것이다.

또 조선 반도 안에서 함경도의 장백산, 평안도의 묘향산, 강원도의 금강산, 황해도의 구월산, 경기도의 북한산, 충청도의 속리산, 경상도의 태백산, 전라도의 지리산 등처럼 무릇 일방의 대표적 고산(高山)이 된 것에는, 그 고명(古名)·별명(別名)·주봉명(主峰名)에라도 반드시 비로(毘盧)·풍류(風流) 등 백산(白山) 뜻이 서로 비슷한 말의 명호를 띠고 있음은, 그 지방별 여러 예에 속하는 것이다.

이러한 유(類)의 붉은·붉·북(혹 볼)·백(白; 혹 毘盧·風流·般若·負兒)이 최고 신성을 의미함은 전에 자주 언급하였음과 같다. 북방에서 태백(太白)이니 장백(長白)이니 하는 것은 '딝굴붉', '당굴붉' 등의 약어로, 대신(大神) 혹 천신(天神)의 남긴 뜻이요, 남방에서 백두(白頭)라 함은 '붉뫼'의 역자(譯字)로, 곧 신산(神山)의 이두역(吏讀譯)일 것이다('뫼'은 뫼의 고형이니 산을 의미한다). 대백(大白)이니 소백(小白)이니 하여 그 층급을 표시하는 뜻으로 씀은 따로 논할 것이다.

백두산을 우러러 공경하며 받든 것이 처음에는 신성하고 고귀한 존재로의 산악 그것으로부터 비롯하였지만, 종교 사상의 진보를 따라서 신체(神體)가 저절로 차차 인격화하였으니, 역사상에 있는 부루(夫婁)란 것과 시방 민속에 행하는 '되금'이란 것이 다 그 일례인 것이다.

그러나 가장 선명하게 인격적 위의(威儀)를 갖추게 되기는 금대(金代) 이후에 속하니, 금 세종 대정 12년(1172)에는 "장백산이 흥왕(興王)의 땅에 있으니 예로 존숭하는 것이 합당하다."라 하여 흥국영응왕(興國靈應王)을 봉하여 산북(山北)에 묘우(廟宇)를 세우고 의물(儀物)을 갖추었다. 금 장종(章宗) 명창(明昌) 4년(1193)에는 진책(進冊)하여 개천굉성제(開天宏聖帝)를 삼으니, 그를 전차(前次)에는 금나라를 주체(主體)로 보았다가, 금번에는 세계를 아울러서 고쳐 첨앙(瞻仰)한 것이라 할 것이다. 그 후 만청(滿淸)에 들어와서도 발상의 영적(靈蹟)이라 하여 지위에 알맞은 예의가 왕성하게 높아지고, 성조(聖祖) 강희 17년(1678)에는 높여서 '장백산지신(長白山之神)'이라 하여 한층 더 성의를 드렸다.

조선 편에서는 국토의 큰 뿌리요 인문의 발원이요 종교의 대상이므로, 예부터 견줄 바가 없이 크게 존경하고 우러러봄을 이에 두었음은 구차한 말로 자꾸 지껄일 것 없는 일이다. 조선의 고민(古民)이 남북으로 양분하고 북부가 흔히 말갈과 연결하여 백두산 의식이 걸핏하면 역사의 바른 계통 밖으로 벗어나려 하는 시절에, 다른 전설과 사실이 거의 다 기억에서 사라지면서도 그 민속적 방면 신앙상 관념만은 의연히 강인한 보수성을 지녀서, 고려 시대의 민간 신앙에 '호국백두악태백선인(護國白頭嶽太白仙人)'으로 최고의 억념(憶念)[2]을 받았다.

---

2 마음속에 단단히 기억하여 잊지 아니함. 또는 그런 기억을 뜻한다.

이조에 들어와서 다른 방면의 의기는 그지없이 삭아 없어진 중에도 최소한도에서 백두산까지나마 선조 강토의 회복을 이루어야 한다는 것이 국토애의 절대적인 계책이 되어서, 육진(六鎭)일세, 사군(四郡)일세, 상당히 노력도 하고 공적도 거두었음은 도리어 경탄할 만한 것이 있었다.

뒤죽박죽하는 광무 10년(1906)에 대반도적(大半島的) 오악(五岳)을 정할새 백두산으로 북악(北岳)을 삼은 것 같음은, 적당히 백두산을 그대로 버려두어서 어떻게 황송스러운 생각에 부대꼈는지를 설명하는 증거가 될 만한 자취로도 볼 것이다. 그리하고 최근 수십 년간에 있는 백두산 의식의 갑작스런 흥기(興起)는 이제 수다스럽게 말할 것까지도 없는 일이다.

요약하건대, 백두산은 천(天)의 별궁(別宮)이요 신(神)의 보좌(寶座)요 동방 일체의 종전(種田)이요 국토의 배꼽이며, 그를 인격적으로 보면 흥왕(興王)의 도가(都家)며 '개천(開天)'의 은혜로운 주인이며 호국(護國)의 대선(大仙)이며 유만운화(有萬運化)의 총람자(總攬者)이시라 함이 시방까지의 그에게 대한 의식이니, 이 중에 하나 둘만하여도 그에게 감탄하여 우러러봄이 지극하거늘, 하물며 이것을 아울러 갖추었을 뿐 아니라, 이 밖에도 허다한 요건을 가졌음에랴! 더욱 앞으로는 감정적에서 이지적으로, 물적에서 심적으로 연속해서 자꾸 그 내용을 순화하고 정화해갈 제약 아래에 있음에랴!

어허, 백두산! 이는 아득히 멀고 오래된 조선 그것이다!

그래도
인간 세계로

38. 오천 년의 감시자 장군봉

　백두산은 일찍이 자랑할 만한 우리 인문 지리학자 이중환(李重
煥)으로 말미암아 갈파된 것과 같이, 곤륜산의 한 가지가 동으로 동
으로 뻗어 나오다가 요동의 큰 들판에서 엎드려 기운을 모아 가지
고 깊고 푸른 바다의 막바지에서 신령스럽게 높이 고개를 들어서
동방의 산조(山祖)가 된 것이니, 조선과 만주의 산악으로 이의 권속
아닌 것은 하나도 없는 가운데, 특히 북선(北鮮)·남만(南滿)·요동
(遼東)·두서(豆西) 일대에 서리서리 얽힌 것을 지학상(地學上) 장백
산휘(長白山彙)라 하고, 장백산휘 중 길림(吉林)의 동남으로 하여 명
천(明川)의 칠보산까지를 연결한 한 줄기의 화산맥을 백두화산맥(白
頭火山脈)이라 하니, 백두산은 실로 장백산휘의 주축이요 백두화산
맥의 대종(大宗)이며, 화산맥 중의 최대 분화구인 천지는 곧 그 신
혈(顖穴)[1]이다.

　백두산의 분화는 전후 수차에 걸치고, 최근에는 삼백 년쯤 전에
도 약간 활동을 한 일이 있으니, 시방의 천지(天池)는 이 여러 번의
분화로 인하여 여러 겹의 용암에 덮여서 성립된 것이다. 정상은 백

1　정수리의 정기가 모인 자리를 말한다.

329
｜
백두산근참기

두암(白頭岩)이란 이름을 얻게 된 특색 있는 알칼리 조면암으로 성립하여, 약 일천 미터의 삭벽(削壁)으로 패어 들어갔으니, 벽 위인 외륜(外輪)은 무릇 백리쯤 주위에 북의 백암상각(白岩上角), 동의 장군봉을 머리로 하여, 큰 것 다섯·여섯과 작은 것 십수 개로 둘러서고, 벽 아래인 화구는 장군봉 한 부분이 기암(奇岩)의 병풍처럼 벌려 지으면서 구렁 가운데로 쑥 들어간 것을 중방으로 하여, 반달 모양의 거울 같은 호수를 이루었다.

장군봉은 한편으로는 병사봉(兵使峰)이라 하니, 본디 고어(古語)로 천(天)을 의미하는 '당굴'이 와전하여 장군(將軍)이 되고, 장군이 재전(再轉)하여 대장(大將) 또 병사(兵使)를 이룬 것인데, 근래의 지도에 대정(大正)이라고 쓴 것이 있음은 음이 서로 비슷한 관계로 장(將)자를 오인 혹 일부러 고친 것이다.

봉우리의 정상은 동경 128도 4분 37초, 북위 41도 59분 28초에 해당하고, 표고는 2,744미터(9,055척)를 셈하니, 백두산맥 내지 장백산휘에서뿐 아니라, 조선 만주를 통한 전 동방의 가장 높은 지점이다. 그 위에 올라서면 가깝게는 밀림에 싸이고 멀리는 운애(雲靄)에 잠긴, 남북 만리 백민(白民) 옛 강역이 한눈 아래에 깔렸으니, 광경의 웅대함, 감상의 신비함이 과연 연골충(軟骨蟲)이라도 열혈인(熱血人)을 만들고, 무신론자로 하여금 신의 찬가를 목청껏 부르게 한다. 장군봉은 삼만 리 대륙의 정리자이며, 오천 년 역사의 감시자이다.

장군봉과 망천후(望天吼) 사이로 하여 경석(輕石)으로 포장한 한 줄기의 녹도(鹿道)가 통하니, 이리로 좇아 내려가는 길 약 30분(오르는 길 2~3시간)의 길을 다 내려가서 경사(輕沙)로 2~3리를 나가면, 작은 식물이 밀생한 속으로 천지의 가에 다다르니, 벽 유리를 깐 듯한 면에 오색 광선이 밝게 빛나 얼른 성지(聖池)의 느낌을 자아냄이 있다.

옛날에는 80리 주위라 하였으나, 이는 아마도 반드시 윤곽의 길이를 이름일 것이요, 최근의 실측을 근거하건대 호수의 주위는 약 25리(11,300m)라 한다. 수심은 아직 모르며, 일찍이 한번 러시아 사람이 실측하려 하다가, 풍랑으로 인하여 능히 해내지 못하고, 이번에도 함석으로 작은 배를 만들고 떼로 버팀을 만들어서 산정까지 가지고 갔었으나, 세찬 바람 짙은 안개로 인하여 호변(湖邊)까지도 내려가지 못하고 배만 내동댕이쳐 버렸다.

"어디로 알고 측량을 한다구, 내려가만 보아라, 큰 변을 당하게 되리라." 함이 마부(馬夫)들의 예언이러니, 이제는 "그러기에 누가 무어라 하더냐." 하게 되었다. 예부터 전하는 말에 물이 바다로 통하여 호석(湖汐)이 있다 하여, 천지를 한편 '해안(海眼)'이라고 부르기도 한다. 마찬가지 눈이라 하자 하면 해안(海眼)은 커녕, 신안(神眼) · 천안(天眼)이라고 할 것이었다. 봉두(峰頭)에서 내려다보매, 조그만 물골이 몇 군데로부터 호수를 향하여 들어가는 것이 있었다.

옛날 전하는 말에는 천지가 세 방향으로 갈라져 나가 동은 두만강, 서는 압록강, 북은 쑹화 강의 근원이 된다 하였으나, 땅속으로 스며 흐른다 하는 동서 양 방향은 논외로 두고, 분명히 보이는 것은 오직 북방의 백암상각 밑으로 흘러나가는 쑹화 강 수원 뿐이었다.

이것을 천상수(天上水)라 하여 떨어지는 어귀에서는 20칸쯤의 넓이로서 낭떠러지 두 틈으로 나가는 대로 폭이 차차 줄다가, 1리가량쯤에서 높이 700척 넓이 3칸쯤의 비폭(飛瀑)이 되어 떨어지고, 이것이 한참 동안 달리는 급류가 되어 나가다가, 경석(輕石)의 천상(川床)으로 흡수되어 버리는 것이었다. 폭포는 근래에 비룡폭(飛龍瀑)이라고 이름 지은 이가 있으니, 형용과 소리와 뜻으로 다 합당함을 깨닫는다.

떨어지는 어귀 동측에 좌우로 넓게 퍼진 하나의 지붕이 건너다보이는 것은 중국인이 건설한 장백신묘(長白神廟)로, 보통 용왕묘(龍王廟)라 하는 것이라 한다. 조선인 중에는 호변(湖邊)에 임시 장막을 치고 1년 혹 2년씩 기도 치성하는 이가 있다 한다. 발해를 돌아보고 고구려를 돌아보고 동부여를 돌아보고 숙신을 돌아보고 신시(神市)를 돌아보고서, 이 천상수(天上水)와 천지(天池)가 어떻게 장엄숭식(莊嚴崇飾)·신배영앙(神拜靈仰)되었을까를 생각하면, 말할 수 없는 느꺼움이 천지 밑바닥을 뚫고도 남음이 있다.

그러나 천 년이고 이천 년이고의 긴 잠이 어느 날에든지 번쩍 깨어서 "잘못하였다."는 참회와 함께 "이래서는 안 되겠다."는 분발이 나서, 사상(事上)에서는 백두산 부끄럽지 아니한 영궁보탑(靈宮寶塔)이 장군봉 머리에 외연(巍然)히 솟아 있고, 이상(理上)으로는 정신적 백두산과 관념적 천궁(天宮)이 각인(各人)의 심중에 다 하나씩 축성되고야 말 것을 생각하면, 나만 믿는 커다란 든든함이 가슴에 뿌듯하여지기도 한다.

근고(近古)에 와서는 백두산이 물론 하나의 휴화산이지만, 그 활동의 여세를 보이는 유황천은 시방도 백두산 주위의 여러 곳에서 용출하여, 신룡(神龍)의 영액(靈液)으로 부근 주민에게 감사를 받으며, 특히 산정에서 20리 되는 남서 산기슭에 있는 '탕수장(蕩水長)'이란 그것은, 매년 여름 등산철이면 성산 알현과 질병 치료와 인삼 채취와 녹용 사냥을 겸하여 오는 욕객(浴客)으로 한참 뒤섞인다.

39. 겹겹이 쌓인 신이 노한 폭발구

섭씨 영하 6도라 하니까 무던도 하지만, 감각상의 추위는 그보다도 몇 배나 더하다. 솜옷을 겹겹이 입은 사람도 입술이 파랗지 않은 이가 없으며, 바람은 몸을 가누지 못하게 불고, 안개는 쉽게 걷힐 것 같지 않다. 30분이 못되어서 큰일나기 전에 내려가자는 말이 힘을 얻고, 말 등에 실려 온 어린이들은 이미 말도 못하게 되므로, 모처럼의 길이니 좀 더 머물자는 주장은 조금도 명분이 서지 않는다.

신고 올라간 장작으로 화톳불을 산같이 지르고 어는 몸을 연속해서 자꾸 녹여가면서, 도장을 만드는 재료가 될 만한 흑요석을 위시하여 몇 가지 암석을 채집하는 동안에도, 많은 사람들의 어서 내려가자는 독촉이 성화와 같은데, 싸움 싸우듯이 산봉우리 꼭대기의 기념사진을 간신히 박고, 혼자 있잘 길 없으므로 남을 따라서 발길을 돌렸다.

속으로 "꼭 또 오겠습니다." 하기는 하나, 마음대로 될는지 모르매 퍽 서운한 생각이 든다. 사진과 활동사진반만 두서너 사람이 떨어지고 9시 20분에 산을 내려오기 시작하여, 바람에 불리듯이 30분이 될랑말랑하여 정계비(定界碑) 있는 데로 다시 돌아왔다.

무엇인지 큰 짐을 벗어 놓은 것처럼 어깨가 가볍고, 다만 1분이라도 어젯밤에 축원하던 생각을 하면, 이만큼 첨례(瞻禮)하며 눈으로 보고 마음으로 느낀 것이 몹시 과람도 하여 마음에 꽤 흡족하다. 날씨가 쾌청하여 이곳저곳을 돌아다니고 오래 살피지 못한 것을 유감으로 할는지 모르되, 정지(靜止)한 것 평판적(平板的)인 것으로가 아니라, 활동(活動) 신변(神變)하는 천지(天池)의 영감을 얻은 것이 도리어 특별한 은총이라고 아니할 수도 없었다.

행주(行廚)를 끌러서 여린 얼음 섞인 밥에 딴 입맛을 다시고, 텅 비고 아득히 넓은 들 익숙하게 잘 아는 길이라 겁날 것이 없으매, 삼삼오오 자유행동으로 무두봉 막영지로의 돌아오는 길을 취하였다. 그렇게도 야단스럽던 일기가 거짓말같이 벗어지고, 쨍쨍한 볕이 한참 얼었던 땅이 녹아서 풀림에 힘입어, 길은 대개 물이 발등을 파묻는 저여지(沮洳地)[1]이었다.

돌 울타리를 지내고 눈 낭떠러지를 건너서 연지봉까지 오는 동안에 백두산정(白頭山頂)을 돌아다 본 것이 무릇 몇 번인지, 모처럼 만나 뵌 어버이를 떠나는 회포가 이러한 것인가 하였다. 벌겋게 우묵한 화구(火口), 파랗게 잔잔한 호수, 스멀거리는 안개, 몸부림하는 바람, 그 중간에서 생기는 조화의 대희극, 가고 가도 천지(天池) 일국(一局)이 의연히 눈앞에 지런지런하다.

내려다보인다. 강의 북쪽 산줄기 동쪽의 천산 만악(千山萬岳)이 마치 대소 무수한 주먹들을 쥐어서 쳐든 것 같다. 저것을 개개가 하나의 화산 덩어리라 하면 대지도 부스럼을 퍽 앓은 셈이다.

그런데 이것이 그대로 신(神)이 한번 성을 내신 표상이시라는, 즉시 느낀 깨달음이 난다. 신에게 대하여 경건치 아니할 때에 노하시고, 조상에 대하여 효순(孝順)치 못할 때에 노하시고, 집안끼리 띠앗 사나울 때에 노하시고, 멀쩡하고 저라는 정신만 없을 때에 노하시

---

1 썩은 식물이 퇴적하여 이루어진 낮고 물기가 많은 늪 같은 땅을 이른다.

고, 뼈다귀 없는 놈 노릇할 때에 노하시고, 피가 얼어붙을 듯할 때에 노하시고, 힘줄이 탄력을 잃어버린 듯한 때에 노하시고, 염치가 밑바닥까지 빠진 듯할 때에 노하시고, 소나갈질지(蘇那曷叱智)[2]가 한해(瀚海)[3] 건널 때에 노하시고, 진덕왕(眞德王)이 태평송(太平頌) 지을 때에 노하시고, 성충(成忠)이 옥사할 때에 노하시고, 연씨(淵氏) 문중에 장혁(墻鬩) 났을 때에 노하시고, 최도통(崔都統)이 꼭뒤 잡혀 올 때에 노하시고, 이충무(李忠武)가 오너라 가너라 당할 때에 노하시고, 유형원(柳馨遠)이 포의로 늙어서 죽을 때에 노하시고, 김정호(金正浩)가 하얗게 센 머리로 빌어먹고 다닐 때에 노하시어, 이런 때만큼 한 번씩 쥐시고 한 번씩 쳐드신 주먹이 저렇게 많음을 보매, 죄 지은 자가 조선인이요, 화 받을 자가 조선인이란 생각이 난다.

이럭저럭 초원대가 끝나고 삼림대에 당도하였다. 바깥 열에 선 이깔나무들이 서측(西側)으로는 한 가지 반 가지를 붙이지 못하여, 여기서 보기에는 마치 긴 몽둥이를 줄지어 심은 것 같음이 새로이 감흥을 끈다.

백두산이 신읍(神邑)일진대, 고풍(古風)을 의지하여 소도(蘇塗: 솟대)를 세웠어야 할 것이요, 시방(十方) 백천부(百千部)가 각각 한 그루씩을 와서 받들었다 하면, 그 수가 또한 적다 하지 못하리니, 시방 저 가지가 없는 곳은 나무들이 천산의 신역(神域)을 진호(鎭護)하는 자연 서낭대라 한들 누가 구태여 아니라 할 자이랴. 말갈기처럼 절모(節旄)처럼, 그 동측(東側)으로만 달린 가지는 영고(鈴鼓)와 폐백(幣帛)을 달고 드리운 것 같아서, 도리어 눈 서투르지 아니하다.

---

2 기원전 1세기경 일본에 사자(使者)로 다녀온 가야의 관리이다.
3 『삼국지』 왜인전에 의하면 한해(瀚海)는 대마국(對馬國)과 일대국(一大國) 사이의 바다를 가리킨다. 대해(大海)라는 뜻이거나 혹은 한반도 남쪽 바다를 막연하게 지칭하는 말로 보기도 하고, 구체적으로 대한 해협(현해탄)을 의미한다고 이해하기도 한다.

막영지에 다다른 것이 오후 2시 반이었다. 해가 아직도 높고 별로 하는 일이 없는 한가한 몸이 되니, 별안간 딴 세계를 온 모양 같다. 밤 동안 비바람에 조련질 받은 천막은 내외가 다 참담하여 빛나는 태양 아래에서는 보기가 차마 쓸쓸스럽고, 채집포(採集包)와 행구(行具)와 의복은 마치 홍수난을 치른 뒤 같으므로, 모든 것을 다 집어내어 햇빛을 쏘이는데, 너도 나도 여기서도 저기서도 하여, 삽시간에 무두봉 아래 일대에 넝마 노점과 싸구려 잡화상이 섬도 하나의 장관이었다.

　　감추었던 위스키 병이 이 짐 저 짐에서 나와서, 작은 잔치 큰 웃음소리가 곳곳에서 솟아오르고, 동물 채집의 포나 총을 쏘는 소리가 이따금 활동 세계의 생각을 귀뜸하여 주어서, 그만만하여도 인간미가 각각으로 넘쳐 흐름을 보겠다. 저녁밥을 일찍 해 먹고, 처음으로 비가 오지 않는 노숙을 기뻐하면서, 어느덧 모든 것을 휘몰아서 꿈나라로 들이밀었다.

40. 그래도 그리운 인간 세계

8월 4일. 오랫동안 계속해서 내린 비에 씻긴 하늘은 잔 구름의 가림이 없고, 아침에 떠오르는 해가 전에 없던 기세와 반가움과 아름다움으로써 굳센 빛을 무두봉에 관정(灌頂)하기 비롯할 6시 30분에 사람 사람이 '산에서 나온 석가'[1]란 셈으로 인간에의 환상(還相)[2]을 나타내었다.

참모습을 다 드러내신 백두성악(白頭聖岳)의 웅대한 모습을 수풀 밖으로 건너다 보고는, 누구든지 고개를 낮추낮추 숙이지 아니치 못하였다. "일기가 어저께 좀 이러하시지."하는 불평을 말하는 이도 고개 돌이켜 생각하고, "오늘도 정상에 올라가면 어떨지 아나?" 하여 자기 변명을 한다.

이러니 저러니 해도 사람은 인간이 그리운 모양으로, 모든 사람의 얼굴 위에 새로운 광명들이 돌고, 아플 듯한 다리들이 이상타 할 만큼 거분거분들하다. 내려가는 길이요 채집도 다시 할 것 없으

---

1 석가가 출가해서 산에 들어가 6년간 고행했으나 고행의 효과가 없음을 알자, 산을 내려와 참 깨달음을 향해 떠났다는 불전(佛傳)의 한 장면이다.
2 극락왕생한 사람이 이 세상에서 다시 태어나서 중생을 깨우쳐 불도로 인도하는 일을 말한다.

니, 꼭 필요하지 않은 지체를 하지 말고 금일의 여정을 삼지(三池)까지로 하여 하루를 단축하자는 의론이 생겨서, 백 리가 넘건만 그만큼 인간 구경을 속히 한다는 맛에 이의 없는 결정이 난다.

올라올 때와 달라서, 나 역시 특별한 일이 없으매, 아침부터 말 등에 올라 앉아서 두리번 두리번 시상(詩想) 사상(史想)을 구웠다. 젊은 마부가 학교도 좀 치르고 신문도 좀 보신 정도요, 게다가 시인이요 가객(歌客)이요 애국자시라, 연속해서 자꾸 신가(新歌) 신곡(新曲)을 만들어 뛰어나고 재치가 있는 시구(詩句)를 들려주는 것도 퍽 큰 흥취를 도왔다.

알뜰한 님이야
백두산 와선들 잊어버리나
바람맞이에 새우잠 잘 때면
훗훗한 님의 품만 유난유난히 생각나더라.

후지산(富士山) 후지산(富士山)
네가 아무리 높아도
백두산만티야 엄큼스러랴.
하누님허고서 손목 마주 잡았겠느냐.

은근한 이야기
님 어디로 데리고 갈까.
들죽밭 이깔숲 백두산 속으로 오지.
십년 석달 끼고 돈들 어느 망난이 눈에 들킬 걱정할까.

착상이며 조어(措語)며 작곡이 점점 더 기이하고 풍부하여, 저절로 넓적다리를 쳐 줄 것이 있다. 자기의 지식 안에 있는 산악이라고 들은 것은 모조리 끄집어내어 백두산과 대측물(對側物)을 삼아서, 성천산(聖天山) 예찬의 지성을 토로하는 것이 가상하기 짝이 없는데, 그 중에는 『삼국지』의 남병산(南屏山), 『서유기』의 화과산(花果山)이 다 들추어지고, 히말라야가 험을레로, 우랄 산이 오라질 산으로 나옴에는 우습기도 하고 재미있기도 하여, 이 무명 시인의 일종 위대한 창작력에 감탄치 아니치 못하였다.

10시 40분에는 이미 신무치에 당도하여 그대로 있는 천막 자리들을 반기면서 점심을 먹었다. 언제 먹어도 이상스럽게 차고 단 것이 이곳의 물이었다.

신무치로부터 삼지(三池)까지 육십여 리 동안은 물 구경이 어려우므로, 각기 수통이 터지라는 듯이 눌러 담다시피 해 가지고서 12시에는 분주히 출발하였다. 어둡기 전 들어가야 한다 하여 재촉이 서로 분분하나, 발 떼는 것이 위태위태한 이를 자꾸 잇따라 발견하겠다.

15리쯤 가서 무산(茂山)의 갈림길에서 군대의 마주 오는 것을 만나매, 없을 일이 있는 양만하여 의외란 생각을 누를 수 없었다. 매년 이맘때면 무산편의 군대도 갑산에서처럼 백두산 행군을 하고, 역시 유지(有志)의 탐검(探檢)이 수행되는데, 이번에도 수십 인의 우리 청년이 거기 어울려 왔었다.

바로 갈림길의 목장이에 뛰어난 신체에 날카로운 눈의 한 이인(異人)이 나서면서, 석전 대사(石顚大師)와 반가이 악서(握敍)하는 이는, 알고 보매 찬송 거사(餐松居士) 최기남(崔基南) 옹인데, 내가 금강산 갔을 때에는 그가 마침 없고, 그가 서울로 찾아왔을 때에는 내가 있지 아니하여, 서로 떨어져 있어 여러 번 만나지 못하다가, 일보만 틀려도 모르고 지났을 이곳에서 아슬아슬하게 만나 부닥쳤다는 것이 무엇이라고 형용할 수 없는 신기하고도 이상한 느낌을 자아낸다. 그는 천지(天池) 가에 막을 얽고 황조(皇祖)의 위령(威靈)을 감득(感得)하려 하는 계획을 말하였다.

천평의 불탄 흔적과 우백두(右白頭) 좌포태(左胞胎)의 웅대한 산위 (山圍)에 새로운 감상을 치빙(馳騁)하면서 늦은 고삐 줄을 툭툭 치고 삼지에 다다르기는, 침봉(枕峰) 너머로부터 오는 저녁 안개가 지상 에서 회색 엷은 면사포를 씌우려 할 때였다. 경사(輕沙) 10리의 긴 방죽에 수십의 막사가 순식간에 가설되고, 밥을 짓고 난방을 하기 위한 화톳불이 한 군데 둘씩 셋씩 훨훨 타올라, 활기 있는 채 몹시 슬프고 애달픈, 일종 침통한 기분이 이 일대에 서리서리해진다.

해질 무렵의 어둑어둑한 빛이 짙어가는 삼지는 마치 자지러져 들어가는 대음악의 요요(嫋嫋)한 한가닥의 실이 그만 깜박 끊어지 는 듯한데, 산호 기둥 같은 수십 개의 불기둥이 잠들어 가는 기억 을 부채질해 깨우기를 그치지 아니한다. 보송보송도 하고 보들보들 도 하여, 숙영지로는 천아융(天鵝絨) 침대와 같은 상품(上品)이었다.

자다가 깨어서 못의 표면을 내다보는 족족, 저기 둥그런 보름달 이 고요히 비치는 밤이었다면 어떻게나 더 좋을 뻔하였을까를 못 내못내 생각하였다. 삼지의 이것이 한둔의 마지막이다.

십리에 영(營)을 짓고
화투 질러 밤 지키네
멀리 온 이국(異國) 군마(軍馬)
한맘으로 시위(侍衛)드니
그리야 님의 댁 문전
쓸쓸하다 하리까.

님의 밤 대궐에
무슨 장엄(莊嚴)해 드릴까
불 같은 적심(赤心) 모아

산호 기둥 울을 지어
타는 듯 뜨거운 정성
표(表)해 이리 봅니다.

자다가 일어나서
어둔 밖을 내다봐를
저만치 님이아니
잠들어서 누셨을까
안뵈도 뵈온 듯함도
이 한밤 뿐이서라.

8월 5일. "저것 좀 보라."는 소리가 기약치 아니하고 여기저기에서 나기에, 무엇인고 하고 눈을 비비고 나가매, "히아!" 하는 소리가 내 목구멍에서도 튀어나온다. 9분 암색(暗色)에 1분 미명(微明)이 날락말락하여, 무엇이라는 것보다 굼실굼실이라고나 할 일종의 기운이 지면(池面) 전체에 서렸는데, 일분의 명기(明氣)가 9분의 암색을 마음대로 능숙하게 부려, 혹 개골창도 만들고 혹 성벽도 짓고 혹 아구창도 내어, 갖가지의 변화를 신기롭게 일으킨다.

커다란 덩어리가 져서는 이리저리 뒹굴기도 하고, 기다란 횡강목이 되어 가지고는 가로 질렀다 세로 질렀다 하기도 하고, 경주들도 하고, 숨바꼭질들도 하고, 편편(翩翩)히 한 마리의 갈매기로 날기도 하고, 범범(泛泛)히 한 쌍의 물오리로 떠놀기도 하여, 갖은 조화를 이루 형언할 길 없다.

명기(明氣)가 느는 대로 암색(暗色)이 줄며, 그대로 무놀의 조각이 잘아지고, 빛이 엷어져서는 고개를 살살 돌리는 빛에, 꼬리를 홰홰 내젓는 빛에, 강둥강둥 앙감질하는 빛에, 쪼르르 도망질 하는 빛에, 말하자면 요사스럽다 할 변화가 잦은 장단으로 연출된다. 무엇이랄 수 없으매 삼지의 무놀이 꼭두각시라고나 할 것이었다.

무놀이란 어느 호수 하천에든지 다 있기는 한 것이다. 그러나 삼지의 그것이 특히 잔재주를 많이 부림은 어찌된 셈인가? 대개 삼지의 물은 그저 물이 아니라 온천수이기 때문이요, 온천만인 것이 아니라 냉수하고 마주뜨리는 물이기 때문이다. 작은 섬(小島) 뒤편에서는 온천이 나오고, 그 맞은쪽에서는 섭씨 4도의 냉수가 침입하는데, 그래도 평균 섭씨 20도 이상의 수온을 가져 김이 무럭무럭 떠오르며, 이 추운 아침에 벌거벗고 들어가는 것들이 보기에는 끔찍끔찍하지만, 들어간 이들은 아주 태연한 형편이다. 이렇게 평면적으로 온냉 양수(兩水)가 교회(交會)하고, 수직적으로는 한난(寒暖) 양기(兩氣)가 충돌하매, 무놀이의 생성과 활동에는 저절로 맞춤이 될 수밖에 없는 것이다.

『장자』『열자』 같은 것에 나오는 선인(仙人)이란 이의 기분으로 천지간 물이 깊고 맑은 기운의 최고조를 발보이는 아침의 삼지 가로 소요하는 취미는 백두산행 중의 가장 미묘한 심경(心境)에 속하는 것이요, 말과 글에 아울러 끊어지는 유현(幽玄)한 정경(情景)이었다.

느지막히 출발하여 천왕당(天王堂)에서 정성스러운 하직을 여쭙고, 밀림 40리를 단참에 통과하여 허항령구로 내달아서, 오래간만에 포태리 촌가가 까맣게 내려다보일 적에는, 맨 먼저 눈물이 핑그르 돈다. 이렇게도 반가울까? 미쳐서 뛸 듯하기도 하여 누구나 제 마음 진득치 못함을 스스로 우습게 여기는 모양이 보인다.

그동안 일주일이 다 못 되는 산거야처(山居野處)요, 그나마 단체적인 질번질번한 것이었건만, 게딱지 같은 모옥(茅屋) 십여 채에, 지하로부터 나와서 천당을 바라보는 듯한 느낌이 생긴다. 기다란 협곡을 빠져나가서, 햇빛 출렁거리는 선경(仙境)을 발견한 것도 같고, 쇠로 만든 문짝 돌로 만든 담장에 감금되었던 몸이 금시에 놓여서 자유의 몸이 된 듯도 하니, 남은 고사하고 그렇지 않은 듯한 나도 사바(娑婆) 집착이 이렇듯 완고함을 비로소 깨닫고, 애오라지 놀라지 아니치 못하였다.

오후 1시 반에 마을 사람 모두가 나와 맞이하는 환영을 받으면서, 숙참(宿站)으로 개방한 대궐 같은 순사 주재소로 들어가매, 차가 끓었고, 술이 더웠고, 목욕탕이 김을 설설 내며, 여편네도 눈에 보이고, 개 소리 닭 소리도 귀에 들어와서, 마치 인간 관격(關格)에 회생산(回生散)[3]이 급효(急效)난 것 같다. 선생님네들은 채집 표본 포쇄(曝曬)들 하시기에 분주한 모양이지만, 나 같은 한가한 사람 몇 사람은 순사를 적수로 대낮부터 술잔을 주거니 받거니 수작을 시작하여, 오래간만에 실없는 소리로 해를 지움도 인간 정조(情調)라 할 것이었다.

8월 6일. 8시 반 출발. 아침의 날카로운 기세에 곤장덕(昆長德)을 단숨에 돌파하여, 물방아 많은 보태리(寶泰里)에서 일신학교(日新學校) 박군(朴君)의 귀리국수 대접을 맛나게 받고, 청림(靑林)을 지나서 오후 5시 20분에 보천보(普天堡)로 귀착하였다.

포태리에서 인간에 돌아온 듯하던 마음이 보천보에서는 고향 땅을 밟는 것 같은 생각을 가진다. 본디는 청림에서 대평리로 가서, 떼를 타고 바로 혜산진으로 내려갈 예정이던 것이나, 아랫녘에도 그동안 비가 많이 와서 산골짜기에 흐르는 물이 세차 위험하다 하므로, 보천보에 가서나 뗏목을 타기로 한 것이다. 이제는 타려니 하던 다리 아픈 축들의 눈살 찌푸려짐이 얼마만큼 딱하였다.

8월 7일. 원체 성질이 사나운 말 같은 물이라, 하룻밤 동안에 길든 줄을 모르겠으매, 역시 보행으로 떠나게 되었다. 그래도 내려가

---

3 곽향(藿香)과 귤피를 넣어서 달여 만드는 탕약. 곽란(癨亂) 즉 배가 아프고 게우며 설사하는 데에 쓴다.

다가 내려가다가 하였지만, 간 곳마다 속았다 속았다 하고 끌려가는 것이, 마치 인생의 행로를 줄여 베껴 놓은 것도 같아서, 딱한 중 재미도 있다. 압록강 물이 아닌 게 아니라 과연 늘기도 늘어서 개울 같던 것이 강이라고 할 만큼 되고, 급한 여울이 손길들을 마주잡은 듯한 것을 보매, 떼를 탔더라면 낭패일 것을 깨달았다.

강 건너 청의인(靑衣人)들이 예전과 같이 말없이 눈썹으로 맞이하고 눈으로만 전송하는 속에 우리의 한 줄로 늘어선 긴 무리는 걸음걸음 인간 세계로 당기어 들었다. 10리 목 20리 목마다 혜산진으로부터 나와 맞이하는 이들이 벌써 미리 준비하고 기다리고 있다.

괘궁정 못 미쳐 시가의 입구에는 시민에 학생에 군대에 길이 좁다고 죽 늘어서고, 술과 떡에 과자와 과일에 식품이 산적하여, 그야말로 개선군이나 맞이하는 듯함에는 황송하기 그지없다. 청년회 대표란 이가 특히 나를 위하여 위문이 지극하고, 유학생 대표인 몇 분 청년이 음식을 푸짐하게 준비하여 미리 부름에는 매우 정답고 친절한 정이 깊이깊이 고맙게 느끼어 잊지 아니한다. 여관에 이르러 오래간만에 백두산 먼지를 떨기는 오후 4시가 지나서이었다.

7월 29일 출발, 8월 7일 돌아옴. 전후 10일간 염려하던 여정을 아무 일 없이 건강하고 즐겁게 마쳤음도 오로지 단군 천왕의 신령스러운 도움이심을 감사치 아니할 수 없었다.

온다고 간다 하나
게가 도로 거기일 뿐을
님의 해 안 쪼이는
어느 구석 있겠다해
한 가지 그 품속에서
예라 제라 하리오.

지리산 천왕봉에
님의 신끈 끌러 보고
금강산 비로봉에
허리띠를 만졌더니
백두산 장군봉두에
입도 맞춰 보도다.

버려서 외로운 몸이
뉘씨임을 몰랐더니
하느님 큰 대궐이
본대 내 집이란말가
이 뒤야 아무데 간다
집 잃을 줄 있으랴.

1

『백두산근참기』는 육당 최남선(1890~1957)이 1926년 여름에 백두산을 여행하면서 작성한 기행문이다. '불함문화론'을 주창하던 최남선에게 백두산은 '동방 원류의 화유, 동방 민물의 가장 커다란 기댈 대상, 동방 문화의 가장 긴요한 핵심, 동방 의식의 가장 높은 근원' 등으로 인식되는 성산(聖山)이었다. 따라서 최남선에게 백두산 여행은 단순한 여행이 아니라, '성산'을 '삼가 찾아뵙고 인사드리는' '근참(覲參)'이었다.

당시 『동아일보』에 「단군론」을 연재하고 있던 최남선은 조선교육회가 백두산과 압록강 유역에 대한 박물 탐사를 목적으로 주관한 백두산 탐험대에 『동아일보』의 위촉으로 박한영과 함께 참가했다. 박한영(1870~1948)은 석전(石顚)이라는 호로 널리 알려진 전주 출신의 승려로서, 당시 최남선은 37세였고 박한영은 57세였다.

여행 일정은 약 3주에 걸쳐 진행되었다. 7월 24일 저녁에 경성을 출발하여 기차와 자동차를 이용하여 혜산진까지 갔으며, 7월 29일부터는 도보로 혜산진을 출발하여 8월 3일에 백두산 정상에 올라

천지를 근참하고, 8월 7일에 다시 혜산진에 도착하여 경성으로 돌아오는 여정이었다.

최남선의 '백두산 근참'은 여행지에서 『동아일보』에 송고하여 7월 28일부터 이듬해 1월 23일까지 연재되었다. 또한 이 기행문은 다시 재편집되어 1927년 7월에 단행본으로 간행되었다.

2

최남선은 열흘에 걸친 장마가 끝나고 폭염이 시작되는 1926년 7월 24일 밤에 경원선 기차에 몸을 싣고 경성역을 출발하였다. 용산역을 경유하여 청량리역을 거친 기차는 25일 이른 아침에 고산역(高山驛)을 지나고, 아침 나절에는 원산역에 도착하였다. 원산부터는 1914년에 착공되어 1926년 당시에는 속후역까지 구간 개통되어 있었던 함경선(원산역~청진역)을 이용했다. 최남선은 영흥·정평을 지나 25일 정오에 함흥역을 거쳤으며, 본궁·서호진·여호·퇴조·전진·경포·양화역 등을 경유한 후, 당시의 함경선 종점인 속후역에 도착하였다.

속후에서 혜산진까지는 자동차를 이용하였다. 속후에서 출발한 자동차를 타고 북청에 이르러 읍내를 구경하면서 여관에서 1박을 하고, 26일 8시 반에 다시 자동차를 타고 풍산으로 향하여 오후 2시 반에는 풍산 읍내에 도착하였다. 풍산에서는 여관에서 2박을 하였는데, 27일에는 풍산 장날을 구경하고 오후에는 강연을 하기도 하였다. 이곳부터는 백두산 탐검을 하기 위해 각지에서 모인 일행들이 열 대의 자동차에 나누어 타고 혜산진으로 이동하였다. 밤새 오던 비가 그친 28일 아침에 출발한 자동차 대열은 응덕령을 넘고, 허천강을 건너고, 갑산을 지나, 28일 저녁에 혜산진에 당도하였다.

7월 29일부터 8월 7일까지의 10일간은 도보로 혜산진을 출발하여 백두산을 근참하고, 다시 혜산진으로 돌아오는 본격적인 등정이었다. 주로 일본인 교직자로 구성된 탐험대원 60명 가운데 건강상의 이유를 들어 불참한 2명을 제외한 58명과, 신문기자와 화가, 사진사와 활동사진 촬영반, 실업가들, 5세 남아와 10세 여아, 일본군 대위가 인솔하는 일본군 40명에 혜산진 현지에서 따로 참가한 20여 명까지 합세해 200여 명에 달하는 인원이 출발하였다.

노정은 혜산진(29일)~보천보(30일)~통남리~보태리~포태산리(31일)~허항령~사당집(8월 1일)~삼지연~간삼봉~신무치(2일)~홍토수~무두봉(3일)~불함척~연지봉~정계비~백두산 정상[천지]~정계비~무두봉으로 이루어졌으며, 이후에는 갔던 길을 따라 하산하여 8월 7일에 혜산진에 도착했다.

보천보에서는 보타이 여관에서 숙박하고(29일), 백두산 아래 첫 동네라고 하는 포태산리에 머문 30일 밤에는 공사가 마무리 중인 마을의 교사(校舍) 마룻바닥을 빌어서 잘 수가 있었다. 이때 최남선 일행은 따로 귀리밥과 감자국수를 먹으면서 산골짜기 속의 생리를 맛보기 위해, 마을의 시골집을 얻어 하룻밤을 지내고 있다. 그러나 31일 밤부터 백두산을 근참하고 삼지까지 내려온 8월 4일까지는 군대 막사와 같은 천막을 치고 본격적인 야영을 하면서 하루에 수십 리 산길을 걷는 강행군이었다.

8월 3일은 백두산에 오르는 날이었다. 무두봉 야영지의 퍼붓는 빗속에서 이튿날의 날씨를 걱정하며 꼬박 밤을 새우다시피 한 후에, 새벽 2시부터 출발하려고 했으나 준비가 늦어져서 새벽 4시 반에 출발하였다. 오전 7시 반에 정계비에 도착하여 한 시간 머문 후 8시 반에 정계비를 출발하였고, 백두산 정상에 도착하여서는 30분 정도 머물렀다. 9시 20분에 하산하여 9시 30분에 정계비까지 내려왔으며, 오후 2시 반에는 무두봉 야영지에 도착하였다. 이후에는 무두봉~삼지~포태리~보천보~혜산진의 노정으로 가던 길을 되돌아 왔다.

혜산진으로부터 경성으로 돌아오는 여정은 여행기에 수록되어 있지 않다. 그러나 『동아일보』 8월 20일자의 '백두산 근참' 기행문 말미에 다음과 같은 내용이 수록되어 있는 것으로 보아, 최남선은 늦어도 8월 20일까지는 경성에 돌아와 있었던 것으로 여겨진다.

산하 오천리(山河五千里)의 관행(觀行)을 완료(完了)하고 예기 이상(豫期以上)의 학과(學果)를 얻어서 무고(無故)히 돌아왔음은 오로지 후비(厚庇)와 권주(眷注)의 덕임을 연로수익(沿路受益)의 군현(群賢)에게 치사(致謝)합니다. 특히 국경 방면(國境方面)의 여러분 청년(靑年)이 무서운 감시(監視)를 저허하는 중(中)에서 은근히 과연 은근히 따뜻한 사랑을 주신 것을 특히 깊이 명감(銘感)하겠습니다.

박한영(朴漢永) 최남선(崔南善)

연로애호제현(沿路愛護諸賢) 전(前)

3

『동아일보』에는 1926년 7월 28일부터 1927년 1월 23일까지 최남선의 백두산 기행문이 '백두산 근참'이라는 칼럼으로 연재되었다. 그동안 1927년 1월 23일자의 마지막 기사가 '白頭山觀祭 八九 ; 그리운 人實世界'로 되어 있어서 총 89회 연재된 것으로 알려져 왔으나, 신문 기사를 대조해 보면, 18회, 20회, 37회, 41회, 59회, 68회, 74회, 76회가 2번 게재되었으며, 21회, 38회, 43회, 70회, 71회, 78회 등이 누락되어 있다. 따라서 실제로는 91회 이상 연재되었음을 확인할 수 있다. 『동아일보』에 연재된 여행기의 앞부분인 1회분부터 22회분까지는 최남선이 여행지에서 작성하여 우송한 것을 게재한 것이다.

25일 이른 아침 고산역에서 처음으로 작성하여 우송한 기사는 사흘 후인 7월 28일 '백두산 근참 1 ; 光明은 東方에서'로 게재되었으며, 25일 정오 함흥역에서 작성한 기사는 29일에, '노자 없이도 과객질이 넉넉할 듯한 지명에 퍽 마음에 반가움을 느끼면서' 속원역에서 작성한 기사는 7월 30일에 게재되었다.

자동차로 북청 읍내에 도착한 25일에 '9월부터 통한다 하여 전등은 줄만 맨 오성여관의 의연한 외심지 석유램프 밑에서' 작성한 기사는 7월 31일[東北 15邑 要衝], 7월 26일 낮에 '자동차에 타고 앉아서도 땀을 씻고 국사당 마루에 내려 앉아 쉬면서' 작성한 기사는 8월 1일[百折의 厚峙大嶺]에, 풍산읍에 도착한 26일 저녁에 '유정이라는 신단림을 마주보는 풍일여관 등불 아래에서' 작성한 기사는 8월 2일[生活費 年額五圓], 27일 오후에 있었던 '강연으로부터 돌아와 간신히 눈을 좀 부치고 혜산진으로 들어가려는 많은 자동차가 벌써부터 출발 준비를 하노라고 폭발하는 소리를 울리는 옆에서 28일 새벽'에 작성한 기사는 8월 3일과 4일[太白神과 上山祭(상·하)]에 게재되었다. 28일 낮에 풍산에서 혜산진으로 가는 중간에 '絡繹하여 지나는 마부 차부의 신당 앞에 와서는 건숙하게 경례함을 늦겁게 보면서 무언지 몰라도 정다운 草花 밭 앞에서' 작성한 기사는 8월 5일[하늘 다흔 鷹德嶺]에 게재되었다. 최남선은 이 기사를 작성한 말미에서 '혜산진에서는 분주하여 글 쓸 겨를이 없으면 수십 일 통신을 보내지 못하겠습니다.'라고 밝히고 있다.

그러나 혜산진에서부터 도보로 등반하는 과정에서도 기회가 되면 틈틈이 작성한 글을 송고하고 있다. 7월 29일 위원리 주재소에서 잠깐 쉬면서도 '총 구멍 위에 흙을 얹고 청초한 초화를 뿌린 것에 이종의 이양의 느낌을 자으면서 주재소 한 모퉁이에서' 기사를 작성하여 송고했으며, 보천보에 도착해서는 '명천 성진 등지로 나가서 어망의 부목에 쓰이는 화피를 일정한 길이와 넓이로 필륙같이 작필하여 벅국까지 쌓아 놓은 보타이 여관의 납촉 아래에서', 30일 보천보에서 보태리로 가는 도중에는 '(김삼암이라는) 이 무명

한 향토적 위인을 알게 됨이 금행의 일발견임을 느끼면서 서늘한 기운이 솔솔 솟는 보태리 작은 샘가에서', 포태산리에 도착해서는 '관솔불일줄만 여겼던 곳에서 의외로 유리 남포의 덕으로 눈을 찡그리지도 않고 아주 자유로이 이 원고를 쓰기는 하였으나 우편함도 없는 곳이라 배달부 오는 날 탁송하여 주기를 순사에게 부탁하면서' 글을 써서 송고하였다. 이상의 송고 원고들은 최남선이 경성으로 돌아오기 전은 물론, 돌아온 이후인 8월 24일까지 게재될 수 있었다.

'백두산 근참'은 원래 『동아일보』의 1면에 거의 매일 게재되었다. 그러나 10월 21일의 '색외색의 별세계' 이후에는 1개월 이상 실리지 않는다. 그러다가 12월 29일에 다시 실리기 시작하는데, 이후 1927년 1월 23일까지는 1면이 아닌 4면이나 3면, 혹은 5면이나 6면으로 밀려나 있다.

4

『동아일보』에 연재된 '백두산 근참'은 1927년 7월 한성도서주식회사에서 『白頭山觀參記』라는 제목의 단행본으로 간행되었다. 여기에는 최남선의 '白頭山觀參記 卷頭에'라는 머리말이 추가되고, 본문은 40항목으로 재구성되었다.

1항부터 8항까지는 7월 24일부터 28일까지 기차와 자동차를 타고 가면서 돌아본 여행지에 대해 서술하고 있으며, 9항부터 23항까지는 7월 29일부터 8월 2일까지 5일간 도보로 등산하면서 살펴본 모습과 이 지역의 역사와 문화에 대한 견문을 기록하고 있으며, 24항부터 39항까지의 16항목은 백두산정계비, 백두산 정상, 천지의 근참 등 8월 3일 하루에 있었던 일을 적고 있다. 하루의 여행기가 40항 가운데 40%에 달하는 분량이다. 특히 이 부분에는 원래 『동아일보』에 연재했던 기행문에는 없었던 제36항의 '어허, 한아버지!'도 새로 추가된 것으로 여겨진다. 8월 4일부터 8월 7일까지 나흘간에 걸쳐 돌아오는 여정은 한 항목으로 서술하고 있다.

이상 『동아일보』에 연재되었던 기행문 '백두산 근참'과 단행본 『백두산근참기』의 본문 40항을 비교해 보면 다음과 같다.

	백두산근참 (『동아일보』연재)		『백두산근참기』 주제명[현대역]	비 고
1926. 7. 28.	백두산근참 1 〈1면〉 光明은 東方에서	1	光明은 東方으로서 [광명은 동방으로부터]	7월 24일 저녁 경성 출발 25일 이른 아침 고산역
7. 29.	백두산근참 2 〈1면〉 光明은 東方에서	2	百劫餘土인 哈蘭平野 [백겁이 지나도 남아 있을 흙인 합란평야]	25일 아침 원산역 25일 정오 함흥역
7. 30.	백두산근참 3 〈1면〉 光明은 東方에서	3	山雄海麗한 咸鏡沿線 [산은 웅장하고 바다는 고운 함경 연선]	속후역 도착
7. 31.	백두산근참 4 〈1면〉 東北 15邑 要衝	4	東北十五邑의 要衝地 [동북 15고을의 요충지]	자동차로 속후역 출발 25일 북청 도착(숙박)
8. 1.	백두산근참 5 〈1면〉 百折의 厚峙大嶺	5	百折 五十里의 厚峙大嶺[여러 번 꺾인 50리의 후치대령]	26일 8시 반 북청 출발 26일 오후 2시 반 풍산 도착
8. 2.	백두산근참 6 〈1면〉 生活費 年額五圓			
8. 3	백두산근참 7 〈1면〉 太白神과 上山祭(상)	6	朝鮮의 最高邑인 豊山[조선에서 가장 높은 고을인 풍산]	27일 풍산(머뭄)
8. 4.	백두산근참 8 〈1면〉 太白神과 上山祭(하)			
8. 5.	백두산근참 9 〈1면〉 하늘 다흔 鷹德嶺	7	한울까지 다흔 鷹德嶺[하늘까지 닿은 응덕령]	28일 풍산 출발
8. 7.	백두산근참 10 할 듯한 遠惡의 말			
8. 8.	백두산근참 11 11. 그러나 詩도 있다.			

8. 9.	백두산근참 12 12. 虛川江의 龍갈이	8	虛川江 건너 甲山 지 나[허천강 건너 갑산 지나]	28일 혜산진 도착 (숙박) (* 8월 15일의 글 은 우체의 고장이 든지 금일에야 도 착되었으므로 그 대로 게재함 /『동 아일보』편집자)
8. 15.	백두산근참 18 13. 겨우 惠山鎭着			
8. 10.	백두산근참 13 〈1면〉 14. 萬歲聲裏의 出發	9	掛弓亭下로 惠山鎭 出發[괘궁정 아래로 혜산진 출발]	29일 혜산진 출발 [도보 등정 시작]
8. 11.	백두산근참 14 〈1면〉 15. 물 건너 異國 情 調	10	鴨綠江外의 異國情調 [압록강 밖의 이국 정 취]	29일 오후 4시 보 천보 도착
8. 12.	백두산근참 15 〈1면〉 16. 普天堡의 自炊味 (上)			
8. 13.	백두산근참 16 〈1면〉 16. 普天堡의 自炊味 (下)			
8. 14.	백두산근참 17 〈1면〉 17. 態 없이 痕迹 없 이	11	普天堡에서 寶泰里까 지[보천보에서 보태 리까지]	30일 보천보 출발
8. 19.	백두산근참 18 〈1면〉 18. 嘆仰할 谷中幽蘭 (上)			
8. 20.	백두산근참 19 18. 嘆 仰할 谷中幽蘭(下)			
8. 21.	백두산근참 20 〈1면〉 19. 三十里 昆長德	12	白頭山下의 最初 人 寰[백두산 아래의 최 초 인간 세계]	포태산리 도착
8. 23.	백두산근참 20 〈1면〉 20. 白頭山下 첫 洞里			
8. 24.	백두산근참 22 〈1면〉 21. 長江虎案의 舞臺			

8. 26.	백두산근참 23 〈1면〉 22. 平地같은 虛項嶺	13	平地랄 四十里 虛項 嶺[평지라고 할 40리 허항령]	31일 9시 포태산 리 출발
8. 27.	백두산근참 24 〈1면〉 23. 무엇을 爲한 大裝 飾			
8. 28.	백두산근참 25 〈1면〉 24. 國師大天王之位	14	어허 國師大天王之位 [어허! 국사대천왕지 위]	31일 허항령 복판 사당집(숙박)
8. 29.	백두산근참 26 〈1면〉 25. 神靈하신 하누님			
8. 30.	백두산근참 27 〈1면〉 雨中의 露營初夜	15	비 마지면서 露營 初 夜[비 맞으면서 야영 한 첫날 밤]	
8. 31.	백두산근참 28 〈1면〉 伏中의 重裘厚被			
9. 1.	백두산근참 29 〈1면〉 29. 宇宙美의 一示顯	16	世界的 偉觀인 三池 美[세계적으로 위대 한 광경인 삼지의 아 름다움]	8월 1일 사당집 출 발
9. 3.	백두산근참 30 〈1면〉 世界的의 三池美			
9. 5.	백두산근참 31 〈1면〉 쭈그러진 三池魂			
9. 6.	백두산근참 32 〈1면〉 玉樹林千里天坪	17	玉樹密林의 千里天坪 [아름다운 나무가 빽 빽한 숲의 천리에 달 하는 천평]	
9. 7.	백두산근참 33 〈1면〉 불탄자리의 詩海			
9. 8.	백두산근참 34 〈1면〉 朝鮮國의 胎生地	18	朝鮮國 胎生地[조선 국 태생지]	
9. 9	백두산근참 35 〈1면〉 그림자의 一萬年			
9. 10.	백두산근참 36 〈1면〉 나오라 天坪詩人			
9. 13.	백두산근참 37 〈1면〉 無邊光景正深春			
9. 11.	백두산근참 37 〈1면〉 神市心의 大苗圃			

9. 15.	백두산근참 39 〈1면〉 小須彌의 七香海	19	小須彌의 七重 香水海[소수미의 일곱 겹 향수해]	
9. 16.	백두산근참 40 〈1면〉 八功德水甘露門			
9. 17.	백두산근참 41 〈1면〉 神市仙人經行場			
9. 17.	백두산근참 41 〈1면〉 神市仙人經行場	20	神武時의 東光美 供養[신무치의 동광미 공양]	1일 신무치 도착 (숙박)
9. 18.	백두산근참 41 〈1면〉 火壘둘린 神武峙			
9. 19.	백두산근참 42 〈1면〉 馬賊襲來의 警戒			
9. 20.	백두산근참 44 〈1면〉 東光美의 大供養			
9. 22.	백두산근참 45 〈1면〉 山中의 一小王國	21	池中物된 韓邊外 王國[못 안의 물건이 된 한변외 왕국]	2일 8시 20분 신무치 출발
9. 23.	백두산근참 46 〈1면〉 天降者라는 亡人			
9. 24.	백두산근참 47 〈1면〉 感生帝說의 通型			
9. 26.	백두산근참 48 〈1면〉 마츰내 池中의 物			
9. 28.	백두산근참 49 〈1면〉 永遠한 一大損失			
9. 29.	백두산근참 50 〈1면〉 大沙漠의 綠草地	22	行行又行이 神話世界 [가고 가고 또 가는 곳이 신화 세계]	
9. 30.	백두산근참 51 〈1면〉 意外의 '무투리'峰			
10. 3.	백두산근참 52 〈1면〉 一分間 開霽의 願	23	祈願으로 샌 無頭峰 一夜[기원으로 샌 무두봉 하루밤]	2일 무두봉 도착
10. 4.	백두산근참 53 〈1면〉			
10. 5.	백두산근참 54 〈1면〉 '불'님끠의 祈祝			

10. 6.	백두산근참 55 〈1면〉 得意의 虞美人草	24	不咸脊으로 하야 臙 脂峰[불함척으로 하 여 연지봉]	3일 4시 반 무두봉 출발
10. 7.	백두산근참 56 〈1면〉 原始詩의 大材料(상)			
10. 8.	백두산근참 57 〈1면〉 原始詩의 大材料(하)			
10. 9.	백두산근참 58 〈1면〉 超言文한 活經敎			
10. 10.	백두산근참 59 〈1면〉 臙脂峰前의 '鄂博(오 보)'	25	눈물에 저진 定界碑 [눈물에 젖은 정계비]	7시 반 정계비 도 착
10. 11.	백두산근참 59 〈1면〉 눈물젖은 定界碑			
10. 12.	백두산근참 60 〈1면〉 國境問題의 原因(上)	26	國境問題의 原因 經 過[국경 문제의 원인 경과]	
10. 13.	백두산근참 61 〈1면〉 國境問題의 原因(ㅁ)			
10. 14.	백두산근참 62 〈1면〉 定界碑의 不定界			
10. 15.	백두산근참 63 〈1면〉 豆滿土門의 異同			
10. 16.	백두산근참 64 〈1면〉 國土義와 民生義			
10. 17.	백두산근참 65 〈1면〉 窮子歡迎의 彩門	27	窮子 歡迎의 彩虹「아 치」[빈궁한 자식 환영 의 무지개 아치]	
10. 18.	백두산근참 66 〈1면〉 다수한 어머니품			
10. 19.	백두산근참 67 〈1면〉 금세 눈물의 채쭉	28	大風雨裏 外輪山 登 陟[대풍우 속에서 외 륜산에 오르다]	8시 반 정계비 출 발 8시 50분 백두산 정상 천지 근참
10. 20.	백두산근참 68 〈1면〉			
10. 21.	백두산근참 68 〈1면〉 色外色의 別世界	29	一時 展開된 無邊光 景[일시 전개된 끝닿 는데 없는 광경]	

12. 29.	백두산근참 69 〈4면〉 最神秘한 一存在		(1927년 1월 1일 자 社告로 지면관 계로 3일부 지면 부터 연재)
12. 30.	백두산근참 72 〈4면〉 天池는 늪이 아니다	30	活動과 神變의 大天 池[활동과 신변의 대 천지]
1927. 1. 3.	백두산근참 73 〈5면〉 惠政橋의 來歷		
1. 4.	백두산근참 74 〈3면〉 白頭天池 嘆德文	31	大白頭 大天池의 嘆 德文[대백두 대천지 의 덕을 찬탄하는 글]
1. 5.	백두산근참 74 〈3면〉		
1. 6.	백두산근참 75 〈4면〉 거룩하신 萬化範(上) 〈5면〉	32	開開闔闔의 混沌當體 [열고 열고 닫고 닫는 혼돈 바로 그 자체]
1. 7.	백두산근참 76 〈4면〉 거룩하신 萬化範(中)		
1. 8.	백두산근참 76 〈4면〉 거룩하신 萬化範(下)		
1. 9.	백두산근참 77 〈4면〉 弘益人間의 靈光	33	帝子 開天![하느님의 아들이 하늘을 열다!]
1. 10.	백두산근참 79 〈4면〉 朝鮮神殿의 秘機(上)		
1. 11.	백두산근참 80 〈4면〉 朝鮮神殿의 秘機(中)		
1. 12.	백두산근참 81 〈4면〉 朝鮮神殿의 秘機(下)		
1. 13.	백두산근참 82 〈4면〉 百神萬聖의 護奉	34	大界萬神의 總侍合讚 [큰 세계의 매우 많은 신들이 모두 모시고 함께 찬양하다]
1. 15.	백두산근참 83 〈4면〉 新朝鮮의 鎔鑛爐		
1. 16.	백두산근참 84 〈4면〉 '도로'의 大原理	35	朝鮮으로 도라오라 [조선으로 돌아오라!]
1. 18.	백두산근참 85 〈3면〉		
		36	어허 한아버지![어허 한아버지!]	* 이 부분은 단행 본으로 펴낼 때 추 가한 부분으로 여 겨짐.

1. 20.	백두산근참 86 〈4면〉 大神母요 大靈根	37	開天玄聖 長白山 大神 [하늘을 여는 커다란 성인, 장백산 대신]	
1. 21.	백두산근참 87 〈6면〉 久遠朝鮮 그것!			
1. 21.	백두산근참 87 〈6면〉 久遠朝鮮 그것!	38	五千年의 監視者 將 軍峰[오천 년의 감시 자 장군봉]	
1. 21.	백두산근참 87 〈6면〉 久遠朝鮮 그것!	39	纍纍한 神怒의 爆發 口[겹겹이 쌓인 신이 노한 폭발구]	9시 20분 하산 9시 30분 정계비 오후 2시 반 무두 봉 야영지 도착
1. 22.	백두산근참 88 〈4면〉 三池의 最終露宿	40	그래도 그리운 人間 世界[그래도 그리운 인간세계]	4일 무두봉 출발~ 삼지 도착(야영) 5일 삼지 출발~포 태리 도착
1. 23.	백두산근참 89 〈4면〉 그리운 人實世界			6일 포태리 출발~ 보천보 도착 7일 보천보 출발~ 혜산진 도착

* 7월 29일부터 8월 7일까지의 10일간은 도보로 백두산 등정

5

역자는 아직 백두산에 가보지 못했다. 한중 수교가 이루어진 이후 주위에서 수많은 분들이 중국을 통해 백두산에 다녀오는 것을 보아 왔지만, 언젠가 남의 땅을 경유하지 않고 우리 국토를 통해 백두산에 가보고 싶다는 생각을 했기에 여기에 동참하지 않았다. 그런데 이번에 최남선의 『백두산근참기』를 현대어로 옮기면서 백두산 여행을 직접 다녀온 기분을 맛보았다. 아니 나의 무딘 눈으로 바라본 백두산이 아니라 최남선의 혜안을 통해 바라본 백두산이기에, 오히려 내가 직접 다녀온 것 보다 더 많은 소득과 더 깊은 감회를 느낄 수 있었을지도 모른다.

현대어로 옮기는 과정에서 최남선의 살아 있는 명문장을 혹시라도 죽은 문장으로 만들지는 않았는지 걱정된다. 미흡한 점이 많더라도 너그러운 양해를 바란다. 아직은 우리 국토의 숨결을 느끼면서 갈 수 있는 백두산이 아니다. 혹시 독자 여러분들도 이 책을 통해 백두산 '근참'을 할 수 있게 된다면, 역자로서는 이보다 더 큰 보람이 없을 것이다.

최남선 한국학 총서를 내기까지

　현대 한국학의 기틀을 마련한 육당 최남선의 방대한 저술은 우리의 소중한 자산이다. 그러나 세월이 상당히 흐른 지금은 최남선의 글을 찾아보는 것도 읽어내는 것도 어려워졌다. 난해한 국한문 혼용체로 쓰여진 그의 글을 현대문으로 다듬어 널리 읽히게 한다면 묻혀 있던 근대 한국학의 콘텐츠를 되살려 현대 한국학의 발전에 기여할 것이었다.

　이러한 취지에 공감하는 연구자들이 2011년 5월부터 총서 출간을 기획했고, 7월에는 출간 자료 선별을 위한 기초 작업을 하고 해당 분야 전공자들로 폭넓게 작업자를 구성했다. 본 총서에 실린 저작물은 최남선 학문과 사상에서의 의의와 그 영향을 기준으로 선별되었고 그의 전체 저작물 중 5분의 1 정도로 추산된다.

　2011년 9월부터 윤문 작업을 시작했고, 각 작업자의 윤문 샘플을 모아 여러 차례 회의를 통해 윤문 수위를 조율했다. 본격적인 작업이 시작된 지 1년 후인 2012년 9월부터 윤문 초고들이 들어오기 시작했고 이를 모아 다시 조율 과정을 거쳤다. 2013년 9월에 2년여에 걸친 총 23책의 윤문을 마무리했다.

　처음부터 쉽지 않은 작업이리라 예상했지만 실제로 많은 고충을 겪어야 했다. 무엇보다 동서고금을 넘나드는 그의 박학함을 따라가는 것이 쉽지 않았다. 현대 학문 분과에 익숙한 우리는 모든 인문학을 망라한 그 지식의 방대함과 깊이, 특히 수도 없이 쏟아지는 인용 사료들에 숨이 턱턱 막히곤 했다.

　최남선의 글을 현대문으로 바꾸는 것도 쉽지 않았다. 국한문 혼용체 특유의 만연체는 단문에 익숙한 오늘날 독자들에게는 익숙하지 않았다. 그렇다고 문장을 인위적으로 끊게 되면 저자 본래의 논지를 흐릴 가능성이 있었다. 원문을 충분히 숙지하고 기술상 난해한 부분에 대해서는 수차의 토의를 거쳐 저자의 논지를 쉽게 풀어내기 위해 고심했다.

　많은 난관에 부딪쳤고 한계도 절감했지만, 그래도 몇 가지 점에서는 이 총서의 의의를 자신할 수 있다. 무엇보다 전문 연구자의 손을 거쳐 전문성을 확보했다는 것이다. 특히 최남선의 논설들을 현대 학문의 주제로 분류 구성한 것은 그의 학문을 재조명하는 데 도움이 될 것으로 본다. 또한 이 총서는 개별 단행본으로 구성되었다는 것이다. 총서 형태의 시리즈물이어도 단행본으로서의 독립성을 유지하여 보급이 용이하도록 했다. 우리들의 노력이 결실을 맺어 이 총서가 널리 읽히고 새로운 독자층을 형성하게 된다면 더 바랄 나위가 없겠다.

2013년 10월
옮긴이 일동

임선빈

공주사범대학 역사교육과 졸업
한국학중앙연구원 한국학대학원 역사학과 졸업(문학박사)
충남발전연구원 역사문화부장
현 한국학중앙연구원 전임연구원

• 주요 논저
『조선초기 외관제도 연구』(1998)
『조선은 지방을 어떻게 지배했는가』(공저, 2000)
『조선사회 이렇게 본다』(공저, 2010)
『조선을 이끈 명문가 지도』(공저, 2011)
「조선시대 해미읍성의 축성과 기능변천」(2011)

최남선 한국학 총서 2

백두산근참기

초판 인쇄 : 2013년 11월 25일
초판 발행 : 2013년 11월 30일

지은이 : 최남선
옮긴이 : 임선빈
펴낸이 : 한정희
펴낸곳 : 경인문화사
주　소 : 서울특별시 마포구 마포동 324-3
전　화 : 02-718-4831~2
팩　스 : 02-703-9711
이메일 : kyunginp@chol.com
홈페이지 : http://kyungin.mkstudy.com

값 22,000원
ISBN 978-89-499-0969-1　93810
ⓒ 2013, Kyung-in Publishing Co, Printed in Korea